로맨스도 파나요?

로맨스도 파나요?

초판 1쇄 찍은 날 | 2013년 3월 8일
초판 1쇄 펴낸 날 | 2013년 3월 15일

지은이 | 르비쥬
펴낸이 | 서경석

편집장 | 권태완
편집 | 장미연
디자인 | 신현아

펴낸곳 | 도서출판 청어람
등록번호 | 제1081-1-89호
등록일자 | 1999. 5. 31
어람번호 | 제5-0329호

주소 | 경기도 부천시 원미구 심곡2동 163-2 서경B/D 3F (우) 420-822
전화 | 032-656-4452 팩스 | 032-656-4453
http://www.chungeoram.com
E-mail | chungeorambook@daum.net

© 르비쥬, 2013

ISBN 978-89-251-3204-4 03810

로맨스도 파나요?
Chungeoram romance novel
르비쥬 장편 소설
Kenya AA
도서출판 청어람

CONTENTS

프롤로그

　'커피프린스 1호점', '성균관 스캔들', 그리고 '아름다운 그대에게' 까지 이 드라마들의 공통점은─물론 소설이나 만화를 원작으로 했다는 점은 제외하고─꽃미남들만 득실대는 금녀의 공간에 풍당하고 남장 여자가 뛰어들어 겪는 좌충우돌 로맨스 이야기…… 라고 알고 있지만 솔직히 방송국과 시청자 간에 짜고 치는 고스톱이었단 거지.

　왜냐고?

　윤은혜가 머리를 짧게 자른다고, 박민영이 상투를 튼다고, 설리가 남자 교복을 입는다고 그녀들을 남자로 볼 이가 세상천지 어디 있겠는가. 봉긋한 가슴을 압박붕대로 칭칭 감는다고 그녀들의 가녀린 몸매를 우락부락한 남자의 것으로 착각할 수 있길 하나, 아님 성대를 눌러 애써 굵은 목소리를 흉내 낸다 한들 그것이 변성기 지난 성인 남성의 음성으로 받아들여지길 하나. 그냥 애들은 남자라 생각하고 보세요, 라고 하니 그냥 그렇게 보는 수밖에.

이름 강준휘.

키 176㎝, 몸무게 54㎏, 길쭉하게 뻗은 팔다리에 작은 얼굴.

슈퍼모델이냐고?

아니. 아빠의 작은 커피숍에서 1년째 서빙을 하고 있는, 바로 나에 관한 숫자이다.

아, 그럼 남자였구나?

이렇게 말하는 사람의 윗입술을 들어 머리통을 홀딱 덮어씌우고 싶다. 그럼 많이 아플까?

난 여자다. 엄연히.

그럼에도 불구하고 오늘도 듣는 소리.

“오빠, 여기 캐러멜 마끼아또 두 잔!”

답답한 마음에 후 하고 바람을 불어 앞머리를 살짝 날려본다. 꺄악 하고 두 주먹을 앙증맞게 흔들어대는 두 명의 여대생이 눈에 들어온다. 가슴이 미어진다.

우리 가게 사장님이 공유 오빠만 됐어도 이런 오해 따위 얼마든지 참아낼 수 있는데.

세상에는 예쁜 남자도 많다. 여장을 해도 정말 잘 어울리는, 혹은 여자보다 더 예쁜 남자들. 태민, 장근석, 이준기, 김수현…….
근데 난 예쁜 남자 축엔 못 들고 하필 ‘곱상한 총각’ 축에 들어가

나 보다.

어쩌다 무거운 짐을 들어드리거나 길을 가르쳐 드리는 사소한 선행에 나이 지긋한 어르신들은 항상 내 등을 토닥이며 이렇게 말씀하신다.

"곱상한 총각, 정말 고마워."

고맙단 말씀 안 하셔도 좋으니 그냥 아가씨라고 한 번만 불러주심 안 될까요? 그러다 시선을 내려 내 가슴을 바라본다. 젠장. 붕대를 감지 않아도 평평한 내 가슴이 눈에 들어온다. 내가 이래서 슈퍼모델이 안 된 거다. 어흑!

묘한 중성적 매력을 풍기는 여학생이 여고에서 겪었어야 했던 파란만장한 스토리까지 드러내고 싶진 않다. 그건 스킵.

대학을 입학하고 1년을 어찌 보냈는지도 별로 말하고 싶지 않다. 처음엔 남자인 줄 알았다가 숫자 2로 시작되는 내 민증번호에 뜨헉 기겁을 하는 사람들에게 구구절절 사연을 늘어놓고, '많이 힘들었겠구나. 이번 참에 가슴 성형을 받아보는 건 어때?' 같은 말 같지도 않은 위로로 나의 여성성을 인정받긴 했다. 그러나 그것도 잠시, 1학년 새내기들이 들어오면서 모든 것은 리셋이 되고 만다.

"오빠, 밥 사주세요."

덕분에 대학을 다닌 4년 동안 그 흔한 미팅 한 번 해보지도 못한 채 졸업하고 말았다. 나를 데리고 나가면 주선해 준 이의 입장이 곤란해진다나 뭐라나. 내가 그렇게 남자 같은 거야? 아니, 여자로서의 매력이 없는 건가?

거울을 봤다. 웬 곱상한 총각이 서 있긴 하다.

이런 나를 언젠가 여자로 알아봐 줄 근사한 남자가 지구상 어디엔가 분명 있을 것이다. 우리 눈엔 말도 안 되는 남장 여자였지만 어쨌든 남자인 척 살고 있는 여주인공을 사랑하게 된 멋진 남자주인공도 있었으니까.

머리를 기르면 혹 여자로 보일까 싶은 마음에 어깨까지 찰랑 내려오는 긴 생머리를 휘날리며 거리를 걸어보기도 했다. 하지만 사람들 눈에 나는 그저 록을 하는 거침없는 청년으로 보일 뿐. 그래 봤자 결국엔 '머리가 긴 곱상한 청년' 이었던 것이다.

그렇다고 내가 나에게 다가올 달콤한 로맨스를 포기할 거라 믿으면 오산이다. 포기는 배추를 셀 때나 필요한 단위다. 원래 해피엔딩으로 멋지게 마무리되는 소설일수록 여주인공의 난관은 크고 깊다. 그리고 그와 비례하여 남자주인공도 근사하다는 것.

남자주인공의 키는 대개 185㎝ 이상은 되는 것 같다. 그럼 176㎝인 내가 킬힐은 못 신어도 5㎝ 굽 정돈 신어줘도 된단 뜻이다. 보기 좋게 각이 진 넓은 어깨와 탄탄하고 군살 없는 몸은 뭘 입어도 빛이 난다. 한마디로 걸조란 뜻이다. 걸어 다니는 조각.

그는 강인한 턱을 가졌으며 한일자로 굳게 닫혀 있는 입술엔 언제나 얼음 같은 냉기가 뚝뚝 떨어진다. 간혹 미간을 찡그리거나 하얗고 긴 손가락에 들린 담배가 그의 입술을 향해 올라갈 때면 꾸미지 않아도 흘러넘치는 매력에 방금 화보집에서 튀어나온 모델이 아닐까 의심이 들 때가 한두 번이 아니다.

또한 그는 절대 농담 같은 건 할 줄 모르고, 여자에 대한 배려

따위도 전혀 없으며, 말투는 늘 '그런가?', '~하지', '~했어야 해', '~하도록 해' 등등의 다소 거부감이 드는 명령조이지만 단지 '그'가 뱉은 말이란 이유 하나만으로, 물론 중저음의 듣기 좋은 목소리도 일조를 하겠지만 어쨌든 그마저도 듣는 사람을 살살 녹아들게 만든다.

슈트는 주로 아르마니 브랜드를 애용하며 긴 손가락으로 쓸어 넘기는 짙은 검은색의 머리카락은 적당히 빳빳한 듯하면서도 보기 좋게 윤기가 흐른다. 무엇보다 가장 불가사의한 것은 운동을 한 뒤 땀에 절어 있는 상태에서도 언제나 은은한 시트러스 향을 풍기며 완벽한 모습을 유지시킨다는 것. 땀 냄새마저도 섹시하게 하려면 과연 어떤 노력을 해야 하는 것인가.

머리는 끝내주게 좋으며, 그런 좋은 두뇌는 박 터지는 취업 준비 따위엔 어울리지 않는다는 듯 타고나길 애초에 금 수저를 물고 태어나 주시며, 30대 초반의 젊은 나이임에도 사장 직을 맡고 있거나 못 나가도 전무, 혹은 이사, 정 안 되면 본부장이나 실장쯤은 꿰차주곤 한다. 이런 그에게 절대 변비 따윈 존재하지 않는다.

아, 빵빵한 재력을 가진 배경이 있음에도 간혹 자유로운 영혼 어쩌고 하면서 틀에 박힌 회사에서 벗어나 전문직에 종사하는 남자는 왠지 모르게 건축업에 몸담고 있는 사람이 많다. 입고 있는 셔츠의 소매는 언제나 반쯤 걷어져 있으며, 그 아래로 푸른 힘줄이 돋아 있는 강인한 팔이 좌악 펼치는 도면 위에도 그의 카리스마는 뚝뚝 떨어져 흐른다. 그는 절대 평사원은 아니다. 단지 오너일 뿐.

물론 강해 보이는 그에게도 언제나 어두운 그림자가 존재하긴 한다. 대부분 복잡한 가정사가 그 원인의 구십구 점 구구 프로를 차지하긴 하지만 그런 것 따위 나의 깊은 사랑으로 다 감싸 안아 치유해 줄 수 있으니 엄마가 세 명이든 배다른 형이 잡아먹을 듯 갈구든 걱정 말고 컴 투 미.

그런 남자가 폭풍 같은 사랑을 시작하면…… 아흣.

그와의 키스는 떠올리는 것만으로도 아찔하다.

절대 피할 수 없는 남자의 시선이 자신의 영역 안에 가두듯 나를 노려봐. 거친 숨결이 코앞까지 다가오고 불꽃같은 눈길이 나의 얼굴을 눈에서부터 천천히 훑어 내려가다 입술 근처에서 멈추었을 때, 고개를 살짝 옆으로 기울인 그가 덥석 내 입술을 베어 물고 이어 벌어진 입안으론 뜨거운 혀가 밀고 들어오겠지.

숨이 막힐 듯 이어지는 긴 키스에 나는 '하아' 하는 신음 소릴 흘리고 살짝 몸을 비틀어. 그럼 그는 내 머리카락 속에 손가락을 꽂아 넣고 전보다 더 농밀한 입맞춤을 해오는 거야.

아, 빨리 해보고 싶다. 거침없는 키스.

정말로 키스를 할 땐 혀로 먼저 고른 치열을 훑은 후에 입안엘 들어설까? 그 고른 치열이라는 건 윗니를 말하는 거겠지? 그럼 윗니 중에 앞니를 훑는다는 걸까 아님 안쪽을 훑는다는 걸까. 정말로 '하웃' 이란 신음 소리가 입 밖으로 나올 수가 있는 걸까? 허리는 정말 활처럼 휘어질 수 있는 걸까? 아, 너무나 궁금한 게 많은데 앞에서 답해줄, 아니, 몸으로 보여줄 그 남자는 대체 언제쯤 나타날 건지.

그의 성욕은 언제나 왕성하며 그의 정력은 한 번의 절정으론 절대 만족하지 않아서 하룻밤에도 몇 번씩 나를 안고 탐할 것이다. 이런 그를 맞춰주려면 나도 만만찮은 체력을 유지해야 할 텐데, 지금 먹는 비타민으론 턱도 없겠지? 아무래도 보약 한 제 지어 먹어야겠다.

오늘도 로맨스를 꿈꾸며 로맨스 소설이 빼곡히 박힌 대여점 안으로 들어선다. 꾸부정한 자세로 컴퓨터 앞에 앉아 있던 대여점 주인아저씨가 나를 보며 웃는다.

“곱상한 총각, 또 왔네?”

정말 젠장이다.

1. 곱상한 총각과 대여점 아저씨

"아저씨, 제발 그 총각 소리 좀 하지 말라 그랬죠."

"나도 총각한테 아저씨 소릴 듣는 게 그다지 상쾌하진 않아. 교복 입은 산뜻한 고삐리라면 원조교제 대리 만족이라도 하지."

"아저씨!"

"왜, 총각?"

나름 VIP 고객인데, 이 아저씬 정말 한마디도 안 진다는 생각과 함께 준휘의 미간이 씰룩 일그러졌다.

"손님 응대 서비스가 진짜 꽝이야."

"어차피 막 대해도 내일 또 올 거면서."

"……."

"이 근처 대여점이라곤 여기 하나뿐이잖아."

다시 시선을 모니터에 꽂은 강현이 애초에 너 따위엔 관심 끊었다는 듯 무심한 얼굴로 중얼댔다. 이렇게 물러나고 싶진 않지만 어쩔 수 없는 사실이었다. 로맨스 소설에 중독이라도 된 듯 하루라도 소설을 읽지 않으면 그녀만의 ‘그 남자’ 가 사라질 것 같은 불안감에 아무 일도 할 수 없기 때문이다.

“쯧. 먹고 살이나 좀 찌우든가 운동을 해서 근육을 좀 키우든가. 여자가 너무 마른 것도 보기 안 좋지만 남자가 너무 그렇게 마른 거, 만질 데 없다고 여자들도 싫어하는데.”

혼자 하는 중얼거림을 빙자해 대놓고 성추행 중인 이 아저씨. 준휘의 불끈 쥔 주먹이 부들부들 떨린다.

『대체 내 여자한테 지금 이게 무슨 무례지?』

잔뜩 미간을 그은 커다란 남자가 그녀를 자신의 넓은 등 뒤로 감춰 세우며 나머진 내가 다 알아서 처리하겠단 표정으로 저 대여점 주인아저씨를 향해 물을 것이다. 만약 그녀의 ‘남자’ 가 있었더라면.

하지만 아직 ‘내 남자’ 가 없는 관계로 준휘는 그저 입술을 잘근 깨물며 은근슬쩍 강현을 향해 날카로운 시선을 쏘아댈 수밖에 없었다. 어쩔 수 없이 깨갱 꼬리를 내린 준휘는 몸을 돌려 신간 코너로 향해 걸음을 옮겼다. 힐끔 주인아저씨를 돌아봤다. 여전히 카운터 구석에 꾸부정히 앉아 모니터를 노려보는 중이다.

아저씨 앞의 컴퓨터는 총 두 대다. 하나는 대여 관리용 컴퓨터, 그리고 나머지 하난 자신 쪽으로 잔뜩 돌려 남들에겐 절대 모니터를 보여주지 않고 있는 노트북. 대체 무얼 하는 걸까. 클릭을 거의 하지 않는 걸로 봐선 게임은 아닌 것 같은데.

혹시 야동 감상 중?

아니, 간간이 키보드만 열심히 두드려 대는 걸 보면 야동 감상은 절대 아닌 듯하다. 그런 류의 동영상을 들여다보고 있는 남자의 표정치곤 너무…… 뭘 느끼고 있는 것 같진 않아 보인다. 그럼 대체 무얼 하는 걸까. 혹시 주식? 정말 궁금하긴 한데 그렇다고 물어보자니 자존심이 상하고.

'후우' 하고 한숨을 내쉰 준휘가 몸을 돌려 신간 코너를 살펴보기 시작했다.

그녀가 이곳 대여점을 이용하기 시작한 건 약 두 달쯤 전부터인 것 같다. 석 달 전 이곳으로 이전한 준휘네 커피숍은 전에 있던 복잡한 시내와 달리, 조용한 주택가에 자리를 잡은 탓에 개업 초기엔 손님이 예전의 절반 가까이로 줄어 한동안 불면증에 시달릴 만큼 힘이 들었었다. 하지만 언제나 좋은 원두를 고집하는 아빠 준성의 커피 맛이 입소문이 나면서 조금씩 단골도 늘어났고, 준성의 커피 맛을 잊지 못해 멀리서도 찾아오는 반가운 손님이 있어 요즘 가게 매출은 예전과 비교해 크게 달라지지 않게 되었다.

대여점과 대각선 방향으로 마주하고 있는 커피숍 2층엔 준성과 그녀가 생활하는 살림집이 있다. 그러니까 1층은 커피숍, 2층은 주택. 흔히 말하는 주상복합형이라고나 할까.

처음 이사를 왔을 때 전세도 월세도 아닌, 드디어 우리 집과 우리 소유의 가게가 생겼단 사실에 '와! 우리 집이다!' 하고 외쳤다가 준성에게 꿀밤을 맞았었다.

"이게 왜 너네 집이냐, 내 집이지?"

부녀지간의 정은 더럽게 없는 듯 보일 거다. 맞다. 사람들 앞에서 그들은 부자지간父子之間이 되어야 하니까.

"아유, 남자 둘이서 뭘 제대로 해먹기나 하겠어? 김치는 있어요?"

그럴 때면 준성은 사람 좋은 미소를 지으며 '사 먹으면 됩니다' 하고 조용히 목소리를 깐다. 그럼 안쓰럽단 시선으로 혀를 쯧쯧 찬 아줌마들이 가끔 지나가다 들렀다며 반찬통 한두 개씩을 은근슬쩍 놓고 간다. 사 먹는 게 어디 살로 가겠느냔 안타까움이 잔뜩 실린 시선과 함께.

준성의 사기 행각에 엉겁결에 공범이 된 그녀는 이 동네에선 빼도 박도 못하게 아빠와 함께 사는 '총각'이 되어버렸다. 너무나 어이없는 상황에 대체 이 노릇을 어쩔 거냐 물었더니 준성은 '나는 절대 네가 남자라고 말한 적 없다'며 자신의 결백을 주장했다.

졸지에 아빠와 부자지간이 된 그녀는 휴……. 더 말해 무엇 하랴. 준성이 그녈 데리고 사는 건지 그녀가 준성을 데리고 사는 건지 그들조차도 무지 헷갈릴 지경이니.

식음료를 전공한 준휘는 대학 졸업 후부터 지금껏 준성의 커피숍 일을 돕고 있었다. 거의 온종일 커피숍 안에서 생활하다 보니 그 안에서 즐길 수 있는 간단한 여가 활동이라든지 취미 생활 따위가 간절히 필요했었다. 그러다가 우연히 손님이 두고 간 로맨스 소설의 첫 장을 넘김으로써 그녀의 커피숍 여가 활동은 로맨스 소설 독파가 되고 말았다.

버젓이 대학까지 졸업한 나름 고급 인력임에도, 준성은 그동안 먹여주고 재워주고 대학까지 보낸 뽕을 뽑으려는 듯 준휘를 그렇게 작디작은 자신의 공간 안에 매어두려 했다.

대학 4학년, 졸업을 앞둔 겨울에 한 식품 회사의 입사 준비를 하던 준휘에게 벼락같이 화를 내던 준성의 모습을 지금도 또렷이 기억하고 있다.

잠시 옛일을 떠올린 준휘가 신간 코너에서 집어 든 책 한 권을 카운터 위에 내려놓았다.

"이걸로 빌려갈게요. 근데 아저씨, 이거 재밌어요?"

아저씨의 멀뚱한 시선이 딸려왔다.

책을 빌려 대여점을 나오고 몇 걸음 떼지 않았을 때다. 괜한 오해를 받기 싫어 주로 남자 화장실을 이용하는 그녀는 남자들이 바지 지퍼를 내리는 동작에 대해 그다지 민감해하지 않는 편이다. 그.러.나.

"꺄악!"

웬 여자의 날카로운 비명 소리에 맞춰 준휘의 걸음도 함께 멈췄다. 이건 예외적인 상황이다. 소리를 질러댄 여자의 바로 앞에서 한 남자가 불쑥 지퍼를 내리곤 자신의 물건을 꺼내 여자 앞에 들이밀고 있는 중이었다.

이건 아닌데.

남자 화장실 안에서 지퍼를 내리는 남자들의 손동작까지만 허용된 그녀의 지각 체계는 갑자기 쫑긋대며 제 존재를 알리는 그 남자의 물건에 전혀 대응 방안을 찾지 못한 채, 굳어진 시선을 그 남자의 물건에 쏘아 박은 터였다. 대여점에서 갑자기 튀어나온 준휘의 등장에 그 남자도 당황했는지 얼은 듯 멈춰 선 채 여자와 준휘를 번갈아 바라보고 있었다.

원래 바바리맨들은 남자 앞에선 이런 짓 절대 안 한다고 들었다. 그의 눈엔 지금 준휘가 남자로 보일 테니 제 앞에 맞닥뜨린 이 상황을 과연 어떻게 수습해야 할지 눈알을 굴리며 망설이는 중인 것 같았다.

앞에서 비명을 지르던 여자가 바로 뒤에 서 있는 준휘의 존재를 알아채곤 냉큼 그녀 등 뒤로 숨어들었다. 어? 그나마 있던 보호막이 사라진 뒤였다. 그녀 역시 난생처음 보는 남자의 물건에 '아, 그게 저렇게 생겼구나' 하고 태평하게 있는 것만은 아니었다.

헉, 저게 저렇게 생겼…… 징그럽다.

사랑을 나눌 때 '단단히 부풀어 오른 남성'으로 표현되는 그것이 저렇게 생겼을 줄이야. 그걸 이렇게 코앞에서 리얼하게 감상하게 될 줄 누가 상상이나 했겠나.

아, 머릿속에서 꿈꾸던 '내 남자'의 성욕이 순식간에 발기부전으로 뒤바꿈 되는 찰나였다.

"너! 내가 그렇게 우스워? 왜, 내 것이 작아서 그래? 넌 얼마나 큰데?"

눈을 부릅뜬 채 남자의 거시기를 노려보던 준휘 앞에 남자가 당황한 목소리로 버럭 소리를 질러대었다.

나는 절대 당신이 우스워서도, 당신의 물건이 작아서도, 그렇다고 내 것이 커서도 아닙니다. 나는 그저 놀랐을 뿐.

하지만 바바리맨의 눈엔 한일자로 굳게 다문 입술로 눈을 부릅뜨고 자신의 거시기를 노려보고 있는 준휘가 무척이나 대담한, 아니, 자신의 거시기를 무척이나 가소롭다는 듯 바라보고 있는 걸로 보였는가 보다.

자존심이 상한 듯 '씨!' 하고 탄식을 뱉어낸 남자가 냉큼 지퍼를 올리고 허둥지둥 사라졌다. 걸음을 옮겨야 하는데 다리가 달달 떨려서 움직이질 않았다. 그 와중에도 대여점에서 빌린 책은 꼭 움켜쥔 채 골반 옆에 착 붙여놓은 상태였다.

한 걸음을 내디디려고 하는 찰나 등 뒤에서 셔츠의 소매 춤을 꼭 움켜쥔 손이 느껴졌다. 마치 그녀가 방금 전 대여점에서 빌려 온 소설책을 떨어뜨리지 않기 위해 바들거리는 손으로 꼬옥 움켜쥐었던 것처럼.

"괜찮아요?"

등 뒤의 여자에게 물었다. 하얗게 질린 여자는 준휘의 물음에 대꾸조차 하지 못한 채 바들바들 떨고 서 있었다. 거기서 그냥 그 여자를 두고 제 갈 길을 가야 했는데 질끈 눈을 감은 준휘는 그녀의 손목을 잡아끌고 커피숍으로 들어와 버렸다.

"카모마일 티예요."

다짜고짜 하얗게 질린 여자의 손목을 끌고 들어온 준휘를 보며 준성이 누구냐는 눈짓을 보내왔지만 그녀는 아랑곳하지 않은 채 따뜻한 카모마일 티를 눈앞의 여자에게 권했다.

"마셔요. 심신 안정에 도움이 되는 차니까."

그러면서 그녀 역시 제 손에 쥔 머그잔에 든 카모마일 티를 홀 짝였다. 놀라고 당황한 자신의 심신도 안정시켜야 했으니까.

"고맙…… 습니다."

여자는 흰 손가락으로 찻잔을 감싸 쥐고 입가로 잔을 움직였다. 차향 때문인지 아님 시간이 지난 탓인지 죽을 만큼 요동을 치던 심장도 이젠 어느 정도 제자리를 찾아가는 듯했다. 하지만 멍한 시선을 허공에 꽂은 준휘의 머릿속엔 여전히 아까 봤던 그 남자의 거시기가 눈앞에서 꿈틀대는 것만 같았다.

"왜 그래? 못 볼 꼴 본 사람처럼."

준성이 고개를 갸웃하며 물었다.

"못 볼 꼴 본 거 맞아."

"그게 뭔데?"

순간 준휘의 시선이 준성의 바지춤으로 향했다. 저 안에도 아까 그것과 비슷한 게 들어 있을 것이다. 생각이 그곳에 미치자 얼굴 이 화끈 달아올랐다.

"아빤 못 봤어?"

"뭘?"

아, 방금 전 로스팅실에서 나온 준성을 떠올렸다. 못 봤겠구나. 간신히 시선을 돌린 준휘는 아무것도 아니라는 듯 손짓을 하곤 한 숨을 내쉬었다.

정말 남자들 건 다 그렇게 생긴 거야?

준성에게 묻고 싶었다. 하지만 대놓고 아빠에게 그걸 묻기엔, 나는 변태는 아니니까.

“찻값이 얼마죠?”

한 이십 분쯤 지났을까, 찻잔을 내려놓은 여자가 몸을 일으키며 준휘에게 물었다.

“그냥 가세요. 많이 놀라신 것 같아서 그냥 대접한 거니까.”

“그래도……”

준휘가 대답 대신 미소를 지어 보였다. 다짜고짜 끌고 들어와 차를 디밀고는 그 찻값을 받는다? 그건 아까 그렇게 제 거시기를 훌렁 내보인 바바리맨보다 더 웃기는 짓인 거지. 아, 근데 그 남자, 바바리코트는 안 입었던데.

“이렇게 그냥 가도 될까요?”

“나중에 한번 들러주시던가요.”

딱히 떠오르는 말이 없어 그저 인사치레로 건넨 말에 여자가 설핏 미소를 짓곤 목례를 했다. 준휘도 같이 목례로 답을 하자 여자는 옆에 놓인 가방을 집어 들고 커피숍 문을 나섰다.

떨리는 손으로 그녀의 셔츠를 잡던 여자의 손길이 아직도 느껴지는 듯했다. 자신도 그 여자처럼 누군가의 등 뒤에서 보호받고 싶어졌다.

내가 조금 더 가슴이 컸다면, 기른 머리를 예쁘게 묶고 있었다면, 옅은 화장으로 얼굴의 생기를 더했다면 그 여잔 내 등 뒤로 숨어들 생각을 했을까? 아까 그 바바리맨도 내 앞에서 당황한 얼굴로 자기 물건이 내 것보다 크니 작니 같은 애먼 소릴 해댈 수 있었을까. 이런저런 생각을 하니 갑자기 서글퍼졌다.

“아빠.”

“응?”

“엄마 가슴도 작았어?”

“아니. 꽤 풍만했지, 내 손에 차고 넘칠 만큼.”

준성의 말에 그게 딸 앞에서 할 소리냐는 듯 잔뜩 미간을 그었지만, 마음과 달리 머릿속에선 홀딱 벗은 아빠가 얼굴도 기억나지 않는 엄마의 그 풍만하다던 가슴을 움켜쥐며 학학대는 모습을 상상하고 있었다. 정말 웃기는 아빠에 더 웃기는 변태 딸이다.

“근데 내 가슴은 왜 이럴까?”

“글쎄, 하필 날 닮았나?”

금세 그녀의 시선이 준성의 가슴으로 옮겨갔다.

휴.

딸이라는 게 아빠 바지춤에 든 거시기나 상상하고 이번엔 가슴까지 투시 중이다.

뼈저린 깨달음이 머리를 스치고 지나간다.

어쩌면 나는 변태가 맞을 것이고, 그 피는 아빠한테서 고스란히 물려받은 것이라는 사실이.

2. 새로운 남주의 출현

"어서 오…… 세요."

딸랑 하는 종소리와 함께 커피숍 문을 열고 들어서는 한 남자를 보며 준휘는 얼굴에 훅 하고 바람이 이는 걸 느꼈다. 상큼한 르빠겐조 옴므 향과 함께 들어선 남자는 긴 다리로 성큼성큼 그녀를 향해 다가오고 있었다. 늘 머릿속에서만 그려왔던 상상 속의 남자가 아니었다. 눈앞에서 벌어지는 실제 상황. 현실에도 이런 남자가 존재하는구나.

적당히 각진 어깨에 180㎝는 훌쩍 넘어 보이는 키, 시원한 인상의 그 남자는 긴 손가락으로 자신의 앞머리를 쓸어 올리곤 그대로 카운터 위로 옮긴 손가락을 까딱거리며 메뉴를 고르고 있었다. 입고 있는 슈트는 몸에 맞춘 건지 아님 슈트에 그대로 몸이 맞춰진 건지, 잘 피트 된 슈트의 선이 남성적 매력을 물씬 풍기며 그녀의 심장과 뇌를 자극하며 이성을 잃게 만들고 있었다.

아, 드디어 나타난 건가, 나의 남자가.

어디 갔다 이제야 나타난 거냐고 작게 말아 쥔 주먹으로 저 남자의 가슴을 톡톡 두드려 보고 싶다. 분명 운동도 열심히 해서 단단한 가슴 아래 군살 하나 없는 배엔 근사한 초콜릿 복근이 있을 것이다. 달달한 초콜릿이 떠올라서인지 아님 내 남자의 초콜릿 복근이 떠올라서인지 갑자기 입안 가득 침이 고이기 시작했다.

꿀꺽 침을 삼켰다. 과연 저 남자의 입에서 쏟아질 다음 대사는 대체 뭘까.

『이봐, 어떤 커피가 괜찮은지 추천해 줄 수 있나?』

강렬한 시선을 꽂은 그가 이렇게 물어올 것 같다. 그렇게만 물어준다면 나는 내가 즐겨 마시는 달콤한 카페모카를 추천해 줄 수 있을 텐데.

아, 아니다. 원래 로설 속 남주는 이런 달달한 건 즐기지 않는 걸로 나오지.

그럼 이 남자에게 권해야 할 커피는 커피가 가진 본질적인 맛을 강하게 느낄 수 있는 에스프레소? 극과 극의 커피 사이에서 갈등하는 그사이 '내 남자' 가 입을 열었다.

"테이크아웃 되죠?"

하얀 이를 드러내며 맑게 웃는 남자를 보며 준휘는 살짝 당황한 표정을 지었다.

어? 상상 속의 내 남잔 이런 말투 아니었는데. 그래도 뭐, 친절한 것도 나름 괜찮아.

"네. 주문, 뭐로 도와드릴까요?"

"음, 아이스 아메리카노 하난 얼음 굵게 갈아서 넣어주시고요, 난 아이스 카페모카. 아주 달콤하게 한 잔."

앗싸! 테이크아웃 두 잔 중에 하나는 아이스 아메리카노, 그리고 분명히 힘주어 말한 '난 아이스 카페모카. 아주 달콤하게 한 잔' 이라 함은 그녀와 커피 취향이 비슷하다는 뜻.

아, 뭔가 이뤄지고 있는 거야. 그래, 쓰디쓴 에스프레소를 즐겨 마시는 건조한 그보단 달콤한 카페모카를 함께 마실 수 있는 친근한 내 남자가 훨씬 좋아.

꿈을 꾸듯 몽롱한 눈빛으로 내 남자를 바라보던 준휘가 얼른 눈동자에 초롱초롱한 빛을 더하며, 절대 헤퍼 보이지 않는 상큼한 미소를 최대한 그려내며 고개를 끄덕였다.

"아이스 아메리카노 한 잔, 아이스 카페모카 한 잔, 바로 준비해 드리겠습니다."

먼저 후다닥 아이스 아메리카노를 만든 준휘가 추출한 에스프레소에 초코 시럽을 잘 섞은 뒤 얼음이 담긴 컵에 커피를 붓고 우유를 넣어 잘 섞이도록 조심스레 저었다. 커피를 만드는 내내 행복한 기분에 콧노래도 흥얼거렸다. 내 남자가 마실 건데. 전혀 아깝다는 생각 없이 생크림도 듬뿍 짜서 얹었다. 마지막으로 하얀 생크림 위에 뿌릴 초코 시럽 통을 손에 쥔 그녀는 '사랑해' 세 글자를 적고 싶은 걸 간신히 눌러 참으며 길게 사선 장식을 그려냈다.

그래, 첫 만남부터 미친년으로 보일 순 없다. 아무리 로맨스 소설 속 남녀 주인공의 첫 만남이 아찔하다고는 하지만.

"주문하신 커피 나왔습니다."

테이크아웃용 용기에 나란히 담긴 두 잔의 커피를 내민 그녀에게 남자는 '얼마죠?' 하며 가격을 물었고 '에이, 우리 사이에 뭘. 그냥 가세요' 하는 소리가 목구멍까지 올라온 준휘는 슬쩍 준성을 돌아보곤 커피 값을 알려줬다.

'다음에 올 땐 아빠 없을 때 오세요' 하고 무언의 메시지를 잔뜩 담은 채.

하지만 남자는 그녀 눈빛에 담긴 메시지를 알아듣지 못한 것 같았다. 눈빛만으로 서로의 마음을 읽는 건 아직 무리였나?

"고마워요."

그래, 아무래도 무리였나 보다. 거스름돈을 챙긴 남자는 한 손에 하나씩 컵을 든 채 등을 돌려 금세 문밖으로 사라지는 중이다.

"감사합니다. 또 이용해 주세요."

힘이 풀려 제대로 발음되지 못한 인사말이 입속에서 웅얼대듯 튀어나왔다.

아니, 이렇게 가버리면 안 되는 건데. 운명이 있다면 다시 만날 수 있는 걸까. 나는 정말 궁금한 게 많은데 이렇게 등을 돌려 사라지면 어떡하라고.

가슴에서 심장이 빠져나간 듯한 얼굴을 한 채 준휘는 한동안 굳은 듯 그 자리에 서 있었다.

마음 같아선 문을 열고 당장 그 남자를 쫓아가 그의 커다란 등을 안아버리고 싶다. 가지 말라고, 이렇게 가면 안 된다고 울먹이는 그녀에게 그 남자는 들고 있던 커피 하나를 내밀며 이렇게 말할 것 같았다.

『바보. 주문한 커피 하난 네 거였는데. 너는 왜 내 눈빛을 못 읽은 거야.』

오소소 솟은 닭살 때문에 준휘는 자신의 팔을 감싸 안을 수밖에 없었다. 그 남자가 이런 말을 할 리는 절대 없다. 아무리 유치뽕짝 말도 안 되는 인터넷 소설이라도 이런 상황은 절대 만들지 않을 것이다.

아무래도 소설을 너무 많이 읽은 탓이다. 당분간 소설을 끊어야 할까? 손이 떨리고 입안의 침이 마르는 금단 증상이 오더라도 잠시 소설을 끊으면 이런 말도 안 되는 상상을 그만 멈출 수 있을까.

조금 전까지 읽느라 펼쳐 두었던 소설책을 툭 하고 덮은 준휘가 몸을 돌렸다. 일단 다 읽진 않았지만 빌려온 소설은 반납하고 뭘 해도 해야 할 듯싶었다. 읽지도 않을 소설을 쥔 채 물어야 할 연체료 생각이 퍼뜩 들었기 때문이다. 그녀는 조금 현실적이 되어가고 있는 것 같았다.

커피숍을 나선 유하가 대각선으로 마주하고 있는 소설 대여점의 문을 열고 들어서자 자신의 등장을 전혀 반겨하지 않는 듯 뚱한 얼굴로 자신을 바라보는 강현의 얼굴을 만날 수 있었다. 그는 여전히 꾸부정한 자세로 진남색의 트레이닝복을 입은 채 모니터와 씨름하는 중이었다. 쯧쯧. 고개를 살짝 저은 유하가 성큼성큼

다가가 들고 있던 커피를 내려놓았다.

"사람이 왔으면 아는 척 좀 하지?"

"왜 왔는데?"

"어우, 친구!"

다짜고짜 '왜 왔는데?' 한마디를 하곤 다시 시선을 내리는 강현의 반응에 유하는 가슴에 총이라도 맞은 듯 한 손으로 가슴을 감싸며 고개를 떨구는 시늉을 했다. 하지만 강현은 그런 유하에겐 전혀 관심 없다는 듯 한 번 내린 시선을 움직이지 않은 채 모니터만 노려보고 있는 중이다.

머쓱한 얼굴로 고개를 든 유하가 손에 든 커피의 생크림을 꽂혀 있는 빨대로 찍어 입으로 가져갔다. 씁쓸하게 굳어 있던 얼굴에 이내 달콤한 미소가 번지기 시작했다.

"생크림보다 못한 자식."

서운한 감정을 담아 낮게 중얼댄 유하가 여전히 자신을 투명인간 취급을 하고 있는 강현의 코앞에 제 얼굴을 들이밀었다.

"여전히 사랑?"

남자 둘이 나누기엔 다소 오해의 소지가 있어 보이는 유하의 물음에 강현은 아무런 대꾸를 하지 않았다. 대여점 안에 사람이 있었다면 이 둘의 사이를 그렇고 그런 거라 단정 지을 수도 있을 테지만 다행히 대여점 안엔 이 둘 외에 다른 사람의 기척은 느껴지지 않았다.

"이 안엔 이렇게 무수한 사랑 이야기가 있는데, 넌 뭐가 그렇게 부족한 거니?"

　귓가로 들려오는 아리송한 질문에 노려보던 모니터에서 시선을 거둔 강현이 드디어 고개를 들어 유하를 바라봤다. 그리곤 앞에 놓인 아이스 아메리카노로 시선을 내렸다가 커피가 마음에 들지 않는 듯 살짝 미간을 찡그리며 유하가 마시고 있는 카페모카로 시선을 돌렸다.

　“이 안에 있는 게 사랑이라고 생각해?”

　뚜껑을 열어 와드득 얼음을 먼저 깨물곤 그의 표정만큼이나 차디찬 커피를 마시던 강현이 컵을 내려놓으며 물었다.

　“어. 적어도 내 눈엔.”

　“훗.”

　“그렇게 웃지 마. 마음 아파.”

　“미련한 놈.”

　“누가 미련한 건지 모르겠군.”

　여전히 강현의 코앞에 얼굴을 들이민 채 손가락을 까딱대던 유하의 시선이 문이 열리는 것을 알리는 종소리와 함께 돌아섰다.

　“어서 와, 총각.”

　방문객에게 꽂혔던 유하의 시선이 마침 그때 문을 열고 들어와 대화를 끊어준 방문객이 고맙다는 듯 인사를 하는 강현을 향해 쏟아졌다.

　“총각?”

　강현이 뱉은 ‘총각’이란 단어를 나직이 반복해 본 유하의 눈썹이 꿈틀 움직이던 그때, 방문객의 입에서 들려온 날카로운 목소리에 유하의 눈썹이 다시 한 번 꿈틀댔다.

“아저씨!”

지극히 현실적인 목적으로 대여점 문을 열었을 때 준휘는 지극히 비현실적인 상황을 마주하고야 말았다. 분명 그녀 앞에서 떠나갔다고 여긴 ‘내 남자’의 널찍한 등판이 그녀의 눈에 ‘서프라이즈!’ 하며 들어왔기 때문이다.

뭘 하느라 대여점 주인아저씨와 얼굴을 마주하고 있는지는 모르겠지만 저건 분명 방금 전 커피숍을 들렀다 사라진 ‘내 남자’의 등판이 확실했다.

운명이다, 이건 운명이야. 그렇지 않고서는 세상의 온갖 로맨스가 모여 있는 이곳에서 다시 이렇게 만날 수는 없는 거지.

‘로망스.’

이곳 대여점 간판을 떠올리며 대여점 안으로 발을 내딛는 순간 달갑지 않은 남자의 음성이 들려왔다.

“어서 와, 총각.”

평소에는 문을 열든 들어서든 별 상관 안 하다가 꼭 한 번씩 염장을 지르듯 총각 하고 아는 척을 하는 아저씨였다.

왜 하필 지금이냐고.

청초한 미소를 머금으며 빰빰빰빠 여신처럼 등장하는 드라마 속 여주인공은 아니더라도 내 남자에게 상큼한 여인의 향기를 물씬 풍기는, 아니, 적어도 남자로는 오해를 안 받게 만들어야 할 텐데. 언제부터 날 그렇게 반겼다고 뜬금없이 ‘어서 와, 총각’ 이라니.

화라락 이는 분노의 불꽃이 가슴 안에 번지는 걸 느끼며 준휘는 잔뜩 짜증이 섞인 말투로 소리쳤다.

"아저씨!"

아차! 나를 보는 내 남자의 눈빛이 보인다. 은쟁반에 옥구슬이 굴러가는 목소리로 '안녕하세요' 하며 인사를 하고 들어서도 모자랄 판에 목에 퍼런 핏대까지 세워가며 버럭 소리를 지르다니.

자신이 만일 한 손에 들어올 듯 자그맣고 가냘픈 몸이었다면 들어오다 느낀 현기증에 그대로 쓰러지는 척 연기라도 해볼 텐데. 그럼 놀란 걸음으로 성큼성큼 달려온 남자는 그녀의 뺨을 톡톡 두드리며 '이봐요, 정신 좀 차려 봐요' 하며 걱정할 테고, 그래도 눈을 뜨지 않는 그녀를 위해 공주님 안기로 불끈 들어 안고 병원을 향해 달릴 것이다.

하지만 그렇게 그의 품에 안기기엔 나는 좀 마르긴 했어도 꽤나 튼튼하게 생겼다. 게다가 방금 지른 목청은 논산훈련소 입소 일주 일차 군기 빡 든 훈련병의 그것보다도 더 당찼을 것이다.

저 아저씨 때문에 다 끝난 것이다. 내가 그동안 꿈꿨던 나의 이상형, 나의 로맨스, 나의 키스, 그리고 나의……

누구보다 예쁘게 보이고 싶은 첫인상에 강렬하게 심어주고 만 '총각' 소리를 그녀는 아마 죽을 때까지 잊지 못할 것이다. 피가 나지 않을 만큼의 힘을 가해 입술을 깨문 준휘는 목구멍 너머로 울컥 넘어온 슬픔을 입안으로 조용히 삼켜야만 했다.

하지만 그때,

"어, 아까 그 커피숍? 맞죠?"

그에게서 끊어내려던 인연의 끈을 다시 이어보겠다는 듯 등을 돌린 준휘를 향해 아는 척을 하는 그의 목소리가 다정하게 귓가를 스쳤다. 열렬히 기다렸던 말이었지만 듣고도 아닌 척 태연히 고개를 돌린 준휘가 방긋 미소를 지어 보였다.

네, 맞아요. 아까 그 커피숍에서 당신이 지금 손에 들고 있는 아이스 카페모카를 정성껏 만들었던 강준휘가 맞답니다.

남자가 살짝 한 걸음 옆으로 비껴주며 책을 올려놓을 공간을 만들어줬다. 그리곤 흥미로운 시선을 준휘에게 꽂으며 밝은 음성으로 물었다.

"로설 좋아하나 봐요?"

"중독이야."

이 아저씬 전생에 유관순 열사를 갈구던 일본 순사가 아니었을까. 중독은 맞지만 그렇다고 대놓고 '중독'이란 표현을 쓰다니. 왜 나한테 물은 답을 아저씨가 대신 하냐고요!

마치 마약에라도 중독된 몹쓸 페인처럼 희멀겋게 빛을 잃은 눈동자를 간신히 치켜뜬 준휘가 눈앞의 아저씨를 바라보았다.

"안색이 안 좋네. 어디 아파?"

네, 아저씨 때문에 복장 터져 죽겠어요.

너무 기가 막히니까 목구멍이 꽉 막힌 채 아무 소리도 나오지 않는다.

할 수 없이 손에 들고 있던 소설책을 카운터 위에 올려놓는 것으로 간신히 대여점 방문 목적을 알릴 수밖에 없었다.

"벌써 다 읽은 거야? 좀 전에 빌려갔잖아. 얼굴 보니까 어디 아픈 모양인데, 놔두고 못 읽을까 봐 그런 거야? 그렇다면 연체료 걱정 말고 가져갔다가 나중에 봐. 내가 좀 궁하긴 해도 이웃사촌의 아픔을 나의 재산 축적 대상으로 승화시킬 생각은 없으니까. 그러게 내가 뭐랬어. 평소에 운동도 좀 하고 그러랬지. 얼굴이 허여멀건 해가지고."

얼렐레! 이 아저씨, 갑자기 왜 이렇게 말이 많아진 거지?

"나하고 있을 때보다 말을 더 많이 하는 것 같아. 나보다 더 친한 사이?"

준휘 옆에서 물끄러미 그녀를 지켜보던 남자가 천천히 몸을 숙여 그녀의 코앞에 바짝 얼굴을 들이밀며 물어왔다.

아니요. 미치지 않고서야 그럴 리가 있나요.

"음, [여왕의 눈물]이랑 [청옥]이라……. 약간 판타지가 가미된 사극 로맨스를 좋아하나 보네?"

방금 전 그녀가 카운터 위에 올려둔 책을 살피던 남자가 휘리릭 책장을 넘겨가며 물었다. 아직 다 읽지는 못했지만 이 남자가 말한 건 정확한 사실이었다.

그렇다면 이 남자, 이 책을 읽었다는 것이니 즐겨 마시는 커피뿐 아니라 나와 같은 취미를 갖고 있었던 거야?

아싸라비야!

순간 준휘는 눈앞에 쏟아지는 한줄기 빛을 따라 하늘로 둥실 날아오르는 희열을 맛보고 있었다.

탁 하고 발을 굴러 허공으로 몸을 날린 준휘는 휘리릭 옷자락을 날리며 대숲을 날아다니는 판타지 사극 속의 여주인공이 되어 있었고, 그녀를 잡기 위해 함께 몸을 날린 커다란 남자는 절대적 카리스마가 줄줄 흐르는 내공 만땅 천자가 되어 사라락 바람이 이는 푸른 대숲을 날고 있었다.

'쫓지 마시어요.'

'불허不許. 허락 없이 나의 숲을 침입했다. 이름을 밝혀라.'

'잠시 길을 잃은 무명자無名者이나이다.'

'그 또한 불허不許. 이미 내 마음에 들어선 너를 무명자無名者로 기억하기 싫다.'

'폐하……'

'말하라, 그대의 이름을.'

'공연히 폐하의 어지御旨에 천한 이름을 새겨 넣고 싶지 않습니다.'

'이번이 세 번째 불허不許니라. 고약한 것. 감히……'

'폐하……'

'이름을…… 말하라.'

"준휘예요. 강준휘."

허걱.

저도 모르게 이름을 뱉고 말았다.

내 이름을 물어본 것도 아닌데.

여긴 천자와 함께 날아다니던 대숲이 아닌데.

"강준휘?"

이름을 되묻는 목소리에 퍼뜩 정신이 든 준휘가 '어버버' 하며 입술을 벌린 채 눈을 깜빡였다.

이런. 대체 내가 무슨 짓을 한 거지?

묻지도 않은 이름을 몽롱한 눈빛으로 뱉어버린 날 정말 미친년으로 생각할지 모른단 생각이 들었다. 거울을 보지 않아도 붉은 물감에 담갔다 꺼낸 것처럼 금세 얼굴이 붉어지는 걸 느낄 수 있었다. 양 볼이 어찌나 화끈대는지 그대로 화르륵 불꽃이 되어 타오를 것 같았기 때문이다.

"신유하."

"네?"

"내 이름 신유하라고요."

뜬금없이 이름을 밝히고 당황한 듯 얼굴을 붉히고 있는 준휘에게 남자는 자신의 이름을 함께 밝히며 웃어주고 있었다.

"아."

'아' 소리와 함께 준휘가 고개를 숙였다. 무안해할 그녀를 생각해 다짜고짜 자신의 이름을 뱉어줬지만 그 어떤 것으로도 지금의 이 뻘쭘한 상황을 모면하기 어려우리라.

미치겠다. 내가 꿈꾸는 건 달콤한 로맨스인데 어쩌다 이렇게 코믹 엽기로 흘러가게 된 걸까.

"차강현."

에?

생뚱맞게 들려온 주인아저씨의 목소리에 준휘는 정말 이 상황이 코믹 엽기 황당극의 한가운데 자리 잡고 있음을 깨달으며 번쩍 고개를 들었다.

"내가 좀 불친절한 경향은 있지만 또 불공평한 건 못 보는 성격이라.”

이건 또 뭔 소리래? 아저씨까지 안 보태줘도 충분히 미치겠거든요.

“나랑 이 녀석이 총각 이름이 강준휘인 거 알고, 나랑 총각은 이 녀석 이름이 신유한 거 알지. 근데 이 녀석은 내 이름을 알아도 총각은 내 이름을 모르고 있는 거잖아. 그러니까 알려주는 거라고. 내 이름. 자, 그럼 우리 셋 공평한 거다? 그리고 갑자기 자기 이름을 막 헛소리처럼 뱉고 그러는 거 보니까 몸 상태가 진짜 별로인 것 같은데, 이 책은 그냥 갖고 가서 다 읽은 다음에 갖고 와.”

성은이 망극하여이다.

순간 상황을 일타이피로 깨끗하게 정리하며 쥐구멍에라도 들어가고 싶은 그녀를 그대로 다시 돌려보내 주는 아저씨의 센스.

가슴에 다시 소설책을 끌어안은 채 대여점 문을 나선 준휘는 뒤통수에 따갑게 느껴지는 시선을 뒤로한 채 터덜터덜 걸음을 옮기고 있었다. 지금쯤 두 남잔 무슨 소릴 주고받고 있을까. 안 봐도 비디오다.

『쟤는 원래 저렇게 실없어?』

『어.』

『남자 애가 로설 끌어안고 들어올 때부터 알아봤어.』

『그러면서 장단은 왜 맞춰?』

『불쌍해서.』

그래, 잊자, 강준휘. 어차피 저 남잔 내 이상형도 아니잖아. 난 아무한테나 저렇게 웃음 흘리고 아무한테나 막 이름 알려주는 헤픈 남자보단 카리스마 줄줄 흐르는, 소유욕 강한 남자가 좋단 말이야.

아니야. 준휘는 금세 고개를 저었다.

너무 강하고 완벽한 남자는 내가 감싸 안아줄 틈이 없잖아. 그럼 강하고 무심한 듯 보이지만 알고 보면 상처투성이의 외로운 남자? 삐뚤어진 한 영혼이 나로 인해 조금씩 변해가는 걸 느낄 때, 그의 가슴에 조금씩 사랑이란 감정이 들어차기 시작할 때 나는 그를 지켜보며 행복을 느끼고…….

좀 더 많은 생각을 하고 싶었지만 몇 걸음 뚝딱 만에 가게 앞에 다다른 준휘의 다리는 어느새 커피숍 안으로 들어서고 있었다.

"풉!"

준휘가 나간 뒤 갑자기 웃음을 터뜨리는 유하를 보며 강현은 두어 번 고개를 저은 뒤 다시 모니터에 시선을 꽂았다.

"아, 재밌어."

"뭐가?"

"안 가르쳐 줘."

"뭐?"

갑자기 뭔가 재미난 일을 발견했다는 듯 연신 싱글대며 말장난을 해대는 유하를 향해 고개를 든 강현이 미간을 찌푸리며 물었다. 하지만 그런 강현을 골려먹겠다는 듯 유하는 강현의 물음과 동떨어진 답을 하며 몸을 세웠다.

"나, 여기 자주 올 것 같아."

“안 돼.”

“나도 안 돼. 방문 목적이 하나 더 늘어버렸거든. 아, 그리고 군
대 간 현빈이 제대까지 했구먼 아직도 현빈 코스프레야. 제발 그
트레이닝복 좀 어떻게 하지?”

“내가 먼저 입었거든.”

“세상에, 천하의 차강현이 아저씨 소릴 다 듣고. 민 여사님 아시
면 뒷목 잡고 쓰러지시겠네.”

“신유하!”

자신의 이름을 부르는 강현을 향해 다시 빙긋 웃음을 지어 보인
유하가 눈을 찡긋 감으며 몸을 돌렸다.

“또 올게!”

“오지 마.”

“올 거야.”

유하는 짜증이 잔뜩 담긴 눈으로 문을 향해 걸어가는 자신의 뒷
모습을 바라보고 있을 강현을 향해 나직이 속삭이곤 이내 시야에
서 사라져 버렸다.

“한 번만 더 커피 바꿔 사와 봐라.”

유하가 사라진 문을 향해 중얼대던 강현이 두어 번 눈을 깜빡이
곤 다시 모니터로 시선을 내렸다.

“[청옥]은 판타지가 좀 약했던 것 같은데.”

가물대는 기억을 더듬으려는 듯 궁금함을 잔뜩 담은 강현의 손
이 타다닥 무언가를 검색하자 이어 소설 [청옥]의 작품 소개 글이
모니터에 떠오르기 시작했다.

『그딴 표정 맘에 안 들어. 당장 얼굴 안 풀면 키스해 버린다?』

어쩌면 지금 그녀에게 필요한 남자는 가끔 이렇게 대책 없는 거친 반항아일지 모르겠다. 한 손은 주머니에 꽂은 채 삐딱하게 서서 그녀를 내려다보다 갑자기 허리를 숙여 키스를 해오는……. 단추 두어 개 푼 교복 셔츠면 더 화끈하려나?

이런, 이제 하다하다 고삐리랑 키스하는 상상을 하다니, 정말 미쳤구나, 강준휘.

세상에 이런 불량스러운 교복 차림이 근사했던 건 '늑대의 유혹'의 강동원밖에 없었단 거지. 아니다. 조금 더 있긴 했구나.

암튼 그건 어디까지나 영화 속 근사한 남자주인공일 뿐 눈에 치이게 돌아다니는 교복 입은 고삐리 중에 어느 하나 근사한 녀석이 있었던가.

게다가 불량스러운? 그럼에도 머리는 무지하게 좋아 맘먹고 공부만 하면 전교 1등도 금세 할 수 있지만 그동안은 거친 반항을 하느라 공부는 뒷전이었던? 또 게다가 주먹 짱에 생기긴 강동원, 김수현 급인데다 그를 따르는 여자는 수백이나 오로지 그 아이가 눈에 두는 건 키도 작고 앙증맞은, 뭔가 평범하지만 오로지 그 앞에서만큼은 할 말 다 하는 당찬 그런 아이인?

하지만 현실 속의 불량스러운 고삐리는 그저 불량스러운 고삐리일 뿐이다. 입에서 튀어나오는 상스러운 욕설, 참고서 산다고 삥친 돈으로 사서 피웠을 담배. 아무리 고등학생 티를 벗어나고자 교복을 벗고 별의별 난리를 다 쳐도 으슥한 밤 골목에서 마주치고 싶지 않은, 말 그대로 불량 고삐리일 뿐.

"오빠, 우리 주문한 거 아직 멀었어요?"

멍하니 넋을 놓고 단추 두어 개 풀고 한 손은 주머니에 넣은 채 삐딱하게 서서 그녀를 지켜보다 허리를 숙여 키스하던 거친 고삐리 반항아를 상상하던 그녀에게, 닥치고 어서 내 커피나 내놓으라는 듯 말간 눈으로 준휘를 바라보는 두 명의 여대생이 눈에 들어왔다.

주문한 지 십 분이 지나도록 커피잔만 움켜쥔 채 멍 때리고 있는 그녀를 보았으니 이리 재촉을 하는 건 당연한 반응이다.

앗, 그런데 저 여학생들의 낯이 익었다. 요즘 들어 자주 오는, 얼마 전 훅 하고 머리카락을 불어 넘기는 사소한 그녀의 행동에 앙증맞게 꼭 쥔 주먹을 흔들며 얼굴을 붉히던 그 아이들이다.

아, 어쩌면 저 아이들도 내가 고개를 비스듬히 숙여 제 입술에 키스를 하는 상상을 하고 있을지도. 내가 저 아이들에게 쓸데없는 상상을 심어준 것처럼 이 로맨스 소설들도 내게 정말 쓸데없는 상상만 심어주고 있는지도 모르겠다.

답답한 마음에 다시 훅 하고 머리에 바람을 불어 넘기고 아차 하는 얼굴로 시선을 옮기니 역시나 저 아이들, 그때와 같은 반응을 보이고 있다. 이건 절대 너희들을 우리 가게 단골로 포섭하기 위한 계획된 행동은 절대 아니다. 믿어다오.

주문받은 카푸치노를 만들기 위해 스팀 피처에 우유를 부어 스팀 노즐을 살짝 담가 스티밍을 시작하자 보글보글 거품이 일기 시작했다. 곧 카푸치노를 만들기에 적당한 벨벳밀크가 만들어지자 휘리릭 빠른 손놀림으로 로제타를 그려내었다. 괜히 아무 생각 없이 하트라도 그려 넣는다면 저 아이들은 분명 제 눈동자에 핑크 하트를 뿅뿅 새겨 넣을지도 모르니까.

다 만든 커피를 트레이에 올려 두 여학생 앞으로 들고 갔다.

"주문하신 카푸치노 나왔습니다."

라떼아트에 어느 정도 자신이 있는 준휘는 자신이 만든 카푸치노를 테이블 위에 내려놓는 순간 들려오는 찬사에 꽤나 익숙해진 터였다.

"앙. 너무 예쁘다."

"아까워서 이걸 어떻게 먹어요?"

그냥 먹으면 돼.

그 둘을 향해 살짝 미소를 지어 보인 후 등을 돌려 카운터로 돌아온 준휘는 트레이를 내려놓으며 '끙' 하고 한숨을 뱉어냈다.

어제 그렇게 쓸데없는 망상에 사로잡혀 대책 없이 제 이름을 내뱉고 만 하루의 시간이 지났건만, 그 생각만 떠올리면 금세 붉어지는 얼굴을 막을 수 없다. 창피하고 망측하고 또 민망했다.

"신유하……."

어제의 무안했던 상황에서 자신의 이름을 가르쳐 주며 함께 미소를 지어 보이던 그 남자의 이름을 나직이 중얼댔다. 게다가 차강현.

홋. 생긴 것과 완전 다른 대여점 주인아저씨의 이름까지 덩달아 알아버렸다. 이름 석 자만 들으면 어느 로맨스 소설의 카리스마 뚝뚝 남자주인공 같은데 하는 짓은 유관순 열사를 갈구던 일본 순사라니.

문득 그가 지금 이 시각에도 보고 있을 야동─이라 짐작되는 영상─이 궁금했다. 호기심 어린 손길로 인터넷 검색 창에 '야동'이라 치고 엔터를 치자 갑자기 '19'라는 커다란 동그라미와 함께 이런 내용의 문구가 떴다.

─본 정보 내용은 '청소년에게 유해한 정보'를 포함하고 있어 성인 인증 절차를 거쳐야 합니다.

로그인을 안 한 탓이다.

조금 궁금하긴 했지만 그렇다고 로그인까지 해가며 야동을 검색하고 싶진 않은 탓에 창을 닫고자 마우스로 손을 옮겼다. 순간 등 뒤에서 들린 준성의 음성에 준휘는 그만 기절을 할 듯 어깨를 들썩이고 말았다.

"야동이 필요하면 말을 하지. 아빠 방 컴퓨터에 좋은 거 많이 있는데."

"그, 그런 거 아냐!"

정말로 억울한 마음에 준성을 향해 버럭 소리를 질렀지만 그의 눈엔 준휘가 부끄럼 타는 수줍은 소녀로 비쳐졌나 보다.

"그런 건 절대 창피한 게 아냐. 나이가 들면 자연히 성에 눈뜨는 건데 너는 좀 많이 늦긴 했지. 생리도 아마 중3 땐가 했지?"

그 탓에 키가 이렇게 컸는지는 모르겠지만 아빠, 부녀지간에 나눌 만한 바람직한 대화는 아닌 것 같아.

어쩌면 아빠는 나를 정말 아들로 착각하고 있는 건 아닌지 모르겠다. 이러다가 목욕탕에라도 같이 가자고 하는 소리가 나오는 건 아닐까.

엄마와도 다정히 목욕탕이란 델 가본 기억이 없는데. 그렇다고 그 경험을 아빠와 해보고 싶은 맘은 추호도 없다.

아빠 입에서 또 무슨 소리가 나올지 몰라 준휘는 눈앞에 있는 책 두 권을 움켜쥔 채 몸을 일으켰다.

"책 반납하고 올게."

딸랑.

무거운 걸음으로 대여점 문을 열고 들어서자 모니터에서 슬쩍 시선을 뗀 강현이 이내 모니터로 시선을 꽂아 넣으며 고개를 숙였다.

뭐야? 반갑게 안 맞아도 되는 어젠 그렇게 다정한 척 '어서 와, 총각' 하고 인사를 하더니 오늘은 또 본 체 만 체. 이랬다저랬다 정말.

살짝 입가를 씰룩인 준휘가 카운터 위에 책 두 권을 올려놓고는 예의 차강현이라 불리는 아저씨를 바라봤다. 아저씨, 정말 이름하고 안 어울리거든요?

"다 읽고 갖다 달라니까?"

"다 읽었어요."

“재미없어서 막 넘겼구나?”

“평소 행복한 작가의 글 스타일이 아니었어요.”

“뭐 읽었는데?”

“음. [파르페], [나름대로 멋진], [열여덟, 서른], [그녀를 위한 드라마]. 대충 이 정도?”

시선을 내리는 순간 카운터 위에 놓여 있던 또 다른 책이 눈에 들어왔다.

“어? 이것도 행복한 작가 글이네?”

[구름의 약속]이란 제목의 소설을 본 준휘가 냉큼 손을 뻗어 카운터 위의 책을 집어 들었다.

어디 간 좀 볼까.

스르르 책장을 넘기던 준휘의 미간이 씰룩 움직였다.

여린 사내라…….

여기에 표현된 ‘여린 사내’는 분명 작고 아담한, 한 팔에 쏙 안기는 남장 여자겠지? 에이, 읽지 말까? 그런데 궁금했다. 남자주인공과 이 ‘여린 사내’는 어찌 되었을까.

“아저씨, 이거 빌려 갈게요.”

“너무해!”

갑자기 나온 궁녀와의 삐리리 신에 화가 난 준휘가 저도 모르게 버럭 소리를 지르곤 책을 덮어버렸다.

여주인공을 놔두고 왜 다른 여자랑 삐리리를 하냐고. 로설 속 남주들은 왜 화가 나면 애먼 여자 끌어안고 분노를 표출하는 거냐고.

콧구멍으로 화산보다 더한 열기가 마구 뿜어져 나오는 걸 옆에서 지켜보던 준성이 궁금하다는 얼굴로 준휘를 향해 물었다.

“왜, 악조가 여주를 막 괴롭혀?”

“아니.”

“그럼 부잣집 남주 어머니가 가난한 여주 만나 봉투 줬어? 이거 먹고 떨어지라고?”

“아니.”

“아, 남주가 딴 여자랑 바람피웠구나?”

“바람은 아닌데 어쨌든 딴 여자랑 자잖아.”

“나쁜 놈이네.”

“뭐, 아직까지 여주랑 사귀는 건 아니니까 나쁜 놈은 아니고.”

“근데 왜 광분이야?”

“그러게.”

무언가 갑자기 뚝 끊어진 듯 준휘는 할 말을 잃고 쩝 하고 입맛을 다셨다.

내 남자도 지금 어디서 분노에 찬 얼굴로 다른 여자를 끌어안은 채 욕구를 분출하고 있는 건 아닐까. 그런 버릇 안 좋은데. 화가 나면 차라리 뭘 먹어, 나처럼.

슬쩍 한숨을 내쉰 준휘가 앞에 놓인 과자를 우적 집어 먹으며 다시 덮었던 책장을 펼쳤다.

이야기는 어느새 결말을 향해 달려가고 있었다. 한참을 읽다 보니 피융! 윽! 챙! 악! 첨벙! 꼬르륵…… . 이렇게 남자주인공 하나만 빼고 다 죽는 대량 살상의 새드엔딩이었다.

탁 하고 책을 덮자 울컥 눈물이 솟기 시작했다. 쓰윽 소매로 눈물을 훔치고는 차마 콧물까지 소매로 닦을 순 없어 옆에 있는 티슈를 뽑아 팽 하고 코를 풀었다.

"쳇. 행복한 작가가 아니라 완전 잔인한 작가잖아? 어떻게 이렇게 다 죽일 수가 있어!"

물론 예견된 비극이었지만 그래도 일말의 희망을 품었는데…….

휴우 하고 한숨을 내쉰 준휘가 고개를 돌려 창밖을 바라봤다. 아까부터 내리던 빗방울은 점점 거세지며 가을로 접어든 계절을 다시 여름 장마로 되돌릴 듯 무섭게 퍼붓고 있었다. 더 쏟아붓기 전에 책을 반납해야겠단 생각에 우산을 집어 든 준휘가 품 안에 책을 꼭 끌어안은 채 대여점 안으로 들어섰다.

"울었어?"

들어올 땐 인사도 없던 강현이 대뜸 준휘의 얼굴을 바라보며 물었다. 눈물, 콧물 확실히 닦고 왔는데 티 나나?

"아뇨."

"울었는데?"

"안 울었다니까요!"

숨기고 싶은 것만 콕콕 집어 드러내는 걸 보면 부업으로 족집게 과외 같은 걸 해도 잘하지 싶다. 저도 모르게 버럭 소리를 지른 준휘는 가슴에 품고 있던 책을 내려놓으며 입술을 씰룩였다.

번쩍.

책을 내려놓고 얼마 되지 않아 갑자기 눈앞으로 번쩍하며 섬광이 지나갔다. 이것은 분명…….

앞으로 몇 초 뒤면 우르릉 쾅 하며 천둥이 칠 것이다.

갑자기 머릿속이 새하얗게 되면서 식은땀이 솟기 시작했다. 후들후들 두 다리가 떨리고 눈앞이 깜깜했다. 극심한 공포가 몰려오며 준휘는 책상 밑에 숨어 있던 여섯 살 꼬마가 되어가고 있었다.

무서워. 무서워, 아빠.

준휘는 곧 들려올 쾅 하는 천둥소리를 막으려는 듯 두 귀를 손으로 잔뜩 틀어막은 채 자리에 주저앉았다.

"총각?"

"싫어. 무서워."

"뭐?"

"무서워…….""

쿠궁! 쾅!

"아악!"

✳

창고에서 생두 자루를 살피던 준성이 쾅 하는 소음에 하던 손길을 멈췄다.

천둥. 방금 그것은 천둥소리였다.

"준휘야…….""

중얼대듯 준휘의 이름을 부른 준성이 그 길로 몸을 돌려 다급히 커피숍 홀로 들어섰다.

하지만 두 개의 테이블을 차지하고 있는 손님들이 창밖으로 쏟아지는 빗줄기를 걱정스러운 눈길로 바라보는 모습만 보일 뿐 어디에도 준휘는 보이지 않았다.

서둘러 카운터 쪽을 살폈다. 카운터에도 바Bar 안에도 준휘는 없었다.

"준휘야!"

준휘를 부르며 준성은 커피숍 문을 열고 빗속으로 나섰다. 대여점에 있겠지. 그럼 다행히 혼자는 아닐 거야. 준휘야, 조금만 기다려. 아빠가 갈게.

"준휘야."

비에 젖은 준성이 대여점 안으로 들어서자 바닥에 주저앉은 채하얗게 질린 딸의 모습이 들어왔다. 어찌나 두 귀를 꼭 틀어막았는지 준휘는 자신이 부르는 소리를 알아듣지 못하는 것 같았다. 준휘 옆으로 다가간 준성이 준휘의 어깨를 가볍게 흔들며 다시 한번 준휘를 불렀다.

"준휘야, 아빠 왔어."

"아빠……."

그제야 고개를 든 준휘가 준성을 보며 희미한 미소를 지었다.

"그래, 아빠 왔어."

여태 웅크린 채 주저앉아 있던 준휘가 반쯤 몸을 일으키며 히하고 어설픈 미소를 짓는 순간 준휘의 몸이 바닥으로 스르륵 무너져 내렸다.

“준휘야!”

황급히 준휘의 늘어진 몸을 받아낸 준성이 준휘를 안고자 몸을 숙이자 카운터 안에 앉아 있던 강현이 대뜸 걸어와 준휘를 번쩍 안아 들었다.

“제가 옮기겠습니다.”

대여점 주인은 이사 온 날 떡을 건네러 들렀을 때도 의자에서 살짝 몸을 일으켜 끄덕 목례를 나눴을 뿐이었다. 쓰러진 준휘를 옮기겠다며 몸을 일으킨 남자는 180㎝인 저보다도 훨씬 큰 키의 사내였다.

“아, 그래 주시겠습니까?”

긴 다리로 성큼성큼 문 쪽으로 걸어가는 남자를 보며 준성은 황급히 몸을 움직여 대여점 문을 열었다. 쏟아지는 빗속을 뛰다시피 걸어간 강현이 준성의 뒤를 따라 대문 안으로 들어섰다. 품에 안긴 준휘가 최대한 비를 맞지 않게 하기 위해 몸을 숙인 강현은 두어 그루의 나무가 있는 작은 정원을 지나 2층으로 올라가는 계단을 빠른 걸음으로 올랐다.

현관을 들어서고 준성이 안내한 방 안 침대 위에 준휘를 조심스레 내려놓은 강현은 그제야 ‘휴’ 하고 숨을 내쉬며 몸을 세웠다. 준휘에게 이불을 덮어주고 다정스레 손까지 꼭 잡아주고 난 준성이 몸을 돌려 강현을 바라봤다.

“많이 젖으셨네요.”

잠시 나갔다 온 준성이 손에 마른 수건을 든 채 다시 들어왔다.

“일단 젖은 머리라도 털어내십시오. 따뜻한 커피 한 잔 대접하겠습니다. 아, 가게 비워두고 오셨죠?"

"사장님도 내려가 보셔야죠. 커피숍도 비워둔 채 아닙니까."

"아뇨. 전 여기 준휘 옆에 있어야 합니다."

준성의 말에 잠시 이해가 되지 않는다는 듯 눈썹을 찡그린 강현이 준성을 향해 물었다.

"근데 겨우 이깟 천둥 때문에 정신까지 잃습니까?"

"준휘한텐…… 이깟 천둥이 아니니까요."

"……."

"이 아이, 세상에서 제일 무서워하는 게 바로 천둥입니다."

"아."

'아' 하고 대답은 했지만 그의 표정은 여전히 이해가 안 되는 듯 보였다.

"태어나서 일주일 만에 제 엄말 잃고 쭉 내 손에서 자랐습니다. 아니, 내 손이랄 것도 없네요. 내 손도 거의 타질 못했으니까."

"네에."

"걸음마 시작하기 전부터 놀이방에 맡겨져선……. 여섯 살, 유치원에 다닐 때부턴 끝나고 집에 오면 내가 들어올 때까지 저 혼자 집을 지키고 있었지요."

준성의 설명을 듣고 나니 강현은 눈앞에 유치원에서 돌아온 여섯 살 어린 준휘가 혼자 현관문을 열고 들어와 신발을 벗고, 욕실에서 손을 씻고 옷을 갈아입는 모습이 보이는 듯했다. 더 깊은 설명을 듣지 않아도 혼자 집을 지키던 준휘에게 어떤 일이 벌어졌을지 충분히 상상이 되고 있었다. 아마 그날 오후엔 매서운 빗줄기와 함께 커다랗고 요란한 천둥번개가 요동을 쳤을 것이다. 여섯 살 어린 꼬마는 잔뜩 겁에 질린 채 아빠를 불러대며 울었을 것이고, 그 끔찍한 기억이 다 자란 성인이 된 지금까지 남아 이 아일 괴롭히는 중인 것이리라.

“아……..”

무슨 말을 해야 할지 몰라 머뭇대던 강현이 젖은 머리를 닦아낸 수건을 준성에게 건네며 꾸벅 목례를 했다.

“그만 내려가 봐야겠네요.”

“이런, 제가 바쁜 분을 붙잡고. 오늘 여러모로 감사했습니다.”

“별말씀을요.”

수건을 건넨 강현이 나오지 말라는 말과 함께 방문을 나서 사라졌다. 금세 현관문이 닫히는 소리가 들렸고, 준성은 잔뜩 걱정이 담긴 눈으로 준휘를 바라보며 다시 한 번 준휘의 하얀 손을 꼭 잡아줬다.

“우리 딸, 이렇게 힘들어서 어떡하냐.”

핏기 없는 얼굴을 살며시 쓰다듬던 준성의 목소리가 얼핏 떨리고 있었다. 그리고 그의 눈에서 툭 하고 굵은 눈물방울 하나가 떨어져 내렸다.

3. 남자 둘, 총각 하나

"군대 안 갔다 왔지?"

다음날 출근을 하듯 대여점 문을 열고 들어서는 준휘를 향해 강현이 물어왔다.

당연하죠.

"더 늦기 전에 갔다 와. 총각 같은 사람은 꼭 한 번 갔다 와야 돼."

"나 같은 사람이 어떤 사람인데요?"

"총각 같은 사람."

내가 말을 말지.

"실은 나도 화장실 바뀌면 똥 못 싸고 그랬거든. 근데 그거 군대 가서 다 고쳤어. 행군 나가면 파놓은 구덩이에만 앉아도 그게 다

해결이 되거든."

"난 화장실 바뀌어도 똥 잘……."

아, 적어도 이 아저씨랑 같은 급은 되지 말자.

그녀도 한때 여군이 되어볼까 생각을 해본 적은 있다. 딱히 여군이 멋있어서라기보다 전에 몰아서 읽었던 소설 속 남주처럼 카리스마 좔좔 군인이 있다면 여군을 지원해 봐도 괜찮을 듯싶었기 때문이다.

하지만 남자주인공도 근사했으나 여자주인공도 따라서 근사했다. 아무리 생각을 해봐도 자신은 전투기를 몰 정도의 체력이나 강단도 없으며, 남의 심장에 총알을 박아 넣을 저격수가 되기엔 간도 작았다. 만약 천둥 치는 날 누굴 쏴서 죽여야 한다면 아마 제가 먼저 심장마비로 꼴까닥 할 것이다. 아쉽지만 카리스마 군인은 마음을 접었다. 내무반 안에서 몰래 뽀글이를 끓여 먹을 군번이 되었다 자랑질하던 동기 녀석을 떠올리며.

그래, 그게 현실이지.

그리고 무엇보다 군대 계급은 외우기에 너무나 어렵고 복잡하다. 어째서 이병 다음에 일병인지. 작대기 하나가 이병인데 왜 작대기 두 개가 일병인지, 그렇다면 작대기 세 개는 왜 삼병이 아닌 상병인지. 일, 이, 삼으로 나가든 상중하로 나가든 헷갈리지 않게 정해놓고 부르면 참 좋을 텐데, 하사, 중사, 상사는 상중하로 따지고 소위, 중위, 대위는 왜 대중소로 따지는 걸까.

"혹시 면제야?"

고개를 꺾은 강현이 준휘를 보며 물었다. 군대를 말하는 거라면 예스.

"네."

"저런."

"뭐 그렇게 안타까워하실 것까지야."

"음."

"참, 어제 저 옮겨주셨다면서요?"

"어."

"아빠가 감사하다고 전해 달라셨어요."

"총각은?"

"저도…… 감사해요."

안 그래도 나도 고맙다고 인사를 하려는 참이었는데 꼭 그렇게 콕 집어서 물어야 했을까.

"맨입으로?"

"뽀뽀라도 해드려요?"

"헉! 혹시 남자가 좋아?"

"네."

"휴. 그럴 줄 알았어. 아버님도 아셔?"

"네."

"저런."

"오늘 저에 대해서 참으로 많은 안타까움을 표하시네요."

"아버님이 걱정 참 많으시겠어."

"아빠 스타일이 걱정 같은 거 끌어안는 성격은 아니시라서요."

"겉으론 그래도 속은 안 그러실걸."

"두 달 잠깐 본 아저씨보단 그래도 이십사 년 같이 산 제가 우리 아빨 더 잘 알걸요?"

"쯧쯧, 어쩔까. 아무래도 이십사 년 같이 산 총각보다 두 달 잠깐 본 내가 더 아버님을 더 잘 아는 것 같은데."

"쳇."

"아무리 남자가 좋아도 아버지 앞에서 내색하고 그러지 마. 차라리 지금 하던 대로 그냥 계속 로설을 파."

"소설 속 남주만 주구장창 짝사랑하라고요?"

"글쎄. 그게 더 잔인할지 현실이 더 잔인할지 그건 나도 잘 모르겠네."

"어? 준휘 씨?"

갑자기 들려온 그녀 이름을 부르는 낯선 남자의 목소리에, 준휘는 제발 영화 속 한 장면처럼 제가 슬로우 모션으로 몸을 돌려 문쪽을 바라봤을 때 맑은 미소를 띤 내 남자가 나를 향해 다가오는 그런 꿈같은 일이 벌어졌으면 하고 희망했다.

하지만 쳇, 그런 일이…… 아아, 벌어지고 있었다.

이렇게 제 앞에서 일본 순사처럼 갈구는 차강현 아저씨완 절대 어울리지 않으나 친구인 양 보이는 신유하 오빠. 그 남자가 저를 보며 성큼성큼 다가서고 있었다.

"어째 오늘은 커피숍부터 안 들르고 여기부터 들르고 싶더라니. 이거 하늘의 계시인가?"

아마도요.

유하의 시선이 카운터 위에 놓인 책에 고정됐다. 덩달아 준휘의 시선도 카운터 위의 책으로 향했다.

어? [구름의 약속]이다. 이거 어제 내가 반납한 건데 어제 그 상태에서 안 치우고 그대로 뒀나 보네. 반납하자마자 칼같이 정리하는 성격에 웬일이래?

"음, 이거 새드인데, 혹시 이거 빌려가려고 하는 거면 난 이거 추천 안 해준다."

세심한 마음씀씀이 하며.

이웃사촌의 아픔을 재산 축적의 대상으로 승화시킬 생각은 없다고 해놓고 이런 초특급 대량 살상 울트라 캡숑 새드를 아무렇지 않게 건넨 차강현 아저씨와는 차원이 달라.

오빠, 이런 친구랑 놀지 마세요.

"벌써 읽었어요."

준휘가 머쓱한 미소를 지으며 답하자 유하는 '속상해서 울었겠구나' 하는 얼굴로 그녀를 바라봤다.

"로설 많이 읽으셨나 봐요?"

[구름의 약속]이 새드인 것도 알고, [청옥]이나 [여왕의 눈물]도 꿰뚫고 있는 걸 보면 분명 그럴 것이다. 자연스럽게 대화를 이어가고 싶은 마음에 그녀가 그렇게 묻자 유하는 고개를 끄덕이며 '조금?' 이라고 답했다.

"얘는 여자 되게 좋아해."

뭐요? 그러니까 나보고 지금 유하 오빠한테 관심 끊으라고 미리 연막을 치는 건가? 나도 남자 되게 좋아해요. 쳇.

"후후, 맞아. 나 여자 되게 좋아해요. 그리고 준휘 씨가 만든 카페모카도 되게 좋아하는 것 같아. 오늘은 따뜻한 걸로 하나 부탁해도 될까요?"

"아, 조금만 기다리세요. 얼른 만들어서 갖다 드릴게요."

"아니. 나 준휘 씨 일하는 커피숍 가서 마실 거야. 그래도 되죠?"

당연한 걸 입 아프게 뭐 하러 물으실까.

"나 가게 못 비워. 그냥 테이크아웃 해와."

"네 건 이따 사다 줄게. 가요, 준휘 씨."

"야!"

"아이스 아메리카노, 얼음 굵게 갈아서. 맞지?"

"신유하!"

다급한 목소리로 불러대는 강현을 뒤로한 채 유하가 덥석 준휘의 손을 잡고 긴 다리로 성큼성큼 대여점 문을 나서 버렸다. 엉겁결에 유하의 손에 이끌린 채 나가던 준휘는 대여점 문이 닫히기 직전 강현을 돌아보며 외쳤다.

"아저씨 커피는 제가 쏠게요! 감사의 의미로다가!"

짜릿하고 뭔가 통쾌한 이 기분. 아저씨, 메롱.

유하가 다짜고짜 준휘의 손을 잡고 나가자 강현은 갑자기 대여점 안에서 느껴지는 황량함에 잔뜩 미간을 찌푸리고 고개를 숙였다. 시끄러운 건 딱 질색인데 왜 이렇게 지금 와 닿는 적막은 끔찍이도 거부하고 싶을까.

"왜 지가 더 친한 척이야? 그리고…… 난 카페모카가 좋은데 왜 항상 제멋대로 아이스 아메리카노래?"

딸랑.

커피숍 문을 열고 들어서자 바Bar 안에서 무언가를 만들고 있던 준성이 웬일이냐는 듯 준휘를 바라봤다. 그도 그럴 것이, 대여점엘 들렀다 온 그녀의 손엔 으레 들려 있던 책 대신 웬 남자의 손이, 아니, 정확히 말해 남자의 손에 다정하게 잡혀 있었기 때문이다.

"난 저기 앉아서 기다려야겠다. 뜨거운 카페모카 부탁해요."

유하가 잡고 있던 손을 아쉬운 듯 놓아주며 찡긋 윙크를 했다.

훅 하고 준휘의 가슴에 또다시 바람이 인다.

유하가 창가 테이블로 걸음을 옮기는 순간, 아니, 실은 커피숍 안을 들어설 때부터 그녀를 향해 쏟아지는 수줍은 시선을 느끼고 있었다. 시선이 느껴지는 곳으로 고개를 돌리자 설핏 미소를 지은 여자가 준휘를 향해 까딱 목례를 해왔다.

순간 그녀는 제가 또 무언가를 잘못했다는 걸 깨달았다. 저 여잔 전에 바바리맨과의 골목길 조우에서 저의 등 뒤로 숨어들었던, 그리고 제가 카모마일 티를 대접했던 바로 그 여자다.

설마 내가 저 여자의 가슴에 불을 지핀 건 아니겠지? 에이, 설마. 나 요즘 매일같이 찾아오는 여대생들 상대하는 것만으로도 벅차다고.

애써 아무렇지도 않은 척 마음을 가다듬은 준휘가 바Bar 안으로 들어섰다. 지금 그녀는 세상에서 제일 맛있는 카페모카를 만들어야 했기 때문이다. 집중해야 하는데 옆에 있는 준성은 잔뜩 궁금한 얼굴로 그녀를 바라보고 있고, 앉아 있던 여자는 머뭇머뭇 몸을 일으켜 무언가를 들고 준휘를 향해 다가오고 있다.

"저기, 이거……."

여자가 바Bar 위로 올려놓은 그것은 핑크 리본이 장식된 작은 상자였다.

물끄러미 여자를 바라보자 잠시 머뭇대던 여자가 들릴 듯 말 듯 한 작은 소리로 속삭였다.

"제가 구운 거예요."

구워요? 설마 야동 CD?

"쿠키예요."

"아!"

실망의 탄식일까?

"그날 감사해서요."

"안 이러셔도 되는데."

조금은 부담이 된다는 얼굴로 바라보니 머쓱한 미소를 짓던 여자가 몸을 돌려 원래의 자리로 돌아갔다.

차라리 대놓고 '당신이 좋아요'라고 고백을 해왔다면 준휘는 당장 그녀의 손을 잡고 여탕으로 내달렸을 것이다. 그래서 탈의실에 들어서자마자 그날의 바바리맨처럼 바지 지퍼를 쓰윽 내려 보이며 '짜잔! 서프라이즈!' 했을지도.

하지만 제일 난감할 때가 이런 경우다. 느낌이라든가 눈빛이라든가, 분명 코앞에 느껴지는 감정은 '나는 당신이 좋아요'인데 말로써 전달이 되지 않는 탓에 거부의 리액션을 취하기도 난감한 터다. 그건 요즘 들어 자주 오는 여대생들도 마찬가지다.

"인기 폭발이네."

멍하니 허공에 시선을 꽂고 있는 그녀에게 준성이 말했다.

혈압 폭발 중이야.

차강현 아저씨도 그렇고 저기 저 여자도 그렇고, 왜 하필 유하 오빠 앞에서 나를 자꾸 '총각'으로 몰아가느냐고.

"조만간 우리 재벌 되겠다."

뜬금없는 준성의 말에 준휘가 고개를 돌리자 휘핑기에 손을 뻗던 준성이 살짝 다가와 귓속말로 속삭였다.

"너는 20대를 잡아. 난 4, 50대를 공략할 테니."

"핍."

그제야 아빠의 의도를 눈치챈 준휘가 바람 빠진 풍선에서나 나는 쇳소리를 내며 웃었다.

아무래도 아빠는 재벌의 의미를 잘 모르는 것 같다.

재벌이란 '재계財界에서 여러 개의 기업을 거느리며 막강한 재력과 거대한 자본을 가지고 있는 자본가, 기업가의 무리'라고 사전에 명시돼 있다. 그런데 이런 코딱지만 한―아빠 앞에서 이렇게 말했다간 뒤지게 혼난다―커피숍에 손님이 좀 들끓는다 한들, 아, 이런 코딱지만 한 커피숍이라도 체인점을 한 백 개쯤 가지고 있으면 재벌 비슷한 축에 들어가긴 하려나?

아빠는 은근 재벌에 대한 로망이 있는 것 같다. 기억에 내가 아빠로부터 재벌이란 단어를 맨 처음 들은 때는 아마도 다섯 살 즈음인 것 같다.

"네 엄마는 재벌가의 외동딸이었어."

우수에 가득 찬 눈빛으로 허공을 응시하던 아빠는 조그만 내 손을 따뜻이 잡아 쥐며 말했다. 재벌이 뭐냐 물으니 돈이 아주 많은 사람이라고 했다. 돈에 대한 개념도, 많다는 것에 대한 개념도 똑 부러지게 찬 시절이 아니었기에 나는 그저 동전이 꽉 찬 커다란 돼지 저금통을 여러 개 갖고 있는 사람인가 보다 했다.

재벌이 뭔지 정확히 안 건 아니지만, 아빠의 말은 죄다 뻥이란 걸 알아차린 건 그로부터 얼마 지나지 않아서였다. 집 앞에 주차된 반짝반짝한 새 차를 자랑스럽게 바라보며 '우리 준휘 차야' 라고 말하는 아빠를 보며 며칠 전 새로 산 크레파스를 잃어버렸다가 왜 새로 산 물건에 이름을 쓰지 않았냐며 혼이 난 기억을 떠올렸다.

크레파스보다 훨씬 큰 자동찬데 이번에도 이름을 쓰지 않았다가 잃어버리면 저번보다 훨씬 더 많이 혼날 거란 생각에 냉큼 사인펜 하나를 들고 나와 운전석 문짝에 이름을 썼다.

하지만 열심히 눌러 쓴 글씨는 종이에서처럼 쓱쓱 써지지 않고 금세 잉크가 날아가 버려 자취조차 알아볼 수 없는 상태가 되어버렸다. 한참을 고민하던 나는 할 수 없이 발밑에 놓여 있던 돌멩이 하나를 주어 들어 보닛에 커다랗게 '강준휘' 라 이름을 새겼다.

그날 난 진짜 뒈지게 혼났다.

언젠 내 차라며. 그리고 새로 산 물건에는 꼭 이름을 쓰라며.

서러운 마음에 꺽꺽 울음을 삼키며 그날 난 다시는 아빠의 말을 믿지 않겠다고 다짐했다. 그리고 내가 TV 드라마를 통해 어렴풋이 재벌의 의미를 파악했을 때 나는 조용히 홀로 정의를 내렸다. 아마도 우리 엄만 동네의 큰 슈퍼 집 딸이었을 거라고.

"자, 3번 테이블에 카모마일 티랑 아이스크림."
트레이에 담긴 메뉴를 준휘 쪽으로 내민 준성이 3번 테이블을 향해 고갯짓을 했다. 3번 테이블엔 방금 전 준휘에게 쿠키 상자를 건네고 간 그 여자가 앉아 있었다. 트레이에 담겨 있는 카모마일 티는 굳이 확인하지 않아도 그 여자가 주문한 것이 백 프로 맞을 것이다.
트레이를 들고 3번 테이블 앞으로 간 준휘는 묻지도 따지지도 않고 대뜸 여자 앞에 카모마일 티를, 그리고 그 맞은편에 앉은 또 다른 여자에게 아이스크림을 내려놓고 '맛있게 드세요' 하는 형식적인 인사를 건네고 돌아왔다. 그리고 막 혼신의 힘을 다해 카페모카를 만들려고 하던 찰나, 딸랑 하고 들려오는 종소리에 무의식적으로 늘 하던 인사말을 중얼댔다.
"어서 오…… 세요."
젠장.
진남색 트레이닝 상의 주머니에 손을 꽂은 채, 손을 빼서 문을 여는 그 동작마저도 귀찮다는 듯 어깨로 유리문을 열고 들어서는 강현의 모습이 눈에 들어왔다. 누가 반겨한다고 씩 미소까지 지으며.

후와! 근데 진짜 길다.

여태 꾸부정히 접힌 모습만 봤는데 접힌 몸을 죄다 펴니 저보다 10㎝는 더 큰 것 같다. 헤엑! 그럼 186㎝? 저 몸이 어떻게 여태 접혀 있었을까.

어? 근데 털썩 유하 오빠의 앞에 자리를 잡고 앉는다.

아니, 그럼 난 어디에 앉으라고.

『이봐, 금다방 미스 강아, 여기 이 오빠 옆에 좀 앉아봐라.』

거나하게 몸을 잔뜩 뒤로 젖힌 채 엉덩이 옆을 툭툭 두드리며 제 옆엘 앉으라 하면 난 단물 빠진 껌을 쫙쫙 씹고 있는 금다방 강 양이 되어 '오모, 싸장니임, 나 생과일주스 한 잔 마셔도 돼?' 하며 엉덩이를 한껏 흔들며 그 옆에 앉아야 하는 걸까.

촌스러운 빨간 머리띠가 얹혀 있는 제 모습을 상상하며 입술을 깨물던 찰나 강현의 목소리가 들려왔다.

"총각."

차강현 아저씨가 부른다.

그렇지. 난 금다방 미스 강이 아니었다고.

터덜터덜 그 앞으로 다가가니 강현이 올려다보며 건조하게 말을 뱉었다.

"나도 카페모카로 줘. 초코 시럽은 너무 많이 넣지 말고. 아, 생 크림은 많이 얹어도 돼."

"아저씨, 내가 아저씨 커피 쏜다고 하니까 아이스 아메리카노보다 비싼 카페모카로 메뉴 바꾼 거죠?"

"어떻게 알았어?"

“내가 아저씰 좀 잘 아는 것 같아서요.”

“어느새 내가 총각 가슴에 자리 잡은 거야?”

“설마 그럴 리가요.”

“그치? 가슴에 손을 얹고 생각해 봐도 제일 싼 아이스 아메리카노로 퉁을 치는 건 좀 심했다 싶었지?”

“제일 싼 거라뇨. 에스프레소 뽑아서, 희석해서, 얼음 넣어 차게 식혀서, 빙삭기에 얼음 갈아서! 아이스 아메리카노도 얼마나 손 많이 가는 메뉴인데!”

“어쨌든 카페모카보다는 싸잖아.”

잠깐 까먹었다. 말로는 이 아저씰 감당할 수 없다는 걸.

준휘가 씩씩대는 걸음으로 다시 바Bar 안으로 돌아가자 깍지를 낀 채 물끄러미 강현을 바라보던 유하가 조용히 입을 열었다.

“한영네트웍스에서 자꾸 전화 온다. 조만간 거기 CP가 너랑 같이 자리 한번 만들라더라.”

“됐다고 해.”

“그럼 네가 직접 하든가.”

“말 섞고 싶지 않아.”

“대표도 직접 나설 기세던데.”

“할 일 되게 없구나.”

“중간에서 나만 죽겠어. 당사자도 아닌데 거절도 한두 번이어야지.”

“……”

“그럼 이번 건 남의 손에 맡기지 말고 네가 직접 해보든가.”

“……”

“이것도 싫다, 저것도 싫다, 너도 참. 그나저나 본가엔 자주 들어가?”

“얼굴 잊어버리겐 안 하고 있어.”

“그래도 참 용하다? 여태 그 트레이닝복 안 들키고 있는 거 보면.”

“훗.”

“이번 거, 나 줘.”

“없어.”

“말 안 들으면 민 여사님께 너 불심검문 나서시라고 꼰지를 거야. 그 트레이닝, 아니, 추리닝 패션을 민 여사님이 보시면 아마…….”

유하가 입을 닫았다. 무엇이 불만인지 입을 꾹 다문 채 트레이를 들고 다가오는 준휘를 봤기 때문이다.

달그락. 테이블 위에 커피잔이 놓였다. 그리고 몸을 돌려 움직이려는 준휘를 향해 유하가 말했다.

“준휘 씨도 같이 마셔요. 내가 쏠게.”

순간 준휘의 마음은 머리에 빨간 머리띠를 꽂은 금다방 미스 강이 되어 유하 싸장님 옆에 폴짝 안기고 있었다.

우리 가게엔 생과일주스 없는데. 2층 냉장고에 있는 토마토를 갈아달라고 해볼까.

하지만 안타깝게도 그녀는 눈치라곤 약에 쓸래도 없는 금다방의 미스 강이 아니었다.

서당 개 삼 년이면 풍월을 읊는다고, 꽤 오랜 시간 사람들의 다양한 구미口味를 맞춰야 하는 서비스업에 종사해 온 준휘는 손님의 눈빛만 봐도 무엇을 원하는지 대강의 분위기는 파악할 수 있었다.

분명 제가 다가가기 전까지 진지하게 이야기를 이어가던 두 사람이 그녀가 테이블에 다가섬과 동시에 말을 끊었다. 이건 그녀가 두 사람의 대화에 방해가 되었단 뜻이다. 머물러선 안 된다. 여기서 넙죽 유하 오빠 옆에 앉았다간 금다방 미스 강이 아니라 국민 민폐 강 양이 되는 것이다.

"저는 일해야죠."

싱긋 미소를 지어 보인 준휘가 그대로 몸을 돌려 바Bar 쪽으로 걸음을 옮겨 왔다. 애써 시선을 내렸다. 지금 저기 차강현 아저씨와 눈이 마주친다면 자신은 '내 다리 내놔'의 외다리 귀신보다 더 사무치는 원한을 뿜어낼 것이다. 저 아저씨만 오지 않았다면 그녀는 지금쯤 유하 오빠와 마주 앉아 입가에 묻은 생크림을 닦아주며 찌리리 눈이 맞았을지도 모른다.

아니, 자기가 트레이닝복 입고 커피숍에 앉아 있으면 시크릿 가든의 현빈으로 보이는 줄 아느냐고.

준휘가 바Bar로 돌아온 이후에도 두 사람의 은밀한 대화는 계속됐다. 말소리가 들리지 않아 어떤 내용인지 알 수는 없었지만 유하는 계속해서 무언가를 이야기했고, 강현은 여전히 주머니에 두 손을 꽂은 채 고개를 젓다가 가끔 한 손을 빼내 커피를 홀짝이곤 입가에 묻은 생크림을 엄지손가락으로 쓱 닦아냈다.

『우리 그냥 밝히자.』

『안 돼.』

『나도 안 돼. 이렇게 만나는 거 너무 힘들다. 차라리 모든 걸 밝히고 떳떳하게 만나.』

『그럴 수 없다는 거 잘 알잖아.』

『넌…… 정말 잔인해. 그런데도 나 생크림이 묻은 네 입술을 미치듯이 맛보고 싶어 돌아버릴 지경이야. 나쁜 자식.』

허걱! 설마…….

멀쩡하게 생긴 유하 오빠가 뭐가 아쉬워서 차강현 아저씨를.

근데 두 사람 그림이 오묘하게 잘 어울리는 건 어쩔 겨.

근심 가득한 얼굴로 푸우 하고 한숨을 내쉬는데 부르르 준성의 전화기가 울렸다. 모르는 번호인 듯 고개를 갸웃한 준성이 전화기에 대고 '여보세요' 한마디 하곤 이내 빙삭기에 들어갈 얼음처럼 싸늘하게 표정을 굳히고 입술을 다물어 버렸다. 그렇게 30초 정도 전화기를 귀에 갖다 댄 채 잔뜩 굳은 얼굴로 준휘를 돌아본 준성이 빠르게 걸음을 옮기며 잠시 밖에서 전화를 받겠다는 듯 손짓을 하고 서둘러 커피숍 문을 나섰다.

대체 무슨 전화길래 저러는 걸까. 평소 아빠에게서 볼 수 없는 무거운 분위기다.

가끔 아줌마들을 향해 '사 먹으면 됩니다' 하고 목소리를 깔던 때와는 완전 다른……. 혹시 이 가게랑 집 구입할 때 무리하게 사채라도 끌어 쓴 건 아닐까. 그러다 눈덩이처럼 불어난 이자를 감당하지 못해 이 가게가 통째로 깍두기 아저씨들 손에 넘어갈지도

모른다는 협박이라도 받은 걸까. 저렇게 하얗게 질린 아빠의 얼굴
은 대학교 4학년 말 다울식품에 원서 낸다고 했을 때 빼놓곤 본
적이 없는 것 같은데.

✳

전화기를 든 채 황급히 문을 나선 준성은 일단 제 뒤에 준휘가
따라 나오지 않는지 확인하듯 뒤를 돌아보곤 집 쪽으로 걸음을 옮
기기 시작했다.
〈다울식품 비서실입니다.〉
한마디를 들었을 뿐인데 심장이 덜컥거리고 전화기를 쥔 손이
달달 떨린다. 2층으로 향하는 계단에 막 걸음을 내디딘 준성이 심
호흡을 하고 전화기를 귀에 갖다 댔다.
"말씀하세요."
〈안녕하십니까. 저 비서실 한동훈입니다.〉
"……오랜만이네요, 한 실장님. 그런데 무슨 일로…….."
〈회장님께서 지금 병원에 입원 중이십니다.〉
"제가 회장님의 건강 상태까지 알아야 합니까?"
〈뵈었으면 하십니다.〉
"누구를요? 저를요?"
〈네.〉
"하!"
〈더불어…… 준휘 양도 함께요.〉

“강철처럼 단단하신 분인데 역시 연세가 높아지니 노망이 드시나 봅니다. 회장님 말마따나 우리 준휘는 그 집과 아무 상관 없는 아입니다. 그러니 한 실장님도 더는 수고 마시고 이만 전화 끊어 주십시오.”

〈회장님이 많이 안 좋으십니다.〉

“저완 상관없는 분이십니다.”

〈회장님은 그렇더라도…… 휘윤 아가씨는 아니지 않습니까.〉

전화기 속 한 실장은 휘윤을 여전히 아가씨라 칭했다.

노휘윤. 가슴속에 절대 잊히지 않을 알싸한 아픔이 싸하게 밀려왔다.

“휘윤이는…… 잘 지내고 있습니까?”

대답을 기다리는 준성의 목소리가 가늘게 떨렸다. 하지만 한 실장은 아무런 답을 하지 않았다.

“한 실장님.”

〈한번 만나보시는 게 좋을 것 같습니다.〉

“무슨 일…… 있습니까? 휘윤이한테 무슨 일 있는 겁니까?”

〈빠른 시일 내에 약속 잡아서 연락드리겠습니다. 그럼.〉

머릿속에 잔뜩 알 수 없는 두려움만 남겨둔 채 한 실장은 전화를 끊었다.

다리에 힘이 풀리는 듯 계단에 주저앉은 준성이 전화기를 손에 쥔 채 멍하니 허공을 바라봤다. 네 행복을 빌면서 23년을 견뎠는데, 너 때문에 23년을 버텼는데……. 휘윤아.

✻

　한참의 시간이 지났지만 준성은 가게로 돌아오지 않았다. 정말 깍두기 아저씨한테 붙들려 맞고 있는 건 아닌지. 괜히 시작한 엉뚱한 상상이 꼬리에 꼬리를 물며 그녀의 머릿속을 괴롭히는 중이다. 할 수 없이 전화기를 꺼낸 준휘가 준성에게 전화를 걸었다.

〈여보세요.〉

"아빠? 목소리가 왜 그래? 어디 아파? 혹시 맞고 있어?"

〈아니. 아빠가 언제 맞을 짓 하고 다녔어?〉

"근데 목소리가 왜 그래? 어디 아픈 사람처럼."

〈아빠 지금 똥 싸는 중이야.〉

"배탈 난 거야?"

〈어.〉

"갑자기 왜?"

〈너 몰래 체리 쥬빌레 다 퍼먹었거든.〉

"어! 냉동실에 있는 내 아이스크림!"

〈가슴 아프게 벌받는 중이니까 그만 끊자.〉

"이렇게 말로 때우면 안 되지. 물어내, 내 체리 쥬빌레!"

〈준휘야.〉

"왜."

〈미안해.〉

"쳇. 미안한 건 백번 말만으로는 소용없는 거야."

〈그치?〉

"응, 그러니까 배탈 다 낫는 대로 체리 쥬빌레 큰 통으로 사다 놔."

〈어, 그럴게.〉

"배 많이 아프면 그냥 집에 있어."

〈그래도 돼?〉

"악덕 사장 밑에 있다고 나까지 악덕 종업원으로 몰면 안 되지. 난 착하잖아."

〈그래. 우리 딸 착해.〉

"아프긴 되게 아픈가 보네. 자꾸 그러니까 이상하잖아. 하던 대로 해."

〈그만 끊자. 똥 닦아야 해.〉

"아, 드러. 그런 건 리얼하게 중계 안 해줘도 되거든?"

여태 쓸데없는 걱정을 했던 게 억울해서 아빠한테 버럭 소리를 지르는데 3번 테이블에 있던 여자가 일행과 함께 일어나고 있었다.

"끊어. 손님 가셔."

전화를 끊은 준휘 앞으로 여자와 일행이 다가섰다. 여자가 찻값을 계산하는 동안 여자 옆의 일행은 그녀를 홈쇼핑에서 배달된 물건을 탐색하듯 눈으로 훑어댔다.

안 봐도 비디오. '저 남자 어때?'로 시작된 둘의 대화가 상상됐다.

휴우! 아마 저 문을 나서면 여자를 향해 잔소리를 읊어댈지 모른다.

'야, 너무 말랐다.'

밤마다 아이스크림을 끌어안고 먹어도 살이 안 찌는 걸 나더러 어쩌라고. 새벽 두 시에 삼겹살을 구워 먹고 자도 안 찌는 살을 나더러 어쩌라고. 라면 먹고 자면 얼굴 붓는다는 거, 무슨 소린지 모르는 걸 나더러 어떡하라고. 그러니 제발 제법 근육도 있고 탄탄한 몸매의 근사한 남자를 만나라고요.

여자가 사라지고 이제 맘 놓고 유하 오빠를 감상해 볼까 시선을 돌리는데 어흑, 유하 오빠도 자리에서 일어나고 있다. 그런데 젠장. 같이 일어나서 빨리 사라졌으면 하는 차강현 아저씨는 창가 자리에 그대로 앉은 채다.

아저씬 왜 안 가요?

유하가 다가왔다.

"준휘 씨도 같이 마셨으면 좋았을걸."

아쉬운 마음을 가득 담아 준휘가 살짝 미소를 지어 보였다.

"다음에요."

"그럼 다음엔 꼭 같이?"

"네."

"얼마죠?"

"4,500원이요."

4,500원이란 말에 유하가 메뉴판의 가격을 살폈다.

"왜 한 잔 값만 받아요?"

"강현 아저씨 건 제가 쏘기로 했거든요."

준휘의 말을 들은 유하가 살짝 고개를 돌려 강현을 돌아보고는 씩 미소를 지으며 지갑에서 만 원짜리 한 장을 꺼내 그녀에게 건 넸다.

"강현이 것도 내가 살게요. 그리고……."

유하가 그녀를 향해 가까이 다가오라는 듯 손가락을 까딱까딱 움직이며 몸을 굽혔다. 뭔가 중요한 할 말이 있는 듯 보여 덩달아 허리를 숙인 준휘가 유하 쪽으로 다가가니 귓가에 바짝 얼굴을 갖다 댄 그가 낮은 음성으로 속삭였다.

"나는 아저씨라고 부르면 화낼 거예요."

"아."

저도 절대 유하 오빠를 아저씨라 부르는 미친 짓은 안 해요.

"그럼 뭐라고 불러요?"

부르는 호칭을 묻는데 왜 이렇게 부끄러운 거지?

발갛게 볼이 달아오르는 걸 느끼면서 그녀가 유하를 향해 정 말 궁금하다는 듯 말간 눈으로 물었다. 잠시 떨어졌던 유하의 몸이 다시 준휘를 향해 다가왔다. 그리고 귓가에 속삭이는 한마 디.

"오. 빠."

빰빰빰빠~ 빠빠빠바~

순간 준휘의 귀에 베토벤 교향곡 9번 합창 4악장 '환희의 송가' 가 울려 퍼졌다.

나를 여자로. 여자로. 여자로.

올레!

얼레? 설마 아까의 얼토당토않은 내 망상처럼 유하 오빠, 남자를 남자로 보지 않고…….

에이, 설마.

그죠, 유하 오빠?

4. 오빠와 아저씨

타인에 의해 언제나 곱상한 '총각'으로 불리던 그녀에게 '오빠'란 호칭으로 잔잔한 가슴에 파문을 던진 유하는 르빠 겐조 옴므의 향기만을 잔잔히 남긴 채 몸을 돌려 사라졌다. 정신없이 쿵쾅대는 심장이 그녀의 왼쪽 가슴 안에서 자신의 존재를 격하게 알리고 있고, 거스름돈을 건네고 닫은 금전출납기를 부여잡은 두 손은 10년 넘게 술에 쩐 알코올 중독자의 것인 양 바들바들 떨리고 있었다. 단지 '오빠'라 부르라고 했을 뿐인데, 그녀를 사랑한다거나 입술에 달콤한 키스를 남기고 간 것도 아닌데.

이러다 정말 유하 오빠랑 격한 키스라도 하게 된다면?

흡.

키스를 할 땐 눈을 감아야 할 텐데, 그렇다고 대놓고 먼저 눈을 감으면 '키스해 주세요' 하며 안달이라도 난 것 같을걸. 아니야. 그래도 키스를 할 때는 눈을 감는 게 상대방에 대한 예의일 거야. 다가오는 눈을 똑바로 부릅뜨고 지켜보고 있다가 사팔뜨기가 되기라도 하면 웃음이 터질 게 뻔하잖아? 그냥 천천히 다가오는 입술을 느끼며 조용히 눈을 감으면 되는 거야.

그런데 그다음은? 입술을 벌려야 하는 걸까?

눈도 먼저 감았는데 입술까지 먼저 벌리면 너무 발랑 까진 애로 오해하는 건 아닐까. 그렇다고 입에 앙 힘을 줘 다물고 있을 순 없잖아. 책에서 보면 이런 경우 간혹 상대방의 입술을 깨물어 '아!' 하고 신음을 터뜨릴 때 뜨거운 혀를 입안으로 밀어 넣던데. 입술을 깨물면 많이 아플까? 피가 나면 입안에 비릿한 피 맛이 돌겠지? 아, 키스는 달콤해야 하는데. 평생 기억에 남을 내 첫 키스가 비릿하면 안 되잖아.

어느 정도의 강도여야 입술이 터지지 않을까 가늠하듯 윗니로 살짝 아랫입술을 깨물며 창가 쪽으로 고개를 돌리니 여전히 자리를 지키고 앉아 있는 강현의 모습이 눈에 들어왔다. 강현은 아까부터 두 손을 진남색 트레이닝 상의 주머니에 꽂은 채 창밖을 응시하고 있었다.

글쎄. 모르는 사람 눈엔 뭔가 우수에 젖어 고뇌에 찬 고독한 남자의 모습으로 보일지 모르겠지만 그녀의 눈엔 그저 닫아두고 온 가게 대한 미련으로밖에는 보이질 않는다. 그러게 왜 저러고 청승을 떠는 걸까. 그냥 일어나 가게로 돌아가면 만사 해결될 것을.

바Bar 안에서 천천히 몸을 숙인 준휘가 턱을 괸 채 물끄러미 강현을 바라봤다.

　차강현 아저씨는 대체 유하 오빠랑 어떻게 친구가 된 걸까. 대체로 친구는 끼리끼리, 유유상종이던데. 두 달 넘게 나를 봐온 저 아저씨는 여태 나를 '총각'으로 알 만큼 둔한 남자임이 틀림없는데, 어떻게 겨우 두 번 잠깐 본 유하 오빠는 대번에 날 여자로 알아본 건지.

　"애는 여자 되게 좋아해."

　혹시 바람둥이의 촉으로?

　유하 오빠, 혹시 나 웨이브가 치렁치렁한 긴 머리에 몸매는 늘씬하고, 얼굴은 미스코리아 양 싸다구 날리고 갈 만큼 예쁜데 성질은 더러운 악조와 오빠를 놓고 머리끄덩이 잡고 싸움을 벌여야 하는 건가요.

　악조 등장하는 소설은 별로 안 좋아하는데.

　아, 오빠네 집 혹시 부자예요? 그래서 오빠 아버지랑 어머니한테 번갈아 끌려가 온갖 모욕이 담긴 물세례에, 이거 먹고 떨어지란 봉투세례까지 받아야 하는 건 아니겠죠?

　헉! 혹시 저기 앉아 있는 차강현 아저씨가 나를 사랑하는 남조?

　『등신. 그러니까 유하 때문에 그렇게 힘들어하지 말고 나한테 오라고 그랬잖아. 내가 너 평생 로맨스 소설은 실컷 보게 해줄게.』

　쩝. 내가 로설을 심하게 좋아하긴 하지만 그래도 이건 아니지.

　머릿속에 머물렀던 상상을 티끌만큼도 남기지 않은 채 털어내려는 듯 고개를 휘휘 돌리고 있는데 문이 열리며 아기 띠를 한 40대 중후반의 한 아주머니와 그보다 조금 더 나이가 있는 듯한 아저씨가 들어서고 있었다.

"어서 오세요."

"아재, 여기 금연인 거 맞지?"

'아재'라 하면 '아저씨'의 낮춤말?

늘 듣던 말과 다른 프레시Fresh한 호칭이라고 다 상큼한 건 아니다.

아주머니, 내가 그렇게 늙어 보여요? 저기 저 차강현 아저씨랑 동급으로 보일 만큼?

다리에 힘이 풀려 휘청 중심을 잃으면서도 어쩔 수 없는 서비스 정신에 미소까지 머금으며 '네' 하고 대답을 하니 커피숍을 둘러본 아주머니가 아기 띠를 소중히 끌어안으며 준휘를 바라봤다.

"우리 아기 때문에."

"아."

아주머니의 얼굴이 심한 노안 탓이라고 가정을 한다 해도 무조건 40대 후반은 넘어 보이는데 그 연세에 아기라니.

와! 어렵게 얻은 첫 아기든 아님 술김에 가진 늦둥이든 정말 눈에 넣어도 아프지 않을 소중한 존재일 것 같긴 했다. 덧붙여 아줌마, 아저씨의 불타는 정열도 브라보.

태어난 지 백일도 안 된 걸까. 너무 작아서 그 머리조차 제대로 보이지 않는 아기 쪽으로 슬쩍 시선을 옮기며 자리를 안내하기 위해 걸음을 옮기던 준휘는 그대로 걸음을 멈춘 채 입을 막아야만 했다.

허걱! 아줌마의 아기 띠 안엔 작은 치와와 한 마리가 까만 눈동자를 반짝이며 그녀를 보고 있었다. 그러니까 아줌마가 말한 ‘우리 아기’가 바로 이 치와와?

“저, 손님.”

“응?”

“죄송하지만 저희 가게는 맹인안내견 외의 동물은 들어올 수가 없습니다.”

“어머? 얘는 동물 아냐. 그냥 애긴데 뭘. 우리 아기 예쁘지?”

“네, 물론 예쁩니다. 그래도 털 달린 동물이잖아요. 다른 손님들께 불쾌감을 드릴 수 있기 때문에…….”

“아유, 너무 까다롭게 군다. 보아하니 손님도 두 테이블밖에 없구만.”

“한 테이블, 아니, 비어 있는 가게라 해도 이곳은 입에 들어가는 차와 음료를 취급하는 곳이기 때문에 동물은 들어올 수가 없어요.”

“거 대충 넘어가도 될 걸 짜증 나게 따져 대네. 누가 공짜로 있는대? 차 마신다잖아. 커피 팔아준다고!”

뒷짐을 진 채 서 있던 남자가 그녀를 향해 버럭 소리를 지르며 한 걸음 다가섰다. 아기 띠 안에 있는 치와와도 감당하기 버거운데 고성까지 질러대는 아저씨까지. 휴우! 어젯밤 꿈자리가 뒤숭숭했던가. 그래도 어쨌든 손님이니까. 애써 입가에 ‘개구리 뒷다리’ 미소를 건 채 뭐라 말하려는데 남자의 고함이 이어진다.

“어쭈? 웃어?”

웃는 얼굴에 침 못 뱉는다는 속담, 대체 누가 만든 겨?

"아니, 그게 아니라, 손님."

"나이도 어린 게 어른한테 꼬박꼬박 말대꾸나 해대고. 손님이 차 좀 마시겠다는데 무슨 잔소리가 그렇게 많아?"

"기분 상하게 해드렸다면 정말 죄송합니다. 하지만 저희 가게에선……."

"시끄럽고, 사장 나오라 그래. 무슨 종업원 교육이 이따위야?"

준휘 역시 슬슬 한계점에 도달하는 중이다.

가끔 이렇게 말과 상식이 통하지 않는 사람들이 있다. 물론 자기들 입장에선 그녀가 말과 상식이 통하지 않는 사람으로 느껴지겠지만.

"겨우 동네 귀퉁이 코딱지만 한 커피숍에서 일하는 주제에 어디 싸가지 없게 어른한테! 너, 네 부모가 그따위로 가르쳤어?"

"……."

"저 봐, 어른 말 씹는 거. 야, 너 귓구멍 막혔어? 네 부모가 그따위로 가르쳤냐고!"

"네, 저는 그렇게 배웠어요. 저 행복하자고 남의 눈에 눈물 빼는 짓 하지 말고, 저 편하자고 다른 사람 피해 보게 만들지 말고, 제 배 채우자고 남의 손에 있는 거 뺏는 짓 하지 말라고, 그렇게 하라고 전 배웠거든요."

"이 자식이 어딜! 어린 놈의 새끼가 어른한테 대들어!"

한 대 칠 기세로 달려드는 남자를 바라보며 어디 치기만 해봐. 그럼 나도 손톱으로 할퀴든 이빨로 깨물든 박살을 낼 테니 하며 주먹을 움켜쥐는데 여태 창가에 앉아 이 광경을 응시하던 강현이 다가오는 게 보였다.

기세등등하게 서 있던 남자는 등 뒤로 느껴지는 커다란 그림자에 몸을 돌려 자기보다 머리 하나는 큰 강현을 발견하곤 움찔 놀라는 기색이다. 말없이 남자를 바라본 강현이 저벅저벅 걸음을 옮겨 준휘 옆으로 다가왔다. 그리고 한 손으로 그녀의 손을 잡아 손바닥을 자기 쪽으로 향하게 하곤 자신의 손을 살짝 갖다 댔다.

"터치."

터치? 어릴 적 친구들과 편을 갈라 게임하다 걸린 불리한 상황에서 누군가 내미는 손에 '터치'란 한 단어로 든든한 지원군을 맞게 되는, 마치 얼음땡을 하던 내가 얼음이 된 상태에서 누군가 다가와 나를 건들며 땡 하고 소리치는 것과 같은 따스한 구원의 손길을 의미하는 게 아닌가. 그런데 지금 이 상황은 대체 뭐란 말이지?

"넌 뭐야?"

내가 묻고 싶은 걸 고맙게도 아저씨가 먼저 물어봐 줬다.

"원빈은 아니지만 앞집 아저씹니다."

"뭐?"

"아, 나의 깨알 같은 유머를 이해 못하셨구나?"

아, 방금 그게 차강현 아저씨의 유머였구나. 나 역시 이 상황에 어울리지 않는 아저씨의 그 깨알 같은 유머에 헐 하고 입이 벌어지는데, 원빈이 아저씨였던 걸 절대 알 리 없어 보이는 눈앞의 아저씨도 헐 하는 표정으로 차강현 아저씨를 바라보는 게 당연한 거지.

"제가요, 딴 건 몰라도 불공평한 건 못 참거든요."

잘 알죠. 그래서 덕분에 차강현이란 아저씨 이름도 알게 됐잖아요.

"근데?"

"쪽수요. 안 맞잖아요."

"뭐?"

"쎄쎄쎄를 할 때도 짝이 맞아야 하고 하다못해 섹스를 할 때도 짝이 맞아야 하는데, 뭐, 아저씨 평소 취향이 쓰리섬을 즐기시는 거라면 어쩔 수 없지만 그래도 2:1보단 2:2가 공평하지 않을까요?"

"뭐 이런 미친놈이 다 있어?"

"오홋. 멀쩡한 사람 하나를 순식간에 미친놈으로 만들어 버리는 아저씨의 바람 같은 선방!"

"허!"

찌찌뽕.

저 아저씨랑 나는 말과 상식이 통하진 않는 게 분명한데 어쩜 이렇게 동시에 같은 생각을 할 수 있는 거지?

"자기, 우리 아기 놀랐잖아. 그만해."

남자의 고성에 놀랐는지 아기 띠 안에서 까만 눈을 연신 반짝이며 고개를 갸웃대는 치와와를 꼭 안아 가슴에 품으며 서 있던 아줌마가 아저씨의 셔츠 자락을 잡으며 속삭였다. 심하게 일그러졌던 남자의 얼굴이 갑자기 환한 보름달처럼 확 펴지며 아기 띠 안의 치와와를 향해 나긋한 목소리를 건넸다.

"어이구, 우리 아기. 많이 놀랐어? 아빠가 미안해. 응?"

두 얼굴의 헐크. 지킬 박사와 하이드. 강아지를 향해 저렇게 다정한 미소를 보낼 줄 아는 사람이 어찌 눈앞에 있는 사람에겐 상식 밖의 행동을 하는 걸까. 그것도 아무 잘못 없는 부모님까지 들먹여 가며. 당신의 그 강아지에게 좋은 아빠가 되고 싶듯이 나도 우리 아빠에겐 한 점 부끄럼 없는 좋은 딸이 되고 싶단 말입니다.

조금 전 키스에 관한 망상 때도 이렇게 심하게 입술을 깨물진 않았는데, 부르르 올라오는 뜨거운 걸 참고 있자니 저도 모르게 입술을 제법 힘주어 깨물었나 보다. 비릿한 피 맛이 입안에 느껴졌다. 사과를 받아야 하는데, 왜 우리 부모 욕하느냐고 따져야 하는데……. 차오르는 눈물 때문인지 눈앞의 시야가 흐릿해졌다.

눈앞의 두 사람이 그녀를 향해 나직이 욕설을 중얼대며 몸을 돌리고 있다. 사과를 받아야 하는데, 따져야 하는데…….

“저기, 개 아버님.”

강현의 부름에 움직이던 두 사람의 걸음이 멈칫 멈췄다.

‘뭐? 개 아버님?’

굳이 입으로 뱉지 않아도 두 사람의 얼굴에 고스란히 질문 내용이 찍힌 듯했다.

하지만 곧 달려들어 ‘뭐, 인마?’ 하며 시비를 걸 것 같던 남자의 눈빛이 움찔 죽어들며 흔들리는 게 느껴졌다. 고개를 돌려 강현을 바라보니 한일자로 굳게 닫힌 입술 위로 쏘아지는 위압적인 시선이 느껴졌다.

“사과를 해봤자 어차피 알아듣지도 못할 개소리일 게 뻔하지만 그래도 최소한 사람 흉내는 내고 가야지. 멍멍이 됐든 미안하다가 됐든. 안 그렇습니까?”

“뭐 이런⋯⋯.”

난생처음 사람의 시선으로 무언가를 태울 수도 있겠구나 하는 생각이 들었다. 강현의 커다란 손이 갑자기 푸른 힘줄이 우뚝 돋아날 정도로 주먹이 쥐어지는 걸 보며 사과를 받아야겠다는 생각보다 일단 이 아저씨를 말려야겠단 생각부터 왈칵 들었다.

이런 위협적인 분위기로 받아낸 사과 따윈 그녀도 필요 없었다. 차강현 아저씨 말대로 진심에서 우러나지 않은, 멍멍과 같은 개소리일 게 뻔했으니까. 두 사람을 향해 한 걸음 더 다가서는 강현의 앞을 이번엔 준휘가 가로막아 섰다.

“됐어요, 아저씨. 그만해요.”

“그만하긴 뭘 그만해. 넌 그딴 소릴 듣고도 아무렇지 않아? 왜 그냥 참고 있는데? 너 등신이야?”

안 그래도 속상해 죽겠는데 날 붙잡고 이렇게 버럭 소리를 지르면 어떡하라고.

“그러니까 내가 팍팍 좀 먹고 운동도 하라 그랬지! 손가락만 갖다 대도 넘어질 것같이 비리비리하니까 이렇게 개나 소나 일단 깔아뭉개고 보는 거야. 세상에 너처럼 말과 상식으로 통하는 사람만 있는 것 같아?”

속상한 마음에 기름을 들이붓는구나. 씩씩대는 호흡으로 강현을 바라보는데 옆에 있던 문제의 당사자들은 두 사람의 눈치를 살피며 슬금슬금 가게 문을 향하는 중이다.

“차라리 감당 못할 것 같으면 꼬박꼬박 나서지를 말든가. 사장님도 안 계신데 혼자 이러고 있다가 진짜 된통 얻어터지기라도 하면 어쩌려고 그래!"

"……."

"저딴 인간들한테 말이나 상식 따위가 통할 것 같아? 뭐? 물론 예쁩니다?"

저딴 인간들은 어느새 문을 열고 사라진 뒤다. 준휘는 제가 지금 왜 여기서 차강현 아저씨랑 핏대를 올리고 있어야 하는지 도무지 이해가 되질 않았다.

기가 막힌다. 강아지 한 마리 때문에 가정교육도 제대로 받지 못한 싸가지 없는 어린 놈 소릴 들은 것도 모자라, 불공평한 건 죽어도 못 본다는 이웃사촌 아저씨한테선 운동 안 하고 살 많이 안 찌웠단 이유만으로 귀청이 찢어지도록 잔소리를 듣고 있는 중이라니.

눈가에 차올랐던 눈물이 뚝뚝 떨어지자 강현이 다시 버럭 소리를 지른다.

"왜 저딴 인간들 때문에 울어!"

끅끅.

난 지금 아저씨 때문에 우는 건데.

흐엉!

5. 네가 안 울었으면 좋겠어

"뚝."

두 손은 진남색 트레이닝 상의 주머니에 꽂은 채 한참을 서서 준휘를 내려다보던 강현이 건조한 말투로 '뚝' 하고 짧은 한마디를 뱉었다.

흐윽! 아저씨, 나 지금 네 살 아니고 스물넷이거든요.

조금 전까지 등신이냐 아니냐, 그러게 먹고 살 좀 찌랬지 하며 버럭버럭 소리를 질러놓고 저를 향해 뚝 하고 외치는 이 아저씬 무슨 일 있었냐는 듯 평온한 얼굴로 그녀를 바라보고 있다. 소매 끝으로 눈물을 쓱 훔친 준휘는 바짝 고개를 들어 저보다 10cm쯤 더 큰 강현의 얼굴을 올려다봤다. 이 아저씨의 눈은 정말로 제가 지은 죄를 모르는 눈이다. 젠장.

밀려오는 신경질에 준휘는 보란 듯 더 큰 소리로 와앙 하고 울어버렸다. 한 테이블 앉아 있던 손님들이 둘의 눈치를 보기 시작하더니 결국은 몸을 일으켜 카운터로 다가온다.

감정에 휩쓸려 잠시 본분을 망각했단 사실이 그제야 인지되었다.

손님이 내민 빌을 받아 든 준휘가 벌겋게 충혈된 눈으로 카운터에 서서 손님을 향해 의지와 상관없이 자꾸만 갈라지는 목소리로 금액을 말했다.

"만 삼천, 끅, 오백 원입니다. 끅끅."

거스름돈을 받아 나가는 손님들 뒤로 준휘가 다시 한 번 인사를 했다.

"감사합니다. 끅, 또 이용해 주세요. 끅끅."

테이블을 치우기 위해 트레이와 행주를 집어 드는데 여전히 울음이 그치지 않아 어깨가 들썩였다. 한 걸음 다가온 강현이 그녀의 어깨를 잡았다.

"총각."

"끅끅."

"이봐?"

"꺽꺽."

"강준휘?"

"흐윽."

"그만 울면 안 돼?"

"너무 속상해서 그런가, 안 그쳐져요. 끅."

"울면 더 속상한 거 아닌가?"

"아, 자꾸 옆에서 복장 두드리지 말고 그냥 좀 놔둬요! 속상해서 우는 건지, 울어서 더 속상한 건지, 암튼 아저씨 때문에 더 속상한 건 맞으니까 그냥 놔두라구요! 흐엉!"

"가고 없는 그 아저씨 생각은 뭐 하러 해. 속상하다면서."

"그 아저씨가 아니라 내 앞에 있는 이 아저씨 때문에 속 터진다고요!"

"나?"

"네! 내 앞에 있는 차강현 아저씨요!"

벌겋게 달아오른 얼굴로 버럭 소리를 지르자 강현이 도무지 이해를 할 수 없다는 표정을 지으며 바라봤다. 어이구!

"내가 뭘 어쨌게?"

천진난만한 눈으로 그녀를 바라보는 강현에게 휴 하고 한숨을 내쉰 준휘는 그냥 테이블이나 치우자 싶은 마음에 행주를 들고 발을 뗐다. 하지만 채 한 걸음도 움직이지 못하고 그 자리에 멈춰 서야 했다. 무지막지하게 그녀의 팔을 잡아 세운 강현의 손 때문이었다.

"놔요. 테이블 치워야 해."

"혹시 내가 소리 질러서 그래?"

"등신이라 그래요. 꼭."

"직접적으로 등신이라고 한 적은 없어. 등신이냐고 물었을 뿐이지."

"아, 네, 그러셨군요. 전 머리가 나빠서 그게 그 소린 줄 알았거든요. 끅끅.”

“비꼬는 건 나쁜 버릇이야. 고쳐.”

“알았으니까 가시라구요. 흑!”

이리저리 팔을 비틀어봤지만 강현에게 꼭 잡힌 손목이 꼼짝을
하지 않는다.

“이거 놔요, 테이블 치우게. 끅. 놓으라구요.”

“원래 그렇게 잘 울어?”

“추한 꼴 자주 보여 드려 심히 죄송하네요.”

그렇게 자주 우는 편은 아닌데 두 달 사이에 이 아저씨 앞에서
우는 꼴을 자주 보인 것 같기는 하다. 준휘는 얼른 울음이 그쳤으
면 하는 바람으로 다시 소매 끝으로 눈물을 닦아냈다.

“추한 건 아닌데⋯⋯.”

평소의 아저씨답지 않게 말끝을 흐리고 머뭇대는 모양새가 의
아해 준휘는 아직도 채 울음이 가시지 않아 꺽꺽 어깨를 들썩이며
아저씨의 뒷말을 기대했다.

“네가 안 울었으면 좋겠어.”

담담히 말을 마친 강현이 물끄러미 그녀의 눈을 바라봤다. 여전
히 그녀의 한 손을 꼭 잡은 채다.

“네가 안 울었으면 좋겠어.”

우는 소리가 듣기 싫어서, 혹은 우는 모습이 추해서, 그러니까
‘제발 울지 좀 마’ 같은 의미가 담긴 말이 아니었다. 무언가 간절

함이 담긴, 그래서인지 아저씨가 말한 '네가 안 울었으면 좋겠어'
가 듣기 싫거나 하지 않았다면…….

아, 너무 울어서 정신이 잠깐 어떻게 됐나 봐. 차강현 아저씨는
이웃사촌의 아픔을 재산 축적의 대상으로 승화시키는 악덕 대여
점 주인일 뿐인데.

한참을 올려보다 보니 목이 뻣뻣하게 아파왔다. 강현에게 잡혀
있는 손을 살짝 비틀어 빼낸 준휘가 어색한 분위기를 바꿔보려는
듯 입을 열었다.

"근데 키 되게 크네. 키가 몇이에요?"

"187cm."

"우와!"

애써 내렸던 고개를 다시 들었다.

"넌 몇인데?"

"176cm요."

"작은 키는 아니네."

여자치곤 엄청 큰 키죠.

어? 근데 뭔가 좀 이상했다. 뭐지? 뭔가 평소와 다른 이 느낌.

대체 그게 뭘까 싶어 고개를 갸웃대며 열심히 고민 중인데 강현
이 주머니에 손을 쓱 꽂으며 몸을 돌렸다.

"그럼 난 간다."

"네, 감사합니다. 또 이용해 주세요."

아저씨가 돌아본다.

이건 습관처럼 입에 붙은 인사인데.

"응, 또 올게."

꼭 안 그러셔도 돼요.

올 때와 마찬가지로 주머니에 넣은 손을 빼는 그 동작마저도 귀찮은 듯 어깨로 유리문을 열고 휘적휘적 긴 다리를 옮기며 강현이 자신의 대여점 쪽으로 사라졌다.

한 명 있던 손님이 가게를 빠져나가고 나자 갑자기 커피숍이 텅 빈 듯한 느낌이 들었다.

아, 나밖에 없으니까 텅 빈 게 맞구나.

손에 쥔 행주를 내려다보며 테이블로 걸음을 옮긴 준휘는 아까부터 찜찜한 무언가를 머릿속에서 계속 굴려가며 바쁘게 손을 움직였다.

테이블 위에 있던 잔을 트레이에 올리고 행주질을 마친 그녀가 트레이를 다시 집어 들었을 때 여태 머릿속을 찜찜하게 만들었던, 평소와는 다른 그 느낌의 정체를 깨달았다.

"네가 안 울었으면 좋겠어."

"넌 몇인데?"

그러고 보니 늘 부르던 '총각'이란 호칭 대신 '너'라는 표현을 썼다. 단지 '너'라고 불렀을 뿐인데 느낌이 이상했다. 뭐지?

저녁 시간에 잠깐 정신없이 바쁘긴 했지만 아파서 누워 있는 준성을 호출할 정도는 아니었다. 그리고 원래 몸이 힘들다 보면 머릿속의 잡생각은 사라지기 마련이다. 오늘 있었던 불쾌했던 기억을 날리기 위해서 준휘는 일부러 종종대며 커피숍 안을 휘젓고 다녔다.

어느새 마감을 알리는 10시 반이 되었다. 준성 몫까지 청소를 해야 할 것 같아 조금은 힘든 걸음으로 빗자루를 집어 드는데 문이 열리며 준성이 들어섰다.

딸내미의 아이스크림을 훔쳐 먹은 죗값을 호되게 치른 듯 반나절 사이 준성의 얼굴은 잔뜩 핼쑥해져 있었다.

"뭐 하러 왔어. 내가 하면 되는데."

"너…… 울었어?"

준휘의 얼굴을 살핀 준성이 미간을 좁히며 물었다.

"하필이면 새드엔딩을 읽었거든."

가만히 눈을 깜빡이던 준성이 낮은 목소리로 말했다.

"앞으론 해피엔딩만 찾아 읽어."

"응, 그럴게. 아빠는 변기 붙잡고 오토바이 실컷 탔나 봐?"

"어, 힘들었어."

"뭐 좀 먹었어?"

"이럴 땐 굶는 게 제일이야."

"그렇다고 내리 굶으면 어떡해. 죽집 문 안 닫았나 모르겠네. 어휴, 진작 말했으면 아까 사왔을 텐데."

가게가 좀 바쁘긴 했지만 어떻게 아파서 누워 있는 아빠가 제대로 끼니를 챙겼는지 어쨌는지 이렇게 까맣게 까먹을 수 있는지, 발을 동동 구르며 그녀가 황급히 앞치마를 벗자 빗자루를 챙겨 든 준성이 조용히 바닥을 쓸기 시작했다.

"내가 한다니까."

"너무 누워만 있었더니 그게 더 힘들어. 오늘 종일 띵땡이 쳤잖아."

"하여간 고집도."

입을 굳게 다문 준성이 조용히 비질을 했고, 그 뒤를 따라 준휘가 걸레질을 하면서 힘들었던 하루의 기억을 박박 씻어내고 있었다.

✳

어제는 어제고 오늘은 어쨌든 오늘의 태양이 떴다.

오전 11시.

가게 문을 열고 테이블의 행주질을 마친 준휘가 준성이 건넨 만 원짜리 몇 장을 쥐고 거스름돈으로 쓸 천 원짜리를 바꾸기 위해 은행으로 향했다.

"어, 총각?"

은행 직원이 건넨 천 원짜리를 손에 쥔 채 갑자기 들려온 낯익은 목소리에 뒤를 돌아보니 이미 은행 볼일을 본 듯 통장 하나를 덜렁 손에 든 강현이 저를 향해 빙긋 웃음을 짓고 있었다. 아저씨에 의해 다시 '총각' 이 된 그녀는 왠지 모르게 아저씨로부터 열 걸음쯤 뒤로 물러난 듯한 기분이 들었다.

"우와, 총각, 우리 은행에서 만나니까 뭔가 있어 보이지 않아?"

있어 보이긴 개뿔.

준휘가 시선을 내려 제 손에 쥐어진 천 원짜리 뭉치를 내려다봤
다.

그녀의 걸음을 따라 강현도 은행 문을 나서고 있었다. 도로를
따라 천천히 걸음을 내딛던 준휘가 조용히 입을 열었다.

"글쎄요. 우리가 마이바흐 란돌레나 람보르기니 레벤톤 같은
비싼 차에서 내려 곧장 은행 직원의 안내를 받으며 2층 VIP 룸으
로 들어간다면 그래 보일 수도 있겠지만, 커피숍 로고가 박힌 앞
치마를 두른 나나 진남색 추리닝 패션의 아저씨를 뭔가 있어 보인
다고 착각할 사람은 아무도 없을 것 같아요."

"음. 잔인한 현실 속에 정확히 적응해서 살고 있는 총각이로군.
근데 비싼 차 좋아해?"

"비싼 차가 향이 좋긴 하죠."

"음. 여기서 내가 웃어줘야 하는 타이밍인 거야?"

"그걸 안 물어보셨어야 되는 타이밍인 거죠."

'아' 하며 고개를 끄덕이던 강현의 눈이 갑자기 커다랗게 부풀
어 오르고 있다. 대체 뭘 보고 저렇게 놀라는 건가 싶어 고개를 돌
리는데 막 은행 앞 도로로 은회색 BMW 한 대가 미끄러지듯 멈춰
서고 있었다.

"지금은 일단 튀어야 할 타이밍인 것 같아."

"네?"

"튀어!"

다짜고짜 한마디를 외친 강현이 그녀의 손을 잡고 냅다 달리기

시작했다. 준휘는 대체 왜 달려야 하는 건지 영문도 모른 채 강현에게 손이 잡힌 채 몇 미터를 끌려갔는데, 순간 등 뒤에서 들려온 목소리에 걸음을 멈춰야만 했다.

"차강현! 다 봤으니까 그 자리에 스톱! 다 봤는데 어딜 토껴?"

등 뒤에서 들려온 날카로운 목소리에 지은 죄도 없는 준휘까지 잔뜩 겁을 먹은 채 그대로 몸을 굳히고 말았다. 그래도 밀려드는 호기심은 어쩔 수가 없는지 저도 모르게 천천히 뒤를 향해 고개를 돌렸다.

은회색 BMW 옆에 팔짱을 낀 채 서 있는 사람이 아마도 차강현 아저씨를 부른 목소리의 장본인인 것 같았다.

글쎄. 그저 중년의 부인이라 정의 내리기엔 그녀의 파격적인 차림새나 풍기는 분위기가 그를 거부하며 빛을 내고 있었다. 50대로 보기엔 도저히 그 나이로 가늠되지 않을 정도로 잘 관리된 늘씬하게 뻗은 몸이 나 억울하다 주저앉아 통곡할 것 같고, 그렇다고 40대로 보자니 오랜 세월만이 만들어낼 수 있는 기품이랄까 연륜 같은 게 느껴진다. 하여간 짧은 시간에 처음 보는 낯선 이에 대한 분석이나 판가름이 얼마만큼의 정확도를 가질 수 있을지는 모르겠지만 한마디로 정의하자면 무진장 근사하다는 거다.

굵은 웨이브가 진 짧은 커트 머리에 커다란 선글라스를 낀 채 이쪽을 바라보던 근사한 아주머니가 강현을 향해 이리 오라는 듯 손가락을 까딱까딱 움직였다. 세상이 무너진 듯 '휴' 하고 한숨을 내쉰 강현이 여태 잡고 있던 그녀의 손을 놓으며 나직이 말했다.

"총각, 너 먼저 가라."

"근데 저분 누구세요?"

"같이 서서 두 시간 설교 듣고 싶지 않으면 지금 도망치는 게 좋을 거야. 잔소리가 끝내주거든. 아, 뭐, 정 같이 듣고 싶으면 말리진 않겠어. 슬픔은 나누면 반이 되고 기쁨은 나누면 배가된다는데 잔소리는 나누면 임슬옹과 아이윤가?"

또 시작했다. 차강현 아저씨의 하나도 안 웃긴 깨알 같은 유머. 아저씨를 향해 막 썩소를 지어 보이는데 재차 아저씨를 부르는 근사한 아주머니의 목소리가 들려온다.

"차강현?"

준휘를 보며 살짝 미간을 찡그린 강현이 이내 얼굴을 풀곤 근사한 아주머니 쪽으로 몸을 돌렸다. 여태 쓰고 있던 선글라스를 벗은 근사한 아주머니가 머리 위로 올려 쓰며 인상을 썼다. 보통은 쓰고 있던 선글라스를 벗으면 '오우'에서 '에이'로 바뀌는 게 다반사인데 저 근사한 아주머니는 선글라스를 벗어도 '우와' 하고 탄성이 나올 정도로 멋있었다.

나도 저렇게 근사하게 나이 들었으면 좋겠다.

힐끗힐끗 두 사람을 돌아보며 준휘는 금전출납기에 넣을 잔돈을 기다리고 있을 아빠를 향해 걸음을 옮겼다.

"나쁜 자식."

아들을 향해 나지막이 욕설을 내뱉은 민 여사가 기가 막힌다는 얼굴로 강현의 몸을 쭉 훑었다.

"그동안 너, 나 모르게 이 꼴로 살았니? 집에 올 때만 살짝 벗어놓고 감쪽같이?”

“그게, 오늘 하루만 입은 건데.”

“그게 아니라던데?”

“누가요?”

“믿을 만한 정보통.”

강현의 입술이 굳게 다물어졌다. 그 믿을 만한 정보통이 누구일지 굳이 머리를 굴리지 않아도 금세 낯익은 얼굴 하나가 떠올랐다. 신유하 이 자식을 그냥.

“얼굴 구길 거 없어. 회사 근처 한식당에서 우연히 유하 녀석이랑 마주쳤는데 불시에 너 한번 찾아갈까 그랬더니 금세 사색이 되더라고. 그다음은 말 안 해도 쭉 상상되지?”

“…….”

“대체! 내가 어떻게 만들어놓은 몸인데 이런 말도 안 되는 천 쪼가리로…….”

강현의 몸을 위아래로 훑으며 두 손으로 머리를 감싸 쥔 민 여사가 눈으로 직접 보면서도 믿을 수 없다는 듯 고개를 휘휘 저었다.

“음. 이 옷을 만든 디자이너도 나름의 장인 정신을 가지고 한 땀 한 땀 힘들게 만들었을 텐데 천 쪼가리 취급을 하시는 건…….”

특유의 말투로 조목조목 따지려 들던 강현의 다음 말이 민 여사의 한마디로 인해 금세 멈췄다.

“집으로 들어와.”

“죽을죄를 지었습니다.”

깨갱 꼬리를 내리며 금세 고개를 숙인 강현을 바라보며 민 여사
가 운전석 쪽으로 걸음을 옮겼다. 그리고 화를 삭이는 듯 앙다문
잇새로 말을 뱉었다.

“일단 타.”

“태워놓고 패시게요?”

“여기 주차 금지 구역인 거 안 보여? 그리고 내 아들이 지금 그
꼬라지로 남들 앞에 서 있는 꼴은 단 일 분도 견딜 수가 없으니까.
세상에, 이 꼬라지로 동넬 휘젓고 다녔단 말이지? 세상에!”

주머니에 손을 꽂은 채 물끄러미 서 있던 강현이 조수석 차창을
내리며 빨리 차에 타라는 듯 눈짓을 하는 민 여사를 보며 차 문을
열었다. 민 여사의 불같이 급한 성격을 말해주듯 강현이 채 문을
닫기도 전에 차가 출발했다.

“어디 가시는데요?”

“일단 네 집.”

“왜요?”

딱!

민 여사의 손이 강현의 뒤통수를 후려쳤다.

“엄마가 아들 집에 가겠다는데 왜요라니? 버르장머리 없이!”

“가시는 건 좋은데 가서 짐을 챙기라는 둥 이 옷을 버리라는 둥
그런 말씀은 마세요. 그 집은 엄연히 제가 벌어 산 제 집이고, 전
이제 더 이상 런웨이를 누비던 모델 차강현도 아니니까.”

“허, 네가 뭘 모르나 본데, 나 네가 벌어 산 네 집 눈독 들일 만
큼 궁하지도 않고, 아무리 내 아들이라도 서른 넘은 노땅 모델 따

월 탐낼 디자이너도 아냐."

"어머닐 디자이너로 기억하는 사람은 지금 죄다 양로원에 계실 연세 아닐지. 제 말이 맞았잖아요. 어머닌 디자인보단 경영 쪽에 더 소질이 있으시다고."

"작작 까불어라."

"아까 집으로 들어오라고 하신 말씀은 그냥 홧김에 하신 거죠?"

"반반. 취향이 좀 독특하긴 하지만 어쨌든 여자랑 같이 있는 네 모습이 널 잠시 두고 봐도 좋을 것 같단 생각이 들어서. 그나저나 아까 그 아가씬 누구야?"

"아가씨요?"

강현의 시선이 민 여사를 향하며 동그랗게 부풀어 올랐다.

"그래. 네가 손 꼭 붙잡고 도망가던 그 비쩍 마른 아가씨 말이야."

"걘 아가씨 아닌데?"

"설마 유부녀니?"

"총각인데요."

"뭐?"

"총각. 남자요."

이번엔 민 여사의 시선이 강현을 향하며 커다랗게 부풀어 올랐다.

"그럴 리가?"

"오늘 하루, 그것도 잠깐 본 어머니보단 두 달 넘게 봐온 제가 그 아일 더 잘 아는 게 맞을걸요. 계집애처럼 로맨스 소설을 좋아하고, 간혹 새드엔딩을 읽고 나면 코끝이 빨개지도록 눈물도 흘리고, 그러다 마음에 드는 해피엔딩을 읽게 되면 함지박만 하게 입을 귀에 걸고 나타나는, 그리고 천둥이 치는 걸 끔찍이도 싫어하고……. 저 행복하자고 남의 눈에 눈물 빼는 짓 하지 말고, 저 편하자고 다른 사람 피해 보게 만들지 말고, 제 배 채우자고 남의 손에 있는 거 뺏는 짓 하지 말라고 배운 아이, 확실히 남자 맞아요.”

운전대를 잡은 민 여사의 고개가 갸웃 돌아갔다.

분명 아가씨가 맞았는데…… 그럴 리가 없는데.

의류업에 종사하면서 수없이 많은 사람을 상대했기에 눈썰미 하나만큼은 타의 추종을 불허한다고 믿어온 자신이다. 짧은 시간이었지만 분명 제 앞에서 제 아들과 함께 손을 잡고 서 있던 아이는 여자가 맞았다. 그런데 제 아들은 그 아이가 남자라 한다. 그러면서도 그 아이 이야기를 하는 제 아들의 눈은 마치 사랑하는 제 연인을 떠올리는 듯하다.

민 여사의 차가 강현의 도서 대여점 앞에 멈췄다. 그곳의 2층은 강현이 살고 있는 그의 개인 공간이지만 민 여사의 시선이 향한 곳은 2층이 아닌 건너편에 위치한 ‘케냐 AA’라는 커피숍 간판이었다.

‘케냐 AA’

제 아들이 총각이라 주장하는 아까 그 아가씨의 앞치마에 새겨져 있던 로고와 일치한다.

차강현, 아까 네가 손을 잡고 달리던 그 총각이 아가씨라는 데 내 전 재산을 건다.

일단 오늘은 여기까지.

"내려."

강현이 차에서 내리자 차를 주차하고 바로 따라 내릴 것 같던 민 여사는 그대로 머리 위에 얹어두었던 선글라스를 내려 쓰곤 차창 밖으로 고개를 내밀었다.

"그따위 말도 안 되는 꼬라지, 다시 한 번 내 눈에 띄기만 해봐. 네 집이고 뭐고 포클레인 불러다 당장에 밀어버릴 테니까."

저만치 멀어지는 차 뒤꽁무니를 바라보던 강현은 이제 이 트레이닝복과도 빠이빠이인가 하며 한숨을 내쉬고 걸음을 옮겼다.

✳

"안녕, 준휘 씨!"

들를 때마다 핸드 드립을 주문하는 단골손님을 위해 드립기 여과지 위의 원두에 조심스레 뜨거운 물을 붓던 준휘의 귀에 문이 열림을 알리는 종소리보다 먼저 유하의 상쾌한 목소리가 들려왔다. 신선한 원두가 물을 머금으면서 쑥쑥 부풀어 오르는 것과 같이 그녀의 가슴도 같이 부풀어 오르고 있었다.

그녀가 씩 미소를 지어 보이자 유하가 창가 쪽 자리를 가리키며 그쪽에 앉겠다는 신호를 보냈다. 서둘러 커피를 내린 준휘가 트레이에 커피잔을 얹어 손님께 서빙을 하고 반가운 이를 향해 걸음을 옮겼다.

"음. 커피 향 좋다."

“로스팅하고 3일간 숙성시킨 케냐 더블 A 원두예요.”

“케냐 더블 A?”

“네, 우리 가게 이름이자 아빠가 좋아하시는 원두이기도 해요. 실은 엄마가 더 좋아하셨다고는 하지만.”

“아, 저기 간판의 케냐 AA가 원두 이름이구나? 처음 알았네. 내가 너무 무식했나?”

“잘 모르시는 분들이 더 많아요.”

“준휘 씨는 오늘 커피 마셨어요?”

“아뇨. 아직.”

“나도 케냐 더블 A 맛 좀 볼 수 있을까? 메뉴엔 없던데.”

“금방 내려드릴게요.”

“그럼 두 잔 부탁해요.”

“차강현 아저씨도 오신대요?”

“아니. 준휘 씨랑 마시려고. 그래도 되죠?”

대답 대신 수줍은 미소를 지어 보인 준휘가 빠른 속도로 바Bar 안으로 들어서자 물끄러미 그녀의 얼굴을 바라보던 준성이 옆구리를 쿡 찌르며 물었다.

“얼굴이 빨개진 이유는?”

“어? 표 나?”

“응, 아주 적나라하게.”

“아우, 쪽팔려.”

“그런 말 하는 거 아냐. 좋아하는 남자 앞에선.”

“좋, 좋아하긴 누가.”

"근데 저 남자, 재벌 집 도련님은 아니지?"

"그건 왜?"

"아니, 그냥. 입은 옷이 비싸 보여서."

"재벌 집 도련님 확 꾀어서 시집갈까 봐?"

"안 돼!"

농담처럼 뱉은 말에 정색을 하는 준성의 갑작스러운 외침에 너무도 깜짝 놀란 준휘는 드립기에 넣으려던 여과지를 떨어뜨리고 말았다. 준성의 목소리가 어찌나 컸던지 커피숍 안에 있던 손님들의 시선이 일시에 그를 향할 정도였다. 뒤늦게 자신의 과한 반응을 깨달은 준성이 머쓱하게 표정을 굳히며 헛기침을 했다.

"뼈 빠지게 일해 대학까지 뒷바라지한 아빠를 두고 치사하게 혼자 시집갈 궁리를 하다니 정말 못된 딸이네."

"어이구, 그게 걱정이셨어? 걱정 마셔. 이 한 몸 뼈 빠지게 일해 아버님의 은혜에 보답할 테니."

"당연히 그래야지."

무안한 듯 대충 말을 얼버무린 준성이 생두 주문할 걸 챙긴다며 황급히 창고로 사라졌다.

조금은 의아한 듯 어깨를 으쓱인 준휘가 조심스러운 손길로 커피를 내려 유하가 앉아 있는 창가 자리로 다가갔다.

"뭐랄까, 굉장히 독특한 맛이네? 조금 신맛이 나는 것 같기도 하고."

준휘가 건넨 커피잔을 입에 갖다 댄 유하가 잠시 커피 맛을 음미하곤 반짝이는 눈으로 말했다.

"커피의 다양한 맛을 느낄 수 있는 원두죠."

"준휘 씨 덕분에 새로운 커피도 알게 되고. 자, 감사의 의미로 선물."

"네?"

가게 안에 들어올 때부터 그의 손에 들려 있던 두툼한 서류 봉투가 테이블 위로 놓여졌다. 선물인데 누런 서류 봉투 안에 들어 있다. 크기로 봐선 설마 도시락?

잔뜩 궁금한 눈으로 봉투를 열자 소설책 한 권이 툭 떨어져 나왔다.

행복한 작가의 [아찔하게 달콤한].

"이건……."

"다음 주 목요일에 나올 따끈따끈한 신간. 아직 신간 목록에도 안 떴을걸?"

"우와, 정말 감사해요. 근데 아직 신간 목록에도 안 뜬 신간을 어떻게……."

"내가 책장사를 하거든."

"그럼 서점?"

"뭐, 그 비슷한 거."

"아!"

더 묻는 건 실례겠지?

"정말 감사해요. 덕분에 이렇게 남들보다 일찍 신간도 읽고."

"누구 덕분에?"

"네?"

"누구 덕분이냐고. 그러니까 내가 누구? 나, 어떻게 부르라고 그랬지?"

유하 오빠.

하지만 도무지 입이 떨어지질 않는다.

아, 왜 또 얼굴이 붉어지는 걸까. 거울을 보지 않아도 화르륵 달아오른 얼굴이 느껴진다.

"유하…… 오빠."

중얼대듯 말하자 잘 안 들린다고 시위를 하듯 유하가 몸을 앞으로 숙여 그녀의 바로 앞에 얼굴을 갖다 대며 다시 물었다.

"응?"

"유하 오빠."

"예쁘네. 오빠 말도 이렇게 잘 듣고."

어쩌면 유하 오빠는 타고난 바람둥이일지도 모른단 생각이 들었다. 그래서 그 바람둥이의 촉으로 두 달 넘게 차강현 아저씨는 절대 알아차리지 못한 나의 성별을 단번에 알아챘을지 모른다고. 그런데도 마음이 설렌다. 예쁘다는 말이 빈말인 줄 알면서도 주책없이 심장은 정신없이 내달리는 중이다.

아, 그런데 오빠, 오빠네 집 정말 재벌이에요? 오빠 부모님의 번갈아 찬물세례 따윈 얼마든지 견딜 수 있는데. 그런데 정말 예쁜 악조가 나타나면 난 진짜 어떡하지?

✳

어머니가 다녀가신 지 몇 시간이 지났건만 이유를 알 수 없이 가라앉은 기분은 도무지 돌아올 생각을 하지 않고 있었다. 화려한 조명을 받으며 런웨이를 걷던 그때가, 스케줄에 쫓기며 화보 촬영을 하던 그때가 새삼스럽게 그리운 건 절대 아니다. 머릿속에 꿈이란 게 들어 있던 시절, 그리고 불꽃같은 사랑이 심장 안에 자리하고 있던, 그건 어쨌든 부질없이 지나간 세월의 어린 기억일 뿐.

머리를 털며 일어섰다. 그래, 다른 게 아니라 집으로 들어오란 어머니의 협박 때문에 머리가 아픈 걸 거다. 그간 맛봐온 나름의 자유. 이걸 지키기 위해 무던히도 애를 썼는데 그렇게 딱 걸리다니. 이게 다 저 녀석 때문인 거다.

응? 강현의 시선이 유리창 밖의 한 남자에게 꽂혔다.

바로 그 녀석이 대여점 앞을 지나 건너편의 케냐 AA 커피숍으로 들어가고 있었다.

창가에 자리를 잡은 유하가 무언가에 시선을 고정한 채 앉아 있었다. 그리고 잠시 뒤 커피잔을 들고 온 준휘가 제 것까지 모두 두 잔을 테이블에 내려놓고 유하의 앞자리에 앉았다.

둘이서 한 모금씩 커피를 마셨고, 무언가 대화가 잠시 오가더니 유하가 준휘 앞으로 봉투를 내밀었다. 그리고 봉투 안의 무언가를 바라본 준휘가 밝은 미소를 지으며 유하를 바라봤다. 준휘의 손에 들린 저게 뭘까. 준휘의 손에 들린 무언가를 확인하기 위해 강현이 대여점 문을 열고 밖으로 나왔다. 창가 너머 준휘의 손에 들린 건 한 권의 책이었다.

무슨 책인지는 모르겠지만 잔뜩 흥분한 얼굴로 유하에게 무언가를 얘기하던 준휘의 얼굴이 갑자기 붉어졌다.

그리고 준휘를 지켜보던 강현의 동공이 갑자기 커다랗게 확장됐다.

'유하 오빠.'

준휘의 입 모양은 분명 그렇게 말하고 있었다.

"그나저나 아까 그 아가씬 누구야?"

"그래, 네가 손 꼭 붙잡고 도망가던 그 비쩍 마른 아가씨 말이야."

유리창 앞에 황망하게 서 있던 강현이 갑자기 빠른 걸음으로 다가가 커피숍 문을 벌컥 열었다.

딸랑.

종소리와 함께 거칠게 문을 열고 들어선 강현이 빠른 걸음으로 준휘 앞에 다가가 멈춰 섰다. 빨간 천을 보고 달려드는 성난 황소처럼 씩씩대며 불을 뿜어대던 강현이 준휘를 향해 다짜고짜 물었다.

"너! 속옷 사이즈 뭐야!"

"예?"

세상에, 다짜고짜 쳐들어와 남의 속옷 사이즈를 물어보는 이 아저씨를 어떻게 받아들여야 하는 걸까. 설마 내 팬티를 사주시려고?

"속옷 사이즈 뭐냐고!"

"85 스몰이요."

"위는?"

"75AA…… 헉!"

그래, 헉이다.

유하 오빠 앞에서 치명적 신체 사이즈를 이렇게 적나라하게 불어버리다니.

근데 차강현 아저씨의 얼굴색은 왜 이렇게 울긋불긋해지는 걸까.

그래, 이 아저씨는 아마도 러닝셔츠 사이즈를 물어본 것일 텐데.

"너…… 여자였어?"

잔뜩 충격을 받은 듯한 강현의 고개가 삐뚜름히 돌아갔다. 준휘는 지은 죄도 없이 잔뜩 어깨를 움츠린 채 고개를 숙이며 고민에 잠겼다.

잠깐. 잘못한 것도 없는데 내가 왜 이래야 되는 거지?

"말해! 여자였냐고!"

"여자였던 게 아니라 여잔데요."

강현을 향해 고개를 쳐든 준휘가 조금은 기어들어 가는 목소리로 말했다.

"근데 왜 말 안 했어!"

"제가 남자라고 말한 적 없잖아요."

"그럼 왜 내가 총각이라고 부를 때 가만있었어!"

“그래서 제가 총각이라고 부르지 말랬잖아요.”

“너······.”

채 뒷말을 잇지 못한 강현이 기가 막힌다는 얼굴로 손을 들어 자신의 앞머리를 거칠게 쓸어 올렸다.

“네가 왜······ 여자야?”

이런 말도 안 되는 질문을 봤나. 아무리 내가 가슴 실종—어흑! 이 아저씬 나를 두 번 죽인다—의 곱상한 총각 비주얼을 갖고 있긴 해도 엄연히 XX 염색체를 갖고 태어난 여자임이 분명한데, 어떻게 여자냔 질문을 당사자인 나한테 할 수 있는 거지?

“그건 나한테 물어볼 게 아니라 삼신할머니한테 물어보셔야죠. 나도 내가 왜 이런 모양새인 건지 가끔 그게 굉장히 궁금하거든요.”

“준휘 씨가 여자인 게 왜 이렇게 흥분할 일이지?”

팔짱을 낀 채 느긋하게 지켜보던 유하가 강현을 올려다보며 물었다. 그제야 유하에게 시선을 돌린 강현이 무언가를 잔뜩 쏟아낼 듯한 얼굴로 한 걸음 다가섰다.

“혹시 민 여사님 다녀가셨어?”

“넌 죄다 불었으면 미리 연락이라도 줬어야 할 거 아냐!”

“그랬으면, 오늘 하루만 그거 벗고 있게? 그럼 안 들킬 것 같았냐?”

씩씩대던 강현의 호흡이 조금씩 가라앉는 것 같았다. 준휘는 제가 이 자리에 계속 앉아 있어야 되는 건지 일어나 자리를 비켜줘야 되는 건지 일단 눈치를 살폈다. 아무래도 일어나야 될 것 같았다. 슬며시 몸을 일으켜 슬금슬금 걸음을 옮기니 준휘가 앉았던 자리에 강현이 털썩 주저앉았다.

"좀 솔직해져라, 차강현. 단지 그 옷차림을 들킨 게 화나는 건 아니잖아. 여태 누린 네 자유, 그게 부서질까 걱정되는 거 아냐?"

"……."

"그리고 아까 물은 거, 준휘 씨가 여자인 게 그렇게 흥분할 일인가?"

"그냥 좀 놀랐을 뿐이야."

"왜?"

유하의 물음에 굳게 입을 다문 채 앉아 있던 강현이 앞에 놓인 커피잔을 들어 바싹 마른 입술을 축였다. 분명 씩씩거리며 커피숍을 들어섰을 땐 따져야 할 무언가가 있는 것 같았는데. 그런데 지금, 그래서 뭐?

그냥 알 수 없이 복잡했다.

"나 간다."

주머니에 손을 꽂은 채 벌떡 일어선 강현이 유하를 내려다보며 말했다. 고개를 들어 물끄러미 저를 바라보는 시선을 느낀 강현이 무안한 듯 고개를 돌리며 걸음을 옮겼다.

"가게 문 안 닫고 그냥 왔어."

"나는 안 가도 되는 거지?"

문 쪽으로 사라지는 강현의 뒤통수로 들려온 유하의 말에 강현의 걸음이 잠시 멈칫하다 다시 움직였다. 그리고 강현은 왔던 길을 되짚어 대여점으로 사라졌다.

대여점 안으로 들어온 강현이 카운터 자리가 아닌 손님용 소파에 몸을 기대앉았다. 눈을 감으니 짙은 브라운색의 '케냐 AA' 앞치마를 두른 채 처음 대여점 문을 열고 들어섰던 준휘의 모습이 떠올랐다. 책장마다 꽉 찬 로맨스 소설에 두 눈을 반짝이며 행복한 표정을 짓던 그 아이의 첫인상은 한마디로 참 특이하다였다.

'어? 이건 안 읽은 건데', '아저씨, 이건 새드예요, 해피예요?', '이 작가 글 재밌어요?', '저건 두 권짜리예요?' 하며 책장 앞에서 쉴 새 없이 조잘대며 물어오는 질문에 사내자식이 뭐가 저렇게 시끄러운가 싶어 내일부턴 제발 오지 않았으면 하는 바람에 시종일관 무뚝뚝하게 응대했었다.

그런데 그 아인 그다음 날도, 또 그다음 날도 끈질기게 대여점 문을 열고 들어섰다. 언제나 처음 그날처럼 두 눈을 반짝이며.

동네 어귀에서 그 아일 향해 '곱상한 총각'이라 부르던 할머니의 모습이 떠올라 그 뒤로 쭉 총각으로 부르면서도 전혀 그 아이가 여자일 거란 의심 따윈 해보지 않았다.

중독.

어쩌면 중독된 건 그 아이가 아니었을지 모른다.

어느 순간부터인가 문을 열고 들어설 그 아일 기다린 내가 그 아이에게 서서히 중독되고 있었는지 모른다.

부정.

준휘 말마따나 그 아인 나에게 제가 남자라고 말한 적이 한 번도 없었다. 내가 그렇게 믿고 싶었을 뿐이다. 그 아인 절대 여자일

리가 없다고 그래서 내가 다시 관심을 두는 그 누군가가, 내내 신경이 쓰이는 그 누군가가 절대 여자가 될 수는 없다고. 다시는. 절대로.

그 아인 그저 신경이 쓰여 보살펴 주고 싶은…… 동네 총각이었어야 했다.

✳

와작.

준휘가 입안에 머금고 있던 얼음을 어금니로 부숴 씹어댔다.

아니, 내가 총각이 아닌 게 왜 그렇게 열 받을 일이래? 혹시 나 주려고 몰래 사놓은 러닝셔츠 못 주게 돼서? 그래서 다짜고짜 속옷 사이즈부터 물은 건가? 에이, 된장. 덕분에 유하 오빠한테 내 가슴 사이즈만 들키고 말았잖아.

하긴, 말 안 해도 짐작 가능한 사이즈긴 하지.

어쨌든 그 아저씬 전생에 내 원수였을 거야.

엥? 전생의 원수가 만나 현세現世에서 부부가 된다던데.

『등신. 그러니까 유하 때문에 그렇게 힘들어하지 말고 나한테 오라고 그랬잖아. 내가 너 평생 로맨스 소설은 실컷 보게 해줄게.』

악! 진짜 안 돼. 자꾸 생각하지 말자. 그런데 자꾸 오랜 시간 꿈을 그리는 사람은 마침내 그 꿈을 닮아간다는 앙드레 말로의 말이 떠올랐다. 안 돼. 절대 안 돼. 앞으론 절대 그런 생각, 꿈도 꾸지 말자. 그럼에도 불구하고 그녀의 머릿속엔 커플 추리닝을 입고 강현과 나란히 대여점 안에서 책장 정리를 하고 있는 제 모습이 상상됐다.

허억! 그건 정말 안 된다고!

"아무래도 저 녀석한테 가봐야 될 것 같아."

언제 다가왔는지 카운터 앞에 커다란 그림자를 만들고 선 유하가 준휘를 내려다보며 말하고 있었다.

"아, 풉!"

'아' 하고 고개를 끄덕인 지 1초도 되지 않아 저도 모르게 튀어나온 웃음에 황급히 입을 가리고 유하를 올려다봤다. '왜?' 라고 묻는 유하의 눈빛에 준휘가 바로 입을 열었다.

"차강현 아저씨보고 저 녀석이라고 하니까 갑자기 웃겨서요. 꼭 어린애가 된 것 같잖아요. 그 커다란 아저씨가. 크크."

"그 녀석이 좀 어리긴 하지."

"그죠? 어쩔 땐 나보다 열 살쯤 더 어린 것 같다니까요. 근데 그 아저씬 몇 살이에요?"

"서른셋."

"헤에, 진짜 아저씨네."

"그럼 나도 아저씬가?"

"네?"

"나도 서른셋이거든."

음. 좀 많긴 하지만 아홉 살 차이쯤 감당할 수 있어요. 내가 조금 더 어른스럽게 행동하면 되잖아?

준휘가 씩 미소를 지어 보였다.

“준휘 씬 몇 살?”

“제가 아홉 살 적네요.”

“스물넷?”

“네.”

“흠. 좋을 때네.”

“흐흐. 노친네 같아요, 그런 말.”

“언젠가 서른셋이 된 준휘 씨도 앞에 있는 스물넷의 누군가에게 분명 이런 말을 하게 될 날이 올걸?”

“서른셋? 휴우, 아직 9년이나 남았는데요?”

“까마득한 미래 같지? 후후. 나나 강현이 그 녀석도 처음 태어나서부터 서른셋은 아니었으니까. 응애 하고 울어대던 갓난아기 시절도 있었고, 병아리반, 장미반 명찰을 달고 있던 유치원 시절도 있었다고.”

“그리고 보니 저도 교복 입은 고등학생 보면서 저 때가 좋았는데 싶을 때도 있어요. 아님 대학 1학년으로라도 돌아갈 수만 있다면…….”

“돌아가면 뭘 할 건데?”

“꼭 뭘 해서가 아니라요. 그냥 그때의 기분을 다시 느끼고 싶어서요. 실은 미팅도 해보고 싶고.”

“미팅, 한 번도 안 해봤나?”

“네.”

“왜?”

“안 끼워줘서요.”

“왜 그랬을까? 이렇게 예쁜 준휘 씰.”

“오빠는…… 진짜 바람둥이 같아요.”

“응?”

“빈말도 되게 듣기 좋게 해요.”

그래서 거짓말인 거 알면서도 가슴이 뛰어요.

“빈말 아닌데?”

이거 봐. 심장이 또 뛰잖아.

할 말이 없어서 그냥 발그레 웃는데 유하가 지갑에서 만 원짜리 지폐 한 장을 내밀었다.

“커피 값.”

“어? 아니에요. 그냥 가세요. 이렇게 책도 선물로 주시고.”

“내가 준휘 씨랑 마시고 싶다 그랬잖아. 아, 말 놔도 되지?”

“네? 네.”

“그럼 앞으론 준휘 씨 말고 그냥 준휘야 하고 불러야겠다.”

유하 오빠의 전생은 분명 혜원 신윤복의 기방무사妓房無事에 나오는 한량이 맞을 것이다. 십 리 밖을 지나가는 개의 암수를 기가 막히게 구별해 내고, 밥상에 오르는 생선도 꼭 알을 밴 암컷만 먹었을 게 분명하고, 걸음마를 떼기 시작할 무렵부터 벗긴 기생 속 곳이 자기가 벗어놓은 기저귀보다 많았을 테지.

“그럼 또 봐.”

오른손을 살짝 들어 보인 유하가 커피숍 문을 열고 사라졌다.

“그동안 안 들키고 잘살았으면 된 거 아냐?”

대여점 안을 들어선 유하가 여태 소파에 기대앉아 있는 강현을 향해 물었다.

"난 널 이해할 수가 없어."

느긋하게 소파 등받이에 몸을 기댄 유하가 강현을 바라보며 말했다. 강현은 아무런 대꾸도 하지 않은 채 주머니에 두 손을 찔러 넣은 채였다.

"너만큼 날 이해한 녀석이 있었나?"

"그건 널 이해해 주길 바라는 너의 오만한 이기심일 뿐이야. 난 한 번도 널 이해한다고 생각해 본 적 없어."

"그랬나? 20년 넘는 시간 동안 내 곁에 붙어 있는 게 너 하나뿐이라."

"네가 쳐낸 건 아니고?"

"글쎄. 그랬을지도."

"10년도 넘은 일이다."

"뭐가?"

"잘난 척 그만해. 가끔은 그런 네 모습, 역겨우니까."

"훗."

"그러고 있으면 뭔가 멋있을 것 같지? 아니, 언젠가 네 상처를 들여다봐 줄 누군가를 기다리는 건가? 모자란 놈. 그렇게 단단한 껍질 속에 숨어 있는 널 봐줄 누군가가 있을 것 같아? 그런 건 드라마나 소설 속에서나 나오는 이야기야. 네가 널 먼저 보이지 않으면 아무도 널 봐주지 않는다고."

"난…… 숨은 게 아니야. 단지 변했을 뿐이지."

소파에 앉아 있던 유하가 갑자기 몸을 일으키자 고개를 든 강현이 유하를 올려다보며 물었다.

"왜, 벌써 가려고?"

"역겹다고 했잖아. 토 나올 것 같아서. 근데 웬일이냐? 네가 날 다 잡고?"

"그냥 조용한 게 싫다. 계속 떠들어줘."

"널 이렇게 만든 원인은?"

"그날인가?"

"안 웃겨."

"준휘는 이런 거 되게 좋아하는데."

"그럼 준휘 데려다 이런 거 많이 해주든가."

강현의 미간이 꿈틀댔다.

낯설었다, 유하의 입에서 나온 '준휘'란 이름이.

왠지 저보다 더 친근하게 부르는 그 이름.

"넌 언제 알았냐?"

"처음부터."

제가 한 질문의 의도를 정확히 파악한 유하가 무언가를 즐기는 듯한 얼굴로 강현의 눈을 향해 말했다.

"군대는 면제라고 했는데."

"여군을 자원하지 않은 이상 당연한 거지."

"그래서 남자가 좋다고 했던 거구나."

"동성애자가 아니라면 그것도 당연한 거고."

"왜 여자였을까."

"너는 왜 자꾸 그게 부정하고 싶은 걸까."

"……."

"나 진짜 간다. 네 심심풀이 땅콩 노릇 하기엔 이래 봬도 꽤나 바쁜 몸이거든. 그리고……."

유하가 입술 끝을 살짝 씰룩이고 말끝을 흐리자 잔뜩 궁금함이 서린 강현의 시선이 유하를 향했다. 아까보다 한결 여유로운 표정의 유하가 강현을 바라보며 싱긋 웃었다.

"늘어났던 방문 목적이 줄어 살짝 실망하는 중이거든. 근데 좀 더 지켜보는 것도 괜찮을 것 같긴 하네."

뭔지 모르게 알 수 없게 복잡한, 강현의 가슴에 염장을 잔뜩 지른 유하가 유유히 문을 열고 사라졌다. 그리고 10분쯤 뒤 어제 빌려갔던 소설을 반납하려는 듯 품 안에 책 한 권을 끌어안은 준휘가 대여점 문을 열고 들어섰다.

"여기요. 어제 빌려간 거."

준휘에게 시선도 내주지 않은 채 잔뜩 화가 난 듯 짧은 대꾸조차 하지 않은 강현은 카운터 위에 올려놓은 책을 자기 쪽으로 끌어당겨 바코드를 찍고 있다. 아침에 '너'라고 불렀다가 다시 '총각'이 되었을 때 아저씨로부터 열 걸음쯤 뒤로 물러난 것 같았다면 지금 이 순간은 아저씨한테서 한 백 걸음은 더 뒤로 물러난 것 같다.

"아저씨는 내가 여자인 게 되게 불만인가 보네요?"

입술을 삐죽이 내민 준휘가 슬쩍 눈치를 보며 말했다.

"일부러 속이려고 한 건 아닌데, 어쨌든 죄송해요."

"……."

"하아, 죄송하다구요."

계속해서 대꾸가 없는 강현이 답답한 듯 준휘가 앞머리를 쓸어 올리며 조금은 큰 소리로 말을 뱉었다.

"아저씨 진짜 밴댕이 소갈머리!"

"……."

"예, 그래요. 아저씨도 아저씨보다 나이 어린 저한테 속은 게 좀 억울하고 자존심 상하는 일일 수도 있겠지만요, 나도 나보고 계속 총각, 총각 하는 아저씨한테 나 총각 아니고 여자라고 하는 것도 꽤나 자존심 상하는 일이었다구요. 그래서 말 안 한 건데……."

잠시 말을 끊은 준휘가 강현을 바라봤지만 여전히 입술을 굳게 다문 채다.

"됐어요. 내가 말을 말지."

그게 그렇다. 진실을 말해야 하는 걸 알면서도 어쩌다 그 타이밍을 놓치게 되면 어, 하고 휩쓸리다 결국엔 에라, 모르겠다 어영부영 넘어가게 되는 경우가 발생하기도 한다. 그런데 하필 이런 식으로 앞뒤 다 잘리고 희한한 결과만 남게 되었을 땐 최초 원인 제공자가 자신임이 분명함에도 머리를 숙이고 들어가는 게 죽기보다 싫어진다. 아니, 죽기보다 싫은 건 아니다. 생명은 소중하니까.

"쳇, 친구라면서 유하 오빠랑은 완전 딴판이야."

유하 오빠는 멋있고, 다정하고, 따뜻하고, 근사하고, 암튼 짱인데, 아저씨는 하나도 안 멋있고, 딱딱한 데다 다정하지도 않고, 만

날 갈구기만 하고. 무엇보다 그 추리닝, 진짜 구려요! 차마 뒷말을
뱉을 수 없어 생략하긴 했지만 제가 생각해도 조금은 유치한 방법
으로 강현에게 반항을 하는 중이다. 혹시나 '내가 유하랑 뭐가 그
렇게 딴판인데?' 라고 물으면 뒷말을 쭉 이어주려 그랬는데 다행
인지 불행인지 강현은 아무런 대꾸를 하지 않았다.

저 혼자 부르르 열받아 혈압을 올렸던 준휘가 그대로 몸을 돌려
문 쪽으로 걸음을 옮겼다. 참새가 방앗간을 그냥 갈 리 없다고는
하나 도저히 오늘은 무언가를 빌려 갈 기분이 아니었다. 실은 유
하가 갖다 준 따끈한 신간이 버티고 있으니 이런 배짱도 부릴 수
있는 것이긴 하지만.

그래도 잡아야 하는데. 이쯤에서 '총각' 하고 불러줘야 하는데.
오늘이랑 내일 이틀은 [아찔하게 달콤한]으로 어떻게 버텨보긴 하
겠지만 3일 이상 이곳을 끊는 건 무리인데.

일부러 걸음을 조금 늦추며 뒤통수에 신경을 곤두세우고 있는
중,

"너 같은 애."

입에 지퍼를 채운 듯 여태 대꾸 없이 앉아 있던 강현의 목소리
에 가던 걸음을 멈춘 준휘가 뒤를 돌아봤다. 드디어 입을 열었다.
그래, 이렇게 오래 삐쳐 있을 리 없지. 워낙 엉뚱한 아저씨니까 화
난 척 나를 떠보다가 분명 '너 같은 애, 아니, 총각 놀려먹는 재미
가 꽤나 쏠쏠한걸' 이러면서 썩소를 지을지도. 하지만 이런 그녀의
생각을 비웃기라도 하듯 곧이어 나온 강현의 말은 띵 하는 소리와
함께 준휘의 머리를 가격했다.

"정말 딱 질색이야."

찰나의 순간이지만 그녀의 걸음도, 그녀의 사고도, 그녀의 숨통도 동시에 멎게 하는 충격을 느꼈다. 짧게 끊어졌다 이어진 강현의 말을 머릿속으로 천천히 이어봤다.

'너 같은 애, 정말 딱 질색이야.'

허. 내가 무슨 그리 죽을죄를 지었길래?

'나도 아저씨 같은 사람 딱 질색이에요!' 라고 뱉어주고 싶은 걸 간신히 눌러 참으며 대여점 문을 연 준휘가 도망치듯 빠르게 걸음을 내디뎠다. 그리고 여태 참았던 숨을 크게 내쉬었다.

안 올 거야. 차라리 내가 로설을 끊는 한이 있어도 여기 다신 안 올 거야.

아저씨 정말…… 밉다.

"너 같은 애, 정말 질색이야. 사람 신경 쓰이게 만드는."

준휘가 사라지고 없는 대여점 안에서 강현이 혼자 중얼댔다.

무슨 이유에서인지는 알 수 없었으나 누군가를 신경 쓰고 살았던, 그래서 죽을 만큼 괴로웠던 스물둘의 끔찍한 기억이 자꾸만 떠오르고 있다.

훗. 쓴웃음이 비어져 나왔다. 끔찍했었다고? 넌 정말 비겁한 새끼야.

아침에 눈을 떠서 잠이 들 때까지, 아니, 꿈에서라도 그녀를 볼 수 있을까 설레며 행복해하던 시간을 지금은 끔찍하게 괴로웠던 기억으로 떠올리다니.

“이건 상희 누나 초밥 도시락, 이건 방금 갈아온 상희 누나 오렌지 주스, 그리고 이건 상희 누나…… 샤넬 백!”

“강현아, 제발. 이러지 말라고 했잖아.”

“나도 제발. 나 이러는 거 막지 말라고 했잖아.”

“차강현.”

“그럼 어떡하냐. 내 심장은, 내 몸은, 내 머릿속엔 온통 유상희 하나뿐인데. 누나한테서 벗어날 방법 있으면 좀 알려줘.”

“난…….”

“굳이 설명 안 해도 알아. 누나 마음에 다른 사람 있다는 거. 하지만 내 마음에도 누나만 들어와 있는데 나더러 어떡하라고. 그러니까 그냥 날 내버려 둬. 누나가 이렇게 제때 끼니도 못 챙겨 먹는 것도 싫고, 암튼 다 맘에 안 들어. 누나 때문에 신경 쓰여서, 걱정돼서 미치겠단 말이야!”

“하하, 하하하하.”

소리 없이 비어져 나오던 웃음이 어느샌가 대여점 안을 울려대고 있다. 촉촉이 젖어든 눈가를 훔쳐 가며 끊임없이 텅 빈 대여점 안을 웃음소리로 채워 넣던 강현은 늘 마주하던 적막이 너무도 낯설어 더욱더 큰 소리를 만들어내는 중이다.

집착에 가까운 맹목적인 사랑. 그녀가 다른 이를 사랑하고 있다는 걸 알면서도 그녀의 마음 안으로 뛰어들었다. 그저 열심히, 죽을힘을 다해 사랑만 하면 되는 줄 알았다. 그래서 열심히, 죽을힘을 다해 사랑을 쏟아부었다. 그 자신의 사랑으로 인해 누군가는 피눈물을 흘릴 거란 걸 모르는 바 아니었다. 까짓, 벌받으면 되지. 그의 불꽃같은 사랑 앞에 두려울 건 없었다.

하지만 그것이 얼마나 엄청난 오만이었는지, 눈앞의 뜨겁던 불꽃이 그대로 얼어붙은 채 조각조각 날카로운 파편이 되어 제 가슴에 박히게 될 줄은 몰랐다. 그 사실을 깨닫는 데 꼬박 2년이 넘는 시간이 필요했다.

스무 살에는 그럴 수 있었다. 스물한 살에도 그럴 수 있었다. 그리고 스물둘이 되었을 때도 그럴 수 있었다. 하지만 지금은 강산이 한 번 변한다는 10년 세월이 훌쩍 흐른 서른셋이다. 여태 그래 왔던 것처럼 그렇게 살면 된다. 다른 사람 따위 신경 쓰지 않고.

그런데 그의 시선이 자꾸만 케냐 AA 쪽을 향하고 있다. 아니, 좀 더 정확히 말하자면 그의 마음이 향하는 것이다. 총각이라 다행이라 여겼던 그 깡마르고 비리비리한 강준휘라는 이름의 아이에게로.

7. 인생은 원래 충격의 연속이다

빌려왔던 소설책을 반납하기 위해 커피숍을 나선 준휘의 뒷모습이 금세 대여점 문 안으로 사라질 무렵, 준성은 주머니 안에서 작은 진동을 만들고 있는 휴대전화를 꺼내 발신자를 확인하며 얼굴을 굳혔다.

〈한동훈입니다.〉

애써 아무렇지도 않은 듯 귓가에 갖다 댄 전화기에서 한 실장의 목소리가 들려온다.

"네."

〈내일 오후 3시. 시간 괜찮으십니까?〉

"……."

〈여보세요?〉

"듣고 있습니다."

〈전에 말씀드렸던 그 약속 말입니다.〉

"회장님을 만나고 싶지 않습니다."

〈회장님이 아니십니다.〉

"휘윤이도…… 만날 이유가 없지 않습니까."

〈강준성 씨 마음은 그렇지 않다는 걸 알고 있습니다.〉

"이제 와서, 이제 와서……."

〈부탁드립니다.〉

정중한 말투였지만 어길 수 없는 단호함이 서려 있었다. 무엇보다 준성은 자꾸만 휘윤의 이름을 들먹이는 한 실장의 태도에서 알 수 없는 불안감을 느끼는 중이었다. 한 번은 만나봐야겠지.

"어디로 가면 됩니까?"

〈내일 3시에 지금 계신 커피숍 앞으로 모시러 가겠습니다.〉

"아니요. 혹시라도 준휘가 보면……. 그냥 장소를 알려주십시오. 제가 찾아가겠습니다.

〈혼자 찾아가시기 힘든 곳입니다. 커피숍 앞이 정 마음 쓰이신다면 근처에서 대기하고 있겠습니다.〉

"알겠습니다. 그럼 내일 다시 통화하죠."

전화기를 내리는 준성의 마음에 먹먹한 아픔이 밀려오고 있었다. 내일…… 널 볼 수 있는 거니? 내일이면 너를 볼 수 있겠구나.

중요한 약속이 있다면서 아침부터 머리를 두 번이나 감아가며 헤어스타일에 신경을 쓴 준성은 오후가 넘어가면서 뭐 마려운 강아지처럼 연신 시계를 바라보며 안절부절못하는 상태였다. 그리고 시곗바늘이 2시를 막 넘길 무렵 앞치마를 벗어 든 준성이 옷을 갈아입고 약속 장소로 가봐야겠다며 서둘러 2층으로 올라가 버렸다.

겉치레에 저렇게 신경을 쓰는 걸 보면 여자라도 만나러 가는 건가 싶기도 했지만 잔뜩 굳은 준성의 얼굴에선 기분 좋은 설렘 같은 게 느껴지지 않았다. 평소의 그녀 같았으면 대체 어딜 가느냐고 꼬치꼬치 따지고 물었겠지만, 사실 어제 이후로 가라앉은 그녀의 기분은 온몸을 무기력이 휘감으며 땅 끝으로 떨어지는 중이었다.

하지만 그때,

"어서 오…… 세요."

문을 열고 들어서는 한 남자에게 시선을 꽂은 준휘는 늘 하던 인사말도 제대로 잇지 못한 채 눈을 비비고 있었다. 가슴골이 보이도록 목이 깊게 파인 보라색 브이넥 니트에 곧게 뻗은 긴 다리 선이 잘 드러나게 피트 된 화이트 진을 입은 모델 같은 이는 아무리 봐도 저기 저 대여점 안에 진남색 트레이닝복을 입고 있던 차강현 아저씨와 매우 흡사하게 생겼다.

다른 색도 아니고 보라색이다. 여자들이 입어도 제대로 소화해 내기 힘들어 보라색이 잘 받는 여자는 미인이란 소리가 있을 정도로 난해한 저 보라색을 훤칠한 키의 저 남자는 마치 처음부터 제 색인 양 근사하게 소화하고 있었다.

설마 그럴 리가. 아무리 옷이 날개라고는 하지만 머리 스타일도 다르고, 평소와 다르게 코끝에 은은한 향기도 느껴졌다. 어쨌든 얼굴에 붙어 있는 눈, 코, 입 빼곤 전부 다 다른 저 남자는 근데 어쩌면 저렇게 차강현 아저씨와 닮은 걸까.

그녀가 넋을 놓고 있는 동안 차강현 아저씨를 닮은 의문의 남자가 창가 쪽으로 자리를 잡고 앉으며 준휘를 돌아보았다. 손님이 왔으니 다가가 주문을 받는 게 당연한 일이겠지만 준휘는 손끝 하나 까딱이지 못한 채 그 자리에 굳어 있었다.

그녀를 향했던 시선이 거둬지는 걸 느꼈을 땐 의문의 남자가 느긋한 모습으로 소파에 등을 기댄 후였다. 뭔가 여유로움이 느껴지는 분위기. 진남색 트레이닝복 주머니에 두 손을 꽂고 들어와 내가 쏜다던 아이스 아메리카노 대신 좀 더 비싼 카페모카를 주문하던 쪼잔한 차강현 아저씨와는 분명 다르다. 그래, 저 남자가 차강현 아저씨일 리 없다. 암.

고개를 살짝 끄덕인 준휘가 메뉴판을 들고 천천히 그 남자를 향해 다가갔다. 근데 그 남자와 가까워질수록 자꾸만 이 남자가 차강현 아저씨가 맞다는 불길한 확신이 드는 건 왜일까.

인기척을 느꼈는지 의문의 남자가 준휘를 향해 고개를 돌렸다. 그리고 해온 질문.

아, 저 정체불명의 모델 같은 남자는 차강현 아저씨가 확실하다.

"내가 쫌 멋있어. 아무리 봐도 유하보단 훨 근사하지?"

"네. 네?"

"됐어. 다 들었는데, 뭐."

“뭐, 뭐가요?”

“원래 시험 볼 때도 맨 처음 생각한 게 정답이야.”

처음의 ‘네’는 무의식중에 나온 대답이었다. 눈앞의 차강현 아저씨는 정말 근사했으니까. 하지만 찰나의 순간 내가 지금 무슨 소릴 하는 건가 하며 정신을 차리고 다시 되물었을 땐 이미 아저씨 사냥감을 낚아챈 매의 발톱처럼 날카롭게 요점을 콕 집어내고 있었다.

쳇. 자기 멋있다는 소릴 그렇게 듣고 싶었단 거지. 근데 왜 여태 그러고 살았대?

“나 땜에 삐쳤지? 그래서 또 울었나? 속상하다고?”

다짜고짜 물어온 강현의 물음에 준휘는 아무런 답을 하지 못했다. 삐친 건 사실인데 그렇다고 운 건 아니다. 그걸 일일이 설명하자니 제가 왜 그래야 하는지도 모르겠고.

“보기 드문 모습이시네요.”

“응, 삶의 터전을 잃을 순 없어서.”

“예?”

“협박당했거든. 근데 오라고 해놓고 손님을 이렇게 박대해도 되는 거야?”

“제가요?”

“응.”

“제가 언제요?”

“우와! 오라고 해놓고 이럼 안 되는 거지.”

“아니, 그러니까 제가 언제요?”

“감사합니다, 또 이용해 주세요.”

“그건 그냥 인사말이죠.”

“빈말이었어?”

“빈말은 아니지만.”

“어쨌든 왔어. 자, 그다음은?”

“그다음은…….”

머뭇대던 준휘가 강현 앞에 메뉴판을 내려놓자 메뉴판은 펼쳐 보지도 않은 그가 준휘를 향해 말했다.

“마시고 싶은 거 있으면 주문해. 사과의 의미로 내가 쏠 테니.”

“사과요?”

“내 기분만 내세워서 심한 말 한 것 미안하다고. 정말 미안해.”

“이런 모습 정말 의왼데요. 사과도 먼저 하시고.”

“내가 좀 쿨하기도 하지.”

“그 말을 안 했으면 훨씬 쿨해 보였을 거란 건 이제 말씀 안 드려도 아실 때가 됐는데.”

“잠깐 좀 앉지?”

“하실 말씀 있으세요?”

“응.”

미안하다 사과도 했는데 뭐가 더 남았을까. 내가 너무 쉽게 용서를 해준 건가 하며 잠시 망설이던 준휘가 조용히 의자에 앉자 강현이 물어왔다.

“로설 많이 읽어봤지?”

“조금요.”

“로설 속 남주들에겐 몇 가지 유형이 있어. 잘생기고, 키도 크고, 복근은 필수에 강인한 체력. 게다가 삼십대 초반인데 대기업 사장이고, 그 앞에서 엎어지는 여자는 백만 스물하나인데 사랑 따윈 귀찮아서 그저 여자와는 원나잇 스탠드. 그런데 그런 남자의 눈에 한 여자가 들어와. 첫눈에 둘은 파바박, 화학적 반응을 일으키며 거칠 것 없는 사랑을 나누고 이런저런 작은 갈등을 헤치며 결국엔 해피엔딩.”

강현의 말에 준휘가 긍정의 의미로 고개를 끄덕여 보였다.

“그렇게 자기 앞에 나타난 사랑을 집착에 가까운 소유욕으로 불태우는 남주가 있는 반면, 오래전 받았던 사랑의 상처로 인해 마음의 문을 굳게 걸어 잠근 채 다가오는 사랑을 애써 거부하는 남주도 있지.”

“그래도 결국 여주한테 마음을 열잖아요. 원래 쉽게 이루어지는 사랑은 없어요. 소소한 갈등과 눈물은 로맨스의 필수 요소라구요.”

“그건 결국 소설이잖아.”

“소설이지만 어쨌든 누구나 꿈꾸는 로망이니까 완전 허구는 아니라고 봐요.”

“그래서, 만일 네가 그 소설의 여주인공이 된다면 그런 남자를 사랑할 수 있을 것 같아?”

“내가 그 남자를 아주 많이 사랑하고 또 그 남자도 나를 아주 많이 사랑하는데, 단지 가로막힌 문제가 예전의 상처 때문이라면 얼마든지 그 남자를 사랑할 수 있어요.”

“음. 전제 조건은 일단 준휘 너도 그 남자를 아주 많이 사랑해야 되는 거네?”

“네.”

“만일…… 어쩌다 말도 안 되게 그 남자를 사랑하게 됐어. 그래서 아주 많이 힘들 텐데도 그 남자를 사랑할 수 있어?”

“아까도 말했잖아요. 소소한 갈등과 눈물은 로맨스의 필수 요소. 그래도 어쨌든 결말은 해피엔딩일 테니.”

“그런 로망을 꿈꾸다니 어리구나, 준휘는.”

물끄러미 나를 바라보는 서른셋의 차강현 아저씨는 스물넷의 나 강준휘를 향해 어리다고 말하고 있다. 나보다 어린 애들도 많아요. 나보고 오빠라고 부르는 애들도 있고. 스물셋부터 이제 막 돌이 된 아기까지 쭉 일렬로 세워두면 얼마나 많은데.

그런데 아무 말도 할 수 없었다. 나를 바라보는 아저씨의 눈이……. 아, 뭐라고 해야 하지? 저렇게 애잔한 눈을 본 적이 없어. 마치 자기가 그 로설 속 남주인 것처럼, 마음을 닫아 걸은 그 남자처럼. 왜 이런 거지? 아저씨, 이유 좀 말해봐요.

“아저씨가 쏜다고 했으니까 나 비싼 거 마셔도 돼요?”

왠지 이쯤에서 분위기를 바꿔줘야 할 것 같은 느낌에 준휘는 한 톤 높여 생기 가득한 목소리로 강현을 향해 물었다. 방금 전 강현의 눈빛이 정말 사랑이란 모진 열병을 겪고 난 뒤 심장 한 조각을 떼어낸 채 심각한 후유증을 앓고 있는 로설 속 남주 같았기 때문이다.

이런 거 아저씨한테는 정말 안 어울리는데.

"비싼 거 마시는 건 좋은데 내 앞에서 카푸치노 같은 거 마시다가 입술에 우유 거품 따위 막 묻히고 그런 짓은 하지 마."

"아저씨 혹시 현빈 팬이세요?"

"현빈 군대 선배긴 해."

"해병대 다녀오셨어요?"

"응. 현빈도 귀신 한둘은 잡고 나왔어야 할 텐데."

"푸허. 그러는 아저씬 귀신을 몇이나 잡으셨는데요?"

"나? 군사 기밀이야."

"아저씬 그 하나도 안 웃기는 유머는 대체 어떻게 터득하신 거예요?"

"이런 건 누가 가르쳐 줘서 되는 게 아니야."

"그렇겠죠. 하긴 누가 그런 걸 가르쳐 주겠어요."

"표정이 왜 그래?"

"그러게요. 조금 전까지 로설 속 근사한 남주를 떠올리며 행복에 젖었는데 정신을 차리고 나니 잔인한 현실이 나를 마주하고 있어서요."

"마주한 잔인한 현실이 나란 말처럼 들리네?"

"꼭 그렇다는 건 아니구요. 어쨌든 로설 속 남주는 죄다 근사하잖아요. 생긴 것도 그렇고 스펙이나 배경 모든 게 다."

"로설 속 남주가 포장마차에서 닭발을 볶고 있는 건 좀 이상하잖아."

"진남색 추리닝에 공짜 커필 좋아하는 대여점 아저씨도 그다지 남주에 어울리진 않죠."

강현이 물끄러미 준휘를 바라봤다. 준휘도 덩달아 강현을 바라봤다.

진남색 트레이닝복을 벗은 아저씨는 입만 다물고 있으면 여느 로설 속 남주보다 근사해 보이긴 한다. 이쯤에서 살짝 저울질이 된다. 차강현 아저씨가 남주고 유하 오빠가 남조?

"마시고 싶은 거 마시라니까."

무언가를 마시라는 강현의 말에 화들짝 정신을 차린 준휘가 눈동자에 힘을 줬다.

아저씨가 마시라고 한 게 설마 김칫국은 아니겠지. 하긴 둘 다 나한텐 관심조차 없는데 나 혼자 남주, 남조도 모자라 악조 걱정까지 하고 있다.

"꼭 마셔야 하는 거예요?"

"응?"

"먹으면 안 되는 거예요?"

"여기 뭐 먹을 것도 팔아?"

"아이스크림이요."

"그럼 그거 먹어."

"우리 가게 것 말고 저기 앞에 서른한 가지 맛이 있다는 아이스크림, 거기 걸로요. 체리 쥬빌레."

"신토불이 몰라?"

"여기서 신토불이가 왜 나와요?"

"너희 가게에서 나는 아이스크림이니까 네가 먹어야지."

“아이스크림, 우리 가게에서 직접 만든 거 아니고 받는 거거든요? 치, 냉동실에 짱박아 둔 내 체리 쥬빌레, 아빠가 쓱싹 해놓고 아직 안 채워 넣어서 그거 먹고 싶었는데. 괜히 날 꺼내서 더 먹고 싶게 만들고.”

“또 삐쳤나?”

“됐어요.”

“달리긴 잘해?”

“왜요?”

“자.”

강현이 지갑에서 만 원짜리 두 장을 꺼내 건넸다.

“손님 오면 ‘어서 오세요’ 하고 계산하고 나갈 땐 ‘감사합니다. 또 이용해 주세요’ 그럼 되는 거지?”

“아저씨가 가게 보시게요?”

“싫음 말고.”

“아, 아니에요. 빛의 속도로 뛰어갔다 올 테니 조금만 기다리세요. 아저씨, 진짜 땡큐! 흐흐.”

마음 같아선 강현이 내민 2만 원을 다 들고 튀고 싶었지만, 양심상 차마 그럴 수 없어 만 원 한 장은 강현 쪽으로 밀어둔 준휘는 황급히 가게 문을 나섰다.

아이스크림 하나에 그렇게 해맑은 미소를 짓는 거 보니까 준휘 너 정말 어리긴 어린가 보다. 아니, 어제 내가 그렇게 심한 말을 했는데 그걸 그새 까먹고 히죽 웃음 짓는 너, 어쩌면 바보가 맞는 걸까.

"그래도 결국 여주한테 마음을 열잖아요. 원래 쉽게 이루어지는 사랑은 없어요. 소소한 갈등과 눈물은 로맨스의 필수 요소라구요."

울다가만 끝날 수도 있어. 상처만 받다 끝날 수도 있다고. 그러니까 널 위해선 이 감정, 시작하지 않는 게 맞는 거겠지.

밀려드는 상실감에 강현이 고개를 숙였다. 분명 제 말대로 시작도 안 한 감정이다. 그럼에도 가슴 안에 밀려드는 이 복잡한 느낌은 뭐로 설명할 수 있는 걸까.

숙였던 고개를 털어내며 시선을 위로 하는 순간 문이 열리며 한 무리의 손님이 들어오는 게 보였다.

"어서 오세요!"

자리에서 벌떡 일어난 강현이 손님들을 향해 외쳤다. 그리고 성큼성큼 걸어가 바Bar 위에 놓인 준성의 앞치마를 집어 자신의 몸에 꿰어 입었다.

✳

혹시나 준휘가 자신을 보게 되진 않을까, 그럴 리는 없다는 걸 알면서도 연신 뒤를 돌아보던 준성은 도로변에 정차된 검은 승용차로 시선을 고정시켰다. 문이 열리고 오랜 세월 탓인지 전에 봤을 때보다 살짝 살이 붙어 조금은 여유로운 느낌까지 들어 보이는 한 실장이 자신을 향해 꾸벅 인사를 하는 걸 보고 준성도 역시 가벼운 목례로 인사를 건넸다.

서울을 벗어난 차는 경기도의 한 요양원 입구로 들어섰다. 제가 지금 향하는 곳이 전혀 예상하지 못한 곳이기에 준성은 잔뜩 긴장한 채 한 실장을 바라봤다. 하지만 한 실장은 입을 굳게 다문 채 아무 말이 없었다.

진입로를 따라 올라선 차가 우울한 회색빛을 품은 건물 현관 앞에 멈춰 섰다. 내려야 하는 걸까 망설이던 준성보다 먼저 차에서 내린 한 실장이 뒷좌석의 문을 열어 이곳이 최종 목적지임을 알려 왔다.

한 실장을 따라 건물 안으로 들어간 준성은 낯선 광경에 계속 주위를 두리번댔다.

어째서 이곳엘…….

엘리베이터에서 내려 3층에 도착한 한 실장이 곧장 스테이션으로 향해 직원으로 보이는 한 여자에게 아는 척을 했다. 기다렸다는 듯 걸음을 옮기는 여자를 따라 다시 이동했다.

멈춰 선 문 앞에서 작게 노크를 한 여자가 문을 열었다. 준성이 마른 입술을 축이며 침을 꿀꺽 삼켰다. 오, 맙소사! 침대에 앉아 작은 인형을 만지작대고 있는 가냘픈 여자는 다름 아닌 휘윤이었다.

"휘윤…… 아."

목이 잠겨 갈라진 채 나오는 준성의 목소리에 휘윤이 천천히 고개를 돌려 준성을 바라봤다. 스물넷, 그 생기 넘치던 휘윤은 간데

없고 핏기 없는 창백한 얼굴에 초점 잃은 눈동자가 막 쉰을 넘긴 준성을 바라보고 있었다.

"휘윤아, 네가 왜, 왜 이렇게 이런 모습으로……."

서서히 준성을 향해 초점을 맞춰가던 휘윤이 희미한 미소를 지으며 준성의 얼굴을 쓰다듬었다.

"아저씨는…… 우리 오빠랑 참 많이 닮았네요."

"휘윤아."

"우리 오빠도 나한테 '휘윤아' 이렇게 불러줬는데."

"휘윤아, 그래, 나야. 준성 오빠라고."

"우리 오빠 아주 멀리 있어요. 그래서 지금 못 온대요."

"휘윤아……."

"우리 아기도 빨리 데려와야 하는데. 보고 싶어서 미치겠어요. 아저씨, 우리 아기 좀 데려다 주세요."

자신을 향해 '아저씨'라 부르며 간곡히 부탁하는 휘윤을 바라보던 준성이 그대로 팔을 뻗어 휘윤을 품에 안았다. 23년 만에 만난, 그렇게 그리던 휘윤의 망가진 모습이 마치 제 탓인 양 준성은 휘윤을 품에 안은 채 그동안 가슴속에 묻어왔던 감정을 쏟아냈다. 이러려고, 이런 모습을 보려고 널 보낸 게 아니었는데.

"으흐흑, 휘윤아. 휘윤아."

격한 감정을 간신히 추스르며 휴게실 벤치에 앉아 숨을 고르고 있는 준성 앞으로 한 실장이 생수병을 내밀었다. 천천히 고개를 든 준성이 자신을 내려다보고 있는 한 실장을 물끄러미 바라보다

이내 고개를 저었다. 하지만 한 실장은 한사코 생수병을 준성에게
내밀며 물을 마실 것을 종용했다. 할 수 없다는 듯 낮은 한숨과 함
께 생수병을 받아 든 준성이 꿀꺽 생수를 넘겼다.

"대체 휘윤이한테 무슨 짓을 한 겁니까?"

조금은 가라앉은 말투로 준성이 물었다.

"강준성 씨와 헤어지신 뒤 휘윤 아가씬 곧바로 미국으로 건너
가셨고, 그리고 다섯 달 뒤 재미교포 사업가와 결혼을 하셨다는
건 알고 계시지요?"

"네."

"세 번의 자살 시도가 있었습니다."

"휘윤…… 이가요?"

"네."

"잘살고 있다고 했지 않습니까. 누구보다 행복하게 살고 있다
고 했잖습니까!"

"……죄송합니다."

한 실장의 잘못이 아니란 걸 알고 있다. 하지만 복받치는 분노
를 도저히 가라앉힐 수가 없었다. 졸업도 하기 전에 취직이 되었
다며 교수님께 축하를 받은 것도 잠시, 유독 눈이 많던 그해 겨
울……. 감히 넘봐선 안 될 사주社主 딸을 사랑한 대가는 너무나
가혹했다.

너무도 기운 배경에 처음엔 무작정 휘윤을 밀어내기만 했다. 모
진 말로 휘윤에게 상처를 입히고 돌아선 준성은 그보다 더한 고통
으로 괴로워했다. 하지만 서로를 볼 수 없는 괴로움이 다른 그 어

떤 고통보다도 힘겹다는 걸 깨닫게 된 두 사람의 사랑은 걷잡을
수 없이 커진 뒤였다.

부모 자식 간의 인연을 끊자며 협박을 하는 노 회장의 엄포에
결국 두 사람은 몰래 혼인신고를 마치고, 서울을 떠나 지방의 작
은 도시에 머물며 소박하지만 행복한 날들을 보낼 수 있었다. 여
유로운 삶은 아니었지만 두 사람은 함께였기에 더 바랄 것이 없었
다. 사람들이 흔히 표현하는 '사랑의 결실'이 휘윤의 뱃속에 자라
기 시작한 걸 알게 된 후 어쩌면 노 회장님도 자신들을 받아들여
주지 않을까 하는 희망을 품어보기도 했다.

하지만 그것이 얼마나 헛된 꿈이었는지 깨닫게 되기까지는 그
리 오랜 시간이 걸리지 않았다. 준성이 없는 사이 임신 3개월의
휘윤은 노 회장이 보낸 사람들에 의해 병원으로 끌려갔고, 중절
수술 직전 가까스로 병원을 탈출했다.

그 길로 노 회장을 찾아간 휘윤은 무릎을 꿇고 눈물로 사정했
다. 제발 아이를 낳게 해달라고. 휘윤의 부탁이 받아들여질 리 없
었다. 곱게 키운 외동딸이 보잘것없는 일개 말단 사원에게 눈이
멀어 모든 것을 버린 채 초췌한 몰골로 제 앞에 무릎을 꿇고 있는
것을 도저히 받아들일 수 없었다. 한창 꾸미기 좋아할 예쁜 나이
에 그깟 사랑이 뭐라고. 잔뜩 분노한 노 회장은 만일 준성과 헤어
지지 않으면, 자신이 가진 모든 것을 걸어서라도 준성을 한국 땅
어디에도 발붙이고 살지 못하게 망가뜨리겠다고 으름장을 놓았
다.

휘윤이 선택할 수 있는 건 아무것도 없었다. 한동안 멍하니 넋

을 잃은 채 앉아 있던 휘윤이 정신을 차린 건 뱃속에 자라고 있는 아기 때문이었다. 임신 소식에 그렇게 환한 미소를 짓던 준성을 떠올리며 휘윤은 아버지 노 회장과 거래를 했다. 아이만 낳게 해 준다면 그다음은 아버지 뜻에 따르겠다고. 하지만 만일 이대로 아이를 없애려고 한다면 노휘윤도 이 세상에 없을 줄 알라고.

오랜 침묵 끝에 노 회장은 고개를 끄덕였고, 그 길로 다시 준성의 품으로 돌아간 휘윤은 준휘를 낳을 때까지 노 회장과의 거래를 숨긴 채 출산 준비를 했다. 아직은 뱃속에 있는 아기라 그렇지만 혹 태어난 아기를 직접 보게 된다면 어쩌면 아버지의 마음이 달라질지도 모른다는 생각에 휘윤은 마지막 희망의 끈을 놓지 않았다. 어쩌면 하는 간절한 마음으로 태어날 아기의 이름은 준성과 휘윤의 이름 한 자씩을 따서 '준휘'라 짓기로 하고, 하늘이 주신 선물을 볼 수 있는 날이 빨리 오기를 손꼽아 기다렸다.

힘겨운 산고 끝에 준휘가 태어났고, 휘윤의 마지막 바람은 부질없이 흩어졌다. 그리고 23년이 흘렀다.

고통스러운 한숨을 뱉어낸 준성이 마른세수를 하고 몸을 일으켰다.

"노 회장님 계신 병원이 어딥니까?"

다시 한 실장을 따라 서울로 올라온 준성은 각종 생명 연장 장치를 주렁주렁 매단 채 가쁜 숨을 몰아쉬며 누워 있는 노 회장을 만날 수 있었다. 노 회장 옆에서 간호를 하던 한 여사가 먼저 준성을 알아보고 얼굴을 굳히자 노 회장은 제 얼굴에 씌워져 있는 산

소호흡기를 빼라는 손짓을 보냈다.

"이런 모습으로 누워 계시면 제가 회장님을 용서할 거라 생각하신 겁니까?"

감정이 배제되지 않은 준성의 날카로운 음성에 옆에 있던 한 여사가 준성을 나무라듯 말했다.

"환자 앞이네. 언행을 좀 가려줬으면 해."

"저랑 헤어지기만 하면 휘윤이는 더없이 행복하게 살 수 있을 거라 하셨잖습니까!"

"이보게!"

"미안…… 하…….”

입술을 달싹이던 노 회장이 힘겹게 말을 뱉었다. 짱짱한 목소리로 휘윤과 당장 헤어지라 고함을 쳐대던 꼿꼿한 노 회장은 간데없이 제 앞의 노인은 제대로 말조차 잇지 못하고 누워 있다. 차라리 예전처럼, 그때처럼 저한테 그래 보시란 말입니다. 울음이, 분노가 솟구쳤다.

"그래서! 이제 와서 뭘 어떡하라고! 어쩌라고…….”

주먹을 쥔 채 고함을 지르던 준성이 바닥에 스르르 무너져 내리며 통곡을 했다. 가슴이 찢어지는 것 같았다. 생기 잃은 휘윤의 모습이 눈앞에 어른거렸다. 제가 사랑했던 스물넷의 휘윤이, 이제는 저의 딸이 그 나이를 손으로 꼽을 만큼 시간이 흘러버렸다.

"미안…… 하네. 다 내 죄야…….”

준성을 바라보는 노 회장의 눈에도 붉은 이슬이 맺혔다. 아끼던 외동딸을 그 누구보다 행복하게 만들어주려고 했던 그 작은 이기심이 모두의 가슴에 생채기만 남긴 채 모진 세월을 겪게 만들었다.

왜 진작 알지 못했을까. 세상에 사람만큼 중한 게 없다는 걸. 이제 와 후회한들 아무 소용 없다는 걸 알고 있지만, 노 회장은 죽기 전 자신으로 인해 힘들었을 준성과 그의 손녀 준휘에게 용서를 구하고 싶었다. 이제는 제대로 사과조차 할 수 없는 몸이 되어버렸지만.

"미안하네……."

힘겹게 말을 뱉은 노 회장의 호흡이 가빠졌다. 옆에 대기하고 있던 의료진에 의해 다시 산소호흡기가 씌워지는 걸 지켜보던 준성이 몸을 돌려 병실을 나섰다. 세상에서 제가 제일 사랑하던 이와 또 제일 저주했던 이의 망가진 모습을 한꺼번에 지켜본 준성의 다리가 힘없이 휘청댔다. 벽을 붙잡고 간신히 몸을 세운 준성이 힘없는 눈으로 병실 문을 바라봤다.

8. 불공평한 남자

준휘가 제일 좋아하는 체리 쥬빌레 아이스크림을 품에 안고 전력 질주로 커피숍엘 들어왔을 때 강현은 준성이 풀어놓고 간 앞치마를 두른 채 서빙을 하는 중이었다.

"지금 뭐 하시는 거예요?"

손님 테이블에 커피잔을 내려놓고 걸어오는 강현을 향해 멀뚱한 눈으로 묻자, 준휘가 사온 아이스크림을 힐끗 바라본 강현이 되레 질문을 하며 준휘를 바라봤다.

"내가 지금 뭐 하는 걸로 보여?"

"서빙이요."

"빙고!"

"언빌리버블."

“우리가 미처 생각하지 못하고 간과한 게 있더군.”

“그게 뭔데요?”

“손님이 왔을 때 ‘어서 오세요’, 그리고 손님이 나갈 때 ‘감사합니다. 또 이용해 주세요’ 그뿐이 아니라는 거.”

그 외에 또 뭐가 있을까. 강현의 말을 들은 준휘가 마치 수수께끼를 풀 듯 고개를 갸웃해 가며 고민하자 픽 웃음을 지은 강현이 준휘의 귓가에 속삭였다.

“어서 오라고 했으니 주문을 받아야 할 거 아냐.”

“아! 그게 있었네. 그래서 어떻게 하셨어요?”

“어떻게 하긴, 주문 받은 거 다 만들어서 내줬잖아.”

“우와!”

“너는 ‘우와!’ 지만 난 ‘된장!’ 이야.”

“왜요?”

“커피 값 내가 쏠 테니까 아메리카노하고 에스프레소 둘 중에 하나만 주문하라고 했거든.”

“예?”

“내가 할 줄 아는 게 그것밖에 없어서.”

“아저씨!”

“말 안 해도 알아. 내가 좀 멋있어.”

지금도 그 말은 안 했어야 해요. 왜 그렇게 지적을 해도 고치질 않을까. 그리고 아까 그 ‘된장’ 이란 말도. 그렇게 아저씨 주머니에서 돈 나가는 게 아까우면서 뭐 하러 이런 일을……. 하여간 참 고약한 취미야.

"근데 궁금한 게 있어."

"뭐가요?"

"유하는 오빤데 왜 나는 아저씨야?"

말간 눈으로 강현이 물었다.

아, 맞다. 이 아저씬 불공평한 건 못 참는다고 했지.

"그러게요. 왜 유하 오빤 오빠인데 아저씨는 아저씨일까요?"

"네가 생각해도 불공평하지?"

"그건 공평하고 불공평하고의 문제가 아닌 것 같아요."

"그럼?"

"제 눈에 아저씨는 아저씨 삘이 나서 아저씨라 부른 거고 유하 오빤 오빠 삘이 나서 오빠라고 부른 건데, 어찌하여 아저씨라 부르냐고 물으시면 그냥 아저씨 삘이 나서 아저씨라 한 것이온데."

"아, 이런 느낌이구나."

"뭐가요?"

"그런 게 있어."

"아이스크림 녹겠다. 얼른 먹어요, 우리."

준휘에 의해 손이 잡힌 채 테이블로 끌려가던 강현의 몸이 알 수 없는 이유로 움찔 반응했다. 어쩌면 준휘가 말한 '우리'란 단어에, 혹은 제 손을 잡은 준휘의 온기로 인해서일까. 마치 보물 상자라도 개봉하는 양 두 눈 가득 행복을 머금은 준휘는 방금 사온 체리 쥬빌레가 담긴 파인트 통을 꺼내 강현에게 핑크색 스푼 하나를 건네며 어깨를 으쓱해 보였다.

엉겁결에 준휘가 내민 스푼을 받아 든 강현이 머뭇대는 동안 준휘는 크게 한가득 스푼으로 뜬 아이스크림을 입에 넣으며 만족한 미소를 짓고 있었다.

"흐흐, 맛있다. 근데 체리 있는 쪽으로 골라 퍼달라고 했는데 체리가 별로 없는 것 같아요. 앗, 여기 있다. 앗싸, 왕거니."

"왕거니는 살코기에만 쓰는 말이야."

커다란 체리를 발견하고 막 스푼으로 뜨는 준휘를 향해 강현이 나직이 말을 뱉자 삐죽이 입술을 내민 준휘가 냉큼 입안으로 체리를 밀어 넣고 우물거렸다.

"나한텐 이게 고깃국에 든 살코기보다 더 맛난 거니까요."

"체리가 그렇게 좋으면 병 체리를 사서 먹지 그래? 마트 가면 있잖아."

"마트까지 안 가도 저기 바Bar 안쪽 냉장고에도 있거든요. 근데 병에 든 체리랑 아이스크림에 있는 체리랑은 생긴 것부터가 다르잖아요. 그래서 그런가, 맛도 이게 훨씬 더 맛있고. 근데 아저씨는 왜 안 드세요?"

"한때 체리를 지겹게 먹은 적이 있거든."

"왜요?"

"키스 연습하느라."

"네?"

"모르면 됐어."

"그런 게 어디 있어요. 잔뜩 궁금하게 해놓고."

"가르쳐 주면 따라 할 거잖아."

"할 수 있는 거면요."

“그러니까. 그래서 안 된다고.”

“아, 왜요?”

“누구한테든 써먹을 거 아냐.”

준휘의 표정이 묻는다. 뭘 알아야 써먹죠.

“얼른 아이스크림이나 먹어. 다 녹잖아.”

강현의 말에 크게 다시 한 스푼을 뜬 준휘가 입에 스푼을 문 채 휴대전화를 꺼내 인터넷 검색을 시작했다.

‘체리 키스 연습.’

검색창에 이 세 단어를 입력하자 곧이어 관련된 자료가 쭉 뜨기 시작했다. 준휘의 눈이 무언가에 집중됐다.

—Q 키스 잘하려면 체리 가지고 연습하라는데 어떻게 하는 거예요?

—A 체리를 입에 넣고 체리 꼭지를 혀를 이용해서 묶는 걸 말합니다.

어느샌가 준휘의 입술이 오물오물 움직이기 시작했다. 아니, 정확히 말하자면 준휘의 혀가 꼬물꼬물 움직이고 있었다.

“하지 마.”

“음. 이거 굉장히…….”

“연습하지 말라고.”

“어차피 안 되잖아요. 아이스크림 속에 있는 체리엔 꼭지가 없는데.”

하지만 준휘의 입술은 여전히 오물거리는 채였다. 가상의 체리 꼭지를 상상하며 연신 혀를 굴리고 있다는 걸 눈치챈 강현이 나직한 한숨을 내쉬었다.

"말도 징글징글하게 안 듣네."

"냉장고에 있는 걸로 이따 해봐야지."

바쁘게 움직이던 혀를 멈춘 준휘가 침을 꼴깍 삼키고는 강현을 향해 바짝 다가앉았다. 덩달아 강현도 긴장한 듯 침을 꼴깍 삼켰다. 자신의 시선이 무엇을 향하고 있는지 깨달았기 때문이다. 체리빛을 머금은 채 방금 전까지 아이스크림을 오물대던 준휘의 작은 입술. 그 입술을 빨면 달콤한 체리 맛이 날 것 같단 생각을 하던 강현이 냉큼 시선을 거두고 헛기침을 했다.

"근데 정말 이게 가능한 거예요? 입안에 있는 그 짧은 체리 꼭지를 혀로 매듭짓는 거요."

"이루어질 수 없는 불가능한 꿈이니까 다신 꿈도 꾸지 마."

"한 병쯤 연습해 보고 안 되면 그런가 보다 할게요. 어? 아이스크림 녹는다."

빙긋 웃음을 지어 보인 준휘가 아이스크림에 스푼을 꽂았다. 그리고 작은 입술을 벌려 스푼 가득 담긴 분홍빛 아이스크림을 밀어 넣었다. 준휘의 입술에 잠시 시선이 머물렀던 강현의 스푼도 함께 아이스크림 통으로 돌진했다.

강현의 대여점이 닫혀 있는 걸 확인한 유하는 몸을 돌려 케냐 AA 쪽으로 걸음을 옮겼다. 그러다 문득 창가 테이블에 앉아 있는 한 쌍의 남녀를 보고 우뚝 걸음을 멈췄다. 다정히 마주 앉아 아이스크림 통에 연신 숟가락질을 하는 그들은 다름 아닌 제 친구 강현, 그리고 준휘였다.

〈잠깐 나한테 들를 시간 되니?〉

무언가 중요하게 할 이야기가 있다는 민 여사의 전화에 유하는 급하게 결재할 서류만 처리하고 민 어패럴 대표실을 찾았다. 평소 민 여사의 성격을 반영한 듯 과감하게 레드를 가미한 화이트 컬러에 모던한 인테리어가 군더더기 없는 깔끔함으로 첫 느낌을 안겨준다면, 그와 대조적으로 사무실 인테리어로는 드물게 벽에 걸린 가족사진은 그녀의 가족에 대한 애착을 보여주며 따뜻하고 아늑한 느낌을 전해주었다.

친정아버지가 이끌던 작은 의류 공장에 뛰어들어 지금의 민 어패럴을 만든 민 여사는 강현의 말대로 디자인보다는 경영에 탁월한 재능을 보였다. 그녀의 남편은 보통의 케이스와 달리 민 어패럴에서 상무 직을 맡아 그녀를 물심양면 지원하는 중이고, 강현 외의 두 아들은 현재 해외 지사에 파견 나가 각자의 일에 매진하는 상태다. 든든한 아들 삼 형제에 언제나 한결같은 남편까지, 겉으로 보기에 아무 걱정 없어 보이는 민 여사의 유일한 근심거리는 둘째 아들인 강현 그 아이뿐이었다.

"강현이 가게 앞에 있는 커피숍 말이야."

"케냐 더블 A요?"

"어, 그래. 거기 일하는 사람 중에 키는 한 175cm쯤 되고 비쩍 마른……."

"준휘 말씀하시는 건가 보네요."

“준휘? 너도 아는 애니?”

“네.”

“그 아이, 여자니, 남자니?”

유하가 대답 대신 싱긋 미소를 지어 보였다.

“여자구나?”

“네.”

“근데 강현인 모르는 눈치던데.”

“지금쯤 심각하게 고민하고 있을 거예요.”

“왜?”

“어제…… 알았거든요, 준휘가 여자인 걸.”

“그래?”

“네.”

유하의 대답에 민 여사는 가만히 턱을 괸 채 생각에 잠겼다. 민 여사가 어떤 생각을 하는지 짐작할 수 있는 유하는 민 여사가 입을 열 때까지 조용히 기다렸다.

“내가 너무 앞서 가는 걸까? 그냥…… 강현이가 그 아이랑 손잡고 있는 게 너무 신기해서.”

“손을요?”

“응.”

유하의 미간이 보이지 않게 살짝 꿈틀댔다.

“그 정도로 친해 보이진 않았는데.”

“내가 오버한 걸까?”

민 여사의 물음에 유하가 고개를 갸웃해 보였다.

"아뇨. 실은 요즘 조금 이상한 기운이 흐르긴 했어요."

"그치? 그치, 그치?"

"흠. 그럼 어디 한번 두드려 볼까요?"

"뭘?"

"강현이 녀석 심장이요."

"어떻게?"

"본능에 충실한 감정을 이용해 보죠."

"아우, 애, 돌려 말하지 말고 그냥 바로 좀 얘기해 봐. 숨넘어가 겠어."

"질투 말입니다."

"질투?"

"네."

두 사람의 시선이 허공에서 마주쳤다. 그리고 민 여사의 입가가 기분 좋은 호선을 그리며 올라섰다.

"지금 내가 생각하는 게 맞을까?"

"아마도요."

"아웅, 너 정말 예쁜 거 아니?"

몸을 앞으로 내민 민 여사가 손을 내밀어 유하의 두 볼을 살짝 쥐었다 놓았다.

"어머님, 저 서른셋인데요."

"네 녀석 태어난 지 삼 일 후엔가 내 품에 안겼던 건 기억나니? 난 그때 본 네 고추도 생각나는데."

"어머님!"

“호호호! 넌 고추도 예뻤다.”

“어머니임!”

혼자 낯을 붉힌 채 케냐 AA 앞에 멈춰 서 있던 유하가 얼른 고개를 털어내며 다시 유리창 안의 두 사람에게 시선을 돌렸다. 유하의 시선이 느껴졌는지 안에 있던 강현이 먼저 유하를 발견했고, 뒤이어 준휘도 고개를 돌려 유하를 바라봤다.

‘어?’ 하는 입 모양으로 반갑게 유하를 반긴 준휘가 어서 들어오라며 손짓했다. 씨익 웃음을 지어 보인 유하가 커피숍을 향해 걸음을 옮기자 괜히 뚱한 얼굴의 강현이 입안에 있는 체리 덩어리를 우물우물 씹어대기 시작했다.

“오빠!”

스스럼없이 유하를 향해 오빠라 부르는 준휘가 못마땅한 듯 강현이 슬쩍 눈썹을 찌푸렸다. 문을 열고 커피숍 안으로 들어선 유하가 잠시 걸음을 멈추고 준휘와 그 앞자리에 앉아 있는 강현을 번갈아 바라봤다. 그리고 이내 긴 다리를 이용해 저벅저벅 테이블 앞으로 다가온 유하를 보며, 당연히 제 옆에 앉을 거란 생각에 자리를 만들어주기 위해 몸을 일으키던 강현은 저를 제쳐 놓고 준휘 옆자리로 가 털썩 앉는 유하의 예상치 못한 행동에 놀란 듯 동그랗게 눈을 뜨고 유하를 바라봤다.

“아이스크림이네?”

마뜩찮은 시선으로 저를 보는 강현의 시선을 고스란히 느끼며 유하가 준휘를 향해 물었다.

"드셔볼래요?"

"그래도 돼?"

"스푼 갖다 드릴게요."

유하에게 새 스푼을 갖다 주기 위해 몸을 일으키던 준휘가 강한 힘에 의해 다시 앉혀졌다. 손을 뻗어 준휘의 손목을 잡아 앉힌 유하가 금세 다정한 미소를 지어 보이며 아이스크림 통에 꽂혀 있는 준휘의 스푼을 집어 들며 말했다.

"그냥 준휘 걸로 먹으면 돼."

"앗! 그거 제가 먹던 건데."

깜짝 놀란 준휘가 당황한 얼굴로 손을 뻗자 괜찮다는 듯 여전히 미소를 머금은 유하 앞으로 스푼 하나가 쑥 내밀어졌다.

"그건 준휘 먹게 내버려 두고 이걸로 먹어."

멀뚱히 강현이 내민 스푼을 바라보던 유하의 얼굴이 잠시 후 뜨악하며 일그러졌다. 제가 내민 스푼을 받지 않는 유하를 보며 '왜, 깨끗한데' 하고 내뱉고는 금세 입속에 넣어 쪽쪽 소리까지 내며 빤 스푼을 다시 유하에게 내밀었기 때문이다.

'유치한 반응을 보이는 걸 보니 백 프로군.'

입술에 잔뜩 힘을 준 채 강현을 바라보던 유하가 제 고집을 세우듯 손에 쥔 준휘의 스푼을 그대로 아이스크림 통에 꽂았다.

"그냥 먹을 거다, 준.휘. 걸로."

준휘의 이름을 한 자 한 자 힘주어 말한 유하가 스푼에 담긴 아이스크림을 입에 넣었다. 강현의 미간은 일그러졌고 준휘의 눈동자는 설렘으로 부풀어 올랐다.

앗싸! 간접 키스.

준휘의 마음속에서 유하는 다시 남주로, 강현은 다시 남조로 돌아서는 순간이다.

역시 삼각관계 또한 로맨스 소설의 필수 요소라니까.

조금은 느긋하다고 해야 할까. 준휘가 먹던 스푼으로 아무렇지 않게 아이스크림을 떠먹은 유하는 설렘과 당황으로 뒤섞인 준휘와 달리 느긋한 얼굴을 하고 소파 등받이에 몸을 기대며 강현을 바라봤다.

"민 여사님 협박이 세게 먹혔나 보다? 음. 근데 그 앞에 두르고 있는 건 뭐냐?"

유하가 말한 앞에 두르고 있는 것은 다름 아닌 케냐 AA의 앞치마였다.

"앞치마."

강현이 높낮이 없는 건조한 말투로 답을 뱉었다.

누가 그게 앞치마인 걸 몰라서 물었겠느냐만 참으로 아저씨다운 답이다.

"너 요즘 대여점 자주 비운다?"

"너도 만만찮은 것 같은데?"

"그게 되게 불만이라는 것처럼 들린다?"

두 사람의 대화가 계속 물음표로 끝난다. 뭐가 그렇게들 궁금한 건지. 거기 두 사람, 지금 나만큼이나 궁금해요?

"참, 주신 책 재미나게 잘 읽었어요. 감사해요."

"다행이네."

"게다가 아직 아무도 안 읽은 따끈따끈한 신간이잖아요. 흐흐. 내가 뭔가 특별해진 것 같아서 더 좋았어요."

"준휘 특별한 사람 맞는데?"

"네?"

아, 이 오빠 기방무사 한량의 현신現身이었지.

"아이, 오빠도 참."

"혹시 특별히 좋아하는 작가 있어? 못 읽은 거 있으면 챙겨다 줄게."

"정말요?"

두 눈을 반짝이며 그녀가 이렇게도 좋아라 하는 건 단지 공짜로 책을 읽을 수 있어서가 아니었다. 못 읽은 거. 그건 일반 대여점에서도 구할 수 없는 희귀본이란 말이지.

갑자기 앞에 있던 강현이 주섬주섬 앞치마를 벗기 시작했다. 그리고는 지갑에서 만 원짜리와 천 원짜리 지폐를 꺼내 앞치마와 함께 테이블 위에 얹어놓고 몸을 일으켰다.

"아메리카노랑 에스프레소 값이다."

간단하게 한마딜 던진 강현은 그대로 몸을 돌려 문 쪽으로 걸음을 옮겼다. 이렇게 그냥 가면 안 되잖아요. 이렇게 맛난 아이스크림도 사주고, 그것 때문에 나 대신 앞치마 두르고 가게도 봐줬는데. 그리고 이 돈은 더더욱…….

"아저씨!"

준휘의 부름에 잠시 걸음을 멈춘 강현이 물끄러미 그녀를 돌아봤다. 이 돈은 절대 받을 수 없다며 테이블 위에 있는 돈을 집어 강현에게 건네자 그대로 멈춘 채 1, 2초가량 준휘의 손에 쥐어진 지폐를 바라보던 강현이 한 걸음 곁으로 다가와 귓가에 속삭였다.

"너, 되게 불공평한 거 아냐?"

다시 한 걸음 물러난 강현의 시선이 준휘를 향해 날아들었다.

아차. 차강현 아저씨가 바로 가게 앞에서 도서 대여점을 하고 있단 사실을 까먹고 있었다. 삐쳤을까? 하긴 화낼 만도 하지. 눈앞에서 자신의 VIP 고객이 '굿바이, 사요나라' 하면서 공짜 책에 눈이 멀어 히죽이고 있는데. 그러고 보면 유하 오빠의 행동이 살짝 상도의에 어긋나긴 했어. 아저씨는 대여점인데 유하 오빠 서점 그 비슷한 걸 한다고 했던가? 아, 그나저나 저 아저씨 되게 잘 삐치는데.

"아저씨."

"간다."

뭔가 말을 해야 하는데 강현이 그냥 말을 뚝 자르고 그대로 가게 문을 나가 버렸다. 미안하다고 하자니 사실 사과할 일은 아니고, 어정쩡하게 선 채 멀어지는 뒷모습만 바라보던 준휘에게 유하가 알 수 없는 한마디를 던졌다.

"놔둬. 저 녀석 머릿속에 불꽃이 좀 더 팍팍 일어야 하니까."

오늘은 당최 알 수 없는 말들만 오가는 것 같다. 간신히 화해를 한 것 같았는데 또다시 아저씨랑 멀어져 버렸다. 우리 사이가 이렇게 밀당을 주고받을 만큼 친분 있는 관계인가. 나오는 한숨을 억지로 막아서는데 유하가 제 옆에 앉으라는 듯 손짓했다. 잠시 쭈뼛대다 테이블 쪽으로 다가간 준휘가 유하의 옆이 아닌, 조금

전 강현이 앉았던 맞은편 자리에 털썩 몸을 주저앉혔다. 슬쩍 준휘의 얼굴을 살핀 유하가 먼저 입을 열었다.

"좋아하는 작가 있어?"

"특별히 좋아한다기보다 읽고 나면 심장이 쫄깃해지는 작가는 있어요."

"후후. 심장이 쫄깃해져? 준휘 심장을 쫄깃하게 만드는 작가는 대체 누굴까?"

"허애설 작가요."

"누구?"

"허애설 작가. 모르세요? 나름 유명한 작간데."

눈썹을 치켜 올리며 반문하는 유하를 보며 조금은 이상하다는 생각이 들었다. 제목만 듣고도 그게 사극인지 판타지인지, 그게 새드인지 해피인지도 단번에 알아낼 정도로 꽤 많은 로맨스 소설을 꿰고 있는 것 같던데 설마 허애설 작가를 모르는 걸까.

"허애설 작가, 잘 알지."

"저도 처음엔 잘 몰랐는데, 아, 그 작가가 쓴 [붉은 눈물] 있잖아요. 그게 드라마로 만들어지면서 그때 허애설 작가 책을 찾아 읽게 됐어요. 다른 것도 드라마로 만들어지면 참 재밌을 텐데 그 뒤론 통……."

"아마 드라마로 나오는 건 힘들 거야."

"왜요?"

"크게 데었거든."

"데어요? 어디에?"

"대본이 원본 소설이랑 다른 엔딩으로 간 건 알아?"

"아, 네. 전 개인적으론 소설 쪽 엔딩이 더 나았던 것 같아요. 물론 드라마가 더 좋았단 평도 많았지만."

"사전 논의 없이 엔딩 바꾼 것 때문에 한바탕 난리가 났었지. 그리곤 다신 드라마 판권 계약은 안 하겠다 그랬고. 그 작가, 고집이 꽤 세거든."

"그랬구나. 드라마로 만들어지면 누가 어울릴까 가상 캐스팅도 하고 막 그랬는데. 그냥 못 이기는 척 드라마 계약해 주면 안 되나? 아웅, 작가니임, 제발 마음 좀 돌려주세요. 네? 앞에 있음 앙탈이라도 부려볼 텐데. 흐흐."

"그래보고 싶어?"

"에이, 작가님이 반겨 하겠어요? 나 같은 애 말고 로설 속에 나오는 카리스마 남주가 손목 한번 확 부여잡고 '이봐, 드라마 판권 계약을 다시 한 번 고려해 보는 건 어때?', 그리고 그냥 딴말 못하게 격정적인 키스를 팍!"

"훗."

살짝 고개를 숙이며 웃음을 터뜨리는 유하를 보며 아무렇지 않게 '키스'란 단어를 입에 올린 입술을 꾹 눌러 깨물고 말았다. 나를 얼마나 밝히는 애로 볼까. 무슨 일이든 키스 한 방이면 무조건 해결되는 헤픈 애로 보는 건 아니겠지?

"허애설 작가를 그 정도로 좋아하는 줄은 몰랐네. 그럼 웬만한 책은 다 읽이 봤겠고."

"나온 책은 다 읽었어요, 하나도 안 빼고."

"빠진 게 있을 텐데?"

"딱 하나 있긴 하죠. 맨 첫 작품인 [사랑을 잃다]. 근데 그건 읽은 사람이 거의 없을걸요? 나오자마자 그날로 절판된 책인데."

"정확히 말하면 배본 후 두 시간 만이지."

"완전 희귀본인 거 아세요? 그거 중고 책 가격도 어마어마해요. 그나마도 잘 나오지도 않고."

"세상에 나오길 거부한 책이니까."

"왜요?"

"그건 주인공의 사랑이 아니었어. 여자주인공을 사랑한 다른 한 남자의 이야기였지."

이해가 되지 않는다. 여자주인공을 사랑한 다른 한 남자의 이야기? 그럼 그 남자가 주인공이 아니라는 얘기? 남조가 남주가 된다는 뜻인가? 뭐가 이렇게 복잡하지?

"작가가 의도한 출간이 아니었어. 출판사에서 몰래 출간을 진행했다가 나중에 그 사실을 알게 된 작가가 난리를 치는 바람에 배본 두 시간 만에 판매 중지된 책이야."

"아, 그런 사연이 있었구나. 그 작가님 글은 안 그런데 한 성격 하시나 봐요?"

"읽어보고 싶어?"

"당연하죠."

어쩌면 유하 오빠 덕에 그 희귀하다는 [사랑을 잃다]를 볼 수 있지 않을까 하는 희망에 차 두 눈을 반짝이며 유하를 바라봤지만 그는 아무 답도 하지 않고 그냥 고개만 끄덕이고 있다. 아무 소리도 하질 않았는데 고개만 끄덕이는 건 무슨 뜻일까. 오늘은 하루 종일 수수께끼만 풀고 있는 느낌이다.

"다 녹았네."

차강현 아저씨는 상도의를 무시한 친구 탓에 삐쳐서 가버렸고, 내 앞에서 알 수 없이 고개만 끄덕이던 유하 오빠까지 조용히 몸을 일으켜 사라지고.

그녀 앞에는 행복한 기분으로 사다 날랐던 피 같은 아이스크림이 다 녹아 흐물흐물 찐득한 액체로 변신한 채 덜렁 놓여 있다. 낮게 한숨을 내쉰 준휘는 앞에 놓인 아이스크림 통을 집어 후루룩 마셔 버렸다.

으, 달아.

9. 재벌 엄마의 출현

밤이 깊어 이제 그만 마감을 할까 망설이는 순간 잔뜩 어두운 얼굴을 한 준성이 가게 문을 열며 들어서고 있었다. 대체 무슨 일인가 싶어 한달음에 달려가 바짝 다가선 준성에게서 얼핏 술 냄새가 스쳤다.

"술 마셨네?"

"응."

아침부터 좀 이상하더라니. 혹시 마음에 둔 아줌마한테 속내를 내놓았다가 보기 좋게 차이기라도 한 걸까?

"준휘야."

"응?"

"아빠가 우리 딸한테 할 말이 있는데."

"그럼 먼저 올라가 있어. 내가 대충 마감하고 올라갈게."

"아니. 청소도 하지 말고, 설거지도 하지 말고, 우리 그냥 올라가자. 간판 끄고 문만 잠그고."

"에이, 제일 중요한 걸 빼먹으면 어떡하나. 금고 돈은 빼서 올라가야지."

준성을 향해 씩 웃어 보인 준휘가 금전출납기를 열어 칸칸이 보이는 초록, 주황, 하늘 삼색 지폐를 집어 대충 주머니에 쑤셔 넣었다. 아직 치우지 못한 테이블이 하나 남아 있었고, 싱크대 안에는 씻기 위해 뜨거운 물을 담아둔 휘핑기가 고무장갑을 낀 그녀의 손길을 기다리고 있었지만 까짓것 하루 더 불려놓는다고 달라질 게 있겠는가. 세상에 하나밖에 없는 우리 아빠가 이토록 애타게 딸내미를 원하시는데.

톡톡톡.

간판과 조명을 죄다 끈 어두운 커피숍은 유리 너머의 가로등 불빛에 의존해 두 사람의 인영을 드러내고 있었다. 오늘 밤 아무래도 소주 두어 병은 까야겠다고 생각한 준휘가 준성을 향해 손을 내밀었다. 힘없이 뻗은 준성의 손이 준휘의 손 위에 겹쳐졌다. 고백을 했다 차이는 건 조심스레 쌓았던 설렘이랑 자존심이 와르르 무너지는 것과 같을 것이다. 아직 한 번도 그런 경험을 해보지 않아 그게 어떤 느낌일지 정확하게 알 수는 없지만 워낙 많은 소설을 통해 대리 성험을 해봤으니까. 이 밤, 온몸을 바쳐 아빠를 위로해 주려고 했는데 2층에 올라가자마자 한숨 끝에 나온 아빠의 말에 준휘는 바짝 경악을 할 수밖에 없었다.

"그러니까 지금 아빠 얘기는…… 엄마가 살아 있단 말이야?"

준성이 대답 대신 고개를 끄덕였다.

"그리고 내 엄마가…… 다울식품 회장 딸이고?"

"응."

"농담이지…… 라고 물어봐야 하는 거야?"

준성이 고개를 저었다. 하긴 미치지 않고서야 그런 걸 농담으로 할 수 있겠어? 근데, 근데 말이지, 이건…… 아빠가 어느 아줌마한테 고백했다 차인 거랑은 차원이 다른 충격이잖아. 돌아가셨다고, 날 낳은 지 일주일 만에 돌아가셨다고 했던 내 엄마가 이 세상에 엄연히 존재하고 있다는 거잖아. 아빠는 왜 여태 그걸 숨겼을까. 나는 왜 여태 엄마 없이 23년을 살았어야만 했을까. 그리고 이제 와서 그걸 말하는 아빠의 의도는 무엇일까.

새벽 1시.

멍한 얼굴로 터덜터덜 방으로 돌아온 준휘는 아빠의 입에서 흘러나온 황당한 이야기를 떠올리고 '딱 로설 소재네'라는 생각을 하며 침대 모서리에 주저앉았다.

내가 요즘 로설을 좀 많이 읽긴 했어. 그래도 그렇지, 이건 아니잖아. 출생의 비밀? 재벌가의 무남독녀 외동딸을 사랑한 가난한 남자의 위험한 사랑? 그 둘을 갈라놓기 위해 수단과 방법을 가리지 않고 달려든 부모. 그리고 흐른 세월. 나 강준휘. 돌아가셨다던 엄마. 존재조차 몰랐던 외할아버지와 외할머니까지. 머리가 터질 것만 같았다.

아저씨, 이거 로설 맞는 거죠? 말도 안 되는 허구. 그러니까 나 이거 믿으면 안 되는 거죠? 명쾌하게 대꾸 한 번 해주세요. '그런 걸 믿다니, 바보구나, 준휘는' 이렇게 말이에요.

✽

다음날 아침, 간단하게 짐을 꾸린 준휘와 준성이 밤새 잠을 설친 푸석한 얼굴로 차에 올랐다. 요양원을 향해 운전을 하는 준성도 입술을 굳힌 채 아무 말이 없었고, 엄마를 만나러 간다는 설렘 따윈 접은 채 여전히 벗어나지 못한 충격으로 해쓱한 준휘도 입을 다문 채였다.

"어? 아저씨!"

준성을 향해 쪼르르 달려온 가녀린 여자가 까치발을 들고 그의 목에 두 팔을 감고 매달렸다. 멀찌감치 서서 그 광경을 바라보던 준휘는 누가 설명해 주지 않아도 지금 아빠의 품에 안긴 가냘픈 여자가 누구인지 또렷이 알 수 있었다. 아침에 일어나 욕실 세면대 거울 안에서 아침마다 마주하는 제 얼굴과 흡사하게 닮아 있는 눈, 코, 입.

하지만 준휘는 아무 생각도, 말도 할 수 없었다.

제 품에 안긴 휘윤의 등을 가만히 쓸어준 준성이 휘윤의 귓가에 조용히 속삭였다.

"우리 휘윤이, 잊지 않고 기억하고 있네? 착하기도 하지."

"흠. 아저씨 냄새 좋아요. 우리 준성 오빠랑 똑같은 냄새."

"준성 오빠랑 아저씨랑 같은 사람이라고, 우리가 어쩔 수 없이 잊고 보낸 시간이 조금 많이 흘러 그런 거라고 가르쳐 준 건 또 까먹었구나, 우리 휘윤이."

준성은 휘윤을 품에 꼭 끌어안은 채 떨어질 줄을 몰랐다. 마치 자신의 체온을 나눠주어야만 할 얼음 공주라도 만난 듯. 그런 준성의 모습을, 그 품에 안긴 채 자신의 아빠를 '아저씨'라 부르는 휘윤을 바라보는 준휘는 그저 눈앞에 벌어진 상황이 여전히 믿기지 않는 듯 망연자실한 얼굴이다.

"참, 휘윤이 보고 싶어 하는 사람 있는데."

엄마가 보고 싶어 하는 걸까, 아님 내가 보고 싶어 하는 걸까. 준성이 한 말을 머릿속에서 조용히 곱씹던 준휘에게 휘윤의 시선이 돌려졌다.

"예쁜 아가씨."

조용히 한마디를 뱉은 휘윤이 준휘를 향해 방긋 미소를 지어 보였다.

기뻐해야 하는 걸까? 처음 만난 엄마가 나더러 예쁜 아가씨라고, 총각 아니고 아가씨라고 불러줬으니까. 자기가 낳은 딸도 몰라보는 엄마. 근데 엄마, 되게 예쁘다.

"휘윤아, 예쁜 아가씬 맞는데 앞으론 '준휘야' 하고 불러."

"준휘?"

"응."

"그건 우리 아기 이름인데?"

준성이 다시 한 번 휘윤의 등을 꼭 끌어안았다. 꼭 감은 눈에서 또르르 눈물이 흘러내렸다. 제가 마주한 현실이 너무도 힘들어 기억을 놓았으면서 그러면서도 절대로 준휘만큼은 잊지 않은 휘윤이 가엽고 또 고마워서.

볕 좋은 요양원 뜰에 놓인 벤치에 나란히 앉은 휘윤과 준성은 이제 막 사랑을 시작한 연인인 양 간혹 귓속말도 속삭여 가며 웃음을 짓고 있다. 준휘의 눈에 휘윤은 그냥 한 떨기 수선화 같았다. 청초하고, 맑고, 단아하고, 여린. 그런 사람이 어떻게 아빠와 꿈같은 열정적인 사랑을 할 수 있었을까.

저만치 떨어져 망연한 표정으로 두 사람을 지켜보는 준휘의 마음은 그저 복잡하기만 했다. 아빠와 엄마 두 분 다 행복한 얼굴이다. 늘 그렇게 그리던 엄마, 아빠가 다 있는 가족. 그런데 그녀 자신은 혼자 뚝 떨어져 나온 듯한 느낌이다. 아빠는 금세 주어진 상황에 적응을 한 듯 보였다. 아빠에게 있어 그녀와 둘이서만 함께했던 23년 세월은 저렇게 아무것도 아니었나 보다. 그래서 서운한 걸까? 그건 아니다. 아빠에겐 엄마가 필요하고 또 지금 엄마에겐 누구보다 아빠가 필요한 때다.

준휘를 향해 고개를 돌린 휘윤이 활짝 웃으며 손짓했다. 저벅저벅. 의도하지 않은 걸음은 제멋대로 그쪽 벤치를 향해 움직였다.

"머리 빗겨주세요."

휘윤이 제 손에 쥔 인형의 머리를 연신 빗겨대던 빗을 준휘에게 건네며 말했다. 어깨에 닿을 듯 말 듯한 찰랑찰랑한 휘윤의 생머리를 바라보던 준휘가 손을 내밀어 빗을 건네받았다. 이건 뭔가 거꾸로 된 것 같은데. 그러면서도 자연스레 손은 휘윤의 머리를 향해 올라갔다. 손끝에 닿은 엄마의 머릿결은 생각보다 부드러웠다. 그래서일까. 움직이던 손길은 멈출 생각 없이 엄마의 머리를 만지고 있었다.

하루를 온전히 휘윤과 함께한 준성과 준휘는 요양원 근처의 작은 모텔에서 하루를 보낸 뒤 내일 일과를 생각하기로 했다. 놓아두었던 가방을 챙겨 든 준휘의 행동을 동그랗게 뜬 눈으로 바라보던 휘윤이 갑자기 침대에서 벌떡 일어섰다.

"가지 마세요."

그러자 지켜보던 준성이 다가가 휘윤을 가볍게 끌어안고 등을 토닥였다.

"가는 거 아니야. 갔다가 내일 다시 올 거야."

"아니요. 안 돼요. 그래 놓고 안 오려고 그러잖아요."

"아니. 이젠 휘윤이 여기 두고 절대 어디 안 갈 거야."

"가지 마세요, 오빠."

준성의 옷깃을 꼭 부여잡은 채 흐느끼듯 내뱉는 휘윤의 외침에 순간 준성은 몸이 움찔 굳어오는 걸 느꼈다. 그 모습을 안타깝게 바라보던 준휘가 가방을 고쳐 들며 입을 열었다.

"아빠도 여기서 같이 잘 수 있으면 그렇게 해. 난 택시 타고 나가서 근처 호텔 알아볼 테니까. 돈 아깝긴 한데 모텔은 아무래도 좀 위험하겠지?"

"준휘도 같이 자."

준성의 품에 매달려 있던 휘윤이 준휘를 바라보며 말했다. 엄마의 기억이 갑자기 돌아온 것은 아닐 것이다. 늘 부정하던 현실을 갑자기 인식하게 된 것도 아닐 것이다. 하지만 지금 이 시간만큼은 엄마, 아빠, 그리고 나 이 세 사람이 가족이라는 것, 그래서 함께 있어야 한다는 것만이 엄마의 유일한 기억이고 또 유일한 현실일 거란 생각이 들었다.

요양원 측의 배려로 준성과 준휘는 병실 안에서 함께 밤을 보낼 수 있게 되었다. 직원이 끌어다 준 간이침대에 준휘가 누웠고, 굳이 간이침대는 하나면 된다던 준성은 휘윤과 한 침대에서 꼭 끌어안은 채 한 쌍의 바퀴벌레처럼 뭉쳐 있었다.

"얌전히 잠만 잘 거지?"

아무리 극적인 가족 상봉의 첫날 밤이라고는 하지만 다 큰 딸을 이렇게 옆 침대에 뉜 채 엄마와 아빠가 한 침대서 자는 건 코미디가 아닐까 하는 생각이 든 준휘가 팔을 괸 채 누워 준성을 향해 물었다.

"왜?"

"나 자다가 19금 영화 관람하고 싶진 않거든."

"그럴 땐 그냥 자는 척하는 거야."

"소리까지 돌비 서라운드로 들리면 나도 어쩔 수가 없으니까 신음 소린 자제해 줘."

"소리 들리면 일어나서 보게?"

"글쎄. 49금은 별로 관심 없는데 정 관객이 필요하다면야."

쪽.

"아빠!"

"이거 내가 한 거 아냐. 우리 휘윤이가 한 거야."

흐음.

알고 보니 아빠만 그런 게 아니라 아빠에 엄마까지 죄다 변태였어. 그리고 이런 상황에 이런 생각을 하는 나도 변태가 정말 맞는 것 같아. 그리고 한마디 더.

아빠, 생각보다 엄마 가슴 무지 큰 것 같더라. 아무래도 내가 아빠 가슴을 닮았다는 게 맞는 것 같아. 어흑!

신음 소리는 모르겠고 몇 번의 쪽쪽 소리 때문에 잠을 깬 것 같기는 하다. 부스스 몸을 일으킨 준휘 앞에 준성과 휘윤은 둥글게 몸을 말아 서로를 감싸 안은 채 깊은 잠에 빠져 있는 상태였다. 당장 며칠은 이렇게 지낼 수 있겠지만 언제까지 이러고 있을 순 없는 노릇이다. 당장 커피숍으로 돌아가서 뜨거운 물에 불려두었던 휘핑기도 씻어야 하고, 뭉친 신문지로 벅벅 유리창도 닦아야 한다. 내게 있다는 그 잘난 다울식품 회장님, 아니, 외할아버지도 뵈어야 할 것이다. 그런데 머릿속으론 아무 생각도 할 수 없었다. 어떡하지? 어쩌지?

낮게 한숨을 쉰 준휘가 다시 두 사람을 돌아봤다. 저렇게 애틋한데 어떻게 그 오랜 시간을 잊은 듯 살 수 있었을까. 그 아픔이, 그 고통이 얼마나 컸기에 엄마는 저렇게 기억을 잃었을까. 나는 나도 저런 사랑을 할 수 있을까 생각해 보았다. 아니, 싫다. 저렇게 아픈 사랑은 싫다. 아무리 깊고 애틋해도 저렇게 가슴 아픈 건 싫다.

침대에서 조용히 몸을 일으킨 준휘가 수건과 세면도구를 집어 들고 병실 문을 나섰다.

✳

대문을 닫으며 대여점 쪽으로 걸음을 옮기던 강현은 늘 하던 습관대로 힐끗 커피숍을 돌아봤다. 하지만 왠지 모르게 느껴지는 낯섦. 불 꺼진 어두운 커피숍엔 늘 익숙하게 보아왔던 광경 대신 서늘한 적막만이 감돌고 있었다.

몸을 돌린 강현이 성큼성큼 걸음을 내디뎌 커피숍 앞으로 다가섰다. 손을 이마에 댄 채 어두운 유리 안을 들여다보니 치우지 못한 테이블 때문인지 무언가 어수선한 분위기가 눈에 들어왔다. 살짝 미간을 찡그린 강현이 시간을 확인하곤 다시 걸음을 뒤로 물러 2층을 올려다봤다. 움직임이 전혀 느껴지지 않는 고요함. 혹시나 어디론가 착신이 되어 있지 않을까 싶은 마음에 주머니 안에서 전화기를 꺼내 든 강현이 간판에 적혀 있는 전화번호를 찍어 통화 버튼을 눌렀다. 하지만 주인 없는 빈 가게임을 다시 한 번 명확히 인지시켜 주듯 끊이지 않는 벨소리만 커피숍 안을 울려대었다.

황급히 대여점 안으로 들어선 강현은 컴퓨터의 본체 전원부터 눌렀다. 그 안에 준휘의 휴대전화 빈호가 들어 있을 것이다. 기다리는 와중에 몸을 들어 준휘의 커피숍을 살폈다. 여전히 어두운 커피숍이다. 부팅을 기다리는 시간이 왜 이렇게 초조하게 느껴지는지 알 수 없었다. 주먹을 쥐었던 손을 다시 쭉 펴 툴툴 털었다가 다시 주먹을 꼭 쥐었다. 준휘의 이름을 두드리고 눈에 보이는 휴대전화 번호를 서둘러 찍었다. 하지만 전화기를 통해 들려오는 음성은 전원이 꺼져 있단 반갑지 않은 답이다. 강현의 두 눈에 불안이 차오르기 시작했다.

오후 2시. 점심도 먹지 않은 채 팔짱을 끼고 앉아 줄곧 커피숍에 시선을 꽂고 있던 강현은 문을 열고 들어선 유하의 부름에 그제야 정신을 차린 듯 시선을 옮겼다.

“대체 무슨 생각을 하기에 두 번씩이나 불러도 몰라?”

“어, 그냥.”

“그나저나 오늘 준휘네 가게 쉬는 날인가? 닫혀 있네? 책이나 몇 권 전해주고 가려 했는데.”

“……”

“어디 놀러 간 거래?”

“……”

“너도 몰라?”

“……”

“아픈 걸까?”

“……”

“차강현.”

“응.”

아무 감정도 생각도 담겨 있지 않은 무의식적인 대구다. 유하는
생각했다. 지금 이 녀석 신경이 어디를 향해 있는 걸까.

"걱정되냐?"

"응."

진심이 담긴 답이 돌아왔다. 강현의 심장에 조금씩 더운 피가
솟구치고 있는 것 같았다. 조금씩 샘솟는 그 피가 차갑게 얼어붙
은 네 가슴을, 그 손끝을, 어지러운 머리를 따뜻하게 녹여냈으면
좋겠다. 그 아이가 널 그렇게 따뜻이 녹여줄 불꽃이 되었으면 좋
겠다.

"2층이 살림집이라고 했지? 한번 올라가 볼까?"

"갈 필요 없어. 비어 있으니까."

"그래? 아, 녀석, 대체 어딜 간 거야? 핸드폰 번호 좀 줘봐. 넌
알 거 아냐."

"꺼져 있어."

"그래도 줘봐. 이따가 해보게."

"싫어."

"치사한 자식. 야, 나도 걱정된단 말이야."

"왜?"

"관심 있거든, 준휘한테."

그나마도 조용하던 강현의 입술이 더더욱 굳게 닫혀 버렸다. 그
런 강현의 반응이 재미있다는 듯 싱긋 웃음을 지은 유하가 강현
앞으로 바짝 몸을 내밀며 입을 열었다.

"눈치챈 줄 알았는데. 그런 게 아님 내가 왜 여길 풀방구리에 쥐

드나들 듯했겠어?”

“서윤인가 하는 앤?”

“그냥 아는 동생.”

“그냥 아는 동생이랑 키스도 해?”

“내가 한 거 아니었는데?”

“신유하.”

“응?”

“너, 가라.”

“화난 것 같다?”

“가.”

“네가 가라고 안 해도 간다. 혹시 준휘 보거나 연락되면 내가 많이 걱정한다고 전해줘. 꼭.”

전해주기 싫어서가 아니었다. 꼬박 하루가 더 지나고 다음날 밤이 되었음에도 준휘의 커피숍은 강현의 마음처럼 여전히 텅 빈 상태였다. 정말 무슨 일이 생긴 걸까. 걱정을 넘어 두려움이 몰려오기 시작했다. 그럼에도 아무것도 할 수 없었다.

강준휘 너, 대체 나한테 무슨 짓을 한 거야. 왜 내가, 왜 내가 지금 널 이렇게……

너 그거 아냐? 너 진짜 불공평한 거. 유하한텐 꼬박꼬박 오빠라고 불러주면서 나한테는 불퉁하게 아저씨라 부르고, 바라보는 눈빛에도 차별 섞어 보내는 거. 유하한테 보여주는 웃음의 반의반이라도 나한테 보여주면 참 예쁠 텐데. 내가 말을 안 해서 그렇지 너 정말 불공평한 거 아마 하늘은 알아주실 거다.

그런데 말이다. 휴우! 안 그러려고 했는데, 널 내 맘에 담으면 안 되는 거 아는데 자꾸만 비집고 들어온다. 쫓아내려고 하는데도 네가 어느샌가 내 마음에 덜컥 들어와 있어. 어떡하지? 어떡하니, 준휘야. 내가 널 담아도 되는 걸까?

10. 절단 신공의 고백

택시 뒷좌석 시트에 잔뜩 지친 몸을 묻은 채 눈을 감고 있던 준휘가 슬며시 눈을 떴다. 어둠이 내려앉은 차창 너머의 풍경을 눈에 담던 준휘가 시선을 내려 제 손을 내려다봤다.

한 실장이라 불리던 사람을 따라 도착한 곳은 서울의 한 종합병원이었다. 복도를 따라 도착한 VIP 병실 앞에는 검은 정장을 입은 수행비서가 둘씩이나 문 앞을 지키고 있었다. 저를 향해 깍듯이 허리 숙여 인사를 하는 그들에게 어정쩡한 목례를 건넨 준휘는 선뜻 걸음을 옮기지 못하고 얼은 듯 한참을 그 자리에 붙어 서 있었다.

무엇을 해야 할까. 노크를 하고 들어가 '안녕하세요. 저는 할아버님의 하나밖에 없는 외손녀 강준휘라고 한답니다. 만나 뵙게 되어 무척 반갑네요. 엄마 없이 컸어도 저 반듯하게 아주 잘 자랐죠?
할아버지께서 위독하다 하셔서 마음이 매우 아프답니다. 얼른 쾌
차하셔서 우리 어두운 과거를 잊고 행복한 가족을 꾸려보아요' 하
며 주절주절 늘어놓아야 할까? 그럼 저 안에 있는 분들은 내게 어
떤 반응을 보일까. '그래, 아주 잘 자랐구나. 오랜 시간 만나지 않
았지만 단번에 내 핏줄인 걸 알아보겠어. 잘 왔다, 아가. 예쁜 내
손녀' 이러실까?

문 앞에 선 채 아랫입술을 깨무는데 한 실장이 대신 똑똑 노크
를 하곤 준휘를 향해 살짝 고개를 까딱해 보였다. 안에서 들려온
'네' 하는 목소리에 소리 없이 문이 열렸고, 작게 한숨을 내쉰 준
휘가 무겁게 걸음을 옮겼다.

머릿속으로 상상했던 대화는 오가지 않았다. 대신 바짝 마른 손
을 내민 할아버지의 손을 말없이 잡아드린 것, 곁을 지키시던 할
머니가 준휘의 얼굴을 쓰다듬다 눈물을 흘리셨던 것, 그리고 그렇
게 꽤 오랜 시간을 병실에서 보냈다는 것, 그만 가보겠다는 준휘
에게 타고 가라며 내준 차를 정중히 사양하고 택시를 타고 지금
집을 향해 가고 있다는 것이 준휘가 가진 기억의 전부다.

밤 11시. 대부분의 상점이 문을 닫고 골목을 오가는 인적조차
뜸해진 그즈음 헤드라이트 불빛을 비추며 택시 한 대가 커피숍 앞
에 멈춰 섰다.

반사적으로 몸을 일으킨 강현이 대여점 문을 열고 나섰다. 탁
소리와 함께 모습을 드러낸 인영은 다름 아닌 준휘였다.

"아저씨?"

불도 켜지 않은 어두운 대여점 안에서 불쑥 튀어나온 강현을 발견한 준휘가 의아한 듯 강현을 부르자, 거침없는 발걸음으로 성큼성큼 다가선 강현이 다짜고짜 준휘의 허리를 감아 끌어안았다.

"돌아버리는 줄 알았어."

엉겁결에 당한 포옹에 그저 몸을 맡긴 채 눈만 깜빡이던 준휘의 귓가에 강현의 음성이 떨리듯 전해졌다.

"너한테 무슨 일이 생겼을까 봐 걱정이 돼서 미치는 줄 알았어."

"아저씨……."

도무지 감싸 안은 두 팔을 풀 기미는 보이지 않고 바스러질 듯 강한 힘으로 준휘를 끌어안은 강현은 한참을 그렇게 선 채 움직이지 않았다. 영문도 모른 채 강현의 품에 안겨 있던 준휘는 귓가에 느껴지는 그의 애잔한 숨결에 스르르 눈을 감았다. 그의 품이 전해주는 안락함에 쫓기듯 겪었던 3일의 행적은 '아, 내가 그랬었지' 정도의 기억으로 치부해 버릴 수 있을 것만 같았다. 아저씨가 대체 왜 이러는 건지 그런 것 따윈 조금 나중에 물어보면 안 될까? 지금은, 지금은 조금만 이대로 안겨 있었으면. 그러다 문득 정신이 들었다. 우리 지금 뭐 하고 있는 것임?

놀란 눈으로 강현의 가슴을 밀어낸 준휘가 잔뜩 의문이 묻은 얼굴로 강현을 올려다봤다. 준휘의 시선을 피하지 않은 강현이 여전히 거친 숨을 몰아쉬며 굳은 얼굴로 서 있었다.

"너를."

말을 끊은 강현이 목울대를 울리며 꿀꺽 침을 삼켰다.

"너를."

강현의 입에서 나올 다음 말을 기다렸지만 고집스럽게 닫힌 강현의 입술은 꽉 쥔 주먹만큼이나 힘을 머금은 채 열릴 생각을 하지 않았다. 어둠을 담은 허공에서 두 사람의 시선이 부딪친 얼마의 시간. 마침내 강현의 입술이 열렸다.

"그다음은 내일 이어서."

"네?"

잔뜩 긴장한 채 강현의 입술만 바라보던 준휘는 바람 빠진 풍선처럼 맥이 빠져 휘청대는 눈빛으로 강현을 향해 되물었다.

"절단 신공."

뜬금없이 절단 신공이라니. 이게 무슨 연재 중인 로맨스 소설인 줄 아나. 그렇다면 성공하셨네요. 아주 적절한 곳에서 끊어주셨어요. 그다음 말이 무진장 궁금하거든요.

"대체 무슨……."

"너도 밤새 고민하며 머리 굴려봐. 그게 얼마나 속 터지는 건지."

"아저씨!"

"너도 알잖아. 내가 얼마나 불공평한 거 못 참는지."

"그거랑 이거랑 대체 무슨 상관인데요?"

"나는! 너 땜에 잠도 못 자고, 밥도 못 먹고, 똥도 못 쌌는데 넌 아니잖아!"

"네?"

"그러니까 그거라도 하라고. 밤새 내가 내일 무슨 말을 할까, 그거라도 붙잡고 고민하는 척이라도 해달라고!"

"아우, 정말 무슨 말이에요!"

"나도 몰라! 그러니까 나도 내가 왜 이런 건지 밤새 고민한다고!"

"내가 며칠 없어서, 그래서 심심했어요? 하긴 만날 나 갈구는 맛에 사시는 분인데 얼마나 심심하셨을까. 그래요. 그다음 말이 뭘지 밤새 고민 한번 해볼게요. 아마 머리가 베개에 닿자마자 잠이 들 게 뻔하지만. 나 지금 진짜 많이 피곤하거든요."

정신없이 방망이질을 하는 심장을 가라앉혀야만 했다. 제 걱정으로 돌아버리는 줄 알았다는 강현의 말에 준휘는 순간 심장이 쫄깃해지는 느낌을 받았다. 그냥 요즘 좀 잘해주는, 그랬다가 금세 못된 아저씨로 돌변하기는 하지만 어딘지 모르게 많이 편해진 강현에게서 전해진 낯선 감정. 그게 무엇이었을지, 혹 지금 머릿속으로 상상하는 그런 감정은 설마 아니겠지 잠시 헷갈려 하는 와중에 정말로 적절히 끊어준 절단 신공에 어쩌면 오늘 밤 조금 고민을 하게 될지 모르겠단 생각과, 내가 지금 대체 무슨 생각을 하는 걸까 하며 들었던 김칫국을 바닥에 내려놓으며 찰나의 갈등을 주고받았다.

일단은 평정심. 그게 필요한 때다. 금세 조곤조곤 대꾸를 하는 준휘 덕인지 씩씩대던 강현도 점차 흥분을 가라앉히는 것 같았다. 손으로 앞머리를 쓸어 올린 강현이 주위를 둘러보며 물었다.

"사장님은?"

"다른 데 계세요."

“그럼 혼자 자?”

“네.”

강현이 살짝 한숨을 내쉬었다.

“무섭겠네.”

“괜찮아요.”

괜찮다며 가방을 고쳐 드는 준휘를 물끄러미 바라보던 강현이 무언가를 심각하게 고민하듯 잠시 머뭇대다 조용히 물었다.

“같이 잘까?”

“예에?”

“총각이라고 생각할게.”

도무지 강현의 속을 가늠할 수 없었다. 당장에 무슨 일이 난 것처럼 다가와 다짜고짜 품에 안고 진지하게 눈을 맞추던 강현에게, 그리고 지금 다시 아무 일도 없었다는 듯 농담을 던지는 강현에게 대체 무엇을 기대했던 건지 괜한 짜증이 밀려오기 시작했다.

“아저씨 나 놀리는 게 그렇게 재미있어요?”

가방을 움켜쥔 준휘가 강현을 향해 버럭 소리를 질렀다. 강현의 굳은 얼굴이 눈에 들어왔다. 머릿속에 쌓여 있는 불편한 감정들이 죄다 강현의 탓인 양 가슴까지 들썩이며 흥분한 상태다.

“힘들어 죽겠는데! 어이없어 죽겠는데! 왜 아저씨까지 나서서 보태주느냐 말이에요! 아저씨 할 일이 그렇게 없어요? 갖고 놀 사람이 필요하면 다른 사람 찾아요! 사람 자꾸…… 흡!”

성큼 다가선 강현의 입술이 그대로 준휘의 입술을 삼킨 채 오롯한 적막을 만들었다.

겨를도 없이 놀란 준휘가 제 입술을 꼭 다문 채 고개를 돌리자 다른 그 어떤 것도 허용할 수 없다는 듯 한 손을 머리카락 사이에 찔러 넣은 강현이 남은 한 손으로 준휘의 허리를 단단히 부여안은 채 제 쪽으로 몸을 당겼다.

당혹감으로 잔뜩 경직된 준휘의 입술을 달래듯 살짝 고개를 비튼 강현이 윗입술과 아랫입술을 번갈아 빼어 물곤 더 이상의 무엇은 시도하지 않은 채 입술을 떼고 '하아' 하고 숨을 뱉었다.

"네가…… 좋다. 놀리는 것도 아니고 농담도 아냐. 아니라고. 이러면 안 된다고 부정도 해봤는데 그게 안 되더라. 나 혼자 감정에 휩쓸려서 그럼 안 된다고, 그래서 밤새 다시 고민해 보고 내일 새로 얼굴 보려고 했는데. 미안하다. 안 되겠어. 네가 정말 좋다, 준휘야."

"아저씨."

"이 말도 지금 하면 안 되는 건데 네가 너무 화를 내니까. 내가 너 놀리려고 그런 것도 아니고 할 일 없어 그런 것도 아니고. 같이 자자고 한 것도 걱정돼서 그런 건데. 아우, 젠장! 서른셋씩이나 먹은 내가 스물넷 먹은 너한테 이럼 안 되는 거 아는데……. 일단 들어가. 들어가서 문 잘 잠그고 푹 자."

"……."

"얼마나 어이없을지 잘 아니까 그런 표정 하지 말고. 그래, 나 미친놈 맞으니까 벌린 입은 좀 다물고 이제 그만 올라가지?"

"……."

"준휘야."

"아저씨는 진짜……."

"참, 핸드폰 전원부터 켜. 연락 안 돼서 내가 얼마나……."

"어엉."

닭똥 같은 눈물을 뚝 떨어뜨린 준휘가 소매 끝으로 눈물을 훔치며 그대로 몸을 돌려 대문으로 향했다.

"준휘야!"

다급히 다가온 강현이 준휘의 한 팔을 붙잡으며 준휘를 돌려 세웠다.

"이거 놔요. 흐엉."

"왜, 왜 우는데?"

"흐윽. 아저씨도 밤새 고민해 봐요. 내가 왜 우는지. 끅. 아저씨만 절단 신공 할 줄 아는 거 아니거든요? 흐엉."

"준휘야."

"어엉."

흐르는 눈물을 닦아가며 준휘가 대문을 열고 들어가 버렸다. 사라지는 뒤꽁무니에 강현이 안타까운 목소리로 외쳐 댔다.

"그만 울어! 자꾸 울면 내일 힘들어! 들어가면 꼭 핸드폰 켜고! 무슨 일 있으면 나한테 바로, 아! 내 전화번호 모르지? 콜 키퍼 서비스 되어 있으면 부재중 전화 뜰 텐데. 준휘야! 혹시 내가 뽀뽀해서 그래?"

"으앙!"

2층 계단에서 준휘의 울음소리가 들려왔다. 강현이 손나발을 만들어 2층에 대고 큰 소리로 외쳤다.

"체리 꼭지로 연습한 건 그거 아냐! 더 잘할 수 있어!"

"흐엉!"

주먹을 꼭 쥔 채 대문 앞에서 2층을 올려다보던 강현이 들릴 듯 말 듯한 목소리로 중얼댔다.

"너 땜에 나, 변비 생겼어."

달칵.

떨리는 손으로 현관문을 닫은 준휘는 휘청대는 다리를 주체할 수 없어 삐죽이 나온 벽에 몸을 기댄 채 가쁜 숨을 몰아쉬었다. 심장이 머리에서 뛰고 있는지 머리를 파고든 '너를, 너를' 이란 불완전한 문장은 정신없이 쿵쾅쿵쾅 울려대고 있었고, 강현의 입술이 잠시 닿았다 떨어진 입술은 불에 덴 듯 후끈후끈 열기가 차오르는 중이다.

식혀야만 했다. 멈추었던 시선이 욕실을 향했다.

소설 속 주인공들이 왜 옷을 입은 채 찬물로 샤워를 하는지 조금은 알 수 있을 것 같았다. 하지만 옷을 벗을 겨를도 없이 찬물 아래 선 준휘는 10초도 되지 않아 소설 속 주인공들이 얼마나 뻘짓을 했던 건지 깨달을 수 있었다. 삼복더위도 한참 지나 오소소 소름까지 돋는 선선한 가을 밤, 머리부터 쏟아지는 찬물이 전해주는 냉기는 머리를 쨍쨍 깰 듯한 두통을 안겨줬고, 물에 젖어 몸에 쩍 달라붙은 셔츠는 단추 하나 푸는 데 굉장한 인내를 요하는 중이다. 특히나 젖은 청바지. 오, 노.

냉큼 온수로 방향을 튼 준휘는 찝찝하게 달라붙은 청바지를 벗겨내느라 용을 쓰는 내내 구시렁구시렁 욕을 할 수밖에 없었다. 발목을 붙잡고 늘어지듯 하필 발목에서 걸려 벗겨지지 않는 청바지는 인내심의 한계를 시험하며 진을 빼내었다.

쿵!

발목에 걸린 청바지를 빼내려던 준휘가 중심을 잃고 그대로 바닥에 엎어지고 말았다.

젠장. 나직이 욕설이 튀어나왔다.

연이어 '쳇' 이란 감탄사를 내뱉다 보니 머릿속에선 어느새 '맨 처음의' 란 뜻을 가진 '첫' 이란 관형사를 떠올리고 있었다. 첫 만남, 첫 시험, 첫 키스……. 그래, 젠장. 망할 놈의 첫 키스!

강현과 나눴던 집 앞에서의 키스를 떠올리자마자 엎드렸던 바닥에서 용수철처럼 벌떡 튀어 오른 준휘는 허리를 꼿꼿이 세운 채 손에 비누거품까지 버무려 입술을 벅벅 문질러 닦기 시작했다. 왜 맘대로 남의 입술에 뽀뽀는 하고 난리야. 그리고 이왕 시작을 했으면 제대로 하던가.

키스 그거, 책에서 보면 말캉한 혀가 입술을 가르고 들어서 고른 치열을 훑은 후 수줍게 숨어 있는 그녀의 혀를 단숨에 휘감아 서로의 숨결을 나누고 모든 것을 빨아들일 듯 목젖까지 파고든 혀에 두 사람의 뜨거운 호흡이 열에 들뜬 눈동자와 함께 얽혀든다고 그랬는데. 나는 아저씨 혓바닥이 말캉한지 촉촉한지, 뜨거운지 어떤지 구경도 못해봤다고.

뭐? 체리 꼭지로 키스를 연습해?

처음에 와락 입술을 삼키고 뒤이어 무언가 엄청난 키스 스킬을

구사할 거라 잔뜩 겁을 집어먹은 것과 달리 차례로 윗입술, 아랫
입술만 번갈아 빨아대고 그대로 끝을 맺은 강현의 뽀뽀를 떠올린
준휘는 제가 당한 그 어처구니없는 첫 키스에 대한 분노로 머리끝
까지 혈압이 오른 상태였다. 물론 저희가 왜 그 골목 안에서 입술
을 맞댄 채 그러고 있었어야 했는지에 대한 원인 분석과 함께.

아저씨는 내가 좋다 그랬다. 그 눈빛에 진정이 담겨 있지 않거
나 한 것은 분명 아니었다. 나도 아저씨가 싫거나 한 건 아니다.
택시에서 내리자마자 본 아저씨 얼굴에 알 수 없는 안도감을 느꼈
던 걸 보면 그동안 쌓인 미운정도 만만찮은 분량인 것 같다. 게다
가 추리닝을 벗어 던진 아저씨는 꽤 근사하다. 아니, 아주 멋지다.
실은 유하 오빠한테 기울어진 주관적인 사심을 살짝 배제한 채 엄
밀하게 생김새만 놓고 보면 아저씨는 남주, 유하 오빠 남조임이
분명하다. 그런 아저씨가 갑자기 다가와 고백을 하니 갈비뼈 안에
숨어 있던 심장이 미친 듯이 요동을 치는 건 당연한 일일 테지만.
문제는 그것이 갑자기 닥친 고백에 대한 당황함으로 인한 것보다
불발로 끝난 첫 키스에 대한 원망으로 인한 것이 더 크게 느껴지
고 있다는 것. 대체 내 안에 잠재된 변태적 성향은 날 어디까지 이
끌고 갈 셈인가.

나는 눈을 감은 내내 입술을 벌려야 할까 계속 다물고 있어야
할까 그 고민을 하고 있었는데. 아, 그동안 꿈꿔왔던 달콤한 첫 키
스의 환상에 이런 식으로 소금을 뿌리나? 아우, 정말.

어떻게 침대에서 일어나고, 또 어떻게 양치질을 하고, 또 어떻

게 아침밥을 먹었는지 모른 채 가게로 내려온 준휘는 굳게 잠겨 있는 문을 열고 들어가 조명을 켜고 가게 안을 둘러봤다. 그날 밤, 얼큰하게 취한 아빠의 손을 잡고 올라가느라 그대로 버려둔 어수선한 가게는 준휘의 손길을 애타게 기다리며 며칠 새 폴폴 먼지를 날리는 중이었다. 무엇부터 치워야 할지 난감한 표정을 지은 준휘가 일단 바닥부터 쓸어야겠단 생각에 창고 안에 있는 빗자루를 들고 나왔다. 순간 종소리와 함께 강현이 들어서는 게 보였다. 두 사람의 걸음이 동시에 멈칫 멈췄다.

어떻게 해야 하나. 시선을 돌려야 하나, 아님 '안녕하세요' 하고 인사를 해야 하나. 눈동자를 굴려가며 궁리를 하는 준휘 앞에 어느새 다가온 강현이 준휘의 손목을 잡고 구석 테이블 쪽으로 걸음을 옮기기 시작했다. 별다른 저항 없이 강현의 손에 이끌린 준휘가 강현이 앉히는 대로 의자에 앉아 시선을 들었다.

"그동안 어디 있었니?"

"로설 쓰고 왔어요."

"농담하지 말고."

"농담 아니에요."

"준휘야."

"진짜 농담 아니에요, 아저씨. 내 말이 맞았어요. 로설이 말짱 허구는 아니었어요. 그게 세상에 존재하기도 하더라구요. 알고 보니까 우리 엄마가 재벌 집 딸이었는데 가난한 아빠랑 불같은 사랑을 했었대요. 그 사랑의 결실이 바로 나고요. 여느 소설에서처럼 재벌 회장님이신 할아버지는 둘 사이를 갈라놓고자 안간힘을 쓰섰고, 결국 할아버지가 원win하셔서 엄마는 날 낳은 지 일주일 만에 아빠랑 헤어지셔야만 했대요. 그렇게 미국으로 끌려가 강제로 다른 남자와 결혼을 해야 했던 엄마는 세 번이나 자살 시도를 했고, 심각한 우울증에 시달리다가 지금……."

"어머니가…… 살아 계셨어?"

준휘가 고개를 끄덕였다.

"엄마는 지금 묻어둔 기억 속에 살고 계세요. 그게 무슨 뜻인지 아시겠어요?"

묻어둔 기억? 현실을 인지하지 못한단 뜻인가?

준휘의 눈을 바라보던 강현이 뒤늦게 눈치를 챈 듯 무겁게 대답했다.

"대강은."

"할아버지도 만나 봤어요. 할머니도요. 아마 이제 우리 앞엔 해피엔딩만 남아 있을 거예요."

하지만 뱉은 말과 달리 준휘의 얼굴은 전혀 밝아 보이지 않았다.

"힘들었겠구나."

"아저씨까지 보태주셔서 어찌나 고마운지."

"그래서 울었던 거니? 어젯밤?"

준휘는 아무 답이 없었다.

아뇨. 체리 꼭지로 연습까지 했다던 아저씨의 키스가 너무나도 기막혀서요.

"준휘야."

"어느 날인가 아저씨가 나한테 '총각' 대신 '너'라고 불렀던 날이 있었어요. 만날 '총각, 총각' 그러다가 갑자기 '너' 그러니까 아저씨랑 진짜 많이 가까워진 것 같아서 되게 신기했거든요. 근데 금세 아저씬 나하고 눈도 안 마주치고 거의 쫓아내다시피 했어요. 그랬다가 갑자기 찾아와 아이스크림을 사주셨고요, 또 삐쳐서 가 버렸어요. 근데 어젯밤……."

"스무 살, 한 남자가 있었다."

준휘의 말을 끊어내고 뜬금없는 한마디를 뱉어낸 강현이 잠시 준휘에게서 살짝 시선을 비껴냈다. 그리고 이내 말간 눈으로 저를 바라보는 준휘를 향해 다시 눈동자를 꽂아 넣으며 차분히 말을 이었다.

"세상에 두려울 게 없었던."

꼭 점쟁이가 아니더라도 어느 순간 찌릿하게 살갗을 파고드는 촉이란 게 있다. 무언가 따끔한 느낌에 시선을 마주하고 앉아 있던 준휘의 눈빛이 가늘게 흔들리기 시작했다. 지금 듣는 이 이야기가, 그 세상에 두려울 게 없었던 스무 살 남자의 이야기가 누구의 것일지 방금 제 살갗을 파고든 촉이 혈관을 따라 조용히 심장을 향하고 있었다.

11. 그의 과거, 그리고 현재

"하고 싶은 대로 살았던 것 같아. 나름 잘나가는 모델이었거든. 부족한 건 없었고 건방은 하늘을 찔렀고. 세상에서 제가 제일 잘난 줄 알고 살았을 거야."

주어진 삶을 즐기긴 했지만 그렇다고 문란한 생활을 한 건 아니었다. 고등학교 입학 당시 벌써 180㎝을 훌쩍 넘기기 시작한 강현은 가끔씩 어머니의 쇼에 얼굴을 내비치기 시작하면서 모델로서의 자질을 선보이기 시작했고, 고3이 될 무렵부터는 그 바닥에서 제법 인지도를 쌓으며 떠오르는 신예 모델로 주목을 받기 시작했다.

얼굴이 알려지기 시작하면서 조금씩 광고 제의도 들어오기 시작했다. 밤낮을 가리지 않는 바쁜 스케줄 속에서도 머리에 똥만

든 모델은 필요 없다며 등을 떼민 민 여사 덕에 억지로 대학이란 델 들어가게 되었고, 비슷한 또래 안에서 느끼는 또 다른 세상이 싫지 않아 그럭저럭 적응이란 걸 하고 있었다.

민 어패럴의 둘째 아들이란 사실을 학교에서만큼은 숨기고 싶었다. 그저 요즘 뜨는 잘빠진 모델이란 타이틀 하나만으로도 버거운 생활이었다. 나름대로는 말 한 번 걸기가 하늘의 별 따기란 우스운 비유로 만대일(10,000:1)이란 별명을 지닌 채 캠퍼스를 누비는 재미도 꽤나 쏠쏠했던 것 같다. 움직일 때마다 저를 쫓아오는 시선들을 은근히 즐길 줄도 알았고, 그를 추종하듯 떠받드는 무리와 함께하는 자리는 늘 치일 듯 숨 가쁘게 돌아가는 런웨이의 백스테이지Backstage에서 느낄 수 없는 편안한 안식을 제공해 주며 스무 살의 여유를 안겨주었다.

그런데 그런 그를 돌아보지 않는 한 여자가 있었다. 특별하게 잘나고 예쁘다거나, 그래서 강현과 동급의 콧대를 세우느라 그런 것은 절대 아니었다. 차라리 그랬다면 오히려 그녀를 외면했을 것이다. 하지만 그와는 전혀 다른, 그저 하루하루를 종종대며 살아가느라 일상에 찌든 평범함 그 자체의 여자였다. 그런데 어째서? 수컷이 가진 묘한 승부욕이 발동하기 시작하면서 그 여자의 근처를 맴돌기 시작했다.

유상희.

강현보다 두 살이 더 많은 그녀에겐 이미 3년이란 시간을 함께한 애인이 있었다. 사법고시를 준비 중이던 애인은 별다른 벌이 없이 집에서 보내주는 약간의 생활비로 고시원에서 생활하고 있었다. 물론 70년대 신파의 여주인공처럼 혼자 벌어 물심양면 뒷바라지를 하는 상황은 아니었지만, 강의가 끝나자마자 달려가 애인의 먹을거릴 챙기는 헌신적인 모습에 조금은 이질감을 느끼기도 했던 것 같다. 그래 봤자 별반 다를 것 없는 여자일 것이다. 어쩌면 손도 대기 전에 싱겁게 게임이 끝날지 모른단 생각에 쉽게 다가갔었다.

하지만 그의 예상은 보기 좋게 빗나가고 말았다. '그래서 네가 뭔데?' 하는 멀뚱한 눈을 한 그녀는 눈앞의 강현을 그저 학교 어디에서나 볼 수 있는 두 살 어린 후배 그 이상도 이하로도 취급하지 않았다. 예상치 못한 그녀의 태도에 강현은 쩍 하고 금이 간 자존심을 회복하고자 안간힘을 써야만 했다.

웃기고 있네. 어디다 대고 되지도 않는 콧대 따윌 세우고 난리야. 잘난 네 애인? 그래, S대 법학과에 사법고시 1차 패스라 이거지. 어디 한번 해보자, 그래. 네가 넘어오는지 아님 내가 먼저 포길 하는지.

오기 비슷하게 시작된 감정에 어느 날부터인가 그녀가 밥은 먹었는지, 잠은 제대로 잤을지, 사는 곳은 위험하지 않은지 하나하나 신경이 쓰이기 시작했다. 밥을 먹여야만 했고 잠을 재워야만 했다. 도시락을 사다 나르고 잠시라도 짬이 나면 납치를 하듯 차에 태워 그가 아는 최고의 맛집으로 그녀를 모셨다. 그녀의 선심을 사고자 값비싼 명품을 선물하기 시작했고, 점점 그녀의 애인인 양 집착하기 시작했다.

하지만 그녀는 그에게 조금의 틈도 보이지 않았다. 조금은 지칠

법도 했지만 강현 역시 그녀가 좋았다. 아니, 근사했다. 그녀가 하고 있는 사랑이란 게 너무도 근사해서 미칠 지경이었다. 흔들리지 않는 사랑. 그것이 강현이 믿은 그녀의 사랑이었다.

그러나 상희의 마음은 그렇지 않았다. 저에게는 이제 면접을 제외한 한 차례의 관문만 통과하면 법조인이 될 애인이 있었다. 나이가 제법 있으니 이제 머지않아 그녀에게 청혼도 할 것이다. 그런 그녀 앞에 요즘 들어 끊임없이 얼굴을 내밀어대는 강현이란 아이는 지나가는 사람이면 누구나 한 번쯤, 심지어 남자들까지도 걸음을 멈추고 돌아볼 정도로 근사한 남자이긴 했다. 상희 입장에선 그런 잘나가는 모델을 옆에 끼고 다니면서 느껴지는 부러움 섞인 시선 또한 나쁘진 않았다.

돈을 꽤 잘 버는지 평소 잡지에서나 한 번씩 접하면서 이런 것 따윈 앞으로 5년쯤 뒤에나 만질 수 있을 거라 위안하던 명품을 아무렇지 않게 그녀의 손 위에 턱턱 얹어주었다. 이런 거 받을 수 없다며 다시 내밀어도 어차피 그녀를 위해 값을 지불한 것이니 그녀가 하지 않을 거라면 쓰레기통밖에 들어갈 곳이 없단 협박에 그녀의 할 일은 그냥 못 이기는 척 받아들이는 것이었다. 이러다 말겠지. 어린 치기稚氣에 그저 어쩌다 눈에 들어온 연상의 여자에게 이럴 수 있을 것이다. 길어봤자 몇 달이면 끝날 거라 생각했던 감정은 하지만 어느새 해를 넘겨 그녀의 마음을 뒤흔들고 있었다.

심각하게 고민에 빠져들었다. 양손에 쥔 떡을 어떡해야 할까. 차강현. 물론 근사하다. 그리고 이렇게 오랜 시간 변함없이 저를 바라보는 걸 보면 마냥 어리광인 것 같지만은 않다.

하지만 미래를 생각하자면 지금의 애인이 우선이다. 최고의 학벌에 혹시나 남은 시험을 패스하지 못한다 하더라도 어느 정도 안정적인 직장은 보장받을 수 있을 것이다. 그에 비해 강현은 지금은 잘나가는 모델이긴 하지만 그 빛이 언제까지 갈 수 있을지는 아무도 모르는 일이다. 게다가 모델이라면 수명이 그리 길지 않은 직업군이다. 언제 어떻게 될지 모르는 스물한 살짜리 남자에게 제 미래를 맡길 수는 없었다.

그래, 남자 인물 뜯어먹고 사는 거 아니라고 엄마가 말했었지. 대학을 졸업하면 난 이 남자와 결혼하면 되는 거야. 그때까지 난 못 이기는 척 강현의 호의를 받아들이기만 하면 되는 거고.

아무것도 모른 채 저를 향해 초밥 도시락과 방금 갈아온 오렌지 주스를 내미는 강현을 보며 이기적인 제 자신에 조금은 미안한 감도 들었다. 하지만 금세 끝날 테니까. 애써 위안하며 강현을 향해 가식 섞인 미소를 지어 보였다. 그렇게 금방 식을 거라 믿었던 강현의 사랑은 도무지 끝이 보이질 않았고, 오매불망 2차만 바라보고 있던 그의 애인은 시험에 탈락하며 그녀를 끝이 보이지 않는 터널 안으로 밀어 넣어버렸다.

어느새 2년의 세월을 양다리 아닌 양다리로 지내다 보니 상희 역시 그런 생활에 적응이 된 듯 일말의 죄책감조차 느껴지지 않는 상태가 되어버렸다. 자신의 사랑은 변한 게 없다고, 강현 혼자만의 감정을 제가 어쩔 거냐 변명도 이젠 더 이상 늘어놓지 않았다. 스물두 살의 강현은 여전히 잘나갔고, 여전히 제게 끔찍이 잘했다. 마음이 조금씩 흔들리기 시작했고, 언제부터인가 강현을 기다리고 있는 제 자신을 보며 벌써부터 남자에게 제 미래를 맡기고자 코를 꿰는 건 너무나 무의미한 삶이지 않을까 하는 생각을 가지기 시작했다. 강현 쪽으로 한 발을 먼저 다가서려던 그때 사법고시를 포기한 채 대기업 특채에 서류를 내밀었던 그녀의 애인은 당당히 합격하며 첫 출근을 기념하던 그날 상희의 앞에 청혼 반지를 내밀었다.

후줄근하게 잠시 빛을 잃었던 애인의 얼굴에서 광채를 보았다. 아니, 어쩌면 그 손에 들린 다이아몬드 반지 속 찬란하게 투영된 그녀의 미래를 보았던 건지도 모른다. 더 이상 그는 좁아터진 고시원에서 밤새 책을 파고들던 고시생이 아니었다. 연봉 순위 1, 2위를 다투는 회사이니 조금만 노력하면 금세 자리도 잡을 것이고, 많지는 않지만 시골의 부모님이 가진 산과 논밭은 묵혀두면 언젠가 제값을 할 것이다. 그녀의 머리가 빠르게 돌아갔고, 방긋 웃음을 지은 그녀는 그가 내민 반지에 손가락을 내밀었다.

그날도 역시 문단속 잘하고 자라며 밤늦게 찾아온 강현에게 이제 곧 결혼할 것이니 이렇게 찾아오는 걸 그만해 달라 말을 꺼냈다. 그동안이야 항상 그녀가 움직여 고시원을 찾았던 탓에 이곳에서 그가 강현과 맞닥뜨릴 걱정 따윈 하지 않아도 되었었다. 게다가 내내 고시원에 틀어박혀 공부만 하던 그가 저와 아무 접점도 없는 타 학교 학생에게까지 관심을 기울일 여력 또한 없을 것이란 생각에 이렇게 불쑥 찾아오는 방문에도 크게 제한을 두지 않았다. 하지만 지금은 상황이 달라졌다. 간단한 대화를 나누는 와중에도 혹시나 애인이 들이닥치지는 않을까 신경을 곤두세운 상희는 잔뜩 긴장한 얼굴로 강현을 바라봤다.

그녀의 반지 낀 손가락을 덥석 잡은 채 굳은 듯 반지를 노려보던 강현은 아무 말 없이 선 채 눈물만 뚝뚝 떨어뜨렸다. 마음은 아팠지만 어쩔 수 없었다. 이건 네가 시작한 감정이니까 아파하는 것도 네 몫일 테지. 그녀는 이렇게까지 이기적일 수 있는 자신에게 조금은 놀란 터였다. 하지만 되돌릴 순 없었다.

"행복해?"

잔뜩 목이 멘 강현이 그녀를 향해 물었다.

'응'이라 내뱉은 그녀를 강현은 말없이 다가와 끌어안았다.

"누나 많이 사랑한 거 알아?"

"늘 고마웠어."

"누나의 사랑을 지켜볼 수 있어서 감사했어. 세상에 그런 사랑이 있다는 거 알려줘서 고마워."

"강현아."

"나 포기하는 거 아냐. 그 자식이 누나 손잡고 식장에 들어갈 때까지, 아니, 얼마나 아끼고 잘 보살피고 사는지 두고두고 지켜볼 거야. 그러니까 눈물 따위 빼지 말고 잘살아야 돼."

"응, 그럴게."

"안 그럼 내가 가서 뺏어올 거니까."

강현의 품에 안긴 그녀는 그럴 일은 절대 벌어지지 않을 거라 생각하면서도 이대로 다시 강현을 볼 수 없단 아쉬움에 그의 품에 가만히 얼굴을 묻었다.

하지만 다음날 우연히 듣게 된 강현의 배경에 그녀는 제 손에 끼워진 반지를 원망스러운 눈빛으로 노려볼 수밖에 없었다. 그저 잘나가는 모델일 뿐이라 여겼던 강현은 단지 잘나가는 모델일 뿐이아니라 국내 의류 시장의 30%를 장악한 민 어패럴의 둘째 아들이었던 것이다. 대기업 직원 연봉이 아무리 많아봤자 회사 사주社主아들이 가진 부富에 비할 수 있을까.

눈앞에 굴러들어 온 복을 제 발로 뻥 찬 셈이었다. 이대로 강현을 놓을 수는 없었다. 끔찍이 못생겨 정이 떨어진다거나 어디가모자란 등신도 아니다. 오히려 부담스러울 정도로 완벽한 남자를이깟 다이아몬드 반지 때문에 차버리다니 있을 수 없는 일이다.잡으면 된다. 이깟 반지는 제 주인에게 돌려주면 그만이고 제가싫어 헤어진 게 아니었으니 그녀만 완벽하게 연기를 한다면 못할것도 없겠단 생각이 들었다.

그 길로 수소문해서 찾아간 강현은 술집에서 형편없이 취해 있는 상태였다. 제 앞에 서 있는 그녀를 보고도 믿기지 않는 얼굴을하며 손을 뻗어 그녀의 얼굴을 더듬던 강현에게 그녀는 계획했던완벽한 연기를 해내기 시작했다.

"그 남자를 사랑한다고 믿었는데…… 어떡해. 어떡하면 좋니.다시 널 볼 수 없단 생각에 내 심장이 찢어지고 있어."

"누나……."

"그동안 널 속였어. 내 마음도 널 따라 움직이는 게 겁이 나서말 못했어. 네가 아는 내 사랑이 실은 완전한 게 아니었는데 혹시라도 네가 실망할까 두려워서. 아, 내가 널……."

그녀는 강하게 도리질을 했다.

"이러면 안 되는 건데, 미안해. 아무래도 내가 잘못 온 것 같아. 미안……."

등을 돌리며 돌아서는 그녀를 강현이 돌려 세웠다. 그리고 그곳이 어디라는 걸 까마득하게 잊은 듯 거침없이 그녀의 입술을 탐하기 시작했다. 술집 안의 손님들이 보내는 야유에 아득하게 멀어지던 이성을 간신히 붙잡은 강현이 그녀의 손목을 낚아챈 채 밖을 향해 걸음을 옮겼다.

비틀대는 걸음으로 계단 끝자락에 멈춰 선 강현이 그녀를 두 팔로 가둔 채 물었다.

"날 원해?"

"강현아."

"누나의 마음이 정말 날 원하는 거야?"

"……."

"말해줘. 내가 이대로 누나를 가져도 되는 건지. 누나의 마음이 진짜로 나를 향해 있는 건지. 그리고 누나와 내가 오늘 일을 절대 후회하지 않아도 되는 건지. 그걸…… 말해줘."

"……."

"누나의 마음이 정말 그 사람이 아닌 나를 향해 있는지!"

"너를 원해. 너를 사랑해. 미안해, 강현아."

"됐어. 그거면 돼."

상희를 와락 끌어안은 강현이 그녀의 귓가에 쉴 새 없이 속삭였다.

“미치도록 누날 원했지만 여태 참을 수 있었던 건 내가 인내심이 강해서도 누날 사랑하지 않아서도 아니었어. 그냥…… 누나, 그 하나 때문이었어. 누나만 후회하지 않는다면 난 어떤 것도 상관없어. 남들이 하는 욕, 내가 다 얻어먹을게. 때리면 맞고 돌을 던지면 그것도 다 맞을 거야. 누나만 괜찮으면 돼. 누나가 날 원하는 거라면.”

하지만…….

“우리 이제 끝났다고. 돌려준 반지, 무슨 뜻인지 몰라?”

예정된 일정보다 하루 일찍 끝난 스케줄에 날아갈 듯한 걸음으로 그녀의 집을 찾았던 그날 강현은 날카롭게 들려온 상희의 목소리에 걸음을 멈춰야만 했다.

열린 문틈으로 보이는 낯선 남자의 뒷모습.

“갑자기 이러는 이유가 뭐야? 아무리 생각해도 이유를 모르겠어!”

“이유 따위 없어. 그냥 사랑이 끝난 거야. 마음이 떠났다고.”

“일주일 전까지만 해도 우리가 살 전셋집을 찾아보던 너야. 그런데 갑자기 사랑이 끝나?”

“그래! 끝났어! 좁아터진 전셋집에 가진 것 하나 없이 밑바닥부터 시작해야 하는 결혼 생활이 갑자기 짜증 나고 막막해졌어!”

“열심히 벌고 모으면 금세 자리 잡을 수 있어.”

“언제, 어느 세월에!”

“상희야, 제발. 내가 잘할게. 앞으로 더 잘할게.”

“나야말로 제발. 좋게 끝내줘, 인범 씨.”

“이러지 말고 다시 생각하자. 응?”

“아니. 이젠 짝퉁 말고 명품처럼 살고 싶어. 인범 씨가 날 그렇게 만들어줄 수 있어?”

“상희야.”

“죽어라 벌면 어쩌다 명품 백 하나쯤은 살 수도 있겠지. 근데 아등바등 그러기 싫어. 인범 씨만 날 단념해 주면 나 그렇게 살 수 있어. 그러니까.”

“사랑이 그렇게 아무것도 아니었니?”

“그래, 아무것도 아니야. 나는 조금 더 나은 사랑을 찾았을 뿐이고.”

테이블 위로 시선을 내린 채 덤덤히 말을 잇던 강현이 잠시 말을 멈추고 시선을 들었다. 강현에게로 시선을 고정하고 있던 준휘가 제풀에 놀라 당황한 얼굴로 침을 꿀꺽 삼켰다.

“그날 난 사랑을 버렸다.”

버석거릴 정도로 메마른 강현의 목소리가 너무도 아프게 들려왔다.

“내가 했다고 믿었던 사랑, 그리고 그녀가 했다고 믿었던 완전한 사랑. 세상에 사랑 따윈 없었어.”

달콤한 사랑을 꿈꾸며 매일같이 로맨스 소설 대여점을 들어서던 준휘 앞에 눈앞의 남자는 먹먹한 눈으로 세상에 사랑 따윈 없다고 말한다. 아무 감정이 없는 듯 공허함을 드러낸 남자의 눈에 실은 슬픔이 가득했다.

거짓말. 사랑은 없다고 말하는 사람이 왜 사랑 때문에 그렇게 슬픈 눈을 하는 거예요.

"사실을 알고 난 충격을 한동안 이기지 못했어. 아마 자존심 때문이었겠지. 반짝반짝 빛이 나던 세상은 빛을 잃었다. 눈에 보이는 모든 게 무채색이었지. 그 길로 군대를 갔어. 모델로서 한창 전성기를 누리던 그때. 나도 함께 빛을 잃었다."

제대를 하고 군복을 벗었지만 어느 순간부터 제가 모델이었단 사실조차 잊을 정도로 제 자신을 꾸미는 것에 흥미를 잃은 뒤였다. 애써 꾸밀 필요도, 저를 보아줄 사람도 사라졌으니 예전처럼 다시 빛을 낼 이유가 없었기 때문이다. 그가 늘 입고 있던 트레이닝복은 군 복무 시절 매일 입었던 군복과 같은 의미였다. 그리고 그는 그녀가 말했던 '더 나은 사랑', 아니, '더 나은 조건'을 집어던진 채 사람들이 만들어낸 허구의 사랑이 가득한 공간 속에 머물러 있는 중이었다.

"아저씨."

어찌 된 일인지 준휘의 눈에서 굵은 눈물 하나가 툭 떨어져 내렸다.

"울지 마."

"……."

"나는."

잠시 말을 끊은 채 낮은 한숨을 쉰 강현이 말을 이었다.

"내가 다시 누굴 마음에 담거나 신경을 쓰고 살게 될 수 없을 거라 생각했어. 특히나 여자를. 다시 어떤 여자를 마음에 담고 그녀를 신경 쓰고, 그런 거 못할 줄 알았거든. 그래서 어느 순간부터 네가 신경 쓰이기 시작했을 때 난 네가 당연히 남자일 거라 생각 했어.”

그래서 제가 여자인 사실에 그렇게 노골적인 불만을 드러냈던 걸까. 이해할 수 없었던 강현의 행동에 하나씩 의문이 풀리고 있었다.

“사실은 겁이 나.”

강현의 눈빛이 불안하게 흔들렸다.

“네가 좋은데, 정말 좋은데……. 사랑 같은 건 세상에 없다고 믿었던 내가 너한테 뭘, 이렇게 불완전한 내가 어떻게 감히 널……. 어지럽게 했다면 미안해. 걱정 때문에 그렇게 뱉어대는 게 아니었는데 3일 동안 널 볼 수 없었던 게 그렇게 머리 터지는 일일 줄은 나도 몰랐다. 그래서 감정을 추스르지 못하고 바보처럼 종일 웽웽대던 생각을 마구 질렀던 것 같아.”

“…….”

“어른답게 굴지 못해서 미안해. 갈게.”

강현이 몸을 일으켰다. 떨어지지 않는 발걸음을 옮기며 티 나지 않게 주먹을 움켜쥐었다. 살면서 오늘처럼 제 자신이 바보처럼 느껴진 적은 없었던 것 같다. 준휘를 붙잡고 왜 이런 소리를 늘어놓았던 건지, 어쩌자고 이런 말을 늘어놓아 가뜩이나 복잡한 아이의 머리를 더욱더 혼란스럽게 만들어 버린 건지. 이래 봤자 아무것도 달라질 건 없는데.

“아저씨.”

준휘의 부름에 강현의 움직임이 멈췄다.

"아저씬 여전히 사랑을 버린 스물둘의 남자인 거예요?"

강현을 향해 한 걸음 다가선 준휘가 강현을 올려다보며 물었다.

"그럼 계속 사랑을 버린 스물두 살인 채로 사세요. 나 같은 애한테 고백 따위도 하지 말고, 내가 집엘 들어오든 딴 남자랑 살림을 차리든 아무 상관 마시고요."

"준휘야."

"그거 아세요? 아저씬 되게 비겁해요. 불공평한 것만큼이나 비겁한 것도 나쁜 건데 그건 모르시나 봐요. 나보다 한참 작은 우리 엄마는 여전히 사랑을 꿈꾸는 중이거든요. 근데 나보다 한참 큰 아저씬 비겁하게 사랑을 버린 스물둘이시네요."

"……."

"난요, 사랑을 버린 스물둘의 그 남자가 되게 근사하다고 생각했어요. 사람의 마음을 저울질한 그 여자가 분명 나쁘긴 하지만 어쨌든 그 남잔 온전히 그녀를 위한 최고의 사랑을 했던 거잖아요."

"……."

"사랑은 버린다고 버려질 수가 없는 거예요. 왠지 아세요? 세상엔 분명 사랑이 존재하거든요."

물끄러미 바라보는 강현의 시선이 무안했던지 손을 들어 이마를 훔친 준휘가 허리에 손을 얹은 채 머쓱한 웃음을 지었다.

"네. 우습죠? 사랑 한 번 안 해본 스물넷짜리가 어마어마한 사랑 경험을 방금 털어놓은 서른셋 아저씨한테 이런 소리 하는 거.

나도 알아요, 이거 되게 웃긴다는 거. 근데 말이죠, 난 그렇게 믿으니까. 그래서 아저씨가 내 걱정을 하고 나한테 신경을 썼다는 거, 그리고 그게 내가 좋아서 그런 거란 말에 살짝 기분이 좋았…… 헉!"

이런 말은 하면 안 되는데. 끊지 못하고 다 뱉어버린 말을 어찌할 수 없다는 듯 놀란 눈으로 입을 가린 준휘 앞으로 강현이 한 발짝 다가섰다. 당황한 채 붉어진 준휘의 얼굴이 옆으로 돌아가며 시선을 외면하자 준휘의 턱을 부드럽게 잡은 강현이 준휘의 얼굴을 제 쪽으로 돌려 시선을 마주했다. 강현은 아무 말 없이 준휘를 바라보기만 했다. 소설 속에선 대부분 이 자세 다음에 키스로 이어지던데 이 아저씬 아무 짓도 하지 않고 그저 바라보기만 하는 중이다. 어떡해. 턱을 붙잡고 있어서 고개를 돌리지도 못하는데.

준휘의 한 손은 제 입을 가린 채, 그리고 강현의 한 손은 준휘의 턱을 잡은 채다. 천천히 올라온 강현의 다른 한 손이 입을 막고 있는 준휘의 손을 가만히 걷어냈다.

"준휘야."

준휘의 이름을 부르는 강현의 낮은 음성이 부드럽게 귓가를 맴돌았다.

"준휘야."

연거푸 준휘의 이름을 부른 강현이 남은 한 손을 마저 들어 준휘의 두 볼을 감쌌다.

"너를…… 아주 많이 좋아한다."

'네가 좋다'와 '너를 좋아한다'의 어감 차이가 이렇게 확연하게 다를 줄은 정말 몰랐다. 어제 집 앞에서, 그리고 방금 전까지 들었던 '네가 좋아' 때보다 이렇게 몇만 배 심장이 요동을 칠 줄이야. 끼리끼리 유유상종이라더니, 이 아저씨도 전생에 기방무사에 나오던 한량이었…….

입술이 따끈해졌다. 그러고 보니 어느새 눈을 감고 있었다. 조용히 준휘의 입술을 삼킨 강현의 입술이 벌어지며 부드러운 혀가 단단히 닫혀 있는 준휘의 입술 선을 따라 훑어 내려갔다.

"열어줘."

잔뜩 잠겨 갈라진 강현의 목소리가 애원하듯 속삭이고 있다. 준휘의 볼을 감싼 강현의 손이 애처롭게 떨리고 있다. 망설이던 준휘의 입술이 수줍게 벌어졌다. 작은 탄성과 함께 강현의 뜨거운 혀가 고른 치열을 훑으며 입안으로 들어서자 낯선 침입에 놀란 듯 숨을 들이쉰 준휘의 몸이 한 걸음 뒤로 휘청 움직였다. 냉큼 손을 뻗어 단단히 준휘의 허리를 감싸 안은 강현이 제 쪽으로 준휘의 몸을 당겨 안으며 다급히 준휘의 혀를 찾아 옭아맸다. 말캉한 혀가 맞닿으며 전해지는 낯선 온기에 생경한 전율이 온몸을 훑고 지나갔다. 다리에 힘이 풀리면서 아랫배와 옆구리에 찌릿하고 전기가 흐르는 것 같다. 숨을 쉴 수가 없다. 분명 입만 막혀 있을 뿐이고 숨은 코로 쉬면 되는데 왜 이렇게 숨이 가쁜 것일까. 제 안에 붙어 있는 숨을 이 아저씨가 다 빨아들이고 있는 것 같다. 진공청소기의 빨판처럼 모든 걸 다 흡수해 버릴 듯 삼켜대고 있는 아저씨는 분명 체리 꼭지로 리본도 만들어낼 수 있을 것 같았다.

"하아, 하아."

숨이 넘어가기 직전 입술을 떼어낸 강현이 준휘를 품에 안고 지그시 그녀의 이마에 입술을 눌렀다. 강현의 품에 안긴 준휘는 천 미터라도 달린 듯 열심히 숨쉬기 운동을 하고 있는 중이다.

입안에 금세 달콤한 카푸치노 한 잔이 만들어진 것 같았다. 부드러운 거품 위에 샤라락 그려진 예쁜 하트.

"열어줘"

아저씨가 간절히 말했던 건 어쩌면 입술이 아니라 내 마음이었을지도 모른다. 그런데 나는 마음을 열기 전에 입술부터 열어버렸다. 나는 아저씨를 좋아하는 걸까?

12. 불꽃이 일다

사람의 혀가 이렇게 몸 안 구석구석에 숨어 있는 수만 가지의 감각을 일깨울 수 있다는 게 놀라웠다. 뜨겁고, 말랑하고, 부드럽고, 달콤하고, 또 뭐가 있더라? 아, 생각만으로도 이렇게 입안에 침이 고이나. 보나마나 오늘 밤, 이 밤이 새도록 머릿속으로 수없이 리플레이될 게 분명했고, 밤새 한 야한 생각에 내일 아침 일어나면 숏커트 머리는 발끝까지 자라 있을 것이 분명하다.

로맨스 소설에서 늘 보아온 묘사 그대로의 키스였다. 오호, 그렇담 아까의 그것이 로설 키스의 정석? 입술을 가르고 들어선 혀는 분명 윗니를 훑고 입안으로 들어왔다. 원래 그렇게 하는 건가 보다. 치열을 훑는 그 행위엔 별 느낌 없었지만 입안에 들어온 혀랑 만날 때의 느낌은. 아훗, 옆구리에 다시 찌리리 전기가 흐르는 것 같다. 체리 꼭지로 연습을 했다더니 역시 혀 놀림이 범상치 않아.

준휘의 시선이 바Bar 안 냉장고로 향했다.

따놓은 병 체리 말고 여분으로 시켜둔 병 체리가 몇 병 있더라?

한참이 지난 것 같은데 준휘를 품에 안은 강현은 끌어안은 팔을 풀 기색이 없어 보였다. 강현의 품에 안긴 준휘는 여태 머리에서 뜀박질을 해대던 심장이 제자리를 찾아 들어간 듯 조금씩 진정이 되어가고 있었다.

이제 그만 고개를 들어야 할까, 아님 그냥 몸을 돌려 2층으로 도망을 칠까. 어찌할 바 모르는 민망함에 고개를 묻은 채 한참을 서 있던 준휘의 코끝에 기분 좋은 향이 스쳤다. 왜 로설 속 남주들은 다 기분 좋은 향이 나는 걸까. 심지어 땀을 흘려도 땀과 섞인 향이 섹시하다던데 그건 또 어떤 향인지. 아, 이 아저씬 로설 속 남주가 아니었지. 키스 한 번에 정신이 어떻게 됐나 보다. 로설과 현실 구분도 못하는 걸 보면.

"부끄럽다."

준휘의 입에서 나온 말이 아니었다. 낮고 굵직한 강현의 음성이다.

"부끄러워서 네 얼굴을 볼 수가 없어."

"그건 저도 마찬가진데."

"찌찌뽕."

강현의 품에 안겨 있던 준휘가 머리를 떼며 물러섰다. 어쩜 이런 상황에 그런 농담이 나오느냐는 눈빛이다.

“화났니?”

“…….”

“역시 남주의 매력은 깨알 같은 유머보단 카리스마였어. 좋아, 노력하지.”

“뭘요?”

강현은 대답 대신 씩 웃음을 지어 보였다. 콩알이건 깨알이건 괜히 불안하다. 또 뭘 하려고 저러는 걸까.

“아침은 먹었나?”

“네.”

“다행이군. 그럼 커피 한 잔 마실 수 있을까?”

“가게가 어수선해서. 잠시만 기다려 보세요.”

방금 전 키스를 하고 난 상황이 이렇게 정리가 되나 고개를 갸웃한 준휘가 어정쩡한 걸음으로 바Bar로 향했다.

“어떤 커피로 해드려요?”

“레귤러커피가 좋겠군.”

“네, 근데……. 아니에요.”

뭔가 좀 이상한데.

핸드 드립으로 커피를 내리기 위해 물을 올리고 드리퍼를 꺼내는데 다시 강현의 목소리가 들렸다.

“준휘도 함께 마시도록 하지.”

뭔가…….

갑자기 닭살이 돋는다.

“핸드 드립 할 거라 그냥 스트레이트 커피로 할게요.”

"나중에 기회가 되면 준휘가 블랜딩한 커피를 맛보여 줄 수 있나?"

"아저씨?"

"음?"

느긋하게 준휘를 바라보는 강현을 향해 준휘가 자신의 팔을 북북 긁어 보였다.

"설마 아저씨가 보여주겠다던 카리스마가 로설 속 남주 말투를 따라 하는 건 아니겠죠?"

"원하던 거 아냐? 아니, 아니었나?"

냉큼 말투를 고쳐 묻는 강현을 보며 준휘가 원두를 갈기 위해 핸드밀에 뻗었던 손을 거두어 허리에 얹었다. 이 아저씨, 서른셋 맞아요?

"세상에 어떤 남자가 현실에서 그런 말을 써요?"

"이런. 두 사람 또 티격태격 중인 거야?"

꽃보다 남자였던가. 문이 열리며 잔뜩 후광을 머금은 F4가 들어서는 것과 똑같…… 을 수는 없겠지만 가게가 환해지도록 활짝 미소를 머금은 유하가 손에 작은 봉투 두 개를 들고 커피숍을 들어서고 있었다.

"오빠!"

준휘의 입이 벙긋 벌어지며 유하를 부르자 앉아 있던 강현의 미간이 조용히 그어졌다. 강현이 앉아 있는 쪽을 슬쩍 돌아본 유하가 그대로 걸음을 옮겨 준휘 앞으로 다가왔다.

"그동안 어디 갔었니? 혹시 아픈 거였어?"

“아뇨. 일 때문에 어디 좀 다녀왔어요.”

“걱정했었다.”

“아.”

머쓱하기도 하고 황홀하기도 하고, 그러면서 드는 생각은 이 오빠도 기방무사에 나오는 한량의 현신現身…….

중얼중얼 고개를 숙였던 준휘가 시선을 올리자 저를 향해 정말로 걱정이 담긴 눈으로 바라보고 있는 유하가 서 있다.

“커피 내리려고?”

“네.”

“나도 한 잔 부탁해도 될까?”

“조금만 기다리세요. 금방 내려드릴게요.”

“타이밍이 잘 맞았네. 방금 구운 커피 번 사왔는데.”

“우와! 어쩐지 고소한 향이 나더라.”

“커피랑 먹으면 맛있겠지?”

“네.”

준휘의 얼굴이 내내 활짝 펴 있다. 바라보던 강현은 남모를 한숨을 내쉬었다. 그제야 강현을 돌아본 유하가 강현 쪽으로 몸을 움직였다. 강현의 앞자리에 털썩 몸을 앉히자 삐죽 입술 끝을 들어 올린 강현이 유하를 향해 나직이 말했다.

“나보다 준휘하고 더 친해 보인다?”

“말했잖아. 나 준휘한테 관심 있다고.”

“…….”

“왜?”

“아니다.”

여유로운 유하의 얼굴과 달리 강현의 얼굴은 근심으로 일그러지는 듯했다. 코끝에 전해지는 진한 원두 향이 아니었다면, 아니, 내린 커피를 트레이에 받쳐 들고 다가오는 준휘가 아니었다면 강현의 어두운 얼굴은 내내 계속됐을 것이다.

준휘가 테이블 위에 조심스레 커피잔을 내려놓았다. 방금 구웠다던 커피 번과 함께 마시기 위해 들고 온 커피는 총 세 잔. 준휘는 강현과 유하 앞에 내려놓고 트레이에 남은 커피잔을 내려다봤다. 이 잔을 어디에 놓아야 할까. 유하 오빠 옆? 아님 강현 아저씨 옆?

마음을 내려놓지 못한 채 서 있는 준휘에게로 손 하나가 뻗어왔다. 갑작스레 다가온 손에 놀라 휘둥그레 눈을 뜬 준휘 앞에 잔을 집은 유하가 자연스레 제 옆에 내려놓는 모습이 들어왔다.

“출근했다 바로 오는 바람에 오늘 커피를 못 마셨는데 이렇게 입이 호강을 하네. 뭐 해, 안 앉고?”

앉아 있던 유하가 준휘를 올려다봤고, 서 있던 준휘는 그 맞은편에 앉아 있는 강현을 바라보며 세 사람의 시선이 묘하게 얽혀들었다. 찰나의 순간 같은데 3년은 흐른 것 같다. 유하의 옆자리에 앉는데 강현의 눈치를 본 이유는 무엇이었을까. 여전히 머뭇대며 서 있는데 유하가 준휘의 손목을 잡아 앉혔다. 강현은 말없이 바라보기만 할 뿐이었다.

엉겁결에 유하의 옆자리에 앉아버리게 된 준휘가 어디다 두어야 할지 방황하던 시선을 커피잔에 내리곤 손을 내밀어 잔 받침을 만지작댔다.

힐끔 준휘를 돌아본 유하가 커피 번이 담긴 종이봉투를 열자 고소한 향내가 훅 하고 코끝에 밀려왔다. 준휘 앞에 냅킨을 펼쳐 깐 유하가 또 다른 냅킨으로 집어 든 커피 번을 준휘 앞에 놓아줬다.

"먹어봐. 이 집 번 맛이 꽤 괜찮아."

"네."

"아, 그리고 이거."

제 앞으로 밀어지는 작은 서류 봉투에 놀란 시선을 둔 준휘가 다시 시선을 들어 유하를 바라봤다. 열어보지 않아도 책이란 걸 이번엔 알 수 있었다.

"행복한 작가 친필 사인 본. 다른 것도 있으면 챙겨오려고 했는데 남은 게 이것밖에 없네. 다음에 이벤트 진행할 땐 준휘 것부터 챙겨놓을게."

우와! 난생처음 받아보는 작가 친필 사인 본.

하지만 좋아할 수 없었다. 슬쩍 강현의 눈치를 살폈다. 여전히 굳어 있는 얼굴. 또 그때처럼 삐쳐서 가버리면 어떡하지? 무엇보다……

방금 전 좋아한다고 고백을 하고 키스까지 나눈 여자가 다른 남자에게 손목이 붙들리고 그의 옆에 앉혀지는 걸 바라보고 있어야 할 강현의 시린 마음이 신경 쓰였다.

"감사해요."

좋아할 거란 예상과 달리 착 가라앉은 준휘의 반응에 살짝 당황한 유하가 준휘의 표정을 살폈다.

"좋아하는 작가가 아니었나 보구나?"

"아니, 그런 게 아니라……."

"……."

"정말 좋은데. 이런 거 처음 받아봐요. 감사해요, 번번이."

유하를 향해 금세 해사한 미소를 지어 보이는 준휘를 보며 유하가 애써 얼굴을 밝히며 말했다.

"준휘가 제일 좋아하는 허애설 작가는 이런 이벤트를 안 해서 말이지."

"그 작가는 그런 이벤트 안 해도 책 잘 팔리잖아요. 책 한 번 낼 때마다 수십만 부씩 팔리는 것 같던데. 게다가 다른 책보다 책값도 2,000원이 더 비싸요. 소장하고 싶어서 사려고 해도 두 권, 세 권씩 되는 장편은 선뜻 구입하기가 좀. 그 돈 다 벌어서 뭐에 쓰나 몰라. 남친은 좋겠네. 아니, 결혼은 했으려나? 그 작가 결혼했어요?"

"아니."

"후와! 골드미스네요? 그 작가도 나이가 제법 있을 건데. [사랑을 잃다]가 첫 작품이면 그게 벌써 몇 년 전이야?"

"그렇게 많진 않아."

"서른은 넘었잖아요."

"응. 훗."

"왜요?"

"준휘 서른만 넘으면 무조건 아저씨, 아줌마지?"

"아닌데."

“그래, 나는 아직 오빠다. 후후.”

유하의 시선이 강현을 향했다.

“넌 아직 아저씨지? 준휘한테?”

알고 보니 유하 오빠도 은근 유치한 구석이 있네.

슬쩍 눈썹을 치켜세우며 입술을 삐죽이는데 손으로 잘게 뜯어 낸 번을 입에 넣은 유하가 입술에 갖다 댄 커피잔을 내려놓으며 중얼대고 있었다.

“서른 넘은 골드미스에 책 잘 팔려 돈 잘 버는 허애설 작가한테 부탁 한번 해봐야겠다. 준휘 이름 커다랗게 넣어 사인 하나 해달 라고. 이왕이면 [사랑을 잃다]에 해주면 더 좋겠지?”

“하하, 오빤. 이루어지지 못할 꿈은 아예 꾸지도 않는 게 좋아 요.”

“그래?”

유하의 시선이 다시 강현을 향했다. 두 사람의 시선이 소리 없 이 맞부딪치며 불꽃을 일으키고 있다는 걸 커피를 마시며 번을 입 에 넣고 있던 준휘는 알지 못했다.

“가게는 오늘 혼자 있는 거야? 아직 청소도 못했네?”

고개를 들어 가게를 둘러보던 유하가 궁금한 얼굴로 물어왔다.

“아, 가게 당분간 닫아두어야 할 것 같아요. 지금은 정리할 게 있어서 잠시 열어둔 거고요.”

“무슨 일 있는 거야?”

“그냥 좀…….”

준휘가 말끝을 흐리며 머뭇대자 준휘의 곤란함을 금세 눈치챈 유하가 알았다는 듯 고개를 끄덕이고 몸을 일으켰다. 벌써 가는 건가 싶어 의문을 담은 눈으로 자신을 보는 준휘를 향해 싱긋 미소를 지어 보인 유하가 슈트 상의를 벗어 의자에 걸치며 준휘의 의혹을 증폭시켰다.

"나, 청소 잘하거든."

"예?"

손을 올려 넥타이를 느슨하게 풀어낸 유하가 셔츠 소매 단을 걸어 올리며 주변을 돌아봤다. 조금 전 창고에서 준휘가 들고 나온 빗자루가 옆 테이블 다리에 기대어 있는 걸 발견한 유하가 냉큼 빗자루를 집어 들고 강현을 돌아봤다.

"뭐 해, 걸레 안 빨고?"

제가 도와주지 않으면 준휘가 해야 할 걸 알기에 낮게 한숨을 내쉰 강현이 조용히 일어나 준휘를 향해 물었다.

"걸레 어디 있니?"

"아니, 제가 할게요."

"놔둬. 쓸고 닦는 거, 우리 옛날에 환상의 콤비였거든."

"그래도."

두 사람의 호의가 고마웠지만 부담스러운 것 또한 어쩔 수 없었다. 소매까지 걷어붙이며 나선 두 사람을 향해 난감한 표정을 짓자 강현이 괜찮다는 듯 다가와 준휘의 어깨를 톡톡 두드렸다.

유하의 비질과 강현의 걸레질이 이어졌다. 환상의 콤비라더니 정말로 잘난 두 남자가 고급스러운 비주얼과는 전혀 어울리지 않게 커피숍 바닥을 쓸고 닦는다. 그런데 빗자루와 걸레를 든 그 모

양마저도 근사해 보인다. 여기에 우아한 BGM이라도 깔린다면 청
소 도구 CF라도 찍는 것처럼 보였을 거다.

개수대에 담겨 있던 휘핑기와 잔 몇 개를 후다닥 씻어낸 준휘가
2층에 눌러두고 온 슬로우 쿠커를 살펴보고 오겠다는 말을 남기
고 휘리릭 사라졌다.

걸레질을 멈추고 선 강현이 유하를 향해 나직이 물었다.

"진심이냐?"

"뭐가?"

굽혔던 허리를 든 유하가 무심한 얼굴로 강현을 향해 되물었다.

"준휘, 진심이냐고."

"그걸 왜 묻는 건데?"

"……."

"묻잖아. 네가 왜 그걸 신경 쓰냐고."

"신경이 쓰인다."

"그래서, 내가 진심이라면?"

앙다문 강현의 입매에 더욱 힘이 들어간 듯 부르르 떨리던 입술
이 한일자로 굳어졌다.

"진심이면 넌 어쩔 건데?"

고집스럽게 닫힌 강현의 입술이 아예 굳어서 붙어버린 듯 꼼짝
을 하지 않는다.

"왜, 갑자기 준휘한테 관심이라도 생긴 거야?"

"……."

"접어."

단호히 들려온 유하의 말에 당혹감으로 얼룩진 강현의 놀란 시선이 날아들었다.

"내가 진심이라서, 그래서 흔들릴 마음이라면 그 마음 접으라고. 시작도 하기 전에 흔들릴 마음을 굳이 준휘한테 전할 필요가 있을까?"

"……."

"아님 어떤 일이 있어도 절대 흔들리지 않도록 단단히 붙들어 매든가."

선뜻 의미를 파악하기 힘든 유하의 말에 강현의 미간이 심하게 들썩였다.

"무슨 소리야?"

"싱거운 싸움은 시작하기 싫단 뜻이야."

강현을 향한 유하의 눈매가 날카롭게 빛났다.

2층 현관문을 열자 바로 코끝에 풍겨드는 달콤 쌉싸름한 향에 준휘는 만족스러운 표정을 지으며 주방으로 들어섰다. 한 시간 전 눌러놓은 슬로우 쿠커에선 홍삼과 대추, 그리고 꿀이 한데 뒤섞여 뭉근하게 끓어대고 있는 중이다. 대강 30분 정도만 더 달이면 영양 만점 농축액이 만들어질 것이다.

오지랖이 넓은 걸지도 모른다. 비싸고 좋은 약재로 달인 것도 아니고 그냥 집에 있던 홍삼과 흔하디흔한 대추에 꿀을 넣어 달인, 사실상 약도 아닌 음료.

어제 처음 할아버지와 할머니는 뵈었을 땐 왜 나를 엄마 없는 아이로 자라게 하셨냐고, 왜 우리 아빠를 그렇게 외롭게 만들었냐는 원망이 불쑥 치밀었었다. 돈과 배경이란 게 그렇게 중하셨던 거냐고, 그래서 우리 세 사람을 이렇게 만드신 거냐고, 우리 세 사람을 보시라고, 원하신 게 이런 것이었냐고.

하지만 그러질 못했다. 생기를 잃어 무서울 정도로 누렇게 변해 버린 할아버지의 낯빛, 그러나 엄마와 똑 닮은 눈매. 원망 섞인 시선은 금세 힘겹게 내밀어진 바싹 마른 손을 잡음과 동시에 흩어져 버렸다.

할아버진 어차피 드시지도 못할 테고 할머닌 이것보다 훨씬 더 비싸고 좋은 영양제를 드실 것이다. 그럼에도 무언가를 해드리고 싶었다. 핏줄. 역시 피는 물보다 진한 건가 보다. 작게 벌어진 입술 사이로 한숨이 새어 나왔다. 빨리 어그러졌던 모든 게 제자리를 찾을 수 있었으면 좋겠다는 바람이 들었다.

홍삼이 잘 달여지고 있음을 확인한 준휘가 다시 1층 커피숍으로 내려왔다. 그새 깨끗이 빤 행주로 테이블까지 닦아놓은 두 남자의 환상적인 청소 덕에 가게는 금세 반짝반짝 빛을 내고 있었다.

"우와! 닦아놓고 다시 나가긴 무척이나 아까운데요."

"어디 가는데?"

접어 올렸던 셔츠의 소매 단을 내리며 유하가 물었다.

"병원이요."

"왜? 어디 아파?"

"아뇨. 병문안 가요."

"그럼 준비하고 내려와. 가는 길에 데려다 줄게."

유하는 언제나 친절하다. 하지만 왜 그런지 오늘은 그 친절이 부담스럽기만 하다.

"이것저것 챙길 것도 있고. 저는 좀 이따가 갈게요."

"그럴래?"

"네. 오늘 정말 감사했어요. 책도 청소도 다."

"참, 준휘 폰 번호 좀 알려줄래?"

"네?"

"가게 닫힌 채로 연락 안 되니까 무지 걱정되더라. 전화라도 되면 덜했을 텐데."

"아!"

"번호."

주머니에서 꺼낸 휴대전화를 준휘에게 내밀었다. 전화기를 받아 든 준휘가 톡톡 제 번호를 찍어 유하에게 건넸다. 번호가 저장된 전화기를 다시 한 번 확인한 유하가 주머니에 넣으며 밝게 외쳤다.

"전화할게!"

커피숍을 나서 두어 걸음쯤 몸을 움직였을 때 주머니 안에서 느껴지는 요란한 진동에 걸음을 멈춘 유하가 전화기를 꺼내 들었다.

"네, 어머님."

〈어떻게 잘 되어가는 것 같니? 아우, 네 전화 기다리다 속이 타서…….〉

조심스레 물어오는 민 여사의 물음에 전화기를 귀에 댄 유하가 슬쩍 몸을 돌려 커피숍을 돌아봤다. 마주 선 채 무언가 이야기를 나누고 있는 두 사람의 모습이 눈에 들어왔다.

"불꽃이…… 붙은 것 같네요."

〈어머, 정말? 정말이니?〉

"네."

〈불붙었다고 금방 마음 놓으면 안 된다. 모닥불 피울 때 아무리 연소의 3요소가 갖춰져 있어도 그 가연물이 젖은 땔감이거나 옆에서 죽자고 바람 불어대면 간신히 붙여놓은 불도 금방 꺼지니까. 알지? 당분간은 유하 너만 믿는다?〉

"네."

통화를 마친 유하는 전화기를 다시 주머니에 넣지 않은 채 그대로 쥐고 있었다.

불꽃이 인 것 같아요, 어머님. 그래서 강현이가 절대 흔들리지 말아줬으면 좋겠습니다. 너무 강해서 감히…… 달리 일어난 불꽃 따위에 흔들리지 않게 말이죠.

"내가 데려다 줘도 돼?"

물끄러미 준휘를 바라보고 서 있던 강현이 조심스러운 말투로 물었다.

"병원이요?"

"응."

"네."

"준비하고 나와. 기다리고 있을게."

강현과 함께 나와 가게 문단속을 한 준휘가 2층으로 향했다. 주방에 들어가자마자 쿠커 안에서 다 달여진 홍삼액을 미리 씻어두었던 보온병에 얌전히 따라 담고 방에 들어가 가방을 챙겨 들고 나왔다.

대문을 닫고 돌아서니 낯선 SUV 차량 한 대가 집 앞에 멈춰 서 있는 게 보였다.

왜 하필 남의 집 앞에. 달갑지 않은 얼굴로 입술 끝을 들어 올리는데 달칵 차 문이 열리며 강현이 내렸다. 어? 이 아저씨, 차도 있었네?

잠시 까먹고 있었다. 불과 며칠 전까지 진남색 트레이닝 상의 주머니에 두 손을 꽂고 있던 차강현 아저씨가 실은 민 어패럴 둘째 아들이었다는 사실을. 택시를 타고 갈까 하다가 괜히 차라도 막히면 어쩌나 하는 생각에 지하철 노선을 떠올리고 있었는데. 하지만 지금 제 앞의 강현은 마치 이 차의 광고 모델인 양 앞머리를 쓸어 올리며 '나 모델이었다니까' 하며 포스를 좔좔 풍기고 있는 중이다.

차에 타고 나서야 그것이 일반 SUV 차량이 아니란 걸 알았다. 핸들 한가운데 레드와 블랙의 줄무늬와 함께 선명하게 새겨진 'PORSCHE'란 영문 로고. 포.르.쉐?

"아저씨, 이 차 포르쉐예요?"

"응."

"포르쉐는 스포츠카만 있는 줄 알았어요."

"포르쉐 카이엔 터보. 카이엔 SUV야."

"그렇게 말해도 몰라요, 전. 차엔 별로 관심 없으니까."

"차에 왜 관심이 없어. 비싼 차가 향이 좋다며."

그때 은행 앞에서 만났을 때 나눴던 농담이다. 은행 앞에서 만나니 뭔가 있어 보이지 않느냔 강현의 물음에 인터넷에서 주워들은 마이바흐 란돌레나 람보르기니 레벤톤 같은 비싼 차를 들먹이며 농담처럼 주고받던 말이 이렇게 씨가 될 줄이야.

사실 마이바흐가 어떻게 생겼는지도 모르고 주절댄 소리였다. 그저 이건희 회장의 차라니 대따 비싼 찬가 보다 막연히 짐작했을 뿐.

아저씨가 핸들만 잡고 있어도 이렇게 멋있는 거 보니 이 차도 비싼 찬가 보다. 시동을 걸자 우렁찬 배기 음이 뿜어져 나왔다. 아빠가 타던 구닥다리 차완 엔진 소리부터 달랐다. 역시 비싼 차가 향은 몰라도 소리는 끝내주게 좋네.

"어느 병원이야?"

안전벨트를 매는 준휘의 손놀림을 물끄러미 바라보던 강현이 조용히 물었다.

"혜명대병원이요."

고개를 끄덕인 강현이 천천히 차를 움직였다. 단정하면서도 화려한 실내를 눈으로 훑으며 슬쩍 오디오 쪽으로 시선을 두었다. 이 아저씨가 듣는 음악은 어떤 음악일까. 록? 클래식? 혼자 궁금해하는데 마침 강현이 물어왔다.

"음악 들을래?"

어우! 클래식 나오는 거 아냐? 잔뜩 긴장을 하는데 한창 인기 있는 남자 아이돌 그룹의 노래가 흘러나오기 시작했다. 로설 속 남주가 닭발 볶고 있는 것만큼이나 안 어울리는 조합이었다.

병원 앞에 차를 세운 강현이 기다리겠다고 한다. 준휘는 난감한 표정을 지었다. 어떻게 될지 모른다고, 그러니 먼저 돌아가라 말 했지만 강현의 의지는 단호했다. 얼마가 됐든 기다릴 테니 걱정 말고 있다 오라고.

근데 어떻게 걱정이 안 되냐고요. 아저씨 가게는 지금 나 때문 에 닫혀 있는데.

"저 왔어요."

머뭇대며 들어서는 준휘를 맞는 두 노인의 얼굴에 놀라움이 스 치다 이내 반가움으로 바뀌어 곱게 물들었다. 그리도 노엽게 반대 를 하였던 노 회장 내외지만 역시나 내리사랑에 대한 간절함은 어 쩔 수가 없는 것인지. 긴 세월 보지 않겠다고 외면했던 손녀지만 어쨌든 세상에 하나뿐인 핏줄이다. 두 내외는 간절함을 떠나 깊이 쌓여 있는 오랜 미안함에 반겨하는 기색도 선뜻 내놓지 못했다.

"식사는 좀 하셨어요?"

"응, 너는 어쨌니?"

"일어나자마자 아침 챙겨 먹고 나왔죠. 제가 보기엔 이래도 되 게 잘 먹거든요. 배고프면 막 화내고 그래요."

준휘의 말에 한 여사가 빙그레 미소를 지었다.

"그러니?"

"네."

"그런데 왜 이리 말랐을꼬. 몸에 살이라곤 없는 것 같다."

한 여사가 준휘의 가녀린 어깨를 어루만지며 나직이 중얼댔다.

"유전인가 봐요. 아빠도 그렇고 엄마도. 보세요. 할아버지랑 할머니도 깡 마르셨잖아요."

엄마, 아빠, 할머니, 할아버지. 유전이란 단어로 준휘는 모두가 가족이란 말을 에둘러 표현했고, 한 여사는 무언으로 그 말에 긍정의 뜻을 실어줬다.

"그래도 너처럼 마르진 않았지. 혹 어디가 아픈 게냐?"

"아뇨. 얼마나 튼튼한데요."

"입찬말 하는 거 아니다. 행여 갑자기 다치기라도 하면 어쩌려고."

"네."

준휘가 금세 '네' 하고 대답하며 방긋 미소를 짓자 짐짓 엄한 얼굴로 준휘를 타이르던 한 여사의 입매도 바로 따라 풀렸다.

"참, 이거 드셔보세요."

가져온 보온병을 주섬주섬 꺼내 든 준휘가 테이블 위에 놓여 있는 컵에 농축액을 조심스레 따라 한 여사에게 내밀었다.

"홍삼이랑 대추 넣고 달인 거예요. 물론 이것보다 훨씬 좋은 거 드실 테지만 제가 지금 해드릴 수 있는 게 이것밖에 없어서요."

손녀딸이 내민 컵을 떨리는 손으로 받아 쥔 한 여사는 메어오는 목을 애써 누르며 미소를 지었다.

"저 커피 되게 잘 만들거든요. 바리스타 자격증도 있는데 라떼 아트도 완전 예술이에요. 아, 이거 뻥 아닌데 되게 부끄럽다. 할아버지가 빨리 나으셔야 제가 뻥인지 아닌지 보여드릴 수 있는데. 그러니까 얼른 나으세요.”

무릎을 굽혀 노 회장과 눈을 마주친 준휘가 눈을 동그랗게 뜨며 마른 손을 잡았다. 희미한 미소와 함께 고개를 끄덕인 노 회장은 어쩐지 어제 보았을 때보다 혈색이 좋은 듯 느껴졌다.

“할아버지 다 나으시면 제가 카푸치노에 예쁜 하트 그려드릴게 요. 저 그거 연습하느라 가로수 잎사귀만큼 많은 우유 썼던 거 모 르시죠?”

노 회장의 눈가에 가득 웃음이 담겼다.

“마음 때문에 병이 오기도 하지만 또 마음 때문에 병이 낫기도 한대요. 그러니까 제가 만든 커피 드실 생각 하시면서 얼른 나으 셔야 해요.”

두 사람의 시선이 말없이 오갔다. 하나뿐인 딸은 마음을 이기지 못해 병을 얻었는데 지금 하나뿐인 손녀는 저를 향해 마음으로 병 을 이기라 말한다. 제가 휘윤에게 준 것은 병이었고, 준휘로부터 제가 받은 것은 약이었는지도 모르겠다. 그저 고맙고 미안할 뿐이 다. 얼른 나아야지. 벌떡 일어날 테다. 노 회장이 고개를 끄덕였 다.

함께 점심을 먹자며 붙잡는 한 여사의 손을 미안한 얼굴로 감싸 쥔 준휘가 밖에 기다리는 사람이 있다며 병실 문을 나섰다. 복도 끝 벽에 등을 기댄 채 든든하게 서 있는 강현의 모습이 눈에 들어 왔다. 그를 바라보는 순간 갑자기 울컥 눈물이 솟을 것 같아 ‘후우’ 하고 한숨을 내쉰 준휘가 강현을 바라보며 애써 미소를 지었다. 눈이 마주친 준휘에게 싱긋 미소를 지은 강현이 저벅저벅 걸어와 그녀의 어깨를 감싸며 입을 열었다.

“배고프다. 맛있는 거 먹으러 가자.”

훌쩍 코밑을 훔친 준휘가 강현을 향해 히죽 웃음을 지으며 말했다.

“배가 고프니까 아저씨가 더 멋있어 보여요. 하하!”

든든하게 먹어야 한다며 강현이 향한 곳은 고즈넉한 분위기의 한식당이었다. 커다란 대문을 지나 들어선 너른 마당엔 탐스럽게 매달린 석류가 빨간 속을 자랑하며 아직 빛을 잃지 않은 초록의 잔디와 강렬한 보색 대비를 이루고 있었다.

방을 안내해 준 직원에게 강현이 미리 주문을 넣은 덕분인지 내어준 방석에 몸을 앉히고 얼마 기다리지 않아 정갈하게 담아져 나오는 코스 요리를 맛볼 수 있었다. 강현은 상 위로 연신 오르는 많은 음식 중에서 특히 맛봐야 할 것들을 준휘의 앞접시에 덜어주며 세심한 신경을 썼다.

“우와! 아저씨, 진즉에 저를 좀 좋아해 주시지 그러셨어요.”

“내가 어땠는데?”

“유관순 열사를 갈구는 일본 순사?”

“재미없는데?”

“재미있으라고 한 말 아닌데?”

“그럼 아주 재미있었어.”

“뭐예요, 진짜. 그러면서 쏙 빠져나가고.”

“후회가 돼.”

“뭐가요?”

“진즉에 널 좋아하지 못한 거.”

“아, 그 말은 내가 첫눈에 반할 만한 미모는 아니었단 소리네?”

“첫눈에…… 띄긴 했지. 웬 총각이 로설을 이렇게 좋아하나 했으니까.”

“아, 진짜. 그 총각 소리 좀 하지 말랬죠!”

“하하하!”

가자미눈으로 자신을 흘겨보는 준휘를 보며 강현이 고개까지 뒤로 젖혀가며 호탕하게 웃었다. 여태 지내면서 강현이 이렇게 크게 웃는 건 처음 보는 것 같다.

“아저씨 웃으니까 되게 멋있네요.”

“너도 웃는 게 예뻐.”

“밖에서 들으면 우리 되게 재수 없다 그러겠다.”

“예뻐. 예쁘다. 이렇게 웃는 모습도 예쁘고, 맛나게 먹는 모습도 예쁘고, 커피 내리는 모습도 예뻐.”

“음. 밖에서 터진 복장 꿰매는 소리도 들리는 것 같아요.”

“홋.”

“아저씨도 진즉에 제 앞에서 그렇게 웃었으면 유하 오빠보다 훨씬 멋지다고 생각했을 텐데.”

유하의 이름이 나오자 풀어져 있던 강현의 얼굴이 금세 굳어갔다.

“유하가…… 좋니?”

“네.”

1초의 망설임도 없이 답한다. 강현이 숨을 들이켰다.

“그래서 아저씨 어쩔 건데요?”

곧바로 이어진 준휘의 물음에 강현이 시선을 들었다.

“친구를 좋아하는 여자니까 쿨하게 접으실 건가요? 사랑보다 우정?”

“……”

“우와! 대따 실망이네. 나 겨우 그거밖에 안 좋아한 거구나? 겨우 그만큼이면서 좋아한다고 그런 거였네.”

“준휘야.”

“유하 오빠 좋아요. 근사하고, 친절하고, 다정하고, 또 따뜻해요. 근데 그냥 좋은 거랑 좋아하는 거랑은 다르잖아요.”

“……!”

“유하 오빤 보면 반가운데 아저씬 보면 걱정부터 돼요. 그렇다고 내가 아저씨를 너무너무 좋아한다거나 그런 건 아니니까 오핸 마세요. 근데요, 조금 화가 나네요. 나는 아저씨가 나를 아주 많이 좋아하는가 보다 생각했거든요. 근데 아닌가 봐요. 죄송해요. 제가 원래 착각을 좀 잘해요.”

“그게 아니야, 준휘야.”

“됐어요.”

“네가 유하가 좋다 그러면 난 내가 아무리 널 좋아한다 해도 그저 여주인공을 좋아한 남조일 뿐이잖아. 나는…… 아직 너한테 아무것도 아닌데. 그래서 아까처럼 유하가 네 손을 잡아도, 전화번

홀 물어도 마음대로 화를 낼 수도, 막아설 수도 없다.”

“핑계예요. 원래 사랑에 빠지면 눈에 뵈는 거 없다 그러던데. 앞뒤 다 재고 따지는 거 보니까 아저씬 나 별로 안 좋아하는 거 맞네. 아우, 왜 이렇게 열받지?”

젓가락을 내려놓고 붉어진 얼굴을 식히느라 연신 손부채질을 하던 준휘의 손을 강현이 잡아 가뒀다. 잡힌 손을 빼내기 위해 몸까지 비틀어봤지만 소용없었다. 그대로 강현의 강렬한 시선이 준휘의 말간 눈동자를 휘감자 급격히 변해 버린 강현의 분위기에 압도당한 듯 준휘는 미동도 하지 못한 채 강현을 바라볼 뿐이다. 두 사람의 시선이 맞닿고 오래 지나지 않아 강현이 먼저 입을 열었다.

“내가 앞뒤 가리지 않던 스무 살 때 널 만날 걸 그랬다.”

“그랬담 전 아마 초등학생이었겠죠?”

“범죄였겠구나.”

“스타크래프트가 그즈음 세상에 나왔을 거예요. 아, 까마득하다.”

“고마워. 네가 그렇게 화를 내줘서.”

“혹시 마조히스트Masochist세요?”

“이제 욕심 낼 수 있어. 앞으론 유하한테 화도 낼 거다.”

“뭔 소리시래?”

“너 착각한 거 아니야. 나, 너 아주 많이 좋아하거든.”

“옆구리를 심하게 찔리셨나 봐요? 넙죽 절하시는 거 보니.”

“화 많이 났니?”

“몰라요.”

“준휘야.”

“네.”

“준휘야.”

“아, 왜요?”

강현이 씨익 미소를 지었다.

“보기만 해도 그렇게 좋아요?”

“그러네.”

“쳇.”

“그리고 이것도.”

갑자기 사악한 미소를 띠며 다가오는 강현의 얼굴에 준휘가 기겁을 하며 고개를 뒤로 내뺐지만 한발 빠른 강현의 입술이 이미 준휘의 입술을 점령하고 난 뒤였다.

우리 지금 밥 먹는 중이었는데.

쪼옥, 쩝. 아저씨 입술에서 새우 맛이 나요. 짭조름하니 아주 맛나네요.

로설 속 남주 입술에서도 이런 맛이 날까요? 어우, 이건 너무 리얼한데.

13. 한 걸음 행복에 가까워지기

이왕이면 체리 맛이 나는 입술을 맛보이고 싶었는데. 에잇, 조금만 참았다 키스를 하든가.

한식당을 나와 곧장 강현이 이끌고 온 아이스크림 매장에서 한 입 가득 체리 아이스크림을 밀어 넣던 준휘는 제 입술에서도 같은 새우 맛이 났을 거란 생각에 원망 담긴 눈빛을 강현을 향해 발사했다. 여자 입술에서 새우 맛이 나다니. 나도 나름 로망이란 게 있는데.

"뭔가를 강렬히 원하는 눈빛인데?"

아마도 욕일걸요?

눈썹을 한 번 삐죽 들어 올린 준휘가 다시 입안에 아이스크림을 밀어 넣곤 오물오물 아이스크림을 씹어댔다. 그리곤 날름 혓바닥을 내밀어 아랫입술을 쓱 핥았다.

부풀어 오르지 않았어.

"대체 뭐 하는 거야?"

준휘의 행동을 물끄러미 지켜보던 강현이 테이블 위로 올린 손에 턱을 괴며 물어왔다. 망설이던 준휘가 무언가를 말하려다 고개를 저었다. 로설에서 보면 키스를 하고 난 여주의 입술이 발갛게 부풀어 오른다고 되어 있던데. 아무리 혀를 내밀어 위아래를 훑어봐도 저의 입술은 정상이었다.

"아니에요."

"유관순 열사를 갈구던 일본 순사는 내가 아니라 넌데?"

"네?"

"지금 고문 중이잖아, 궁금해 미치게 만드는."

그런가?

준휘가 다시 눈썹을 삐죽 들어 올리곤 입안에 녹은 아이스크림을 꼴깍 넘겨 삼켰다.

"그래도 얘기 안 할래요."

"누가 일본 순사인지 모르겠다. 궁금해 죽으라고 말 안 하는 넌지, 죽자고 그게 뭔지 말하라 묻고 있는 난지."

"그럼 샘샘이네요."

"그건 아니지. 넌 여전히 답을 안 했고 난 여전히 궁금해 미치겠고. 나만 불공평한 거잖아."

"말하면 나만 불공평해지는 얘기예요."

"왜?"

“나만 창피해지는 거니까.”

“혹시 고백하려고? 나한테?”

“아니거든요.”

“뭘 그런 걸 창피해하고.”

“아니라니까요?”

“이해는 되지, 그 심정. 좋은 사람과 좋아하는 사람 사이에서의 갈등. 게다가 그 둘이 워낙 잘났어야지.”

“아, 놔.”

“유하도 참 근사한 녀석이긴 해.”

“네! 지금 보니 아주 그런 것 같아요!”

“그런데도 내가 더 좋은 거지?”

강현이 준휘를 보며 방긋 웃는다.

누가 그랬어. 웃는 얼굴에 침 못 뱉는다고.

“나는요, 나는 나름 로망이 있는 여자예요.”

“응. 나는 로망스 주인이고.”

말 좀 끊지 마세욧! 버럭 지르려다 생각을 하니 맞는 말이다. 대여점 간판 이름이 ‘로망스’이니. 끄응!

“나는 진지한 대화를 원해요.”

“나는 나름 진지했는데?”

“우리 대화가 이게 진지한 거예요?”

“그럼 최근 강도를 높이고 있는 일본 정부의 독도 영유권 주장에 대한 심도 깊은 토론을 했어야 하나?”

“독도는 우리 땅이에요.”

“훗.”

“왜요?”

“그냥.”

“왜 웃었냐니까요?”

“네가 예뻐서.”

아, 또 말이 끊긴다. 또 까먹고 있었다. 나는 이 아저씨한테 말로는 못 당한다는 걸.

“아이스크림이나 드세요.”

“너 먹는 것만 봐도 달아.”

“다니까 맛있는 건데?”

네 입술에서 흘러넘치는 단내가 날 자꾸 흔든다. 그 입술을 삼키면 어떤 맛이 날지 알기에 그 생각이 나를 더 미치게 만든다. 당장 이곳에서 네 뒷목을 잡고 그 탐스러운 입술 사이로 내 혀를 밀어 넣어 휘젓고 싶다. 너의 손바닥에 자잘한 키스를 퍼부으며 네 옷을 벗기고 싶어. 하얀 목덜미를 깨물어도 보고 싶고 부끄럽게 숨은 너의 가슴을……

강현이 ‘흐음’ 하고 낮게 한숨을 내쉬었다.

진지한 대화를 원하는 이 아이 앞에 진지해질 수 없는 이유, 절제할 수 없는 욕망이 이 아이를 삼킬까 봐 겁이 난다.

말간 눈으로 저를 바라보고 있는 준휘를 향해 잔잔한 미소를 지어주었다.

✳

〈내일 휘윤이 데리고 요양원 나갈 겁니다.〉

한 실장은 밑도 끝도 없이 요양원을 나가겠다며 통보하고 끊어 버린 준성의 전화에 당황한 터다. 노 회장 내외에게 이 사실을 어찌 전해야 할지 병실 문 앞에서 서성이던 한 실장 앞에 조용히 병실 문이 열리며 방금 투약을 마친 간호사가 한 실장을 향해 까딱 목례를 하며 몸을 살짝 비꼈다. 곧바로 한 실장이 들어갈 것을 배려해서인지 문을 다 닫지 않은 간호사가 그대로 몸을 돌려 스테이션을 향해 몸을 움직였다. 여전히 병실 문 안으로 걸음을 옮기지 못한 채 멈춰 서 있던 한 실장 귀에 노 회장에게 들려주는 듯한 한 여사의 조곤조곤한 목소리가 들려왔다.

"얼른 자리 털고 일어나시구랴. 난 나 혼자서 정리를 못하겠네. 휘윤이야 이제 어쩔 수 없다 쳐도 준헌 안 돼요. 제 아버질 닮아서 반듯하게는 자랐지만, 휴우. 아무리 능력이 안 된다 하더라도 어떻게 제 자식을 덜렁 대학까지만 가르쳐 놓고 그 좁은 커피숍에 묶어둘 수가 있답니까. 당신이 이러고 있으니 지금 당장 외국에 보낼 순 없겠지만 데리고 지내면서 차근차근 가르치고 다듬어야겠어요. 언론엔…… 아휴, 머리야. 뭐라고 해야 그럴싸하게 눈속임이 되려나. 김 부장 불러서 스토리 몇 개 뽑아놓으라 해둬야겠네."

잠시 눈을 감았다 뜬 한 실장이 손을 들어 노크를 하고 병실 안으로 들어섰다. 그리고 예의 차분한 어투로 제가 보고해야 할 바를 빠짐없이 알렸다. 낮게 한숨을 내쉰 한 여사가 알겠다는 듯 고

개를 끄덕였다. 한 여사를 향해 단정히 목례를 한 한 실장이 문을
닫고 나왔다.

＊

아이스크림 매장을 나서던 준휘가 주변을 돌아보며 입가 가
득 미소를 머금었다. 늦은 오후, 얼굴 위로 쏟아지는 가을 햇
살, 나긋한 여유, 제각각의 이유와 목적지를 갖고 움직이는 사
람들. 커피숍 안에서 바라보던 낯익은 풍경이 마치 옜다 하고
그녀의 앞에 선물처럼 내놓은 새로운 세상인 양 작은 설렘을 안
긴다.

"흠. 민간인으로 이 시간에 돌아다녀보는 거 정말 오래간만이
에요."

얼굴로 내리쬐는 햇살을 피해 손 그늘을 만들며 준휘가 나직이
속삭였다.

"민간인?"

"앞치마를 벗은 민간인이오. 저기 저 가게에서 나는 알바생이
아니라 손님이었잖아요. 내가 해야 할 '어서 오세요' 소리를 듣는
것도 되게 이상하고, 매장 안에서 누가 '여기요!' 그러면 나도 모
르게 '네!' 하고 대답해야 할 것 같은 것도. 커피숍은 1년 365일
쉬는 날이 없으니까 그게 좀 힘이 들긴 해요. 어쩌다 친구들이라
도 만나는 날엔 아빠 혼자 가게에서 동동거릴 거 생각하면 늦게까
지 못 있겠더라구요. 그러다 보니까 점점 친구들 만나는 것도 소

홀해지고."

"사장님 들으셨으면 되게 속상해하시겠네."

"에이, 아빠 앞에서 그런 건 내색 안 할 정도의 효도는 하고 살아요."

"응."

그런 준휘에게 유일한 낙이 로맨스 소설이었다는 것도 잘 알고 있다. 강현이 손을 들어 준휘의 머리를 쓰다듬었다.

"그러지 마요. 꼭 강아지한테 그러는 것 같잖아."

"예뻐서 그래. 내가 데려다 키울까?"

"예에?"

"밥 많이 먹여줄게."

"에이그, 진짜."

"아이스크림도 매일 사줄게."

"잘 키워서 내년 삼복 때 잡아먹으려고요?"

"응? 너무 야한 말인데?"

"아우, 진짜 생각하는 것 하곤. 누가 아저씨 아니랄까 봐."

"내가 '손!' 그러면 손 주면 되고, '굴러!' 그럼 구르면 돼."

"아무 데나 똥 싸놓을 거예요."

"큭큭."

준휘의 말에 큭큭 웃던 강현이 장난스럽게 준휘의 머리를 헝클었다.

"악, 진짜!"

도끼눈을 뜨며 발을 탁 구른 준휘가 작은 주먹을 쥐어 보이며

강현을 향해 다가서자 씩 웃음을 지은 강현이 팔을 뻗어 준휘를
당겨 안았다.

"미쳤어요?"

쥐었던 주먹으로 강현의 어깨를 탁 두드린 준휘가 몸을 비틀어
강현의 품에서 벗어나며 물었다.

"그렇게 물으면 나는 뭐라고 답할 것 같아?"

"응. 강준휘 너 땜에 미쳤어."

"역시 열렬한 로설 마니아다워."

"어휴! 나는 아저씨 땜에 미쳐."

말아 쥐었던 주먹으로 자신의 가슴을 톡톡 때리던 준휘의 어깨
에 강현이 손을 두르며 천천히 걸음을 옮기기 시작하자 못 이기는
척 준휘의 걸음도 강현의 걸음에 맞춰 움직이기 시작했다.

"호칭 좀 공평하게 바꿔주지?"

"뭐가요?"

"알면서."

"아저씬 처음부터 아저씨로 입에 익어버렸기 때문에 안 고쳐져
요."

"그럼 유하도 아저씨로 불러."

"그건……."

"왜?"

"어떻게 오빠라 부르던 사람을 갑자기 아저씨로 불러요?"

"은근 치사하구나?"

"아저씨가 어때서요. 원빈도 아저씬데 근사하잖아요."

"진짜 아저씬 아니라고 생각하잖아."

"그건, 원빈은 아저씨보단 어리잖아요."

"원빈이 나보다 형이야. 원빈 형."

준휘의 걸음이 멈췄다.

"예에?"

"77년생이거든."

"……."

"그렇게 충격을 받을 정도로 내가 노안이었나?"

"아니, 그게……."

"됐어. 위로받는 게 더 초라해."

"아저씨."

"정 그렇게 위로해 주고 싶다면 뽀뽀 한 번만."

"아그, 정말 내가 미쳐!"

"준휘야."

"따라오지 마요."

"강준휘?"

"아, 진짜! 쫓아오지 말라니까!"

"여기서 창피하면 차에 가서 해줘도 돼."

"아악!"

다다다 앞서 달리는 준휘를 따라 강현도 잡을 듯 말 듯 속도를 조절해 가며 따라 달렸다.

"요즘 복고가 유행이긴 해도 로설에서 '나 잡아봐라'는 안 나오는 것 같던데. 우리가 새로운 소설 하나 쓸까? 응? 준휘야. 달리면서 한 번씩 뒤도 돌아봐 줘야지. 길가 가로등도 한 번씩 잡고 빙그르르 돌아주고.”

“아악! 창피해요! 그만 따라와!”

오늘 하루를 온전히 ‘제끼자’는 강현의 유혹을 이기지 못한 준휘는 길거리에서 닭털을 날리며 찍었던 삼류 신파를 접은 채 강현의 손에 이끌려 영화관을 찾았다. 시간대 별로 쭉 늘어선 영화 목록에 시선을 꽂고 보고 싶은 영화를 고르고, 그에 맞춰 팝콘과 음료를 사서 자리를 찾아 들어가는, 특별하지 않은 사소한 것에도 준휘는 행복이 뚝뚝 묻어나는 얼굴이었다.

점심을 먹고, 아이스크림을 먹고, 영화를 보는 동안 팝콘과 음료를 먹었음에도 영화가 끝난 후 두 사람이 향한 곳은 이탈리안 레스토랑이었다. 화덕에 직접 구운 바삭한 피자 조각을 입에 넣으며 ‘이 집 피자, 진짜 대박’을 외치는 준휘를 보며 강현은 먹는 모습만 봐도 배가 부르다는 게 어떤 의미인지 알 것 같았다.

사방에 어둠이 깔리고 아쉬웠던 하루를 등 뒤로 곱게 접어 보내며 차에 올랐다. 오디오에선 여전히 강현과 어울리지 않는 아이돌 그룹의 최신 가요가 흘러나오고 있었다. 커피숍 안에서 늘 듣던 최신 가요였기에 준휘도 어렵지 않게 흥얼흥얼 노래를 따라 불렀다.

부르르. 주머니 속 전화기가 요란하게 떨려왔다. 누구지 하는 얼굴로 전화기를 바라보던 준휘가 발신자를 확인하자마자 방긋 웃으며 전화를 받았다.

"아빠?"

〈우리 딸 저녁은 먹었나?〉

"응. 아빤?"

〈당근 먹었지. 오늘 아빠 없어서 심심하진 않았고?〉

"완전 신나게 놀았는데?"

〈그래? 하긴 아빠도 엄마랑 완전 찐하게 놀았어.〉

"아이그, 진짜. 남자들은 왜……. 아냐."

〈말 끊어도 아빠는 별로 안 궁금해. 저기, 아빠 방 침대 시트랑 이불 좀 갈아줘.〉

"갑자기 왜? 며칠 전에 갈았잖아."

〈쫓겨났어.〉

"뭐?"

〈풍기문란. 그래서 내일 아침 일찍 엄마랑 집에 갈 거다.〉

"그래도 돼?"

〈누가 뭐래. 내 사랑하는 마누라랑 내 딸이랑 한집에서 같이 살겠다는데.〉

"그래도 지금 엄마가……."

〈내가 널 내 옆에서 떼어놓을 수 없듯이 엄마도 내 눈앞에서 도저히 떼어놓을 수가 없다. 두 사람이 없으면 난 아무것도 할 수가 없어.〉

"멋지다, 우리 아빠."

〈내가 좀 그래.〉

“아, 주위에 잘난 사람이 너무 많아서 좀 피곤하다.”

〈나 말고 또 누가 있어?〉

“그렇더라고. 암튼 내가 시트랑 이불 싹 갈아놓고 장미 꽃잎까지 뿌려놓고 기다릴 테니까 내일 조심해서 와.”

〈장미 꽃잎 같은 거 필요 없어. 그거 없어도 우린 충분히 뜨거우니까.〉

“그래. 부러워.”

〈문단속 잘하고 자라.〉

“응.”

통화를 마친 준휘가 전화기를 내려다보자 운전을 하던 강현이 슬쩍 준휘를 돌아보며 물었다.

“내일 사장님 오신대?”

“네.”

“아쉽다.”

“뭐가요?”

“커피숍, 며칠만 더 닫았으면 했는데.”

“오늘 하루만으로도 충분히 좋았어요, 난.”

나는 아니야. 너랑 하고 싶은 것도, 가고 싶은 곳도 많은데.

준휘를 바라보던 강현이 가만히 고개를 끄덕였다.

“우리 아빠 되게 근사한 것 같아요. 로설에 나오는 남주야. 딱.”

“원래 모든 딸의 로망이긴 하지. 아빠가.”

“그런 거 아니고요, 그냥 남자로 놓고 봐도 아빠 그래요.”

“네 로망 속 남주는 어떻지?”

"글쎄요. 설명하기 되게 어려운데."

"그럼 고르기 쉽게 1번, 일편단심 민들레의 처음부터 끝까지 지고지순 달달형. 2번, 소유, 집착의 끝. 아무도 널 넘볼 수 없어. 넌 내 거니까 형. 3번, 저 잘난 맛에 살던 얼음왕자의 노골노골 사랑에 녹아가는 성장 변천 일기형. 4번, 스토리보단 고수위. 수위 높음형."

"큭. 그게 뭐예요?"

"왜?"

"마지막에 그거, 스토리보단 고수위? 수위 높음형?"

"그거 은근 인기 있는데. 내가 알기론 너도 그거 꽤나 빌려간 걸로 알고."

"모르고 빌린 거예요."

"알고 보니 온통 '하아' 에 '하읏' 이라 올레를 외쳤지?"

"……."

"반납할 때 네 표정이 어찌나 흐뭇해하던지. 아니, 므흣으로 표현해야 하나?"

"네, 로설 속 남주에 반해서 그랬어요. 어찌나 근사하던지. 적어도 소설 속 남주는 여주랑 만담을 나누진 않거든요."

준휘의 말이 끝나기 무섭게 핸들을 강하게 꺾은 강현의 차가 끼익 하는 날카로운 마찰음을 일으키며 갓길에 멈춰 섰다.

"그건 소설 속 허상이라고 내가 말하지 않았던가? 그런데도 그걸 여전히 멋있다 여기다니 바보 같은 구석이 있군. 네 머릿속에 박혀 있는 그 말도 안 되는 놈팡이를 대체 어떻게 해야 할지. 현실에서 그런 남자를 꿈꾼다는 게 바보 같단 생각은 안 해봤나?”

갑작스레 변한 강현의 말투와 눈빛에 흠칫 놀란 준휘가 당황스럽단 눈으로 강현을 올려다봤다. 그러자 이내 표정을 푼 강현이 준휘의 볼을 장난스럽게 꼬집으며 입을 열었다.

“남주의 카리스마 폭발을 원했던 거 아냐?”

“네?”

“독자들은 남주의 카리스마를 원하지. 남주의 카리스마가 폭발할 때 독자들도 함께 열광해. 하지만 현실에서 맞부딪치면 어때? 방금 내가 말한 그 말투, 정말 재수 없지?”

놀랐던 가슴이 진정됐다. 네, 정말 재수 없네요. 살짝 눈을 흘기며 가슴을 쓸어내린 준휘가 강현을 보며 조용히 말을 이었다.

“로설이 분명 작가들이 지어낸 이야기란 건 아는데요, 그걸 너무 현실과 뚝 떨어져서 생각하면 마음이 정말 허전하잖아요. 그냥 그 사람들은 내 옆에 항상 있는 사람들 같은데, 하늘에 슈웅 전투기 지나가는 소리가 들리면 카리스마 뚝뚝 남주가 조종간을 잡고 있을 것 같고요, 거리에 부릉대고 바이크가 지나가는 걸 보면 잔뜩 반항기 어린 남주가 삐뚤어진 교복 넥타이를 느슨하게 풀어내며 나를 바라보는 것 같아요. 아까 병원에선 어땠는지 아세요? 메디컬 소설 속 여자주인공이 수술실 안에서 남자주인공의 어시스트를 서며 사람들 눈을 피해 서로의 눈빛을 주고받는 모습이 상상됐단 말이에요.”

“음, 그러면서 조용히 자신의 로설 이상형을 부는 건가? 어렵군. 전투기 조종에 천재적 수술 실력을 지닌 외과 의사라. 바이크

정도는 내가 몰아줄 수 있는데.”

“그런 말이 아니잖아요.”

“알아.”

강현이 팔을 뻗어 가만히 준휘를 당겨 안았다. ‘알아’라며 나직이 뱉는 강현의 목소리가 너무도 다정했다. 두근두근 심장박동 소리가 어렴풋이 들리는, 제가 지금 얼굴을 묻고 있는 그 품이 너무도 따뜻해 그대로 계속 그의 온기를 느끼고 싶었다. 준휘를 품에 안은 강현이 준휘의 정수리에 턱을 얹은 채 조용히 중얼댔다.

“지금부터 새로 쓸 너의 소설에 나는 그들보다 훨씬 더 근사한 남주가 되고 싶단 뜻이야.”

아웅! 아저씨도 로설을 너무 많이 읽었어요. 그 느끼한 말투는 물론이고 지금 이 자세, 로설에 얼마나 많이 등장한 꿈결 같은 자세인지 모르시진 않을 텐데. 그다음은 두 손으로 내 볼을 감싸 쥐고 가만히 턱을 들어……. 몰라염.

준휘의 가슴 설렌 기대와 달리 강현은 계속 정수리에 턱을 얹은 채 준휘를 품에 끌어안은 모습 그대로였다. 그래서 나는 지금 실망한 건가? 준휘가 삐죽 눈썹을 들어 올렸다. 아니다. 그냥 이대로도 좋다. 무엇을 더 원한다면 나는 진정 변녀.

주인의 품에 안긴 강아지처럼 꼬물꼬물 얼굴을 묻어대는 준휘를 내려다보던 강현이 그대로 고개를 내려 준휘의 고운 머릿결에 입을 맞췄다. 코끝에 은근히 스치는 샴푸 향이 간신히 억누르고 있던 사내의 본능을 자꾸만 자극해 오기 시작했다. 순결하기 그지없는 순백의 천사를 탐욕의 시선으로 바라보는 사악한 악마. 이대로 더 있다간 차 안에서 준휘를 안을지 모른단 생각에 서둘러 팔을 풀어낸 강현이 차를 출발시켰다.

퇴근 시간을 벗어난 도로는 적당한 여유를 흩뿌리며 후미 등의 빨간 불빛들을 켜켜이 새겨 넣고 있었다. 차 안에는 여전히 최신 가요가 흘러나오고 있었지만 흥얼거리던 준휘의 노랫소리는 벌써 멈춘 채였다. 뭔가 쭈뼛대는 분위기. 이건 또 왜 이런 걸까 하며 고개가 기울던 순간 주머니에 있던 전화기의 진동이 느껴졌다.

처음 보는 낯선 번호. 의아한 듯 고개를 갸웃한 준휘가 전화를 받았다.

"여보세요?"

〈어디니?〉

"네?"

〈지금 가게 앞인데 2층에도 불이 꺼져 있어서.〉

"어? 유하 오빠세요?"

〈응.〉

지은 죄도 없는데 준휘가 슬쩍 고개를 돌려 강현의 눈치를 살핀다.

"지금 밖이에요."

〈아직 병원이니?〉

"아뇨. 그건 아니고……."

〈그랬구나. 지나가던 길에 들렀는데 강현이 가게도 불이 꺼져 있어서.〉

"네……."

그야 그 둘이 같이 있으니까요.

아, 마치 중간에서 내가 이 남자한테도, 또 저 남자한테도 죄를 짓고 있는 듯한 이 껄적찌근한 기분. 유하 오빠의 전화를 받으면서 강현 아저씨의 눈치를 살피는 것도 그렇고, 강현 아저씨랑 있으면서 강현 아저씨랑 같이 있다 솔직하게 말하지 못하는, 내가 무슨 홍길동의 후예도 아니고.

〈준휘야.〉

"네?"

〈혹시 지금……. 아니다.〉

전화기 너머로 느껴지는 망설임. 하지만 준휘도 선뜻 '뭔데요?' 하고 묻질 못했다. 그래, 내가 지금 생각하는 건 혼자 앞서 가는 게 맞을 거야. '혹시 지금 강현이랑 같이 있는 거니?' 라고 물으려 했을 거란 생각이 순간 스친 이유는 뭘까. 유하 오빠가 내게 그걸 물을 이유는 없잖아. 우리 둘이 무슨 사귀는 사이도 아니고 오빠가 나한테 좋아한다고 고백을 한 것도 아닌데. 유하 오빤 그저 잘해주는 사람. 나 말고도 다른 사람들한테도 이렇게 친절할 텐데 말이지.

찰나의 침묵이 이어졌다. 가만히 입술을 깨물던 준휘의 귓가에 유하의 목소리가 들려왔다.

〈내일 보자.〉

‘네’ 라고 하기도 그렇고 ‘안 돼요’ 라고 하기도 그렇고.

“내일도 어쩌면 가게 문 못 열지도 모르는데.”

〈그러니?〉

“네.”

〈어쨌든 내일 보자.〉

뭐라고 대답도 하기 전에 전화가 끊어졌다. 나는 어떤 표정을 짓고 또 무슨 말을 해야만 하는 걸까. 얼굴을 굳힌 채 운전을 하고 있는 강현 아저씨는 나에게 무슨 말을 할까.

“내가 사랑을 시작하면 나는 어떤 타입일 것 같아?”

강현의 입에서 전혀 예상치 못한 질문이 떨어졌다.

“네?”

“나 말이야. 난 1번부터 4번 중에 어떤 형일 것 같냐고.”

만날 날 이렇게 갈구는 걸 보면 지고지순 달달형은 아니고, 그렇다고 소유, 집착이 쩔어 보이는 것도 아닌 것 같고, 얼음 왕자? 왕자라고 하기엔, 음. 원빈보고 형이라고 하는 게 좀 충격이긴 했어. 그렇다면 내용 없이 수위 높음?

“답이 없어 보이는데…….”

“그래, 그중에 답은 없어.”

기껏 물어놓고 답이 없다 말하는 강현을 어이없단 눈으로 바라보던 준휘가 퉁명스럽게 대꾸했다.

“5번. 하루라도 건넛집 VIP 고객을 갈구지 않으면 입안에 가시가 돋는 로설 대여점 주인아저씨.”

“후후.”

강현이 고개를 떨구며 작게 웃었다. 준휘의 말이 재미있어서가 아니었다. 준휘의 눈에 비친 제 자신이 재미있어서였다. 사랑한다고 믿었던 여인에게 보였던 광기 어린 집착이나 위험스러운 소유욕, 그리고 절제할 수 없었던 추악한 욕정 따윌 준휘에게만큼은 들키고 싶지 않았다. 적어도 이 부분에선 성공한 걸까?

"사랑하면 그냥 단순하게 사랑하는 게 제일 좋은 것 같아요. 보고 싶을 때 언제든 볼 수 있고 힘들 땐 따뜻이 기댈 수 있는, 늘 옆에 있는 사람이 좋아요. 내 앞에서 내색은 안 했지만 아빠가 얼마나 힘들었을지 이제는 조금 알 것 같거든요."

"음."

"근데 5번도 나름 괜찮은 것 같네요."

"응?"

"5번이요. 앞에 건 다 빼고 로설 대여점 주인아저씨. 흐흐. 이렇게 나란히 앉아 로설에 대한 이야기를 주고받을 수 있는 거, 좋다구요. 내가 좋아하는 이야길 막힘없이 할 수 있는 거요."

"다행이네."

나는 이런 편안한 분위기가 좋다. 로설 속 근사한 남주의 말투가 현실에선 그렇게 재수 없는 말투로 뒤바뀌는 것처럼 너무 강하고 잘나서 감히 내가 바라볼 수 없는 카리스마 남주를 실제로 만난다면 난 그를 보며 숨이나 제대로 쉴 수 있을까? 그냥 이렇게 새우 맛 입술을 맛보고 로설 속 이야기를 함께 나눌 수 있는 앞집 아저씨가 어쩌면 로설 속 카리스마 남주보단 훨씬 근사할지도 모르겠다. 이것은 절대 이 아저씨가 몰고 있는 차가 포르쉐라 그런 것도 아니고, 민 어패럴 둘째 아들이란 타이틀 때문도 아닐 것이다. 근데 왜 한 박자 쉬고 답이 나올까.

근데 어쨌든 아저씨가 좋다. 좋은 것 같다. 왠지 모르게 편안하고 든든하다. 좋은 것과 좋아하는 것은 분명 다른데 유하 오빠에게서 느낄 수 없는 편안함이 이 아저씨한텐 느껴진다. 물론 꾀죄죄한 추리닝의 아저씨보단 지금의 멀끔한 아저씨가 훨씬 근사하다는 생각도 같이 들긴 하지만 이 정도 속물근성이야 뭐. 흐흐.

음. 그러니까 나도 아저씨를 좋아하는 건가? 그럼 이제 우리 사귀는 거? 나는 아직 아저씨한테 좋아한단 말도 못했는데.

여유로운 도로는 두 사람을 금세 집으로 데려다 주며 감질나는 아쉬움을 안겨주었다. 비가 오려는지 차 문을 닫고 돌아서는 준휘의 코끝에 습기를 잔뜩 머금은 촉촉한 흙 냄새가 어려오고 있었다. 준휘의 걸음을 따라 강현도 함께 움직였다.

"2층 현관까지 바래다줄게."

대문을 열고 들어선 두 사람의 걸음이 조용히 계단을 따라 올라섰다. 천천히 걸은 것 같은데 금세 현관 앞이다. 오늘 즐거웠다는 말을 해야겠단 생각을 하는데 강현이 손을 뻗어 준휘의 손을 잡았다. 강현의 온기가, 그 두근대는 마음이 고스란히 느껴졌다.

"나는 엉큼한 아저씬가 보다."

"네?"

"손을 잡고 있으면 안고 싶고, 또 키스하고 싶고, 자꾸 욕심이 나."

원래 다 그런 거예요. 자연스러운 반응인데.

준휘가 발그레 붉어진 얼굴을 숙였다.

"얼른 들어가라. 저 문을 열고 들어가 무슨 짓을 하게 될지 모르겠어. 비가 올 것 같으니까 이불 푹 덮고 자고. 문단속 철저히."

아쉬운 마음을 걷으며 강현이 잡고 있던 손을 놓았다. 준휘가 현관문을 닫고 사라지는 순간까지 시선을 놓지 않던 강현은 방 안의 불이 켜지고 나서야 걸음을 떼기 시작했다.

어둠 속, 또 하나의 시선이 그 둘을 향하고 있었다. 천천히 고개를 내려 힘주어 잡고 있던 핸들에 얼굴을 묻은 유하가 피식 웃음을 지었다. '설마'라는 생각은 왜 했을까. 그리고 지금 몰려드는 이 상실감은 또 무엇이란 말인가. 정말 강현을 상대로 절대 시시하게 끝나지 않을 같잖은 싸움이라도 시작할 요량인 걸까. 미쳤구나, 신유하. 넌 그저 저 둘 사이에 불꽃을 일으키고 빠질 발화점일 뿐이란 걸 잊지 마라. 이건 그냥 호기심일 뿐이야. 특별한 존재에 대한.

부르르.

조수석에 놓인 휴대전화가 어서 정신 차리라는 듯 유하를 향해 바삐 몸을 흔들고 있었다.

〈오빠, 지금 어디?〉

"집 앞."

〈벌써? 그럼 차 돌려서 다시 나와라. 우리도 방금 시작했거든.〉

"니들끼리 놀아. 피곤해."

〈아, 오빠.〉

"재미없다. 끊자."

그래, 재미없다, 신유하.

손을 뻗어 스타트 버튼을 누른 유하가 조용히 차를 움직여 사라졌다.

14. 손만 잡고 잤습니다

샤워를 하고 방으로 들어섰던 준휘가 '아!' 하며 머리를 쥐어박
곤 다시 방을 나섰다. 안방으로 들어간 준휘가 손을 뻗어 침대 위
이불과 시트, 그리고 베갯잇을 벗겨 바닥에 내려놓고 장롱 문을
열어 새 시트와 이불을 꺼내 침대를 정돈했다. 혼자 쓰는 침대지
만 준성의 베개는 늘 두 개였다. 항상 나란히 놓여 있었지만 언제
나 쓸쓸하게만 보이던 두 개의 베개가 오늘은 참으로 다정하게 보
였다. 이제 엄마, 아빠도 내일부턴 저 베개처럼 나란히 누워 함께
잠을 청할 것이다. 아까도 말했듯 사랑은 언제나 함께할 때 빛나
는 거다.

행복한 하루였다는 생각에 침대에 뉘인 몸이 가만히 있질 못하
고 이리저리 뒤척대는 중이다. 베개와 머리 사이에 손을 끼워 넣

고 모로 몸을 눕던 준휘의 뺨에 자신의 손이 느껴짐과 동시에 현관 앞에서 따스하게 제 손을 잡아주던 강현의 커다란 손이 떠올랐다. 짙은 눈빛으로 자신을 바라보던 시선. 그 손끝에서 느껴지던 온기.

후드득. 비가 오는가 보다. 가물대던 준휘의 눈이 어느새 기분 좋게 감기고 있었다.

우르릉! 쾅!

어둠 속, 강현의 눈이 번쩍 떠졌다. 집에 들어오자마자 켜놓은 TV에서 밤늦게 서울을 비롯한 중부 지방에 국지성 호우가 내릴 것이란 예보를 언뜻 들은 것 같았다. 하지만 천둥 얘긴 없었는데. 온몸의 신경이 죄다 쭈뼛 곤두섰다.

준휘!

침대에서 벌떡 몸을 일으킨 강현이 냅다 밖을 향해 달리기 시작했다.

정신없이 벨을 눌렀다. 하지만 아무런 기척이 없다. 머리가 터질 것 같은 다급함에 어깨쯤에 닿아 있는 담에 손을 짚고 냉큼 몸을 날려 담을 넘어섰다. 두세 칸씩 계단을 건너뛰어 현관까지 이른 시간이 채 30초도 안 되었지만 강현에겐 마치 영겁의 시간이 흐른 것만 같았다.

"준휘야! 준휘야!"

혹시나 놀랐을 준휘를 위해 처음엔 나직이 준휘의 이름을 불렀다. 하지만 거세게 퍼부어대는 빗줄기는 또다시 번쩍하는 번개와 함께 이어 소란스러운 천둥을 동반했다.

"준휘야! 아저씨야! 문 열어! 문만 열어봐! 응? 제발!"

쏟아지는 비를 고스란히 맞으며 주먹을 쥔 손으로 문이 부서져라 두드려 봤지만 여전히 안에선 아무런 기척이 없었다. 죽을 것만 같다. 방 안 구석에 잔뜩 귀를 틀어막은 채 겁에 질려 떨고 있을 준휘가 상상됐다. 그때처럼 정신을 잃고 쓰러진 건 아닐까? 그래서 문을 못 여는 건가? 문을 부숴야겠어. 어떻게? 119를 부르나? 주머니를 뒤져 보니 전화기도 없다. 어찌해야 할지 눈앞이 하얘지면서 온몸의 피가 거꾸로 솟는 것 같다. 준휘야, 제발.

삑삑, 삐리리.

기적처럼 문이 열렸다. 다급히 문을 열고 들어서니 바닥에 쪼그린 채 간신히 팔만 뻗은 준휘가 문고리를 잡고 있었다. 강현의 목소리에 애써 정신을 차리고 사력을 다해 문을 연 것 같았다.

"아저…… 씨."

그렁그렁 눈물이 맺힌 준휘의 눈동자가 강현을 향했다. 그대로 몸을 굽힌 강현이 단단한 팔로 준휘를 덥석 그러안았다. 또다시 번쩍 번개가 치고 그 뒤를 이어 천둥이 울렸다. '헉' 하고 숨을 삼킨 준휘가 강현의 품 안으로 파고들며 움찔 몸을 움직였다.

"쉬잇. 이제 괜찮아. 괜찮아, 준휘야."

준휘의 어깨에서 머리까지 왼손으로 감싸 쥔 강현이 남은 한 손으로 준휘의 등을 연신 쓰다듬으며 귓가에 쉴 새 없이 속삭였다.

"무서워할 것 없어, 준휘야. 저건 그냥 천둥일 뿐이야. 준휘는 지금 혼자서 집을 지키던 여섯 살 꼬마도 아니고, 그리고 지금 너는 혼자가 아니야. 언제든 네 옆에 있을게. 무서울 틈 없이 내가 그렇게 할게. 그러니까 무서워하지 마. 응, 준휘야?”

사시나무처럼 떨던 준휘의 움직임이 조금씩 잦아드는 것 같았다. 언제까지 좁은 현관 앞에서 그렇게 쪼그려 있을 수는 없었다. 새끼를 감싸는 어미 새가 된 양 준휘를 품에 꼭 끌어안고 있던 강현이 천천히 몸을 들어 준휘를 안아 들었다.

조심스레 침대에 준휘를 눕히고 몸을 일으키던 강현의 몸이 그대로 구부정 굽어 있다. 자신의 목을 꼭 끌어안은 채 놓지 않는 준휘의 팔 때문이다. 비에 젖어 축축해진 강현의 티셔츠가 준휘의 옷까지 젖어들게 만들고 있었다. 조심스레 준휘의 팔을 떼어낸 강현이 그대로 티셔츠를 벗어 던지고 준휘의 침대 위로 올랐다.

“자자. 너 잠들 때까지 있을게.”

아무렇지 않은 듯 팔을 둘러 준휘를 품에 안았다. 하지만 절대 아무렇지 않은 게 아니었다. 맨몸에 맞닿은 준휘의 체온 탓에 온몸의 피가 금세 아래로 쏠리는 게 느껴졌지만 이를 앙다문 강현이 ‘흐음’ 하는 한숨과 함께 가까스로 준휘의 귓가에 한마디를 뱉어 냈다.

“아무 짓 안 해. 그러니까 걱정 말고 얼른 자.”

“…….”

“나 가고 나서 다시 천둥 칠까 겁나서 그런다. 그러니까 얼른 자. 너 잠들면 나도 바로 갈 거야.”

“그럼 나 잠든 다음에 가셔야 해요?”

“응.”

준휘에게서 몸을 떼며 엉거주춤 엉덩이를 뒤로 뺀 강현이 숨을 골랐다. 지금 자신의 상태가 어떤지 준휘에게 고스란히 들킬 수는 없었다. 아무 짓 안 하고 옆에 있어줄 테니 걱정 말고 자란 말을 해놓고, 놀란 아이를 안을 생각을 한 미친놈으로 보일 수는 없으니까.

자자.

코 자자.

강현이 깊은 숨을 내쉬며 눈을 감았다.

"강준휘?"

꿈결처럼 아빠 목소리가 들린다. 벌써 아침이 된 건가? 그런데 눈이 떠지질 않는다. 어제 천둥 때문에 놀라 잠을 설친 탓일 것이다. 몸도 무겁고 또 오늘따라 더 따뜻하게 느껴지는 침대 안에서 나가고 싶지가 않다. 아빠, 조금만, 조금만 더 자고 싶은데.

"강준휘, 그리고 차 사장?"

조금은 날이 선 듯 느껴지는 아빠의 목소리가 재차 들린다. 그래, 화날 만도 하지. 오늘은 엄마까지 온댔는데. 아, 일어나야 하는데. 근데, 잠깐. 차 사장? 차 사장?

번쩍 눈을 뜨자 팔짱을 낀 채 자신을 내려다보고 있는 아빠의 모습이 보인다. 설마 아닐 거야. 고개를 돌리는 순간 자신의 다리 위에 제 다리를 얹은 채 자고 있던 강현이 역시나 준성의 목소리에 당황한 듯 벌떡 몸을 일으키는 게 보였다. 까치집을 한 머리를 긁적이던 강현이 대뜸 한마디를 뱉는다.

“손만 잡고 잤습니다.”

준성의 눈썹이 휘익 올라갔다 떨어졌다.

아저씨가 왜 지금까지 내 옆에 있는 거지? 분명 내가 잠든 뒤에 간다고 했는데 이 아저씨 완전. 그나저나 이 상황을 아빠한테 뭐라고 설명해야 하나. 아니, 설명을 한다 해도 과연 믿어주실까? 한 침대에서 티셔츠를 훌러덩 벗어 던진 앞집 남자와 나란히 아침을 맞은 딸내미의……. 아, 게다가 아빠 옆에서 말간 눈으로 나를 보고 있는 엄마의 호기심 어린 시선까지. 으악! 머리가 터질 것 같다. 이것이 바로 미치고 팔딱 뛰는 것의 실례實例.

당황이 한가득 담긴 준휘의 눈이 강현을 향해 쏟아졌다. 준휘를 품에 안은 채 날이 밝도록 뜬눈으로 밤을 새운 강현은 어슴푸레 날이 밝아올 무렵에 그만 까무룩 잠이 들어버렸다. 품 안에서 쌕쌕 잠든 준휘의 고른 숨소리가 듣기 좋아 ‘조금만 더, 조금만’ 하며 몸을 꾸물대다 결국에 이런 사달이 벌어진 것이다.

정말로 손만 잡고 잔―물론 품에 안은 채 손을 잡은 거지만―이 억울한 상황에 자신은 분명 진실을 고했음에도 저기 계신 준휘의 아버님은 붉으락푸르락 낯빛을 붉히며 부르르 화를 누르고 있는 듯하다. 저기요, 사장님. 아니, 준휘 아버님, 저 정말 억울한데요. 바지도 다 입고 있는데 이불 까 보일까요?

“저기, 사장님.”

변명을, 아니, 오해는 풀어야 할 것 같아 먼저 입을 여는데 준성이 손을 들어 올려 강현의 뒷말을 저지시켰다.

“잠깐. 먼저 내 딸이랑 얘기부터 좀 해야겠습니다. 다짜고짜 주먹부터 휘두를 순 없으니까요. 강준휘, 일단 나와.”

잇새로 간신히 말을 뱉어내고 냅다 준휘의 손목을 잡아 방문을
나서는 이가 그저 동네에서 오다가다 안면을 튼 이웃쯤에 불과했
다면, 지금 내 여자에게 무슨 짓을 하는 거냐고 냅다 주먹부터 날
리며 달려들었을 것이다. 하지만 세상에서 가장 무서운, 제가 좋
아하는 여자의 아버지란 사실이 제 발목을 잡고 늘어진다. 난감하
다. 고개를 숙인 강현이 바닥에 떨어진 티셔츠를 집어 들었다. 어
제 던져 놓은 그대로 여전히 축축한 티셔츠에 막 팔을 꿰어 넣는
데 잊고 있던 존재 하나가 나직이 저를 깨웠다.

“사랑하는 거죠?”

아까부터 준휘 아버님 옆에 서 있던 중년 여인이 저를 바라보고
있었다. 준휘와 닮은 눈매. 키는 준휘보다 훨씬 작지만 분명 닮았
다. 아, 이분이 그때 들었던 준휘의 어머니인가 보군.

말갛고 선한 눈동자가 저를 향해 묻고 있다. 준휘의 나이로 가
늠해 보아 40대 중후반의 중년임이 틀림없는데 하고 있는 얼굴빛
은 스물넷의 준휘와 다를 바 없다. 준휘가 어머님을 닮았다 생각
하고 있는데 얼굴만큼이나 맑은 목소리가 강현의 귀에 들려왔다.

“준휘, 사랑하는 거죠?”

“네?”

“걱정 담겨 있어요, 그 눈에.”

“아…….”

억울한 제 마음 알아주시니 그 고마움 이루 말할 수 없습니다.
넙죽 절이라도 하고픈 마음에 감사의 뜻이라도 전할 요량으로 침

부터 삼키는데 뒤 이어 한마디가 들린다.

"예쁘다. 오빠 눈에 지금 예쁜 하트가 떠 있어요."

네? 안 됩니다, 준휘 어머님. 준휘도 저보고 아저씨라 부르는데 어머님이 저더러 오빠라고 부르시면.

눈앞에 맞닥뜨린 난감함에 강현이 질끈 눈을 감았다.

"아, 진짜 오해라니까!"

"오리발 작전이라……."

"물론 오해할 만한 시추에이션이긴 해."

"그래, 나도 처음엔 네 엄마한테 손만 잡고 잔다 그랬어. 근데 어느 날 보니 뱃속에 네가 들어 있더라."

"아, 그런 거 아니라니까!"

"방귀 뀐 놈이 성을 내지!"

"미안하니까 그렇지! 아저씨한테!"

"그러니까, 뭐가?"

"어젯밤 천둥이 너무 무서워서 꼭 죽을 것만 같았는데 아저씨가 와줬단 말이야. 내가 잠들 때까지 가지 말라고 그랬는데 그 뒤는 나도 잘 모르겠고. 암튼 아빠 딸 지금 저 아저씨 덕분에 죽지 않고 살아 있는 거라고. 근데 그렇게 오헬 하면 어떡해!"

"천둥?"

"그래!"

"요양원엔 비만 왔어."

"여긴 천둥도 쳤어. 못 믿겠으면 기상청에 전화해 봐."

“진짜?”

“진짜.”

“근데 왜 옷은 벗고 있어?”

“내가 문을 늦게 열어서 다 젖었었단 말이야. 그 정신에 아빠 옷 찾아 입으란 말도 못했고. 아우, 몰라! 아빠 내가 아빠 같은 줄 알아?”

“그럼 자기 딸이 벌거벗은 앞집 남자랑 뒤엉켜서 자고 있는데 어떤 정신 나간 놈이 ‘아, 몸에 열이 많으신가 보구나’ 그러고 있어?! 어쨌든, 그래서 일단 너부터 보자 하고 끌고 나왔으니 됐잖아! 내가 차 사장한테 주먹을 날리길 했냐 욕을 퍼붓길 했냐. 이만하면 양반이지.”

“아빠 아까 표정이…… 아, 됐고. 난 몰라, 이제. 아저씨 얼굴을 어떻게 봐.”

“못 볼 건 또 뭐야. 딸 가진 아빠 맘이 다 그렇지. 저도 나중에 결혼해서 딸 낳고 살아보라 그래. 더하면 더했지 덜하진 않을 테니까.”

흐으. 그 딸을 내가 낳을지도 모른단 말이야.

쭈뼛대는 준성을 끌고 준휘가 들어섰다. 어찌 됐든 오해를 해서 미안하게 되었단 멋쩍은 사과와 그 상황에 충분히 오해할 수 있다는 드넓은 아량이 짧은 대화의 주를 이루며 끝을 맺었다. 그곳에 더 있을 수도, 또한 더 있으라 붙잡을 수도 없는 상황인지라 그럼 가보겠다며 허둥지둥 인사를 하는 강현과 그럼 잘 가시란 준성의 인사가 머쓱하게 오가며 아침의 상황은 그렇게 종료되었다.

"나 정말 여기서 오빠랑 살아도 되는 거예요? 또 미국 안 가도 되는 거예요?"

준성의 손을 잡고 안방으로 들어선 휘윤이 침대에 나란히 놓인 베개를 돌아보며 잔뜩 상기된 얼굴로 물어왔다.

"그래. 여기서 우리 휘윤이랑 준휘랑 오빠랑, 아니, 이제부터 오빠 말고 뭐라고 부르랬지?"

"여보요."

"그래, 아이를 낳은 부부끼리 오빠라는 호칭은 안 되는 거야."

"네."

"우리 착한 휘윤이는 말도 잘 듣지. 어쩜 이렇게 예쁠까."

"준휘가 더 예뻐요."

"아니. 내 눈엔 세상에서 우리 휘윤이가 제일 예뻐."

열린 문틈 사이로 들려오는 간지러운 대화에 오소소 닭살이 돋을 만도 한데, 어느새 중독이 되었는지 준휘의 입가엔 흐뭇한 미소까지 지어지고 있었다.

"왜 웃었냐니까요?"

"네가 예뻐서."

아저씨도 나보고 예쁘다 그랬는데.

미스코리아 대회에 늘어선 늘씬한 후보들처럼 누가 더 예쁜지 진선미를 가려낼 수 있을까. 아빠의 눈엔 엄마가 최고일 테고 아저씨 눈엔 내가 최고일……. 그래야만 하는데 암만 봐도 내가 엄마한테 가슴에서 밀린다. 아, 키는 내가 훨씬 큰데.

정말 난생처음으로 세 식구가 온전히 모여 아침이란 걸 먹었다. 가족이 모여 밥을 먹는다는 게, 물론 아빠와 둘이 있을 때 가족이 아니었다는 건 아니지만 통상적인 가족의 개념인 엄마, 아빠, 그리고 내가 함께 밥을 먹는다는 게 이렇게 먹지 않아도 꽉 찬 느낌인지 몰랐었다.

아빠도 나와 같아서인지 젓가락을 든 손이 반찬 위에서 방황하며 이리저리 깨작대고만 있는 중이다. 이것도 맛있고 저것도 맛있다며 두 볼 가득 반찬을 밀어 넣으며 신난 얼굴을 하는 엄마만 빼고 말이다.

"저기…… 나 병원에 좀 다녀올게."

옷을 갈아입고 나온 준휘가 준성의 눈치를 살피며 입을 떼자 거실 소파에 앉아 있던 준성이 예상과 달리 고개를 끄덕였다. 의외였다. 자신을 엄마 없이 23년을 자라게 한 건 둘째 치더라도 멀쩡히 살아 있는 엄마와 긴 시간 생이별을 하게 만든 할아버지를 만나러 간다는 자신의 말에 분명 '그딴 노친네는 뭐 한다고 만나러 가!' 하며 호통이 떨어질 거라 예상했다. 하지만 조금 무거운 얼굴을 하긴 했어도 준성은 분명 준휘를 향해 고개를 끄덕여 보였다. 우리 가족의 앞엔 정말 이제 해피엔딩만 남아 있는 걸까?

신발을 신고 터덜터덜 계단을 내려오는데 담 너머로 낯선 남자의 얼굴이 쓰윽 보이는 것 같았다. 걸음을 서둘러 대문을 열고 나서니 막 벨을 누르려던 남자가 준휘를 바라보며 물었다.

"여기가 강준휘 씨 댁인가요?"

"네, 전데요?"

"퀵서비습니다. 여기."

남자가 전해준 납작한 상자를 받아 들면서 동시에 그와 함께 내민 종이에 사인을 했다. 보낸 이가 궁금해 발신자를 봤지만 아무것도 없었다. 배달 온 남자에게 누가 보낸 거냐 물어도 모른다는 답이 돌아왔다. 궁금한 마음에 일단 조심스레 상자를 흔들어보니 달칵달칵 소리가 난다. 뭐지? 초콜릿 같기도 하고. 조심히 포장을 뜯어 상자를 열었다.

[그대를 처음 만난 날]

허애설 작가의 소설책이었다. 오래전에 읽은 책이지만 대여점에서 빌려 읽었던 터라 누구의 손도 타지 않은 빳빳한 새 책에 일단 방긋 미소부터 지어졌다.

보나마나 유하의 선물일 것이다. 어제 통화에 오늘 보자고 그랬는데 올 수 없었나 보다. 그래도 이렇게 책을 보내주다니. 매번 받기만 하니 민망하기도 하다.

이런저런 생각에 책장을 주르르 넘기는데 웬 글씨가 보인다. 시선을 고정했다. 믿을 수가 없어서 책을 들고 있지 않는 손을 들어 눈까지 비벼봤다.

—사랑하는 강준휘 님께 저의 책을 드립니다. 허애설.

단정하지만 날렵하게 흘려 쓴 글씨 밑에 작가의 친필 사인이 함께 있는 게 눈에 들어왔다. 절대 이벤트 따윈 하지 않는다던 허애설 작가의 친필 사인. 게다가 '사랑하는 강준휘 님'이라니. 그럼 이건 절대적으로 나만을 위한 책이란 뜻이 아닌가.

심장이 심하게 덜컥대기 시작했다. 아우, 이 여자, 읽을 때 사람 심장을 쫄깃하게 만들더니 이렇게 독자 심장을 마비시키기도 하나. 무엇보다 이렇게까지 세심하게 신경을 써준 유하 오빠한테 감사한 마음이 들었다. 어쩌지? 일단 감사하다는 전화는 해야겠지?

가슴에 책을 끌어안고 발을 동동 구르는데 귓가에 굵직한 목소리가 들려왔다.

"뭐 해?"

"으헉!"

놀란 눈으로 돌아보니 주머니에 손을 꽂은 강현이 목을 쑥 뺀 채 서 있는 게 보였다.

"놀라긴, 죄지었어?"

'말을 해야 하나? 유하 오빠가 이런 거 줬다 그러면 기분 나빠 할 텐데.'

그래도 거짓말을 할 수는 없었다.

"퀵서비스로 이게 왔는데…… 허애설 작가 친필 사인도 들어 있어요. 어휴, 이게 어떻게 된 걸까. 하하."

"우와, 이벤트라도 당첨된 거야?"

"네? 아니, 그건 아니고."

"강준휘 오늘 땡잡았네. 로또라도 칠해봐."

"그래야 할까 봐요. 하하."

내가 들어도 정말 어색한 웃음. 어디서 났느냐고 계속 물으면 뭐라고 답하지? 눈동자를 굴리는데 하늘이 도우셨는지 금세 다른 질문으로 넘어가 버린다.

"사장님한텐 더 안 혼났어?"

"네."

"다행이다."

"죄송해요. 괜히 저 때문에."

"네 옆에 있을 거라 그랬잖아. 네가 무서울 땐 언제나."

"무서울 때만요?"

"음. 실은 아깐 내가 좀 무서웠거든. 아버님 화내시니까 정말 카리스마 작렬이시던데? 역시 네 말대로 로설 남주로 딱이었어. 근데 어디 가니? 또 병원?"

"네."

"가자. 데려다 줄게."

"아유, 됐어요. 어제도 가게 문 닫고 땡땡이 쳐놓고 오늘 또 그럼 뭐 먹고 살려고 그래요? 그렇게 자꾸 가게 문 닫아 버릇하면 단골 다 끊긴다니까."

"너 하나 못 먹여 살릴까 봐 그게 걱정돼?"

"네? 아니, 그게……. 아저씨가 절 먹여 살릴 필요는, 하하! 저는 아직 울 아빠가 잘 먹여주시는데. 아시다시피 제가 워낙 많이 먹어서.”

뭐라고 하는 거야. 아저씨의 별 뜻 없는 한마디에 나 혼자 흥분해서 횡설수설 막 더듬어대고. 이럴 땐 일단 내빼는 게 상책이다.

“그럼 전 이만.”

몸을 돌려 쌩하니 사라졌다. 지하철역까지 어떻게 왔는지 모르게 정신없이 달렸다. 지하철에 몸을 싣고도 아까 강현이 한 말에 어떤 의미를 부여해야 할 것인가 말 것인가에 대한 고민으로 반쯤 넋이 빠진 상태다.

설마 그게 은근한 프러포즈는 아니겠지. 나는 이제 겨우 스물넷인데. 아, 아저씬 서른셋이구나. 아우, 내가 너무 앞서 가고 있어. 나는 일송정 푸른 솔의 선구자가 아니라고.

15. 흔들리는 행복

터덜터덜. 고개를 들어보니 어느새 병원이었다. 조용히 노크를 하고 들어선 병실 안에선 노 회장은 곤히 잠이 든 상태고 그 옆을 지키던 한 여사가 반갑게 손짓을 하며 준휘를 반겼다.

"밤새 그리 시끄럽더니 언제 그랬냐는 듯 날씨가 좋구나."

"네."

"그럼 할미랑 바람 좀 쐴까?"

한 여사와 함께 병원 건물을 벗어난 준휘의 뒤로 한 명의 수행 비서가 조용히 따르고 있었다. 비가 그친 뒤의 하늘은 파랗다 못 해 눈이 시리도록 맑은 쪽빛이었다. 말 그대로 구름 한 점 없는 하늘에 절로 감탄사가 흘러나왔다.

"하늘빛이 참 좋구나."

“예.”

“누군가와 이런 대화를 하는 것이 얼마만인지. 전엔, 아주 오래 전엔 휘윤이랑 잘도 그랬는데.”

비어 있는 벤치를 향해 걸음을 옮긴 한 여사가 자리를 잡으며 준휘를 바라봤다. 엉거주춤 한 여사의 옆에 따라 앉던 준휘가 머뭇대다 입을 열었다.

“저기, 엄마가 집에…….”

“알고 있다.”

“네.”

조금 전까지 쪽빛 하늘처럼 해사한 미소를 짓던 한 여사의 얼굴에 불편한 심기가 고스란히 드러나고 있었다. 단지 ‘엄마가 집에’라는 짧은 말로도 이렇게 얼굴을 찌푸리시다니. 문제가 해결된 게 아니었나 보다. 역시 갈등 없는 해피엔딩은 무리인가 보다.

“아빠는 엄마를 무지 많이 사랑하세요.”

“누가 뭐라더냐.”

“아빠…… 너무 많이 미워하진 마세요.”

“너랑 나눌 대화는 아닌 것 같구나.”

“예, 죄송해요.”

“너는 그저 이 할미가 원망스럽겠지.”

“…….”

“나는 네 할미이기 이전에 내 딸의 어미다. 꽃같이 곱던 아이가 그깟 사랑 때문에 마른 가시처럼 서서히 말라비틀어져 가는 걸 한 해, 두 해…… 지켜보는 내 맘은 어땠을 것 같니.”

“할머니.”

“사람인지라 마음이 이랬다저랬다 하루에도 수십 번이다. 그래, 무엇보다 사람이 중한 거지 싶다가도 불뚝 그래.”

“……”

“네가 그런 얼굴 할 것 없다. 어찌 됐든 못난 어른 탓에 네가 하지 않아도 될 고생을 하였으니 난 그게 맘이 아프다.”

“엄마가 없다는 게 좀 슬프긴 했지만 살면서 고생스럽다고 생각한 적은 한 번도 없어요.”

“착하기만 해서는 세상을 버텨낼 수 없다. 난 네가 강한 사람이 되었으면 해. 네 엄마처럼 그리 약해빠진 사람은 되지 말거라.”

엄마는 절대 약한 사람이 아니라고 말하고 싶었다. 하지만 어렴풋이 할머니의 아린 마음도 느껴지는 듯했다. 이해는 할 수 없지만 그렇다고 할머니의 마음을 아주 외면할 수는 없었다. 우리는 왜 다들 상처를 안은 채 서로를 원망해야 하는 걸까요. 여전히 존재하는 보이지 않는 벽에 답답함이 느껴졌다.

“그나저나, 하고 싶은 공부는 있니?”

“공부는 다 마쳤는걸요.”

“일단 따로 배우고 싶은 것 말이다.”

“음. 나중에 커피를 좀 더 배우고 싶긴 해요. 돈을 좀 모아서 일본이나 더 여유가 되면 이탈리아로 유학을 가보고 싶긴 한데, 그러려면 한 3년은 더 모아야 할 것 같아요.”

“쯧쯧. 어린 딸까지 돈 걱정에 치이게 만들고.”

"앗, 그런 거 아니고요. 제가 그냥……."

"됐다. 어차피 다울의 주력 상품이 커피이니 경영을 공부하기 전에 커피부터 좀 돌아보고 오는 것도 괜찮은 방법이긴 하지."

"네?"

"언제까지 그 좁아터진 커피숍에서 네 인생을 썩힐 셈이냐."

"저는……."

"스물넷이면 적은 나이가 아니다. 이것저것 배우고 돌아오면 몇 해는 훌쩍 넘길 텐데 돌아와서 회사에 자리 잡고 올라서려면 앞으로 갈 길이 멀다."

아, 지금 뭐라 하시는 거야. 이것이 말로만 듣던 재벌 후계자의 경영 수업이란 거? 차강현 아저씨는 그런 거 안 하고 대여점 하면서도 맘 편히 잘 지내고 사는데.

더 이상 앉아 있다간 무슨 소리가 나올까 무서워 '오늘은 이만' 하고 꾸벅 인사하며 줄행랑을 쳤다. 아침부터 줄행랑으로 시작하더니. 역시 커피숍도 그렇고 모든 일엔 마수걸이가 중요해.

준휘가 사라지고 모처럼의 여유를 돌아보던 한 여사에게 전화기를 손에 쥔 수행비서가 다가와 전했다.

"사모님, 민 어패럴 민여진 사장님이십니다."

"응. 어, 민 사장."

〈회장님 건강은 좀 어떠세요?〉

"염려해 준 덕분에 고비는 넘기셨어."

〈아유, 정말 다행이에요.〉

"다 민 사장이 걱정해 준 덕분이지."

〈제가 뭘요. 런칭쇼 준비한다고 엊그제 중국엘 들어오는 바람에 찾아뵙지도 못하네요.〉

"셋째하고 준비한다는 그 브랜드?"

〈네.〉

"나이도 어린데 참 야무지고 당차. 큰형보다 나은 것 같지?"

〈아이, 여사님도 참. 셋 다 제 배 아파 낳은 자식인데 누가 더 나으냐 물으시면 저는 열 손가락 깨물어 다 똑같다 그러죠.〉

"후후. 그러네. 그나저나 둘째 아직 그러고 있는 건가?"

〈흐유. 만날 그렇죠.〉

"큰일이네. 얼른 정신 차리고 제 자릴 잡아야 할 텐데."

〈곧 좋아지겠죠.〉

"벌써 서른넷인가?"

〈셋이요. 서른셋.〉

"민 사장도 걱정이 많겠군. 저 양반이 빨리 일어나야 내가 어디 참한 규수 중신이라도 서볼 텐데."

〈아유, 말씀만으로도 감사해요.〉

"회사 일엔 영 관심이 없는 거야?"

〈그렇다네요.〉

"제 짝 만나 철 좀 들면 그땐 좀 욕심을 부리려나."

〈다른 건 바라지도 않아요. 그냥 좋은 짝 만나 남들처럼 가정 꾸리고만 살아줘도.〉

“좋은 여자 있을 거야. 너무 걱정하지 마. 억지로 이어 붙이지 않아도 하늘이 저 알아서 다 짝을 붙여주더라고. 멀리 볼 것 없이 날 보게나. 하나밖에 없는 딸년 억지 인연 끌어댔다가 이 꼴 난 거.”

〈여사님.〉

“후우. 민 사장이 편하긴 편한가 보다. 일 보러 중국까지 날아가 있는 사람 붙잡고 이런 소릴 다 하고.”

〈저 말고 또 어디 하소연하실 데도 없으시잖아요. 제가 곁에 있으면 같이 술잔이라도 기울이는 건데 말이지요.〉

“하하. 그러게. 내가 또 민 사장 말고 이런 소릴 늘어놓을 곳이 없잖나. 들어오면 전화하시게. 술 받아놓고 기다릴 테니.”

〈분명 여사님이 사시는 겁니다?〉

“응. 아참, 괜찮은 스타일리스트 있으면 한 사람 소개시켜 주게. 입 무거운 이로.”

〈스타일리스트요? 갑자기 왜…….〉

“전에 말했던 손녀.”

〈네.〉

“데려오기로 했거든.”

〈어머, 그래요? 정말 잘됐다. 만나보셨어요?〉

“응. 속이 많이 상해, 내가.”

〈그래도 얼굴 보니 좋으시죠?〉

“그러게. 민 사장은 어찌 그리 앉아서 천리인가.”

〈똑같은 거겠죠, 뭐. 저는 어디 할머니 아니랍니까.〉

"자네 손녀는 좋겠네, 젊은 할머닐 둬서."

〈아유, 한 여사님도 고우세요. 이번에 만나셨단 손녀 분, 한 여사님 닮았으면 한 미모 하겠는걸요?〉

"키만 삐죽 큰 게 영 다듬질 않아서. 암튼 좋은 사람 있으면 하나 소개시켜 줘."

〈네, 제가 알아보고 연락드릴게요.〉

민 사장과의 편한 대화 때문이었을까. 한결 편해진 얼굴의 한 여사가 여태 앉아 있던 벤치에서 몸을 일으켰다. 여전히 가을 햇살이 좋다. 하늘을 한 번 올려다본 한 여사가 서둘러 걸음을 옮겼다. 준휘 유학에 이것저것 돌아가는 사정을 알아보려면 이리 여유롭게 있을 시간이 없다. 덩달아 빨라진 수행비서의 걸음이 한 여사의 뒤를 바쁘게 쫓았다.

✳

잠을 설친 탓일까. 게다가 아침에 벌어진 소동까지 보태준 탓에 준휘는 머리가 댕댕 울리고 다리까지 후들거리는 것 같아 계단을 내려서자마자 마침 멈춰 선 지하철에 냉큼 몸을 싣고 빈자리를 향해 반갑게 몸을 던졌다.

"어휴, 정말 버라이어티한 하루인 것 같아."

아직도 한참 남은 오후가 걱정스럽다는 듯 고개를 숙인 채 중얼대는데 갑자기 머리 위로 스윽 그림자 하나가 드리워졌다. 빈자리도 있는데 왜 하필 내 앞에서? 고개를 막 치켜드는데 자신을 내려다보고 있는 시선에 저도 모르게 '어?' 하고 반가운 내색을 했다.

"어제…… 압구정에서 봤어요."

분명 자신과 같은 반가운 반응일 거라는 예상을 깬 눈앞의 여자는 무언가 잔뜩 복잡한 얼굴로 준휘를 향해 말했다. 바바리맨에 놀라 카모마일 티를 대접했을 때와도, 그날 고마웠다며 쭈뼛대며 쿠키 상자를 내밀던 그때와도 전혀 다른 얼굴이다.

"아, 네."

머쓱한 표정을 지으며 준휘가 시선을 내리자 앞에 서 있던 여자가 준휘의 옆자리에 살포시 앉았다.

"그러신 줄 모르고…… 죄송해요. 제가 괜히 부담 드렸죠?"

"네?"

"행복해 보이셨어요, 그 남자 분이랑."

그 남자? 그 남자라면 강현 아저씨를 말하는 모양인데. 어제 행복하긴 했죠. 천둥이 치기 전까진. 근데 뭐가 죄송한 거고 뭐가 부담을 줬다는 거지?

"그래도 가끔…… 가도 되겠죠? 커피숍?"

"네? 그럼요. 언제든."

"좋은 분인데, 많이 힘들어하지 않으셨으면 좋겠어요."

한 박자 쉬고 나온 '많이 힘들어하지 않으셨으면 좋겠어요'는 대체 무슨 말이란……. 휴! 이제 이해가 됐다. 이 여잔 나를 남자로 알고 있을 확률이 99.9%다. 그런데 웬 남자랑 손도 잡고 시시덕거리며 거리를 돌아다녔으니 충분히 오해할 만도 하지. 아, 그때 같이 손 붙잡고 여탕 탈의실에서 내 바지의 지퍼를 내려 보여

줘야 했다. 물론 ‘서프라이즈’ 소리를 하기도 전에 기겁을 했겠지만 말이다.

“아니, 그게……”

뭐라고 변명을 해볼까 하다가 입을 다물었다. 실은 내가 여자요 하는 건 지금 이 여자한텐 ‘내가 네 애비다’ 이후 최고의 반전이 될 것이니 말이다. 그때 그 쿠키는 정말 맛있는데 그 한 번이 끝이로구나. 아, 아팠던 머리가 더 깨져온다. 옆에 앉아 있던 여자에게 어설픈 미소를 지어 보이니 그 여자도 내게 슬픈 미소를 지어 보이곤 몸을 일으켜 다른 칸으로 사라져 버렸다. 아, 오늘은 정말 버라이어티한 하루가 될 건가 보다.

✻

휘윤의 손을 잡고 1층 커피숍으로 내려온 준성이 환기를 위해 가게 문을 활짝 열고 조명을 밝혔다. 지난 며칠간 커피를 내리지는 않았지만 가게 안에 밴 은은한 커피 향은 기분 좋게 코끝을 자극하며 두 사람의 등장을 반겼다.

“조금만 기다려. 금방 커피 내려줄게.”

“네.”

처음 보는 낯선 공간이 신기한 듯 동그랗게 뜬 눈을 여기저기 굴려대던 휘윤이 말 잘 듣는 착한 아이처럼 준성을 향해 대답했다. 그런 휘윤이 마냥 예쁜 듯 따뜻이 미소를 지어 보인 준성이 빠른 손놀림으로 원두를 갈아 커피를 내리기 시작했다.

“그동안 가게를 비워두어서……. 아마 맛이 좀 덜할 거야. 미안해.”

“아니. 그렇지 않아요. 오빠가, 아니, 여보가 내려주는 커피잖아요.”

휘윤이 내뱉는 한마디 한마디가 준성의 심장을 댕 하고 울려댄다. 또다시 먹먹해 오는 가슴 탓에 준성이 얼른 헛기침을 하고 침을 꿀꺽 삼켰다.

“앞으로는 매일 내가 만든 첫 커피는 휘윤일 위해 내려줄 거야.”

“네.”

“그런 날이 과연 올 수 있을까 수없이 생각하면서 널 그려왔다. 미안하다, 휘윤아. 더 일찍 그래 주질 못해서.”

“나도 매일 오빠 생각 했는데. 아, 미안해요. 오빠가 아니고 여보인데.”

“억지로 고칠 필요 없어, 휘윤아. 편한 대로 하자.”

“난 오빠가 좋아요. 근데 여보도 좋아요.”

“그래, 휘윤이가 편한 대로 불러.”

준성의 입술이 바르르 떨리고 있다. 내린 커피를 잔에 따라 휘윤에게 내미는 손도 덩달아 떨리고 있다. 커피를 건넨 준성이 머리를 숙여 휘윤의 머리에 가볍게 입을 맞췄다.

“케냐 더블 A.”

나직이 중얼댄 휘윤의 말에 준성이 시선을 내렸다.

“이 커피 기억해?”

“몰라요.”

아이 같은 얼굴로 고개를 가로저은 휘윤이 커피잔에 조심스레 입술을 갖다 댔다.

항상 꿈꿔왔던 광경이다. 도저히 이루어질 수 없는 꿈이었음을 알기에 더더욱 그의 가슴을 아프게 했던. 손을 뻗어 휘윤의 볼을 쓰다듬었다. 보드라운 살결이, 그 촉감이 손끝에 와 닿았다. 꿈이 아닌데 왜 이렇게 믿기지가 않는지 모르겠다. 휘윤의 볼을 더듬는 손이 계속 떨려온다.

“처음엔 회장님을 많이 원망했어. 물론 지금도 그래. 근데 사람 마음이 참 간사한 것 같아. 아까 아침에 앞집 차 사장이 준휘랑 누워 있는 걸 보는데…….”

잠시 말을 끊어낸 준성이 휘윤을 돌아봤다. 준성의 말을 듣는지 마는지 휘윤은 제 손에 들린 커피잔을 두 손으로 꼭 부여잡은 채 커피를 홀짝이는 중이었다.

“회장님 마음도 그랬겠지? 내가 널, 아무것도 아닌 내가 널 그 냥 덥석 훔쳐 가는 것 같은 두려움, 그리고 알 수 없는 원망, 분노 그런 거. 회장님한테도 들었을 거야. 내가 아까 그랬으니까. 아니, 회장님은 나보다 더했겠지. 나는 어쩌면 너무도 보잘것없는 나 자신한테 들었던 열등감을 억지로…… 나를 밀어낸 회장님 탓으로 돌리며 원망을 했던 건지 모르겠다.”

“…….”

“이만큼 나이를 먹었는데도 난 여전히 이기적인 놈이야, 휘윤 아.”

“네?”

“어머니랑 아버지 보고 싶지 않아?”

휘윤의 입술이 굳게 닫혔다. 커다란 두 눈이 두어 번 깜빡이더니 이내 도리질을 친다. 두 눈을 질끈 감은 채. 칼날 같은 아픔이 동시에 두 사람의 가슴을 훑고 지나갔다. 휘윤은 손에 들린 잔에 다시 입술을 갖다 댔고, 준성은 낮은 한숨으로 그 아픔을 토해냈다.

✳

지하철에서 내린 준휘가 터덜터덜 계단을 올라 땅 위로 올라섰다. 내리쬐는 햇살에 눈이 부시긴 했지만 두 뺨을 살랑 스치는 바람에 그나마 답답했던 속이 좀 뚫리는 것 같았다. 그제야 싱긋 미소를 지은 준휘가 주머니 속의 전화기를 꺼내 톡톡 번호를 찍었다. 신호음이 들리고 얼마 되지 않아 반가운 목소리가 들려왔다.

〈내가 기다린 걸 어떻게 알고?〉

“그야 나도 아저씨 목소리가 듣고 싶었으니까요.”

〈…….〉

“여보세요? 아저씨, 아저씨?”

〈소름 끼치도록 듣고 싶던 말인데?〉

“크크, 닭살이 돋은 건 아니고요?”

〈응? 그럼 이게 닭살인가? 팔에 막 소름이 돋는데.〉

“닭살 맞을 거예요. 내 팔에도 똑같은 게 돋았으니까.”

〈찌찌뽕.〉

“아, 좀!”

〈흐흐. 어디니?〉

“지하철에서 내려서 집에 가는 중이요. 이제 한 5분이면 도착?”

〈마중 나갈까?〉

“됐어요. 5분이면 도착한다니까.”

〈내가 뛰어가면 2분이면 되잖아. 잠깐만. 지하철역 쪽으로 가면 되는 거지?〉

“아저씨!”

전화기는 벌써 끊어진 뒤였다. 하여간 애처럼. 5분을 못 참나?

2분이 채 되기도 전에 전력질주를 하였는지 가쁜 숨을 몰아쉬며 헉헉대는 강현이 준휘 앞에 모습을 드러내며 해맑은 미소를 지었다.

“와! 이렇게 보니까 더 반가운 것 같아.”

“아까도 봤잖아요.”

“문만 열면 볼 수 있는 앞집 이웃이랑은 또 다른 거잖아. 네가 나를 향해 걸어오고, 나도 너를 향해 달려가고.”

“나는 그저 집을 향해 걸어가고 있던 것뿐인데 너무 많은 의미를 부여하시네요.”

“너는 너무 건조한 면이 있어.”

그러면서 강현이 준휘를 향해 손을 뻗어 보였다. 피식 웃은 준휘가 손을 내밀어 강현의 손을 잡았다. 두 사람의 걸음이 천천히 함께 움직이기 시작했다.

"미안해."

"뭐가요?"

"내가 로설 속 남주처럼 잘나고 근사하지 못해서."

준휘의 걸음이 멈췄다. 강현을 향해 들어 올린 시선에 맞춰 천천히 강현도 눈동자를 움직였다.

"아침에 그렇게 아무 말 못하고 서 있다 나오는 게 아니었는데. 내가 널 아주 많이 좋아한다고, 어젯밤 너무나 네가 걱정이 돼서 널 지켜주고 싶은 마음에 함께 있었던 거라고 당당하게 말했어야 했는데 그러지 못해서 정말 미안해."

"왜 그렇게 생각해요?"

"네가 곤란하지 않게 내가 다 알아서 막았어야 하는데 그러질 못했잖아. 내내 내 자신이 너무나 한심하더라고."

"난…… 아저씨가 그냥 바라만 봐야 하는 로설 속 남주가 아니라 이렇게 내 옆에 항상 있어주는 차강현 아저씨라서 더 좋아요. 천둥이 쳐서 무서울 때, 아이스크림이 먹고 싶을 때, 또 이렇게 목소리 듣고 싶을 때 얼굴까지 덤으로 보여주는 아저씨라서 나는 더 좋은데. 그건 아무리 근사한 로설 속 남주도 못해주는 거잖아요."

"……."

"그리고 아침에 말이에요. 아빠 앞에서 다짜고짜 날 많이 좋아해서, 지켜주고 싶어서 밤새 함께 있었다고 당당히 외쳤다면…… 글쎄요, 제 눈엔 그게 좔좔 흘러넘치는 카리스마로 보였을지 모르겠지만 아빠 입장에선…… 그건 그냥 날벼락일 테고, 뭐 이런 천하의 나쁜 놈일 테고, 그렇지 않겠어요? 아까 그 상황에선 아빠가 그렇게 아저씨한테 ‘아, 오해였군요’ 하며 조금 미안한 마음 들게 만들고 끝낸 게 제일 좋은 방법이었다고 생각해요. 아빠랑 쓸데없이 나쁜 감정부터 쌓을 필요는 없잖아요.”

“준휘야.”

“네?”

“그거 아니? 넌 로설 속 그 어떤 여주보다……..”

“어머? 커피숍 총각이랑 대여점 총각 아냐? 세상에! 대여점 총각은 추리닝 벗으니 어쩜 이리 근사해? 근데 잘생긴 두 총각이 나란히 어딜 간대? 두 사람이 같이 있으니까 동네가 다 훤하네.”

준휘의 눈동자를 들여다보며 잔잔하게 분위기를 잡던 강현에게 불쑥 지나가던 동네 아주머니의 커다란 목소리가 들려왔다.

쿨럭! 지하철의 악몽이 다시 떠오른다.

아, 놔. 록을 하는 거침없는 청년 소릴 듣더라도 이놈의 머릴 다시 길러야 하나.

“내가…… 머리를 좀 기르면 여자처럼 보일까요?”

“내 눈엔 충분히 여자로 보이니까 걱정하지 마.”

“아저씨도 처음엔 총각인 줄 알았다면서요.”

“죽을죄를 지은 거지.”

“치.”

입술을 삐죽인 준휘의 어깨에 강현이 가만히 팔을 둘렀다. 나른한 오후의 햇살 아래 두 사람의 걸음이 다시 천천히 움직이기 시작했다.

“아, 또 동네에 소문나겠네.”

“무슨?”

“어제 우리 둘이 손잡고 돌아다닌 걸 누가 봤더라고요.”

“그런데?”

“나보고 너무 힘들어하지 않았으면 좋겠다고. 훗, 내가 힘든 사랑을 하고 있는 걸로 오해한 것 같아요. 그 여자, 내가 남자인 줄 알거든요. 나 좋다고 쿠키까지 구워 왔었는데.”

“뭐?”

“아저씨 모르죠? 나 여자들한테 은근 인기 많은데.”

“내 눈에만 여자로 보이면 될 줄 알았는데 의외로 이런 복병이 숨어 있었다니.”

“크크. 아무래도 나는 여자요, 동네에 커밍아웃이라도 해야 할까 봐. 아우, 이거 웃을 일은 아닌데.”

“준휘야.”

“네?”

“아까 그렇게 말해줘서 고마워.”

“뭐가요?”

“내 목소리 듣고 싶었다는 말.”

“아, 확실히 그런 말은 얼굴 안 보고 있을 때 해야 하나 봐. 어휴, 또 닭살이 막 돋네.”

“그럼 이쯤에서 필요한 건 뭐?”

“뭔데요?”

“알면서.”

"뭐가요."

"달달 신이 너무 없어도 로설 읽을 때 짜증 나잖아."

"그래서 뭐요?"

"우리한테도 달달이 필요하단 말이지."

"됐거든요. 여기 어디? 우리 동네. 지금 몇 시? 아직은 훤한 대낮."

"그럼 동네를 벗어난 어두운 밤엔 달달 아니라 므흣도 가능한 거야?"

"아, 진짜 변태 아저씨."

"응? 대답해 줘."

"됐거든요! 아, 저리 가요! 쫓아오지 말라니까!"

"흐흐, 오늘도 또 나 잡아봐라 하는 거야?"

"아우, 진짜! 동네에 이상한 소문 퍼진다고요!"

오로지 목하 열애 중인 연인만이 할 수 있다는 '나 잡아봐라'의 쫓고 쫓기는 추격전. 앞서 달리는 사람이나 그 뒤를 쫓아 달리는 사람이나 굳이 악 쓰고 달리지 않아도 그저 즐겁기만 한 애정행각임에도, 바라보는 동네 주민 입장에선 '잘생긴 총각 둘이 참 형, 아우 사이도 좋네' 흐뭇한 이웃지간의 정으로 느껴질 뿐이다. 풀어야 할 오해가 산더미처럼 쌓이는 줄도 모른 채 그렇게 준휘와 강현의 하루가 저물어가고 있었다.

✳

탁탁탁.

규칙적으로 들리는 경쾌한 도마질 소리와 함께 코끝을 자극하는 맛난 냄새에 깊이 잠들었던 준휘의 몸이 서서히 반응하기 시작했다.

응? 이것은 분명 항암 효과에 탁월한 효능을 지닌 각종 버섯에 소고기 우둔살 150g, 다진 마늘과 파, 기타 등등의 양념을 더해 얼큰하게 끓여낸 버섯전골의 향이 아닌가.

오늘 아침 밥 당번은 분명 난데. 아빠도 나이 잡숫더니 깜빡한 거야. 앗싸, 나는 어쨌든 땡잡았고.

세수를 하고 주방엘 들어서니 앞치마를 맨 채 고슬고슬 지어진 밥을 푸고 있는 준성과 그 옆에 매미처럼 붙어 선 채 준성이 푼 밥을 쟁반에 받아 들고 있는 휘윤의 모습이 들어왔다. 자신의 엄마, 아빠라서가 아니라 정말 잘 어울리는 한 쌍이란 생각이 들었다. 아빠는 어쩌면 저런 게 해보고 싶어 일부러 밥 당번도 아니면서 아침 당번을 자처했을지 모른다.

앞으로는 매일 아침 이런 모습을 볼 수 있겠구나 하는 생각이 들었다가 어제 할머니가 하셨던 말씀이 떠올라 살짝 미간을 일그러뜨렸다. 공부를 하고 싶다는 생각은 늘 가지고 있었다. 할머니께도 말씀드렸듯 일본이나 이탈리아 쪽으로 커피 유학을 떠나보고 싶다는 막연한 꿈에 통장에 조금씩 돈을 모으고는 있지만 그렇게 무시무시한 식의 유학은 아니었다. 그냥 하고 싶은 공부 따윈 없다고 말을 할 걸 그랬나 하는 후회가 밀려왔다.

할머니와 나눴던 대화를 아빠한테 알려야 할까 살짝 고민하다

고개를 털었다. 아직 벌어지지도 않은 일에 미리 아빠의 걱정을 사게 하고 싶지 않았다. 겨우 맛보기 시작한 아빠의 행복에 또 다른 문제로, 그것도 자신의 문제로 어두운 그늘을 드리우게 될지 모른단 생각에 덜컥 겁이 났다. 어쨌든 일단 할머니와 부딪쳐야 할 자신만의 문제였다. 차분하게 제 생각을 이야기하면 할머니도 이해해 주실지 모른단 생각이 들었다. 그래, 긍정적으로 생각하자. 다 잘될 거야. 그러면서도 밀려드는 걱정에 오늘은 병원 가는 걸 조금 미뤄야겠다는 생각이 들었다.

*

밤새 작업을 하다 잠시 시선을 돌렸을 땐 어슴푸레 날이 밝아오는 새벽인 것 같았는데, 어느새 시계는 아침 7시를 넘어서며 날을 밝힌 채다. 컴퓨터 앞에서 꼬박 밤을 새운 강현이 뻐근하게 통증이 느껴지는 허리를 곧추세우며 이리저리 목을 꺾었다.

피곤한 기색이 아주 없는 것은 아니었지만 그것이 즐기고 싶은 기분 좋은 피곤함이었기에 강현의 입술 끝은 보기 좋은 호선을 그리며 아까부터 멈춰 있는 상태였다.

[사랑은 있다]

작업 중인 한글 파일 이름이 강현의 노트북 창에 떠 있다.
글을 쓰다 보면 가끔 일명 '광필 신'이란 일종의 신神이 강림하여 정신없이 죽죽 글이 써질 때가 있다. 글이라니. 지금 생각해도 우습다. 모니터를 바라보던 강현이 피식 웃음을 지었다. 글과 아무런 상관없던 자신이 글을, 그것도 사랑 이야기를 쓰게 될 줄이야.

책꽂이에 빼곡히 꽂힌 책들로 시선을 옮겼다.

작가 허애설.

이 세상에 자신을 제외하고 오직 유하만이 알고 있는 그의 필명이다.

헛된 사랑 이야기, 허애설虛愛說.

처음 시작은 그랬다.

자학이었을까. 군대를 제대하고 무엇 하나 마음 붙일 곳 없이 매일 밤낮을 술에 절어 살던 그때, 아이러니하게도 절대 기억하고 싶지 않던 자신의 허망한 사랑을 매일 글로 적어나가며 끔찍한 기억 속을 방황하며 헤맨 적이 있었다.

[사랑을 잃다]라는 제목으로 첫 장 아래에 조그맣게 '허애설'이란 글자를 적어 넣고 독특하게 주인공이 아닌, 주인공들을 바라보는 이의 입장에서 글을 써내려갔다. 끔찍했던 기억과는 달리 그의 손끝에서 재탄생된 이야기는 읽는 이의 가슴을 절절하게 울리는 아름다운 글로 변신한 채였다. 어차피 세상에 존재하지 않는 헛된 사랑 이야기였기에 강현은 오히려 코웃음을 치며 자신이 쓴 글을 비웃었다.

절대 세상 밖으로 나와서는 안 될 이야기. 하지만 우연히 강현의 방에 들렀던 유하가 몰래 파일을 복사해 아버지가 사주社主로 있는 출판사에 원고를 넘기면서 세상의 빛을 보게 되었다. 하지만 그것도 잠시, 뒤늦게 그 사실을 안 강현이 제정신이 아닌 채로 출판사에 들이닥쳐 난리를 피웠고, 판매가 시작된 지 두 시간 만에 사정을 파악하게 된 유하 아버지가 긴급히 전면 회수를 지시하는 바람에 그렇게 [사랑을 잃다]는 지금껏 허애설 작가의 희귀본이 되어 사정을 모르는 이들로부터 전설처럼 전해지는 책이 된 터였다.

그날 유하는 강현에게 딱 죽지 않을 만큼 맞았다. 강현이 유하를 향해 주먹을 날린 것은 그와의 24년을 통틀어 처음이자 마지막 기억이었다. 지금은 뱃속부터 따진 33년의 우정을 이어오고 있지만.

어찌 됐건 그 일이 시발점이 되어 소설이란 걸 쓰게 되었다. 여전히 그의 머리와 손은 가식으로 치장된 사랑 이야기들을 만들어 냈다. 그런 글에 반응하는 독자들이 우스웠다. 말도 안 되는 이야기일수록 독자들의 반응이 뜨거워지는 걸 지켜보며 묘한 흥분을 느꼈다. 세상을 향한 조롱. 사랑이 있다고 믿는 바보 같은 이들을 향한 조롱이었다.

책이 잘 팔려 유명해지니 드라마 판권 계약도 하게 되었다. TV를 통해 지켜보는 그 모양은 또 어떨까 싶어 흔쾌히 승낙을 했다. 그런데 피디와 작가가 아무런 상의도 없이 엔딩을 바꿔 방송을 내보내는 바람에 이도저도 아닌 모호한 결말을 맺은 채 강현의 의도와 전혀 다른 드라마로 탄생되는 우스운 꼴을 겪었다.

절대적으로 그 누구도 그의 이야기 틀을 깰 수는 없었다. 그가 만든 이야기는 철저히 그의 이야기대로 흘러가야만 했다. 그렇게 한바탕 소동을 겪은 후 아쉽게도 그의 소설을 원작으로 한 드라마는 TV에서 다시 볼 수 없게 되었다.

그랬다. 제 앞에 놓인 책꽂이 속 책들은 강현에게 그런 의미였다.

세상을 향한 조롱. 그저 헛된 사랑 이야기에 열광하는 바보 같은 이들을 위한 글이라고.

그런데 아니었다.

지금, 모니터 속 사랑 이야기는 자신이 정말 하고 싶은, 말 그대로 사랑 이야기였다.

세상에 사랑이 있다고. 그래서 이렇게 밤을 새워 글을 써도 전혀 피곤하지 않은 마약 같은 이야기가 있다고.

그래서 제목도 [사랑은 있다]라고 지었다. 이렇게 꼬박 작업한다면 완결까지 그렇게 오랜 시간이 걸리지 않을 것 같았다.

싱긋 웃음을 머금은 강현이 책꽂이에서 빳빳한 새 책 하나를 꺼내 들었다.

[너의 입술이 사랑을 말할 때]

어제 처음 준휘에게 보냈던 [그대를 처음 만난 날]에 이은 자신의 세 번째 출간작이다. 처녀작인 [사랑을 잃다]는 아무리 그녀가 그 소설을 탐낸다 해도 절대 그녀 손에 넘겨주지 않을 거라 마음먹었기에 자신이 스스로 출판사에 원고를 보내 출간했던 두 번째 소설부터 순서대로 보내는 중이었다. 오로지 준휘를 위한 차강현의 소설이 나오기 전까지 강현은 준휘에게 이런 식의 작은 행복을 안겨주는 것도 괜찮을 것 같다는 생각이 들었다.

어쩌면 이 작은 수고에 대한 감사 인사를 유하가 대신 받을지 모른다는 생각도 했었다. 준휘 입장에선 이 책을 보낸 이가 당연히 유하라고 짐작할 수밖에 없다. 그래서 어제 제 책을 손에 쥐고도 좋다는 내색조차 제대로 하지 못하는 준휘가 조금은 안쓰러우면서도 또 대놓고 좋아하지 않는 준휘를 보며 유치하지만 유하에 대한 복수를 한 것 같아 속으로 쾌재를 불렀다. 누구에게 감사하면 어떠랴. 행복해하는 대상이 준휘면 되는 것을.

잠시 숨을 고르고 표지를 넘긴 강현의 손이 쓱쓱 날렵하게 무언가를 써 내려갔다.

─사랑하는 강준휘 님께 저의 책을 드립니다. 허애설.

서둘러 사인까지 마친 강현이 조심스레 에어 캡으로 포장을 한 뒤 서랍 안에 있던 작은 상자에 책을 담았다. 시계를 바라보니 퀵서비스를 부르기엔 아직 이른 시각이다.

이 책을 보낸 게 자신임이 들키지 않게 강현은 일부러 퀵서비스를 불러 독특한 주문을 넣었다. 배송료는 세 배로 지불할 테니 바로 전하지 말고 아침 첫 주문으로 받아가 두어 건 다른 볼일을 본 뒤 오전 11시경 여기 적힌 주소에 살고 있는 강준휘란 여자에게 전해달라. 그리고 발신자는 절대 비밀로 해야 한다는 전제 조건을 달았다.

자신에게 책을 받으러 온 퀵서비스 기사가 바로 앞집의 준휘와 마주치지 않게 책을 전해주는 일은 007 첩보 영화에 버금가는 눈치 작전을 필요로 했다. 앞집에서 받아서 바로 그 앞집으로 전해 주는 광경을 준휘가 목격하기라도 한다면 '바로 내가 허애설이 오' 하고 준휘 앞에 광고하는 격이니까.

처음 준휘가 허애설 작가를 좋아한단 소리를 들었을 땐 참으 로 난감했었다. 왜 하필 허애설의 이야기인지. 가슴에 늘 로망 을 품고 사는 그녀가 온통 거짓으로 가득 찬 사랑 이야기에 눈 을 반짝이는 모습을 보며 마음 한구석으로 죄의식이 몰려들었 었다.

외면하고 싶었다. 그건 네가 생각하는 그런 사랑 이야기가 아니 라고. 그러다 문득 생각이 들었다. 내가 가진 재주로 작게나마 그 녀에게 행복을 줄 수 있지 않을까. 지금부터라도 거짓이 아닌 진 심이 담긴 글을 쓰면 되지 않겠느냐고.

[사랑은 있다]가 완결되면 기쁜 마음으로 유하에게 원고를 넘겨 책을 출간할 것이다. 허애설이 아닌 차강현의 이름으로. 그리고 맨 처음 나온 따끈한 책 앞장에 커다랗게 사인을 넣어 준휘의 두 손에 안겨줄 것이다. 앞집 대여점 아저씨의 이름이 찍힌 소설책을 받아 든 준휘의 표정은 과연 어떨까. 알고 보니 그 아저씨가 서른 넘은 골드미스에 책 잘 팔려 돈 잘 버는 허애설 작가란 사실을 알 게 된다면 준휘는 과연 어떤 반응을 보일까. 두 눈을 동그랗게 뜨 며 놀란 표정을 지을 준휘를 떠올리니 입가에 싱긋 미소가 지어졌 다. 잠을 더 줄이더라도 작업하는 속도를 좀 더 높여야겠단 생각 이 든다.

✱

사랑하는 두 여자의 입술이 오물오물 맛나게 움직이는 모습을 보며 준성은 이런 게 바로 행복이란 지극히 단순한 생각을 했다. 물론 예쁜 옷이나 명품 가방, 근사한 구두로 꾸며줄 수 있는 능력이 된다면 더할 나위 없이 충족된 행복의 표본이 되겠지만, 세상에서 그 무엇과도 바꿀 수 없는 사랑하는 이들의 입으로 들어가는 음식을 제 손으로 지어 먹이는 이 아침이 조금은 과장된 감이 없지 않아 있지만 준성이 살아왔던 50여 년 세월 중에 가장 행복한 날이 아닐까 하는 생각마저 들었다.

설거지까지 마치고 기분 좋게 돌아서던 그때 식탁 위에 올려두었던 휴대전화가 요란스레 진동을 울리고 있는 게 눈에 들어왔다. 왠지 모를 불안감에 땀까지 배어든 손을 뻗어 발신자를 확인했다. 한 실장의 전화였다. 냉큼 고개를 돌려 주방을 살피니 준휘는 양치를 해야겠다며 욕실로 들어간 뒤고 휘윤은 방금 전 준성이 건넨 과일 접시를 들고 거실로 사라진 후였다.

"여보세요."

준성이 전화를 받으며 재빨리 신발을 신고 현관 밖으로 몸을 옮겼다.

〈사모님께서 잠시 통화를 하셨으면 합니다. 통화 가능하십니까?〉

"……네."

준성이 마른침을 삼키며 수화기 너머의 목소리를 기다리자 잠시 후 나직한 한 여사의 목소리가 귓전에 들려왔다.

〈날세.〉

"네."

〈반갑지 않은 목소리란 거 잘 알고 있지만 자네랑 꼭 상의를 해야 할 일이 있어서.〉

"……."

〈실은 얼굴 보고 이야기하는 게 맞겠지만 자네가 휘윤이를 떼어놓고 움직이는 건 여의치 않을 테고, 그렇다고 내가 그쪽으로 걸음을 하는 건 더 우습고.〉

"말씀하십시오."

〈준휘 말일세.〉

준성이 질끈 눈을 감았다. 제발 나오지 않았으면 하는 바람이 그대로 무너지는 소리가 들려왔다.

〈고깝게 듣지는 말아줬으면 하네. 그 아이에게 다른 맘이 있어서가 아니라 나는 그 아이한테 많은 기회를 주고 싶어. 뒤늦게 할미 노릇을 한다고 비웃을 거 알고 있지만 나나 회장님이나 앞으로 남은 시간이 많은 것도 아닌데……. 죽기 전에 그 아이가 다울에 번듯하게 자리 잡는 모습을 보고픈 게 이 두 노인네의 욕심이야. 해서 부탁이네. 그 아일 곁에 두고 뒷바라지를 해주고 싶어. 휘윤이랑 함께 들어와 살자 그럼 자네나 휘윤이나 진저리를 칠 테고, 준휘 하나만이라도 내가 잠시 끼고 있으면 싶네. 그래 봤자 유학 전까지겠지만…… 그 아이, 공부하고 싶다던 커피 유학도 보내주고 이것저것 필요한 것도 가르치고 싶어.〉

“…….”

〈자네한테서 준휘를 떼어놓겠다는 소린 아니네. 다른 의미는 없어. 자네도 준휘가 그렇게 아무 비전 없이 작은 커피숍에서 동동거리며 사는 걸 바라지는 않을 것 아닌가. 무엇보다 준휘는 휘윤이랑 다르네. 자네도 알지 않는가. 세상은 그저 반듯하고 착하기만 해서 겪어낼 곳이 아니라는 걸.〉

세상에 어느 아버지가 제 자식의 미래에 희망을 걸지 않을 수 있을까. 입술을 깨물었다. 비릿한 피 맛이 입안에 감돌았지만 그 아픔이 느껴지지 않을 정도로 가슴에 거센 통증이 밀려왔다. 정신이 획 돌아 오로지 휘윤이 하나만은 지키겠다고, 지킬 수 있다고 발악하던 젊은 시절이 떠올랐다. 아무것도 할 수 없는 무능한 자신은 돌아보지 않은 채 아이를 가진 휘윤을 사랑 하나만으로도 충분히 지켜낼 수 있다며 얄팍한 자존심만 내세워 모두를 힘들게 만들었던 기억.

어떤 결정을 내려야 할지 혼란스러웠다. 이제 막 세 사람이 함께 누리게 된 소박한 행복이 사실은 자기만족을 위해 그가 만들어낸 이기적인 허상은 아닐지. 휴일도 없이 앞치마를 맨 채 동동대던 준휘의 모습을 떠올렸다. 그 반복적인 일상이 그 아이의 행복이 될 수 있을까? 준성은 선뜻 그때처럼 내 딸은 내가 알아서 키울 테니 상관 말라 소리칠 수 없었다. 자신의 능력으로 그려줄 수 있는 준휘의 미래와 다울식품 회장님이 그려줄 수 있는 준휘의 미래는 가늠조차 할 수 없는 큰 차이가 있을 것이다.

“무슨 말씀이신지 알겠습니다.”

한참의 망설임 끝에 준성이 침묵을 깨며 어렵게 입을 열었다.

"나흘 뒤가…… 준휘 생일입니다. 생일까지는 함께 보낼 수 있게 해주십시오."

〈마치 내가 준휘를 다시 못 볼 곳으로 데려가는 것처럼 이야기하는구먼.〉

"그런 뜻은 아니었습니다."

〈알고 있네. 아무래도 매일 한집에서 부딪치는 거랑은 또 다를 테니. 준휘 유학 준비는 내 알아서 하고 있으니 너무 신경 쓰진 말고. 휘윤인 잘 지내는가?〉

"네."

〈고약한 것. 용건 다 끝난 것 같으니 그만 끊음세.〉

원래 인생이란 게 이렇게 힘든 것인가 하는 생각이 든다. 온전히 모든 걸 가질 수는 없겠지만 이렇게 저에게서 하나씩은 꼭 소중한 것을 빼앗아 가야만 하는 거냐고 원망 섞인 눈을 들어 하늘을 올려다봤다.

"오빠."

붉어진 눈을 애써 가라앉히고자 힘을 주는데 현관문 사이로 빠끔히 휘윤의 고개가 삐어져 나왔다. 떨리는 입술을 간신히 그러모아 미소를 지으며 두 팔을 벌리자 방긋 웃음을 지은 휘윤이 준성의 품으로 달려들었다.

"휘윤아."

"네?"

"우리 둘이…… 오래오래 행복하게 살자. 아주아주 재미나게."

"준휘도 같이요."

"준휘가 계속 옆에 있으면 뽀뽀도 잘 못하잖아. 그러니까 준휘
는 가끔, 아주 가끔만 오라고 하고 우리 둘이 행복하게 사는 거
야."

"안 되는데. 우리 셋이 같이 행복해야 하는데."

"준휘도 같이 행복할 거야. 휘윤이도 오빠 보고 싶을 때 실컷 보
는 게 행복하고 좋은 것처럼 준휘도 하고 싶은 거 맘껏 할 수 있는
게 행복한 거지. 준휘는 커피를 좋아하잖아. 그러니까 커피 공부
를 할 때 제일 행복할 수 있다는 거야. 무슨 소린지 알겠어?"

휘윤이 고개를 가로저었다.

"그냥 같이 있어요. 같이 행복해요."

"나도 그랬으면 좋겠어. 그런데 그래 줄 수 없어서 마음이 아
파."

"오빠 아파요? 아프지 마요. 내가 잘못했어요. 준휘 그냥 커피
공부 가라고 그럴게요. 그러니까 오빠 아프지 마요."

"그래, 준휘도 이제부터 행복할 수 있게 공부하러 가라고 그러
자. 그리고 휘윤이랑 오빠도 여기서 오래오래 행복하게 살자."

"네, 셋이 다 행복해지는 거예요?"

"응. 우리 다 행복해지는 거야."

가녀린 휘윤의 몸을 바스러지도록 끌어안은 준성은 휘윤의 뒷
목에 얼굴을 묻고 숨죽여 흐느끼기 시작했다. 그것이 모두가 행복
해지는 길이라고, 다 잘 될 거라고, 지금 잠깐 힘이 들겠지만 시간
이 지나고 나면 모두를 위한 행복한 선택이었다고 환하게 웃으며

저의 품으로 달려들 준휘의 얼굴을 떠올렸다. 이제는 자신의 행복
보다 그 아이의 행복을 먼저 생각해야 하는 나는 그 아이의 아버
지니까. 무능하지만 그 아이의 아버지가 맞으니까. 이렇게 하는
게 준휘를 위하는 일이겠지? 그렇겠지, 휘윤아?

16. 생일. 그녀, 신데렐라가 되다

준휘는 방금 전 퀵서비스 직원이 제 손에 쥐어주고 간 허애설 작가의 다섯 번째 책을 내려다보고 있는 중이다. 오늘로 꼬박 닷새째. 오전에서 오후로 넘어가기 바로 직전인 11시 즈음에 제 집 초인종을 눌러 어김없이 허애설 작가의 친필 사인 본을 건네주고 가는 퀵서비스 직원의 오토바이가 저만치 사라지는 걸 바라보며, '내일 보자' 라는 전화 통화와 함께 연락이 끊어져 버린 유하를 떠올리고 있었다.

분명 '내일 보자' 라고 했지만 유하는 다음날도, 그 다음날도, 또 그 다음날도 얼굴을 볼 수 없었다. 대신 그가 보냈을 것이라 짐작되는 허애설 작가의 책만 성실히 배달되고 있을 뿐. 전화를 걸어봐야 할까? 보내주신 책 감사히 잘 받았어요. 근데 요즘 많이 바쁘신가 봐요. 얼굴을 통 뵐 수가…….

미친 여자처럼 허공을 향해 웅얼웅얼 몇 마디를 주절대 보던 준휘가 조용히 입을 다물었다. 준휘를 발견하고 대여점 문을 열고 나서는 강현의 모습을 보았기 때문이다.

"밤새 야동 보셨죠?"

"어떤 근거로 그런 질문을?"

"눈 밑에 다크 서클이 장난 아닌데요?"

"큭큭."

"그렇게 좋으셨어요?"

"황홀한 밤이었지. 그래서 조금 힘이 들기도 했고."

쾡한 눈이지만 눈가 가득 장난을 담은 강현이 비죽 입꼬리를 들어 올리며 쿡쿡 낮게 웃음을 지었다. 아침부터 실없이 웬 웃음이냐고 아무리 준휘가 닦달하며 물어대도 절대 답을 해줄 수 없다. 왜냐하면 그가 지금 쓰고 있는 소설 속 남녀 주인공인 강현과 준휘가 어젯밤 마침내 가슴 설레는 그들만의 황홀한 첫날밤을 보냈기 때문이다. 물론 이 사실은 어디까지나 오로지 강현 혼자만이 알고 있는 비밀이기에 준휘에겐 그냥 어젯밤 끝내주는 야동 한 편에 넋이 나간 것쯤으로 보인다 해도 별 상관이 없는 터였다.

"아저씨 내일 바빠요?"

"묻는 이유에 따라 달라지는데?"

"내일 나랑 데이트할래요?"

"뜨헉!"

"왜 그렇게 놀라요?"

“나한테 혹시 예지력이 있나 해서.”

“무슨 예지력이요?”

“어젯밤…… 아니야.”

“어젯밤 뭐요?”

“애들은 몰라도 돼. 19금이야.”

“예?”

“그런 게 있어.”

“나 스물넷인데.”

“그럼 39금이야. 그나저나 아까 말한 데이트 신청, 그거 내가 잘못 들은 거 아니지? 잠을 못 자서 내가 지금 환청을 들은 건 아닌가 해서.”

“너무 거창하게 받아들이시니까 조금 민망하네요. 별건 아니고, 나랑 밥 먹어요. 내일 내 생일이거든요.”

“생일?”

“네.”

생일이라고 하면 대부분은 ‘어, 그래? 생일 축하해. 내일 어디서 밥 먹을까’ 라든지, ‘갖고 싶은 선물 있어?’ 등등의 반응을 보이는 게 일반적이지 않을까? 그런데 강현은 뭔가 난감하고 또 살짝 원망까지 담은 눈으로 준휘를 바라보는 중이었다.

“왜요. 이번엔 제 생일이 내일인 게 무척이나 불만이신 거예요?”

“응. 한 한 달만, 아니, 보름만이라도 더 있다가 생일이었음 좋았을 텐데.”

"왜 그런지 물어보면 대답해 주실 거예요?"

"아니."

"그러실 줄 알았어요. 아저씬 가끔 나 놀리는 맛에 사시는 것 같으니까."

놀리려고 그런 말을 한 건 아니었다, 준휘야. 네 생일이 보름만 뒤에 찾아왔다면 밥 먹는 시간을 줄여서라도 보름 안에 [사랑은 있다]를 출간해서 네 손에 안겨줄 수 있을 텐데. 그랬다면 네게 좀 더 근사한 생일 선물이 되지 않았을까. 끄응. 그것이 조금 아쉽다.

"너랑 나랑 둘이서?"

"원하신다면 엄마, 아빠도 끼워드릴 수 있어요."

"나도 네가 원하기만 한다면 우리 엄마, 아빠도 함께 끼워 상견례라는 걸 할 수도 있는데."

"하여간 무슨 말을 못해."

"호호. 그나저나 내일 스케줄, 내 맘대로 잡아도 되는 거야?"

"다는 안 되고요, 아침은 부모님이랑, 점심은 친구들이랑 보내야 하니까 그 나머지 시간은 아저씨 마음대로 잡으셔도 돼요."

"친구들이랑 약속 몇 시에 끝나?"

"12시에 만나기로 했으니까 3시나 4시쯤 마칠 수 있게 할게요."

"밥 먹는 데 한 시간이면 되잖아. 2시에 끝내라고 하고 싶지만 준휘가 정말 모처럼 친구들 만나는 걸 테니 마음 넓은 내가 양보하도록 하지."

"어이구, 성은이 망극하여이다."

“오늘 밤 짐의 승은을 입고 싶은 게냐?”

“오늘 밤 조용히 병풍 뒤에 누워 향냄새를 맡고 싶으시면 그리 해보시지요.”

“향도 향 나름이니라.”

“……?”

“우리 함께 잠옷 대신 다 벗고 샤넬 넘버 5…….”

퍽!

서둘러 대여점으로 돌아온 강현이 노트북 앞에 앉음과 동시에 전화기를 들어 버튼을 눌러댔다. 신호음이 꽤 오래 흐른 것 같은데 상대방은 도무지 전화를 받을 의사가 없는 건지 아니면 전화를 받을 틈도 없이 바쁜 것인지 한참의 신호음을 들려준 뒤에 음성 사서함으로 넘어간다는 친절한 멘트를 흘려대기 시작했다. 종료 버튼을 누른 강현이 다시 전화를 걸었다. 초조한 듯 입술을 깨물어대던 그의 귓가에 마침내 잔뜩 갈라진 목소리 하나가 전화기를 통해 들려왔다.

〈여보세요.〉

중국에서의 빠듯한 일정을 마치고 아침 비행기로 한국에 도착한 민 여사는 방에 들어오자마자 남편이 건네준 수면 안대를 착용한 채 그대로 깊은 잠에 빠져 있던 상태였다.

겨우 두세 시간쯤 잔 것 같은데. 미간을 찡그린 민 여사가 이마를 짚었다.

〈어머니?〉

"누구? 강현이니?"

〈네.〉

갑작스레 걸려온 강현의 전화에 냉큼 안대를 벗어낸 민 여사가 몸을 일으키며 전화기를 고쳐 잡았다.

"응, 말해."

〈혹시 아직 중국이신 거예요?〉

"내가 아직 네 엄마가 맞긴 한가 보다. 내 일정도 기억해 주고. 아침 비행기로 들어왔어. 설마 그거 물어보려고 계속 전화를 해댄 건 아닐 테고."

〈부탁드릴 게 있어서요.〉

"부탁?"

〈네.〉

"물론 내가 들어줄 수 있는 거겠지?"

〈충분히요.〉

"흠. 일단 들어나 보자."

〈여자로 만들어주세요.〉

"뭐?"

〈아, 오해의 소지가 있었네요. 정정. 여자처럼 보이게 만들어주세요.〉

"뭐?"

두 번 연타로 '뭐?' 소리를 뱉어낸 민 여사가 뒷목을 잡은 채 눈을 동그랗게 떴다. 처음엔 여자로 만들어달라고 하더니 다음엔 여자처럼 보이게 해달라고? 아이구, 하느님. 하늘이 노랗습니다.

"너…… 여자가 되고 싶은 거야?"

〈설마 그럴 리가요. 제가 얼마나 건강한 사내인지 아침마다 텐트는 열심히 세우는걸요.〉

이 녀석이! 그래도 다행인가 싶은 마음에 모았던 미간을 풀어낸 민 여사가 여전히 당황함이 담긴 목소리로 물었다.

"그, 근데 갑자기 그건 무슨 소리야?"

〈제가 말을 잘못했어요. 내일 제가 데려가는 아이요. 아, 원래도 예쁜 아인데 자기가 남자 같다는 콤플렉스가 살짝 있거든요. 그걸 없애주고 싶어요. 어머니라면 충분히 가능하실 것 같아서.〉

남자 같은? 그제야 한시름 놓은 민 여사의 머릿속이 재빠르게 돌아가기 시작했다. 그래, 케냐 더블 A가 있었지. 훗, 녀석. 그땐 그렇게 남자라고 빡빡 우기더니 이젠 예쁘게까지 보이는 모양이군. 그렇다면 유하 녀석의 불꽃 작전이 제대로 먹혀든 게 분명해. 아이그, 예쁜 녀석. 이 보답을 어떻게 해야 할까.

"내일 몇 시?"

〈4시 전후요.〉

"그럼 청담동 숍으로 데리고 와. 기다리고 있을 테니까."

〈알라뷰입니다, 마덜.〉

"좋기는 한가 보다. 네 입에서 이런 소리가 나오는 걸 보니."

〈네, 아주 많이 좋아요.〉

"그래도…… 서른셋처럼 행동해 줄래? 서른셋다운 정신연령으로. 참! 데이트 코스는 정했니? 만나서 뭐 먹을래, 어디 갈래, 물어

보는 거 여자들 별로 안 좋아해. 다 정해서 에스코트할 수 있게 준
비하고. 아, 식당 같은 곳은 미리 예약하는 것도 잊지 말고. 그나
저나 내일 무슨 날이니? 만난 지 백 일? 아님 생일? 선물은 준비
했니? 장미꽃도 절대 잊지 말고. 아무래도 빨간 장미가 제일 낫겠
지? 아니다. 연한 핑크도 참 예쁘던데.”

〈어머니도 많이 좋으신가 봐요?〉

“응?”

〈어머니도 지금 50대처럼 말씀하시진 않잖아요.〉

“흠.”

〈내일 그 아이 생일이에요. 친구들 먼저 만난다고 하니까 암튼
4시 전후에 청담동으로 갈게요.〉

“어? 어.”

전화를 끊은 민 여사가 손에 쥔 전화기를 보며 방긋 미소를 지었
다. 녀석, 정말 좋긴 좋은가 보네. 하긴 내 마음도 이렇게 나잇값을
못할 정도로 좋은데 그 녀석 심장은 오죽하겠어. 아으, 케냐 더블 A.
너 정말 왜 이렇게 예쁜 거니. 역시 그날 본 내 눈이 정확했다니까.

＊

주방 냉장고를 살핀 준성이 메모지에 살 것을 메모하기 시작했
다. 당근하고 미역, 당면은 있으니까 표고버섯이랑 잡채에 넣을
소고기랑 미역국에 넣을 소고기 조금, 오이하고…….

“오빠.”

안방에 있던 휘윤이 주방으로 들어서며 준성을 불렀다.

"응? 뭐 마실 거 줄까?"

"아뇨. 휘윤이 미역 좀 주세요."

"미역?"

"네, 내일 미역국 끓여야 돼요."

"미역…… 국?"

"미국에 있을 때도 9월 23일엔 내가 꼭 미역국 끓였어요. 끓였는데 나 혼자만 먹었어요."

혼자만 아는 굉장한 사실을 고하는 어린아이처럼 휘윤은 잔뜩 흥분한 얼굴로 준성을 향해 또박또박 말하고 있었다. 마음 붙일 곳 없는 머나먼 미국 땅에서 생살을 떼어내듯 갈라낸 딸아이를 그리며 홀로 미역국을 끓여 먹었을 휘윤의 가슴은 얼마나 쓰리고 아팠을까. 가만히 팔을 뻗어 휘윤을 품에 가둔 준성이 휘윤의 귓가에 나직이 속삭였다.

"내일은 미역국 끓여서 우리 셋이 같이 먹자. 우리 휘윤이랑 준휘랑 오빠랑 이렇게 같이."

"정말이요? 나만 혼자 먹는 거 아니고요?"

"응. 우리 셋이 같이 먹는 거야."

"아, 정말 좋아요. 그럼 미역국 오빠가 끓여주세요. 내가 끓인 미역국은 맛이 없어요."

"그래. 오빠가 맛있게 끓여줄게. 우리 같이 장 보러 갈까?"

"네."

방긋 웃은 휘윤이 준성이 내민 손을 잡았다.

❊

참으로 반가웠다. 그동안 아무런 연락 없이 책만 보내던—것으로 알고 있는—유하로부터 걸려온 전화는. 물론 공짜를 좋아하긴 하지만 한두 권도 아니고, 게다가 이벤트 안 하기로 유명한 허애설 작가의 귀한 사인 본을 넙죽 받아 들기만 하면서 다짜고짜 감사 전화를 걸지도 못한 채 안절부절못하던 준휘는 오후에 걸려온 유하의 전화를 진심으로 반갑게 받아 들었다.

〈저녁때 잠깐 볼 수 있을까?〉

퇴근 즈음 다시 전화를 걸겠다며 전화를 끊었던 유하가 지금 집 근처 편의점 앞에 기다리고 있으니 천천히 준비해서 나오라고 했다. 대충 거울을 한 번 살핀 준휘가 '나 잠깐 나갔다 올게!' 하고 외치며 현관을 나섰다.

이런저런 사정으로 1층 커피숍이 닫혀 있는 상태라 그곳에서 만날 수는 없다 하더라도 그래도 집 앞이 아닌 편의점으로 나오란 말이 좀 의아하긴 했지만, 준휘는 금세 유하가 기다리고 있다는 편의점을 향해 타박타박 걸음을 옮겼다.

편의점 앞에 도착을 하니 빵 하고 클랙슨 소리가 들렸다. 주위엔 아무도 없으니 그녀를 향한 게 분명했다. 그와 동시에 조용히 창문이 내려가며 자신을 바라보고 있는 유하의 얼굴이 눈에 들어왔다.

"잠깐 타. 어디 가서 차나 한잔 마시자."

말없이 운전을 하는 유하의 옆모습도 강현만큼이나 근사하다는 생각이 들었다. 친구라 그런지 두 사람은 묘하게 닮은 듯 또 다른 느낌을 주었다. 오늘따라 유하는 말이 없었다. 원래 이런 성격이 었을까. 그러고 보니 이 두 사람에 대해 아는 바가 그리 많지 않았다. 그냥 편한 사람과 친절한 사람이라는 것, 그리고 그 편한 사람을 내가 좋아하기 시작했다는 것. 어쨌든 두 사람을 놓고 보면 강현 아저씨가 조금 더 나은 것 같다는 다소 편파적인 생각을 하는 동안 유하의 차는 조용히 도로를 가르며 목적지를 향해 달려가고 있었다.

유하와 함께 도착한 커피숍은 북악 스카이웨이로 올라가는 길목에 위치하고 있었다. 야외 테이블에 자리를 잡고 앉으니 어느새 불을 밝힌 서울의 야경이 한눈에 들어오며 시선을 잡아끌었다. 줄줄이 이어선 자동차의 후미 등 물결은 마치 용광로를 따라 흐르는 시뻘건 쇳물마냥 붉게 넘실대고 그렇게 자동차와 건물이 만들어 낸 수많은 불빛은 딱딱하게 굳어 있던 한낮의 도시를 열정으로 이끌며 서울이란 도시의 또 다른 매력을 뽐내고 있었다.

"우와! 야경이 정말 끝내주네요."

"그래서 가끔 오는 곳이야. 커피 맛은 케냐 더블 A만 못하지만."

눈앞에 펼쳐진 야경에 입을 다물지 못하는 준휘를 보며 유하가 그제야 입을 열며 옅은 미소를 지었다.

"저녁은 먹었지?"

"네. 오빠는요?"

“난 생각 없어서 패스.”

“어, 그럼 미리 말씀하시지.”

준휘가 몸을 일으키며 유하를 바라봤다.

“저녁 먹으러 가요. 난 또 먹을 수 있어.”

일어선 채 물끄러미 자신을 바라보는 준휘를 향해 다시 한 번 미소를 지어 보인 유하가 팔을 뻗어 준휘의 손목을 잡아 앉혔다.

“생각 없어서 일부러 안 먹은 거야. 그러니까 신경 쓰지 마.”

앉아 있는 내 배는 든든한데 앞에 있는 유하 오빤 뱃속은 텅 비어 있는 거잖아요. 근데 어떻게 신경을 안 써요. 뭐라 구시렁대려는데 친절한 미소를 띤 직원이 메뉴판을 들고 다가오는 게 보였다.

“준휘는 뭐 마실래? 카페모카?”

잠시 망설이던 준휘가 ‘네’라고 대답하자 ‘그럼 난 에스프레소 진하게 한 잔 부탁해요’라며 직원을 향해 메뉴판을 건넸다. 저녁도 건너뛴 사람이 속 쓰리게 웬 에스프레소. 걱정을 담은 눈으로 유하를 바라보자 유하는 그저 싱긋 웃음을 지으며 준휘를 바라볼 뿐이다.

“저녁도 안 드셨다면서요. 여기 조각 케이크 같은 건 따로 안 파나?”

“커피 시키면 쿠키가 같이 딸려 나와.”

“쿠키가 저녁이 될 순 없잖아요.”

“괜찮아. 익숙하니까.”

“익숙할 정도로 밥을 굶는단 말이에요? 사람이 밥 때가 되면 밥을 먹어야지. 그러면서 어떻게 키는 그렇게 컸대?”

“그러게.”

시선을 내린 유하가 야경 쪽으로 고개를 돌리자 이어진 침묵에 잠시 머쓱해진 준휘도 따라 고개를 돌렸다. 여전히 근사한 야경에 넋을 빼고 앉아 있는 동안 테이블 위로 커피가 얌전히 놓였다.

“참, 감사해요.”

“뭐가?”

“만날 저는 받기만 하고.”

“나는 별로 준 게 없는데?”

“그렇게 말씀하시면 제가 너무 뻔뻔해지는데. 처음 만났을 때부터 유하 오빠 제게 한결같이 친절하셨어요. 말 한마디 건네는 것부터 시작해서 행복한 작가 친필 사인 본이랑 요즘 보내주시는 허애설 작가 친필 사인 본까지 챙겨주신 것도.”

“허애설?”

“네. 처음에 그거 받고 얼마나 놀랐는지. 저 때문에 일부러, 게다가 제 이름까지 넣어주신 사인 본에 완전 날아가는 줄 알았다니까요. 바로 전화를 드렸어야 하는데 그것도 되게 조심스럽고. 암튼 전부 다 감사해요.”

준휘의 말을 듣고 있던 유하의 눈이 스르르 가늘어지더니 이내 고개를 숙이고 작은 웃음을 흘렸다. 유하의 알 수 없는 반응에 의아한 듯 바라보던 준휘의 고개가 갸웃 돌아갔다. 한참을 그렇게 고개를 숙이고 있던 유하가 웃음을 거두고 시선을 들었다.

“이거 좀 미안한걸.”

"네?"

"나…… 준휘가 생각하는 것처럼 그렇게 좋은 사람 아니야."

깜빡임 없는 준휘의 두 눈이 유하를 향해 고정됐다. 말을 멈춘 유하의 두 눈도 준휘의 것을 좇아 흔들림 없이 고정됐다. 눈싸움을 하는 것도 아닌데 갑자기 얽힌 두 사람의 긴장감 어린 시선이 한동안 허공에서 맞부딪쳤다. 뭔가 얼핏 슬픔이 담긴 듯 보이던 유하의 눈이 먼저 준휘의 시선을 벗어나며 잠시 이어지던 긴장의 끈을 툭 잘라놓았다.

"나 그렇게 좋은 사람 아니라고."

"……."

"커피는 그렇게 잘 가려내면서 사람 보는 눈은 왜 이렇게 없는 거야? 눈앞에 보이는 친절에 단순히 그 사람이 좋은 사람일 거라 단정 짓는 거, 굉장히 위험한 행동인데."

"네?"

"아이를 유괴하는 유괴범이 내미는 사탕, 그것도 친절로 봐야 할까?"

"……."

"후후. 그렇다고 그렇게 겁먹은 표정을 지을 필욘 없는데. 준휘를 납치할 생각은 없거든."

"왜 그런 말씀을 하세요? 오빠 같지 않아요."

"아까도 말했잖아, 난 그렇게 좋은 사람 아니라고."

"그건……."

"친구가 좋아하는 것을 탐했어. 게다가 친구의 아픔도 팔아먹은 놈이야. 그런데 내가 좋은 사람이니? 겨우 그깟 책 몇 권에, 친절한 몇 마디 말에 너는 나를 그렇게 판단해?”

갑작스러운 유하의 반응에 잠시 당황한 듯 두 손을 마주 잡고 꼼지락대던 준휘가 낮게 한숨을 내쉬곤 조심스레 입을 열었다.

“원래 남의 것이 더 크고 좋아 보인다잖아요. 저도 예전에 친구가 새로 샀다고 자랑하던 명품 가방에 꽂혀서 한동안 적금 통장 붙잡고 심각하게 고민한 적이 있어요. 결국엔 하루 종일 커피숍 안에 있는 내가 가방은 무슨, 이러면서 포기를 했는데 그 후로도 친구 가방이 어른거려 힘들었던 적이 있어요. 사람은 다 그래요. 사람이니까 남들보다 더 좋은 게 갖고 싶고, 남이 가진 게 탐이 나고 그런 거예요. 그런 이유로 유하 오빠가 나쁜 사람이라면 저도 나쁜 사람인걸요.”

탐을 낼 수밖에 없는 준휘의 말간 눈이 유하를 향했다. 테이블 아래 유하의 손이 스르르 주먹을 쥐고 있었다.

한참의 시간. 물끄러미 준휘를 바라보던 유하의 입가가 빙긋 올라섰다.

“준휘는 정말 예쁘구나. 예뻐서 탐이 나지만…… 그래서 더.”

강현이 옆에 있었으면 좋겠다.

이렇게 예쁜 네 옆이라면 강현인 다시 예전처럼 반짝반짝 빛이 날 수 있겠지.

뒷말을 삼킨 유하가 계산서를 집어 들며 몸을 일으켰다.

“다 마셨으면 그만 일어날까?”

집으로 오는 동안 유하는 평소보다 더 많은 농담을 건네며 내내 미소를 걸고 있었다.

그런데 어쩐지……. 준휘의 눈엔 왠지 애써 그러려고 하는 것처럼 느껴져 그것이 마냥 좋아 보이지만은 않았다.

준휘의 집 앞에 차를 멈춘 유하가 꾸벅 인사를 하는 준휘에게 가볍게 손을 들어 보이곤 몸을 돌려 강현의 대여점 안으로 사라졌다. 평소와 다르게 느껴지는 분위기에 고개를 갸웃 기울인 준휘가 불 켜진 대여점을 물끄러미 바라보다 걸음을 옮겨 대문 안으로 사라졌다.

"이번 거, 너 줄게."

대여점 문을 열고 들어선 유하를 향해 다짜고짜 뱉어낸 강현의 말에 멈칫 걸음을 멈췄던 유하가 다시 뚜벅뚜벅 소파를 향해 걸어가 털썩 몸을 묻었다.

"훗, 그럼 난 그 대가로 무얼 해야 하나. 강준휘를 포기하는 것?"

"유하야."

"네가 너무 심각하게 받아들인 것 같아서 그래. 그냥 한 번 해본 말에 너무 신경을 쓰는 것 같아서. 신경 안 쓰는 거지? 그래도 덕분에 이번 건 나한테 준다 했으니 손해 본 장사는 아니었네. 말 바꾸기 없다?"

쉴 새 없이 쏟아내는 유하를 물끄러미 바라보던 강현이 가만히 고개를 끄덕였다. 강현은 알고 있었다. 속내를 감추고자 할 때 유독 말이 많아지는 유하의 특이한 버릇을.

"좋냐?"

앞뒤 다 잘라먹은 채 날아온 유하의 질문에 강현이 다시 고개를 끄덕이며 대꾸했다.

"어."

"다행이네. 다행이다."

어쩐지 빚을 갚은 듯 후련한 기분이다. 강현의 파일을 몰래 빼내 출판사로 향했던 그날 이후부터 항상 체한 듯 묵직하던 가슴이 뻥 뚫린 기분이랄까. 그래서 이렇게 허전한 건지도.

후 하고 숨을 뱉어낸 유하가 몸을 묻었던 소파에서 일어섰다.

"참, 준휘는 허애설 사인, 내 짓인 줄 알고 있더라? 그 인사, 내가 받아먹어도 되는 거지?"

문 앞에 멈춰 선 유하가 강현을 돌아보며 불쑥 물어왔다. 강현이 고개를 끄덕여 보이자 부드럽게 입술을 휜 유하가 그대로 몸을 돌려 대여점 문을 나섰다.

말로는 그냥 해본 말이라 하지만 유하의 감정이 실상은 그렇지 않다는 걸 알고 있다. 입은 거짓을 뱉을 수 있어도 눈은 절대 그렇지 못하다. 사랑보다 우정? 아니, 사랑은 사랑이고 우정은 우정이다. 제가 할 수 있는 건 유하가 그랬듯 그냥 모른 척 지나가는 것일 것이다. 하지만 어쩐지 미안한 마음이 드는 건…….

유하가 사라진 문을 물끄러미 바라보던 강현이 다시 제 앞에 놓인 노트북 화면으로 시선을 내렸다.

✻

생일날 절대 빠질 수 없는 미역국과 잡채가 식탁 위에 모락모락 김을 올리며 자리하고 있다. 평소보다 신경 써서 부친 듯한 전과 신선한 샐러드. 무엇보다 가족이 함께하는 생일상만큼 준휘의 마음을 행복하게 만들 선물이 세상에 존재할 수 있을까. 덧붙여 준성이 식탁 위로 쓰윽 밀어준 하얀 봉투까지.

"오, 꽤나 두툼한걸. 엄마 있다고 평소랑 다른 가식적인 모습을 이렇게 적나라하게 보여주시나?"

"내놔."

"아웅. 가식적인 모습도 너무나 아름답단 뜻이었지. 어쨌든 감사합니다."

"오늘도 친구들 만날 거지?"

"그럼, 1년에 한 번인데. 저녁 먹고 좀 놀다 들어올게."

"너무 늦게는 들어오지 마."

"옛썰."

하루의 반 이상을 차지하던 커피숍이 문을 닫고 있으니 그와 함께 준휘의 리듬도 무언가 나사를 잃은 듯 느슨하게 풀어진 채 막연히 한가로운 중이다. 커피를 내리는 중간에도 그 뒤가 궁금해 책에서 눈을 떼지 못하던 그 호기심은 막상 온종일 책을 읽을 수 있는 여유가 있음에도 그때처럼 그리 절박하게 소설을 파고들게 하지 못하고 있었다. 정말 아이러니한 일상이다.

느긋하게 TV도 보고, 음악도 듣고, 조금 전 받아 든 허애설 작가의 친필 사인 본을 히죽 웃으며 들여다보고, 그러다 가끔 시계

도 쳐다보고 하다 보니 어느새 점심 약속 시간이 되어가고 있었
다.

깨끗하게 빨아둔 옷을 꺼내 입고 가방을 집어 든 준휘가 다녀오
겠다는 인사를 남기고 현관을 나섰다. 준휘가 사라진 방 안으로
조용히 준성이 캐리어를 들고 들어섰다. 그리고 몸을 구부리고 앉
아 문을 연 옷장 안에서 하나하나 옷을 꺼내 캐리어 안에 담기 시
작했다. 문가에 선 휘윤이 슬픈 눈으로 그 모습을 지켜보고 있었
다.

모처럼 만난 친구들과의 수다는 음식이 담긴 접시까지 씹어 먹
을 정도의 왕성한 식욕을 드러내며 꽃을 피웠다. 친구들이 건넨
선물 상자를 풀어보며 함박웃음을 짓는 준휘의 얼굴에 한가득 행
복이 드리워지며 일 년 중 하루 모처럼 맘 편히 친구들을 만날 수
있는 그녀만의 특별 휴가를 즐기는 중이다.

자리를 옮겨 차를 마시는 동안에도 내내 준휘의 얼굴은 행복에
젖어 있었다. 오랜만에 봐서 그런지 조금 예뻐진 것 같단 친구들
의 놀림 섞인 시선에도 평소 주먹을 쥐어 보였을 준휘가 보여준
행동은 별다른 대꾸 없이 씨익 미소를 짓는 것이었다. '혹시 남친
생겼니?' 란 친구들의 물음에 어깨를 으쓱해 보인 준휘가 말없이
발그레 뺨을 붉히자 장난처럼 시작된 남친 유무 청문회는 시간에
맞춰 커피숍으로 직접 데리러 온 강현의 등장으로 그 절정을 맞이
하였다.

오 마이 갓!

눈과 입도 모자라 콧구멍까지 제대로 열린 친구들의 뜨거운 시선이 방금 전 커피숍 문을 열고 들어와 준휘의 앞에 멈춰 선 모델 포스의 한 남자에게로 쏟아졌다.

'설마 이 남자가?' 하는 의문 담긴 눈길이 준휘를 향해 돌아서기도 전에 들려온 '준휘 친구 분들이신가 보네요. 차강현이라고 합니다' 라는 듣기 좋은 중저음의 목소리에 친구들은 넘어가는 정신을 간신히 붙잡은 채 어정쩡한 목례로 인사를 했고, 그와 동시에 자연스럽게 준휘의 어깨에 손을 올리며 눈을 맞추는 남자의 다정스러운 행동에 결국 애써 붙잡고 있던 정신줄을 놓고 말았다.

"지금부터 강준휘, 내 맘대로 해도 되는 거지?"

부러움 가득한 친구들을 향해 방긋 두 손을 흔들어주고 유유히 커피숍에서 나온 준휘가 차에 올라 안전벨트 매는 모습을 확인한 강현이 차를 출발시키자 조용히 물었다.

"기대해도 되는 거예요?"

"어, 그렇게 물어보니까 떨리는데. 별건 없거든."

"그럼 기대하지 말까요?"

"음. 또 그렇게 말하니까 좀 그러네. 그럼 기대는 아주 조금만 해. 너무 실망하지 않을 정도로만. 참, 이거."

운전대를 잡지 않은 다른 한 손을 뒷좌석 쪽으로 뻗은 강현이 부스럭 소리와 함께 건넨 건 다름 아닌 붉은 장미 꽃다발이었다. 차에 탔을 때부터 나던 향긋한 향이 바로 이 꽃 때문이었구나. 선뜻 손을 내밀지 못한 채 강현이 내밀고 있는 장미를 바라보고만 있던 준휘의 무릎 위로 강현이 살포시 꽃다발을 내려놓았다.

“원래 이런 거, 아까 친구들 앞에서 받아야 부러움 섞인 야유도 받고 그럴 텐데. 꽃을 살 때부터 손바닥이 간지러워서 영.”

“정말 예뻐요.”

그제야 무릎 위에 놓인 장미 꽃다발을 손에 쥔 준휘가 코끝에 와 닿는 향기를 음미하며 살짝 떨리는 음성으로 말했다.

“정말 예쁘다. 나…… 이런 꽃다발 처음 받아보는데. 고마워요. 고마워요, 아저씨.”

그렁그렁 눈물까지 매단 준휘가 강현을 향해 방긋 미소를 지어 보였다.

“다행이네. 내가 처음으로 해준 뭔가가 있어서.”

“또 있는데.”

“응?”

“날 좋아한다고 말해줬던 남자도 아저씨가 처음이고요, 키스한 남자도 아저씨가 처음이에요. 나는 아저씨랑 처음 만들어갈 무언가가 또 있을까 자꾸만 설레요.”

묵묵히 운전대만 잡고 있던 강현은 아무런 말도 할 수 없었다. 심장이 뛰었다. 가슴이 설렌다는 이 아이의 말에 미친 듯이 심장이 뛰고 있었다. 그 또한 준휘와 다를 바 없었다. 사랑을 고백하고, 그 아이의 손을 잡고, 입을 맞추고, 사랑을 나누고, 앞으로 준휘와 하나씩 쌓아갈 그들만의 이야기 첫 장을 조심스레 넘기듯 강현이 가만히 손을 내밀어 준휘의 손을 따뜻이 감싸 쥐었다.

강현의 차가 멈춘 곳은 청담동의 한 숍이었다.

'Min&Beauty'

그곳은 민 어패럴에서 운영하는 직영 매장으로 의상에서부터 헤어, 메이크업에 이르기까지 패션과 미용에 관한 모든 것이 한 건물 안에서 원스톱으로 이루어질 수 있는 멀티 뷰티숍 개념의 복합몰이다. 철저한 예약제로 운영되는 그곳은 워낙 고가의 서비스가 이루어지는 탓에 일반인보다는 주로 연예인이나 재벌가의 자제들이 주 고객층을 이루고 있었다.

"여긴……."

"혹시나 내가 창피해서 그래요, 따위의 바보 같은 질문은 하지 마. 그래서 온 건 절대 아니니까."

강현의 말에 준휘가 슬쩍 입술을 깨물었다.

"어머니가 기다리셔. 얼른 가자."

"어머니요?"

"전에 한 번 뵈었지?"

"혹시 그때 은행 앞에서 뵀던 분이 어머님이세요?"

"응. 본의 아니게 인사를 드린 셈이지."

'어머니'란 단어에 준휘의 몸이 쭈뼛 굳어왔다. 머리 손질도 못 했고 치마도 입지 못했다. 보나마나 후배 총각 반기듯 맞으실 게 뻔하다. 왜 하필 이런 차림일 때 아저씨 어머님을 뵈어야 하냐고요. 미리 말도 안 해주고. 아저씨 진짜 미워지려고 해.

조금은 원망 섞인 얼굴이 강현을 향해 들어 올려지자 다가와 준휘의 손을 잡은 강현이 숍 안으로 준휘를 이끌었다.

"세상에! 어서 와라."

잔뜩 주눅이 든 준휘 앞으로 민 여사가 두 팔을 벌린 채 다가왔다. 엉겁결에 품에 안긴 준휘를 다정하게 토닥인 민 여사가 몸을 떼고는 시선을 주었다.

“안녕하세요.”

“응. 참, 이름이 준희?”

“준휘요, 강준휘.”

“아, 그래. 매력적인 이름이구나. 나이가 들면 자꾸 깜빡한단다. 미안.”

한 글자가 틀리긴 했지만 여자 이름으로 불러주셨다. 아저씨가 미리 말을 했겠구나 하며 궁금한 준휘의 두 눈이 막 생각에 잠기려던 그때 준휘 옆으로 바짝 다가선 민 여사가 팔짱을 끼며 걸음을 옮기기 시작했다. 민 여사의 걸음에 맞춰 함께 몸을 움직이던 준휘가 강현을 돌아봤지만 싱긋 미소를 지어 보인 강현은 그저 어깨만 으쓱해 보일 뿐이었다.

“좋은 원두를 보면 어쩌고 싶니?”

“네?”

“너 말이야. 좋은 원두를 보면 막 맛있는 커피를 내리고 싶지 않아?”

“네.”

“나도 마찬가지거든. 예쁜 아일 보면 그냥 지나치고 싶지가 않아. 내 손으로 더 예쁘게 꾸며주고 싶은 뭐 그런 거지.”

여전히 무슨 소리인지 멀뚱한 눈으로 민 여사의 걸음을 쫓고 있던 준휘의 귓가에 민 여사가 작은 소리로 속삭였다.

“사실 모델 차강현도 내 손으로 만든 거거든. 다 저 잘난 맛에 큰 줄 알지만 말이다.”

“아…….”

“강현이가 모델이었던 건 아니? 워낙 오래되긴 했지만 그래도 인터넷 같은 데 찾아보면 예전 자료 같은 것도 나오고 그럴걸?”

어리둥절한 준휘의 귓가에 쉴 새 없이 속삭이던 민 여사가 준휘를 데리고 향한 곳은 2층 뷰티숍이었다. 하얗게 쏟아지는 밝은 조명 아래 화이트와 레드의 심플하면서도 강렬한 인테리어로 이루어진 그곳엔 기다리고 있었다는 듯 밝게 인사를 한 어시스턴트가 준휘에게 다가와 가운을 입히고 자리를 안내했다.

“잠깐.”

다가오던 헤어디자이너를 향해 손을 들어 보인 민 여사가 준휘 옆으로 바짝 다가와 다시 귓속말로 무언가를 물었다.

“신데렐라는 요정 할머니가 입혀주고 신겨주는 대로 변신을 했지만 여기선 달라. 네가 원하는 옵션을 추가할 수 있지. 특별히 원하는 스타일 있어? 감추고 싶은 콤플렉스라든가. 절대 망설일 것 없으니까 거침없이 말해봐.”

“네? 그래도 그게…….”

“너무 갑작스럽니?”

“네.”

“그래서 그냥 돌아서 나가고 싶어?”

“아니, 그게…….”

“패션의 완성은 무엇이라 생각하니?”

“패션의 완성이요? 구두…… 가 아닐까요?”

“아니, 자신감. 요정 할머니가 아무리 요술 지팡이를 휘둘러도 신데렐라 자신이 재투성이라고 생각하면 그냥 재투성이 아가씨인 거야. 근데 신데렐라한테 몸뻬 바지를 입혀놨어도 제 자신이 세상에서 제일 예쁜 공주라고 생각한다면 그 자체가 바로 패션Passion 가득한 패션Fashion이 되는 거지. 나는 너에게 자신감 가득한 패션Fashion을 완성시켜 주려는 거야. 됐지? 자, 그럼 원하는 걸 말해봐.”

거침없이 쏟아내는 민 여사의 말을 넋 놓고 듣던 준휘가 잠시의 망설임 끝에 조심스레 입을 열기 시작했다.

“뭘 해도 남자 같다고 그래서요.”

“그리고?”

“머리가 짧은 것도 그렇지만 가슴이…….”

너무 솔직했나? 슬쩍 고개를 돌려 민 여사를 바라보던 준휘의 두 볼이 민망함으로 발그레 달아올랐다.

“그 밖의 것은?”

준휘가 고개를 가로젓자 ‘오케이’ 한마디를 뱉은 민 여사가 그대로 디자이너를 향해 다가가 무언가를 열심히 전달하는 모습이 보인다. 고개를 끄덕인 디자이너가 다시 어시스턴트들에게 또 다른 지시를 했고, 잠시 사라졌던 어시스턴트들과 디자이너, 그리고 메이크업 박스를 든 아티스트가 다가옴과 동시에 준휘의 변신이 시작되었다.

휙휙 몇 번의 현란한 손놀림 끝에 준휘의 머리에 웨이브가 생기기 시작하더니 마법처럼 금세 머리가 길어져 구불구불 어깨 위로 늘어뜨려졌다. 감고 있는 눈 위로 속눈썹이 길어졌고, 눈매는 더욱 짙어졌다. 창백했던 두 볼에 생기가 돌기 시작했고, 촉촉해진 입술 위로 발그레 윤기가 더해지면서 그동안 감춰졌던 준휘만의 매력이 마치 꽃잎을 피워내듯 천천히 드러나기 시작했다.

눈을 떠서 바라본 거울 속 제 모습을 제대로 인지하기도 전에 민 여사의 손에 이끌려 따라간 곳은 웨어링 어패럴Wearing Appare이 있는 3층 매장이다. 잠시 세워둔 준휘를 빠른 눈길로 훑어 내린 민 여사가 행거에 걸려 있는 시폰 소재의 원피스 서너 벌을 꺼내 준휘의 몸에 번갈아 대어보았다. 그리고 선택된 상아색 시폰 원피스와 잠시 사라졌다 다시 나타난 민 여사가 들고 온 작은 상자가 준휘의 손안에 들려졌다.

"저기 피팅룸 들어가서 갈아입고 나와 봐. 참, 누드 브라 착용법도 같이 들어가 알려줘야 하나?"

"네?"

"가자."

"예? 아니, 그게, 저 혼자……."

"어차피 여탕 가면 다 벗을 거면서 내숭은. 괜히 짝짝이로 잘못 붙이지 말고 따라와."

민 여사의 손에 이끌려 피팅룸으로 사라진 준휘는 여탕에서의 '서프라이즈' 못지않은 충격을 바바리맨의 그녀 대신 맛보며 '아악, 저기요, 앗, 제가, 헉!' 하며 허공을 향해 절규했다.

한참의 시간 끝에 조용히 피팅룸의 문이 열리고 볼 거 안 볼 거다 보여준 준휘가 민 여사의 뒤를 따라 조용히 모습을 드러냈다. 거울 앞에 선 준휘는 더 이상 예전의 곱상한 총각이 아니었다. 늘씬한 몸매 라인을 한층 돋보이게 만드는 하늘하늘한 시폰 소재의 원피스는—비록 보정의 힘을 빌리긴 했지만—선 고운 몸매를 그대로 드러내며 은근한 섹시미를 강조하고 있었다. 믿기지 않는 자신의 변화에 할 말을 잃은 준휘는 그대로 거울에 시선을 꽂은 채 서 있었다. 팔짱을 낀 채 준휘를 바라보던 민 여사가 장식장 위에 곱게 개어져 있던 볼레로 스타일의 에메랄드빛 니트 카디건을 집어 준휘에게 내밀었다. 어서 입어보라는 듯한 눈짓에 무엇에 홀린 듯 천천히 팔을 꿴 준휘가 옷을 입고 돌아서자 그제야 되었다는 듯 민 여사의 눈빛이 반짝 빛났다.

"자, 준휘가 말했던 패션의 완성."

민 여사가 내민 것은 앙증맞은 리본 장식이 달린 플랫 슈즈였다.

"가뜩이나 지금 부분 가발에 안 입던 원피스까지 이래저래 신경 쓰일 텐데 구두 굽까지 높으면 정신 사나울 거 아냐. 하나라도 편한 게 있어야지."

"너무 예뻐서……. 아, 제가 예쁘다는 게 아니라 옷이랑 구두 전부 다요."

"그중에 제일 예쁜 건 준휘 바로 너야. 아, 정말 예쁘다."

만족스러운 눈빛으로 준휘를 바라보던 민 여사가 옆에 놓인 전화기를 들었다.

"3층으로 올라와. 예쁜 아가씨 에스코트해 가야지."

잠시 후 모습을 드러낸 강현이 입구에 들어섬과 동시에 우뚝 멈춰 섰다. 어머니의 능력을 믿긴 했지만……. 강현의 눈은 이미 강준휘라는 콩깍지가 단단히 씐 채 천국을 헤매는 중이었다.

"내 아들을 바보로 만들 만큼 내 솜씨가 그렇게 좋았던 거니?"

"정말…… 예쁜데요, 어머니."

"어쩌니. 네가 그렇게 예쁘다고 칭찬하는 그 아이가 입고 있는 옷이 디자인보단 경영에 더 소질 있는 이 엄마의 작품인데."

"준휘가 워낙 예쁘니까 커버가 되네요."

"이 자식이 그냥."

"폭력 앞에 소신을 굽히는 건 아니고요. 오늘만큼은 어머니가 짱 멋진 디자이너십니다."

"제발 서른셋."

"자꾸 안 깨우쳐 주셔도 압니다. 가자, 준휘야."

그냥 이대로 따라 나가면 되는 걸까? 자신을 향해 내밀어지는 손을 물끄러미 바라보던 준휘의 어깨를 민 여사가 다가와 살짝 밀어냈다.

"자, 왕자님이 나타났으니 우리의 신데렐라는 그만 마차를 타고 사라져 주시지요."

"오늘……."

감사하다는 인사를 해야 하는데 입이 떨어지질 않았다. 이걸 이렇게 받아도 되는지 모르겠고, 이곳에서 일어난 마법 같은 일조차도 실은 믿기지 않는 준휘였다. 여전히 얼떨떨한 채로 서 있는 준휘의 손을 잡고 강현이 걸음을 옮기자 그의 힘에 이끌려 걸음을 옮기며 준휘가 민 여사를 향해 꾸벅 인사를 했다.

"참, 옷이랑 구두는 내 선물. 즐거운 시간 보내라."

요정 할머니에 의해 변신을 했던 신데렐라의 기분도 이랬을까. 준휘가 입고 왔던 옷과 신발이 든 가방을 뒷좌석에 싣고 차 문을 닫은 강현이 조수석 문을 열어주자 호박 마차에 오르는 심정으로 차에 오른 준휘가 멍한 얼굴로 강현을 바라봤다.

"너무……. 아, 감사 인사도 제대로 못 드리고 나왔어요. 내가 이거 받아도 되는 거예요? 나 알고 보니 되게 뻔뻔한 구석이 있나 봐. 해주시는 대로 좋다고 헤벌쭉 있다가 나온 거잖아요."

"어머니도 완전 즐기셨던 것 같은데 뭘. 나나 우리 형제 중 하나가 여자로 태어났다면 어머니의 딸 꾸미기 로망에 흡족한 미소를 안겨드렸을 텐데, 셋 다 시커먼 사내들이라서. 앗, 벌써 시간이 이렇게 됐네. 배고프지?"

어두워진 도로를 달려 강현과 함께 찾아간 곳은 교외의 한 레스토랑이었다. 묵직한 느낌의 목조 건물의 레스토랑은 높은 천장에 걸린 샹들리에와 로비를 둘러싼 접이식 창문이 클래식한 분위기를 느끼게 하며 근사한 위용을 뽐내고 있었다.

"예약하셨습니까?"

입구에 들어서자마자 정중히 두 사람을 맞은 직원의 물음에 강현이 자신의 이름을 말했다. 금세 고개를 끄덕인 직원의 안내를 받으며 홀 안을 가로지르자 빈자리가 보이지 않을 정도로 빽빽이 들어찬 테이블이 눈에 들어왔다.

"혹시 손님 많아서 실망했어?"

"네? 손님이 많은데 왜 실망해요. 손님 많으면 맛있다는 뜻인데."

"아니, 드라마나 영화 같은 데 보면 남자가 이런 레스토랑 통째로 빌리고 그러잖아."

"돈 아깝게 그런 짓을 왜 해요. 그 돈이면 돈가스가 몇 인분인데."

"음. 역시 우린 현실적인 커플이야."

직원을 따라 자리를 안내 받기까지 내내 귓속말을 속삭이던 두 사람에게 창가 테이블이 안내되었다. '예약석' 팻말을 치워낸 직원이 방긋 미소를 건네며 두 사람 앞에 메뉴판을 내밀고 사라졌다.

"비쌀 것 같은데요."

겨우 한마디를 뱉어냈는데 사라졌던 직원이 다시 나타나 쪼르르 물을 따라주고 있었다.

"특별히 가리는 음식 있어?"

"아뇨. 없어서 못 먹어요."

피식 웃음을 지어낸 강현이 준휘의 손에 들려 있는 메뉴판을 열어보기도 전에 빼앗아 자신의 테이블에 놓아두고 주문을 시작했다.

"애피타이저로는 허브 버터 소스를 가미한 가리비 조갯살 구이로 주시고요, 음, 수프는 토마토 더블 콘소메 수프에 레드 와인 비니거 드레싱의 계절 야채샐러드, 그리고 타르타르소스를 곁들인

도미 튀김, 메인으론 안심 스테이크. 준휘는 고기 어떻게 익혀줄
까?”

“미디엄이요.”

“둘 다 미디엄으로 익혀주시고 디저트는…… 초콜릿 퐁당트,
괜찮지?”

그게 뭔지도 모르는데요.

주문을 마친 강현이 직원을 향해 살짝 눈웃음을 지어 보이며 메
뉴판을 건넸다. 그리고 강현의 가벼운 손짓에 허리를 숙인 직원에
게 무언가를 조용히 속삭이자 무언의 눈빛을 주고받던 직원이 아,
하는 반응과 함께 총총 사라졌다.

눈앞에 연신 일렁이고 있는 건 다름 아닌 촛불이었다. 생일 케
이크에 촘촘히 박힌.

직원의 손에 들려진 케이크가 테이블 위에 조심스럽게 놓이자
앉아 있던 강현이 조용히 손뼉을 부딪치며 노래를 부르기 시작했
다.

“생일 축하합니다. 생일 축하합니다. 사랑하는 준휘의 생일을
축하합니다.”

준휘에게만 들릴 듯한 작은 음성이었지만 테이블에 놓인 생일
케이크 탓에 주위의 손님 몇몇이 축하의 박수를 작게 보내왔다.

“잠깐. 촛불도 조명이라고 조명발 받는 건가? 그 앞에 있으니
더 예쁘네. 자, 웃어봐.”

머쓱하게 자신을 바라보고 있는 준휘를 멋대로 휴대전화 카메
라에 담은 강현이 준휘의 옆자리로 자리를 옮겨 바짝 얼굴을 붙이

고 휴대전화를 들이댔다.

"웃으라니까. 준휘 네가 처음 청한 첫 데이튼데 블로그에라도 올려놔야 할 거 아냐."

내가 청한 첫 데이트, 함께 맞은 첫 생일, 그리고 처음으로 함께 찍는 사진. 그렇게 몇 장의 사진을 찍고 난 뒤 바닥까지 가물가물 타 내려간 촛불을 훅 불어 껐다. 별로 오래 살진 않았지만 살다 보니 어쩌다 이런 날도 있구나.

"원래는 팔찌를 고르려고 했어. 너는 손을 많이 쓰니까 불편하라고."

"네?"

작은 케이스를 손에 쥔 채 의자에서 일어난 강현이 준휘를 보며 말했다. 손을 많이 쓰니까 불편하라고 팔찌를 선물하려 했다니? 도무지 이해할 수 없다는 눈으로 강현을 바라보는 준휘 옆에 케이스에서 꺼낸 목걸이를 준휘의 목에 살며시 걸어준 강현이 그대로 무릎을 굽히고 눈을 마주치며 입을 열었다.

"나는 심장이 뛸 때마다, 숨을 쉴 때마다 네 생각을 하는데 너는 안 그럴 거잖아. 그러니까 손에서 거치적거리는 팔찌를 볼 때마다라도 내 생각을 해달라는 그런 의미였어."

"……"

"근데 네가 불편한 것보단 내가 조금 불공평한 게 나으니까. 이 목걸이, 어쨌든 네 심장 부근에서 매일 맞닿아 있을 테니까 나는 그것으로도 좋아."

"아저씨."

"밤새 고민했어. 어떤 말을 해야 근사할까. 근데 생각나는 건 딱 한마디더라."

준휘를 향해 흔들리던 시선을 고정한 강현이 나직이 한마디를 속삭였다.

"사랑해."

그리고 뺨에 전해지는 촉촉한 온기. 잠시 눈을 감았다 뜬 준휘가 강현의 눈을 바라보며 조용히 입을 열었다.

"나도 아저씨가 좋아요."

살짝 몸을 숙인 준휘의 입술이 그대로 강현의 볼 위로 떨어졌다. 어디서 나온 용기인지 모르겠다. 주위의 모든 시선이 저를 향해 쏟아질지도 모른다는 생각이 머릿속을 헤집었지만 오늘 지금 이 시간만큼은 그딴 시선 따위 상관없다는 무모한 자신감이 스멀스멀 피어오르는 중이다. 그래, 키스도 아닌 볼 뽀뽀인데. 아마도 요정 할머니가 강조하던 신데렐라의 자신감은 머리나 옷이 아닌 준휘의 뻔뻔한 얼굴 위로 향했나 보다.

남산 위에 저 소나무 철갑을 두른 듯 주위 시선 불변함은 준휘 기상일세.

방금 전 주문했던 요리들이 코스대로 천천히 테이블 위에 얹어지고 있다. 쥐똥만 한 양 때문에 살짝 짜증이 나긴 했지만 뱃속이 아닌, 단지 눈으로만 즐길 요리였다면 가히 최고라 칭찬할 수 있을 만큼 화려한 식감의 요리들이 눈앞에 펼쳐지고 있었다.

"다른 건 몰라도 이 집 스테이크 하난 예술이거든."

"그러게요. 눈앞에서 줄어드는 스테이크가 이렇게 사람 맘을 아프게 할 수 있다니.”

“슬퍼?”

“조금요.”

“곱빼기로 시킬 걸 그랬네.”

“그러게요.”

“보기보다 정말 잘 먹는구나.”

“네, 뷔페 가면 완전 뽕을 뽑아요.”

“열심히 벌어야겠다.”

“아직까진 아빠가 잘 먹여주세요.”

“또, 또 말 돌리긴.”

“뭐가요.”

“고기나 썰어.”

“아저씨가 둘째면 형님이랑 동생은……”

“호구 조사 시작인가? 하긴 우린 아직 서로에 대해 모르는 게 너무 많지? 음. 형이랑 동생은 어머니 회사 일을 맡아 하고 있어. 형은 뭐랄까, 맡은 일만 열심히 하는 묵묵한 스타일. 그에 반해 동생은 욕심이 많아. 지금은 중국 지사에 나가 있는데 영국 옥스퍼드대에서 Economics and Management 과정을 마치고 바로 이탈리아로 건너가 에우로페오에서 디자인까지 공부한 지독한 녀석이야.”

“아.”

“참고로 형은 결혼했고, 동생은 나보다 못생겼어.”

“피.”

"넌?"

"난 별것 없는데. 대학에서 식음료를 전공했고, 아시다시피 아빠가 하는 커피숍에서 알바 중. 얼마 전 갑자기 엄마가 나타났고, 형제, 자매 없이 달랑 나 하나. 더 궁금한 거 있으세요? 우리 이러니까 맞선 보는 것 같다."

"맞선 볼 땐 밥 안 먹어."

"왜요?"

"깨진대."

"그래서 맞선 볼 때 밥 한 번도 안 먹었어요?"

"은근슬쩍 유도 심문은. 난 그런 거 안 했어. 참, 재벌 집 따님이시라던 어머님은 어느?"

"다울식품이요."

"다울?"

"네."

"와우! 준휘 진짜 재벌가 손녀구나?"

"다울…… 크기는 하죠. 근데 그게 나랑 무슨 상관 있는 건가?"

"상관없다고 생각하는 게 더 이상한 거지. 집에선 아무 말 없으셔?"

"무슨 말이요?"

"글쎄. 어쨌든 무슨 말이 오가긴 할 텐데."

"할머니가 뭐 공부하고 싶은 거 있느냐고 물어보시긴 했어요. 그래서 커피 공부를 하고 싶다고 언뜻 내비쳤는데 갑자기 유학 얘기 꺼내서서 당황했죠. 흐흐."

강현이 쥐고 있던 포크와 나이프를 내려놨다.

"그래서, 갈 거야?"

"기회가 된다면 가고는 싶은데 지금 당장은 아니에요. 아직 돈도 덜 모았고 아빠한테 엄마를 맡기고 어딜 갈 형편이 못 되거든요."

"……."

"왜요?"

"불안해서."

"뭐가요?"

"어느 날 갑자기 휙 떠나 버릴까 봐."

"아직 돈 다 못 모았다니까요."

"바로 그게 네가 다울과 상관이 있다는 거야. 다울, 네 외갓집에서 너 하나 유학 보낼 능력이 안 돼서 너 유학 자금 모을 때까지 기다릴 것 같아?"

"그건……."

"가지 마."

"아저씨."

초조하게 시선을 내린 강현이 마른침을 삼키며 고개를 내렸다.

"네가 선녀라면 날개옷을 벗겨 감춰둘 텐데."

"나는 선녀가 아니잖아요."

"그래서 더 불안해."

"떼쟁이 같아. 그게 뭐예요, 다 큰 어른이."

"어른이니까 이러는 거야. 예전 같았음 너 벌써 차에 실어 딴 데로 날랐어.”

“납치?”

“응.”

“어디 근사한 곳에 개인 섬 같은 거 하나 가지고 있나? 그럼 흔쾌히 납치당해 줄 수도 있고.”

준휘가 강현을 향해 배시시 미소를 지어 보였다. 얼음 왕자의 차가운 심장을 말랑하게 녹여낸 로설 속 여주의 것처럼 그제야 굳었던 얼굴을 편 강현이 접시 위에 놓아두었던 포크를 집어 들었다.

디저트로 나온 달콤한 폰단트에 향 좋은 커피까지 마시고 나니 절대 부르지 않을 것 같던 배에 차츰 포만감이 차오르며 기분 좋은 나른함을 가져다주기 시작했다. 나가서 입가심으로 떡볶이라도 한 접시 먹어야 하나 했던 고민은 이제 더 이상 안 해도 될 것 같았다. 이렇게 예쁜 원피스에 뻘건 고추장을 지저분하게 묻힐 수는 없지. 안 그래도 흘리지 않게 조심조심 먹느라 얼마나 진 빠졌는데. 아, 입술. 밥 먹느라 다 지워진 건 아닐까. 이 사이에 무언가가 끼어 있진 않은 건지. 잠시 화장실에 다녀온 사이 벌써 계산을 마친 강현이 화장실 입구에 서서 준휘가 나오길 기다리고 있었다.

집으로 가기엔 조금 이른 시간이란 아쉬움이 살짝 묻어나던 순간 강현의 차가 집 방향이 아닌 다른 곳으로 향하고 있음을 깨달은 준휘의 가슴이 콩닥 설레기 시작했다. 어디를 가는 걸까. 커피는 방금 전 마셨는데 설마 또 차를 마시러 가는 건가? 창밖을 바라보며 발그레 미소를 짓던 준휘의 시선에 H호텔 건물이 눈에 들어오기 시작했다.

설마 이 아저씨, 나를 정말 선녀로 착각한 거 아냐? 그래서 오늘 밤 날개옷 벗겨놓고 세 쌍둥이라도 만들 작정으로 호텔을? 희번덕이며 준휘의 날카로운 시선이 강현을 향할 찰나 주차 라인에 차를 대던 강현이 조용히 입을 열었다.

"내가 처음 런웨이에 섰던 곳이야."

무안한 시선을 냉큼 돌리던 준휘에게 다가와 조수석 문을 열어준 강현은 익숙한 걸음으로 한곳을 향해 몸을 움직였다.

내일 날짜가 선명하게 찍힌 그곳에선 막바지 무대 점검이 한창 이루어지고 있었다.

"여긴 관계자 외 출입…… 어? 형!"

홀 안으로 들어선 강현을 향해 웬 남자 하나가 다가오며 반갑게 손을 내밀고 있었다.

"어, 준섭아. 네가 여긴 웬일이야?"

"이번 쇼 조명, 내가 맡았거든. 그나저나 형이야말로 이 시간에 웬일이야? 옆에 이 아리따운 아가씨는?"

"눈독 들일 거 없고, 넌 네 할 일이나 해."

"에이, 그런다고 소개도 안 시켜주냐. 안녕하세요. 박준섭이라고 합니다. 형하고는 제가 막내 스태프일 때부터 아는 사이예요."

"아, 네. 저는 강준휘라고 해요."

"혹시 모델? 낮은……."

"모델 아니에요."

모델이란 말에 살짝 낯을 붉힌 준휘가 민망함에 고개를 돌리자 준휘의 허리에 팔을 감은 강현이 제 쪽으로 준휘를 끌어당기며 준섭을 향해 입을 열었다.

"인사가 너무 길다."

"야박하기는. 이거 애인 없는 사람 서러워서 살겠나."

"방해 안 되게 잠깐만 있다 갈게. 그래도 되지?"

고개를 끄덕인 준섭이 '오른쪽 조명을 좀 죽여야 하나' 하고 들릴 듯 말 듯 중얼대며 금세 사라졌다. 준휘의 손을 잡고 향한 곳은 런웨이 한가운데였다. 눈부신 조명이 두 사람을 향해 쏟아지고 있었고, 조명 너머 객석을 향한 시야는 어둠과 극명한 대조를 이루며 런웨이의 두 주인공을 돋보이게 했다.

"런웨이는 처음이겠지?"

"당연하죠. 쇼 장에 들어온 것도 처음인데. 이런 건 TV에서나 봤지. 우와! 이런 기분이구나. 만약 저기에 사람들이 있었다면 죄다 나를 향해 시선을 고정하고 있었을 거 아니에요."

"응. 이 위에 서 있는 동안 난 이 쇼의 주인공이지. 세상에 유일무이唯一無二한."

"근사했을 것 같아요."

"그렇게 보이고 싶었어."

"떨리지 않았어요?"

"전혀."

화려한 스포트라이트를 받으며 당당히 런웨이를 누비던 강현의 모습이 상상되었다. 상상만으로도 이렇게 가슴이 콩닥대는데 전혀 떨리지 않았다는 강현은 묵묵히 앞을 응시하는 중이다. 근사했을 것 같다. 굳이 근사하게 보이고자 애쓰지 않더라도 멋진 모델들 틈에서 워킹을 하는 강현은 세상 그 어떤 모델보다도 빛을 발했을 것이다. 그런 사람이 지금 제 옆에서 제 손을 꼭 잡은 채 서 있다는 게 조금은 믿기지 않는다. 이렇게 보니 조금은 부담스럽기도 하다. 그래도 뭐, 나는 이 아저씨보다 아홉 살이나 어리니까. 얼굴? 몸매? 흐흐. 그래도 먹어버린 나이는 어쩔 겨.

"그땐 무대 위에 서 있는 내가 좋았어. 그런데……."

준휘의 손을 잡아끈 강현이 오른쪽 무대 뒤로 걸음을 옮겼다. 오른쪽 백스테이지엔 아까의 런웨이와 달리 어둑한 그림자가 진 채 화려한 무대의 이면을 보여주고 있었다. 그래도 너무나 어두웠다. 모델들이 런웨이에만 다니는 건 아닐 텐데 무대로 나가다가 넘어지기라도 하면 어쩌라고. 밝은 빛에 익숙해졌던 동공이 점차 어둠에 적응하며 주위를 인식하기 시작했을 때 깊은 눈으로 자신을 내려다보고 있는 강현의 얼굴이 들어오기 시작했다.

"이렇게 너와 함께할 수 있는 무대 밖에서의 내가 더 좋아졌어."

천천히 고개를 숙인 강현의 입술이 그녀를 향해 내려오고 있다. 콧등 위로 강현의 숨결이 느껴지자 준휘는 가만히 눈을 감았다. 이러려고 아까 준섭이란 사람이 오른쪽 조명을 죽이네 살리네 했던 거구나. 앗항, 센스쟁이.

살포시 준휘의 윗입술을 머금은 강현의 입술을 따라 준휘도 살짝 강현의 아랫입술을 빼어 물었다. 금세 강현의 입술이 열리며

촉촉한 혀가 준휘의 입술을 가르며 들어서자 가쁘게 호흡을 삼켜
낸 준휘가 수줍은 숨결을 내뱉으며 그의 혀를 받아들였다. 여태
꼭 잡고 있던 손을 풀어낸 강현이 준휘의 어깨를 조심스레 어루만
졌다. 아무리 무대 뒤라고는 하나 언제든 사람이 오갈 수 있는 장
소다. 하지만 그런 것 따윈 아랑곳하지 않는다는 듯 준휘의 뒷목
에 손을 얹은 강현이 힘을 주어 그녀를 끌어안자 종이 한 장 들어
갈 틈 없이 밀착된 두 사람의 몸이 마치 하나인 양 맞물려 아찔한
장면을 연출했다.

두 사람의 호흡이 조금씩 가빠오기 시작했다. 혀와 혀가 맞닿고
서로의 숨결을 나누며 하나의 호흡으로 완성된 아름다운 피조물
이 런웨이가 아닌, 무대 뒤 백스테이지에서 완벽한 피날레를 맞으
며 그렇게 두 주인공은 그들만의 쇼를 조용히 마무리했다.

17. 원래 모든 로설엔 시련이 등장한다

"나, 쫓겨나는 거야?"

아쉬움을 뒤로한 채 현관문을 열고 들어선 준휘는 눈앞에 덜렁 놓인 자신의 짐을 바라보며 새된 목소리를 뱉어냈다.

"아님 옜다, 생일 선물, 이러면서 3박 4일 해외여행이라도 보내주는 거?"

"쫓겨나는 거."

"왜?"

"보다시피 우린 지금 신혼이잖아. 너, 엄마, 아빠한테 방해된단 생각 안 해봤어? 며칠이라도 우리끼리 오붓한 시간 보내고 싶어."

"그럼 엄마, 아빠가 신혼여행을 가야지 내가 짐을 왜 싸는데?"

"둘이 움직이는 것보단 하나가 가는 게 쉽잖아."

"무슨 그런 말도 안 되는……."

"엄마 데리고 낯선 곳으로 움직이는 게 그래서 그래."

생각해 보니 그건 그러네.

"그럼 이 밤에 당장 어딜 가라고."

"당분간 외갓집에 가 있어."

"외갓집?"

정말 생소한 단어다. 그러고 보니 내게도 외갓집이라는 게 생겼구나.

"그래도 돼?"

"허락받았어."

"딸내미 떨어뜨리려고 무지 바쁜 행보를 하셨군. 그럼 며칠이나 있으면 되는데. 한 5일?"

"좀 더."

"할머니랑 아직 그렇게 친하진 않은데. 일주일이면 돼?"

"5일에서 겨우 2일 더 쓰냐?"

"에잇, 열흘이면 되는 거야?"

"일단 가봐."

"그렇다고 지금 이 밤에 쫓아내?"

"밖에서 기다려."

"누가?"

"너 데려다 주실 분."

외갓집까지 데려다 주실 분이라는 한 실장이란 남자가 검은 양복을 입은 웬 젊은 남자를 대동하고 현관문을 열고 있었다. 전에 만난 적이 있는 아저씨다. 엄마가 있던 요양원으로 찾아와 그녀를 병원까지 데려다 주었던. 낯은 익지만 왠지 모를 거리감에 슬쩍 준성을 돌아보았지만 아빠는 별다른 내색을 하지 않았다.

그래, 인당수에 팔려가는 심청이도 아니고, 남들은 방학마다 찾아간다는 외갓집인데, 게다가 부잣집이잖아. 그런 재벌 집은 어떻게 생겼는지 구경도 해보고 만한전석滿漢全席 같은 상다리 부러지는 밥상도 받아보는 거야.

한 실장의 손짓과 함께 현관 앞에 서 있던 젊은 남자가 거실에 놓인 가방을 들고 나갔다. 오, 앞으론 무거운 것 안 들어도 되는가 보다. 두 사람을 향해 씩 미소를 지어 보인 준휘가 들릴 듯 말 듯 한 작은 목소리로 준성을 향해 속삭였다.

"49금 원츄!"

성북동이라든지 평창동 같은 이름난 부촌은 사실 겉으로만 지나며 봤지 대체로 그 실체에 대해서는 전혀 알 수가 없었다. 제가 굳이 그 동네 언덕배기까지 올라갈 특별한 일도 없었을 뿐 아니라 그들의 사생활이 궁금해 미칠 만큼 한가한 사람은 더더욱 아니었으니. 그저 드라마를 보다가, 혹은 뉴스 속 재벌의 소소한 사건, 연예 정보 프로그램에서 톱스타 아무개가 수십 억 주택을 구입했네 하며 나오는 화면 속 으리으리한 집들을 보며 얼마나 돈이 많으면 먹고 자는 집에 저렇게 많은 돈을 투자할 수 있을까 같은 부러움 섞인 시선이나, 혹은 '우와, 저런 집에서 한번 살아봤으면 좋겠다' 같은 말도 안 되는 희망을 잠시 품은 정도? 아니, 그걸 희망이라 일컬을 수 있을까? 망상. 그래, 망상이다. 그런 망상에 빠져 사느니 평생 살면서 2주 연속 이월된 로또 복권에 나 홀로 1등으로 당첨되는 확률을 계산하는 것이 오히려 더 현실적인 것일지 모르겠다.

그런데 지금 눈앞에 보이는 건 정말 현실이 맞는 것일까. 언덕을 오르자마자 보이는 눈앞의 광경에 준휘는 그동안 품어왔던 로망 아닌 로망—로설 속에 등장하는 남주의 근사한 집 정도?—은 저 멀리 날려 버리고 현실을 마주한 로설 속 여주인공이 된 것 같은 착각에 빠져들고 있었다. 몇 집 건너 하나씩 보이는 사설 경비 초소라든지 TV에서나 보던 재벌 집들을 죄다 모아둔 드라마 세트장 같은 광경은 부러움이라든지 동경 같은 감상을 어느새 두려움이란 달갑지 않은 녀석으로 둔갑시켜 스멀스멀 그녀의 발등을 기어오르고 있는 중이었다.

"늦었구나."

처음 마주한 외갓집의 높게 솟은 대문 아래서 한참을 망설인 끝에 들어선 준휘 앞에 대문만큼이나 높다랗게 느껴지는 한 여사의 마뜩찮은 눈길이 준휘를 훑었다.

오늘은 생일인데, 사람들과 어울리다 보면 늦을 수도 있는 것 아닐까. 먼저 생일 축하한다는 말씀부터 건네주심 훨씬 좋았을 텐데. 이런저런 생각이 머리를 스치고 지나갔다. 아마 할머니니까 내 걱정 때문에 그러신 걸 거야.

"아……."

“다 큰 여자애가 밤늦게 다니고 하는 거, 별로 보기 좋은 모양새는 아니다.”

무언가 대꾸를 해야 하는데 마땅한 말이 떠오르지 않는다. 나름대로 서운한 게 있긴 하지만 그래도 외갓집에 방문한 첫날부터 안 좋은 감정을 고스란히 드러낼 순 없었다.

“죄송해요.”

어쨌든 늦었으니까.

고개를 든 준휘 앞에 할머니 외에 또 다른 사람들이 늘어서 있다는 걸 뒤늦게 깨달았다. 나이가 조금 있는 중년의 아주머니 두 분, 그리고 그보다는 조금 젊어 보이는 여자 한 분, 그리고 그보다 좀 더 젊어 보이는, 게다가 단정한 검은 정장을 차려입은 또 다른 여자까지. 준휘의 눈길이 그쪽으로 향하는 걸 눈치챈 한 여사가 준휘를 향해 조용히 입을 열었다.

“집안일 돌봐주는 분들이시다. 혹 내가 없더라도 머무는 동안 불편 없이 보살펴 줄 분들이야.”

“안녕하세요, 아가씨.”

한 여사의 말이 끝나기가 무섭게 준휘를 향해 ‘아가씨’라 부르며 인사를 하는 사람들이 준휘는 너무도 부담스러웠다. 드라마 속에서도 일하는 분들이 나이 어린 주인집 딸에게 이렇게 경어를 쓰진 않은 것 같은데. 여기가 무슨 중세 유럽도 아니고. 생각이 채 닿지도 않았는데 한 여사의 말은 계속 이어졌다.

“그리고 여긴 권 비서.”

권 비서라 소개받은 검은 정장의 여자가 준휘를 향해 까딱 목례를 해왔다. 엉겁결에 따라 인사를 하는데 그를 잘라내듯 카랑카랑한 한 여사의 목소리가 들려왔다.

"앞으로 네 일을 봐줄 사람이다. 필요한 것이 있으면 언제든 권 비서한테 말하렴."

"네? 네……."

"2층으로 가자."

"네."

2층으로 가자는 한 여사의 말이 끝나기 무섭게 현관에 대기하고 있던 검은 양복의 남자가 거실에 놓아두었던 준휘의 짐을 들고 따라 오르기 시작했다. 힐끗 뒤를 돌아보니 거실에 나열해 있던 아주머니들은 각각 흩어져 채 어디론가 향하고 있었다. 한 여사를 따라 2층을 오르고 있는 사람은 준휘와 권 비서, 그리고 짐을 든 젊은 남자뿐이다.

"이곳이 네가 지낼 방이다."

어쩌면 제가 있는 이곳이 중세 유럽이 맞을지도 모른다는 생각을 했다. 영화의 한 장면처럼 시간의 문을 잘못 넘어 이곳으로 불시착한.

그녀가 살던 집 거실보다 더 큰 방 안엔 단정하게 배치된 앤티크한 가구들에 천사의 날개처럼 하얗고 깨끗한 레이스 커튼과 침구, 그것도 모자라 침대엔 캐노피까지 설치돼 있었다. 당장 이곳에 어울리지 않는 현대의 복식을 벗어던지고 허리는 잘록하고 엉덩이 부분이 쫙 퍼진 로코코 스타일 드레스라도 골라 입어야 하는 건 아닐까.

“마음에 들지 모르겠다. 나 대신 여기 권 비서가 애 많이 썼는데.”

“아, 예…….”

“취향이 어떠신지 몰라서 제 임의대로 인테리어를 진행시켰습니다. 마음에 들지 않는 점이 있으시면 내일 말씀해 주세요.”

미소를 띤 채 말하는 그녀를 향해 어색한 미소를 지어 보여줬지만 마음 같아선 권 비서가 입고 있는 검은 정장을 벗겨내고 그녀의 허리도 코르셋으로 잔뜩 졸라주고 싶었다. 겨우 며칠 머무를 방에 이런 짓을 저지르다뇨. 돈이 썩어나나요!

“권 비서, 수고했어. 늦었으니 그만 돌아가고 내일 다시 보지.”

“네, 사모님. 내일 뵙겠습니다.”

“음. 자네도 수고했네.”

한 여사의 고갯짓에 방 안에 짐을 내려놓은 젊은 남자도 한 여사를 향해 꾸벅 인사를 하고 사라졌다.

“씻고 쉬어라. 짐 정리는 네가 할 것 없으니 그대로 두고.”

“네.”

“참.”

“네?”

“그렇게 꾸미고 있으니 훨씬 보기 좋구나.”

“아.”

“그리고 생일 축하한다. 미역국은 내일 먹자꾸나. 원래 생일은 당겨서는 하더라도 미뤄하지는 않는데 할 수 없지 않느냐.”

“네.”

“편히 자거라.”

“안녕히 주무세요.”

“그래.”

조용히 문이 닫혔다. 그와 함께 버라이어티했던 하루도 마감되는 듯싶다. 할머니로부터 생일 축하한다는 말도 들었고, 이렇게 꾸미니 보기 좋다는 칭찬도 들었다. 그런데 왜 이렇게 마음 한구석이 허전한 거지? 갑자기 아저씨가 보고 싶었다. 전화기를 꺼내 들었다. 그리고 꾸욱 단축번호를 눌렀다.

〈나와 같은 마음이었다고 말해줘.〉

다짜고짜 전화기를 통해 들려온 강현의 목소리에 준휘는 피식 웃음을 지었다.

“갑자기 뭐가요?”

〈보고 싶었다고, 그래서 목소리가 듣고 싶었다고.〉

가뜩이나 외로운 마음에 훅 하고 불꽃이 일어나는 것 같았다. 대문만 열고 나가면 바로 아저씨의 모습을 볼 수 있는 저의 집이었다면 벌써 달려 나가고도 남았을 것이다. 보고 싶었다고, 그래서 목소리가 듣고 싶었다고 그의 목을 끌어안으며 동네가 떠나가게 외쳤을지도 모른다. 하지만 그럴 수 없었다. 외롭다. 아저씨가 보고 싶다. 갑자기 높은 성벽 안에 갇힌 공주님이 된 기분이다.

“치. 심장 떨리는 대사를 너무 잘 날려. 로설을 너무 많이 봐서 그런가? 아저씨 로설 쓰면 진짜 잘 쓸 것 같아요.”

〈그래?〉

“네, 로설 쓰면 여주인공 이름 준휘로 해줘요. 그리고 다니는 학교는 꼭 한국대학교로.”

〈왜?〉

“로설 속 대부분 학교는 거의 한국대학교더라구요. 나도 거기 다니면 로설 속 주인공들하고 동창인 거잖아. 흐흐. 언제 같이 모여 동기회 같은 거 하고. 그럼 선남선녀들만 쫙 모이는 건가?”

〈그럼 남주 이름은 반드시 차강현으로 해야겠네. 한국대학교 선배로.〉

“동기도 괜찮은데.”

〈왜? 나이 많은 선밴 싫은가?〉

“한 번쯤 야, 너, 이러면서 장난도 치고, 툭탁툭탁 말다툼도 해보고 싶고.”

〈말다툼은 나하고도 꽤 많이 했던 걸로 기억하는데.〉

“그건 말다툼이 아니라 아저씨가 일방적으로 절 갈군 거였죠.”

〈너는 나에 대해서 너무 일방적으로 나쁜 편견을 갖고 있어.〉

“가슴에 쌓인 게 많아서요.”

〈한 번쯤이라고 했지?〉

“뭐가요.”

〈야, 너, 그러는 거.〉

“예?”

〈오늘 딱 한 번 나한테 야, 너, 그러는 거 봐줄 테니 한번 해봐.〉

“에이. 아저씨 은근 뒤끝 있는 거 내가 다 아는데.”

〈싫음 말고. 날이면 날마다 오는 기횐 아닐 텐데.〉

“잠깐!”

〈응?〉

"야! 차강현!"

〈……어.〉

"꼽냐?"

〈뭐?〉

"뒤끝 없다며."

〈응.〉

"그래도 괜히 했다 싶지?"

〈아니.〉

"아니긴 뭘, 대답이 한 박자 쉬고 나오는구만."

〈기가 조금 막혀서 대답이 좀 늦긴 하네.〉

"크크. 코는 안 막히고? 혈압은 안 오르나?"

〈이런 게 좋아?〉

"응, 좋아. 그리고 이런 것도 꼭 해보고 싶었어."

〈또 뭘?〉

"야, 차강현."

〈어.〉

"너 되게 보고 싶다."

〈뭐?〉

"못 들은 척하긴. 끊어, 인마."

빙긋 미소를 지은 준휘가 냉큼 종료 버튼을 누르곤 손 안의 전화기를 침대에 툭 던져 놓았다. 뭔가 쿨하고 근사한 로설 속 여주가 된 기분이다. 전화기를 손에 든 채 멍해 있을 강현의 모습이 떠오르자 쿡쿡 웃음이 튀어나왔다. 나름 근사한 것 같았는데. 내 대사에 아저씨의 심장도 살짝 쫄깃해지지 않았을까.

잠깐 망설이긴 했지만 외갓집에 와 있단 말을 하지 않은 건 잘한 일인 것 같다. 가뜩이나 어디로 사라질까 두렵다던 아저씨한테 짐까지 싸 들고 외갓집에 와 있단 소릴 했다면 어딘지 제대로 설명도 못할 이곳으로 달려온다고 난리를 칠 게 뻔했다. 내일 차근차근하게 말해주면 되겠지. 며칠만 놀다 간다고. 설마 그 며칠 안 본다고 죽기야 하겠어? 그제야 마음이 한결 가벼워진 준휘가 가방 안의 속옷을 꺼내 들고 욕실을 향해 걸음을 옮기기 시작했다.

"아가씨, 아가씨."

우웅. 꿈결에 들려온 아가씨란 호칭에 준휘의 입가가 살짝 올라서다 떨어졌다. 아가씨라고 불러줘서 좋긴 한데 지금은 너무 졸립다구요.

"아가씨, 그만 일어나세요. 7시에 아침 식사를 드실 겁니다."

7시에 아침이라니, 7시는 저녁을 먹을 시간인데.

여전히 비몽사몽인 채로 부스스 눈을 뜬 준휘가 허리를 숙인 채 제 어깨를 흔들어 깨우고 있는 한 여자를 향해 희미한 시선을 고정했다.

헉!

벌떡 몸을 일으킨 준휘가 눈앞의 여자를 향해 당황한 시선을 보내자 살짝 입꼬리를 들어 올리며 미소를 지은 여자는 전혀 당황하지 않았다는 얼굴로 차분히 입을 열었다.

"씻고 내려오세요. 사모님 기다리십니다."

그러고 보니 낯이 익다. 어젯밤 거실에서 잠깐 인사를 한 이 집의 일을 봐주는 분들이라던 그 무리에 섞여 있던 여자.

더듬더듬 손을 내밀어 휴대전화를 확인하니 AM 6:30이라 적혀 있다. 그렇다면 지금은 새벽 6시 30분이라는? 준휘의 황당한 얼굴이 여자를 향해 돌아갔다.

아줌마, 설마 매일 아침 이 시간에 일어나라는 건 아닐 테죠?

부자는 그냥 부자가 아니다. 달리 아침형 인간이라 하겠는가. 그런데 나는 부자도 아니고 아침형 인간은 더더욱 아니다. 그래서 내가 가난한 걸까?

혼자서 이런저런 생각을 하다 보니 뇌가 막 꼬여가는 것 같다. 머리를 탈탈 털며 대충 씻고 내려간 주방에 이미 자리를 잡고 앉아 있는 한 여사의 모습이 보였다.

"안녕히 주무셨어요."

"그래. 잠자리가 바뀌어 고생을 한 건 아닌지 모르겠다."

"잘 잤어요."

"다행이구나. 어서 앉아라."

"네."

"아침잠처럼 쓸데없는 것이 없다. 앞으론 일찍 일어나는 습관을 들여. 두 눈에 그렇게 잠을 달고 나와 무슨 아침을 먹겠다고."

"늦게 자던 게 버릇이 돼서 아침엔 일찍 못 일어나겠더라구요."

"다 습관 들이기 나름이다. 게으른 사람은 어딜 가더라도 환영

받지 못해.”

“네.”

참 이상했다. 아빠 앞에선 꼬박꼬박 나오던 말대답이 할머니 앞에선 입을 본드로 붙여놓은 것처럼 딱 달라붙어 고작 ‘네, 네’ 소리만 나오고 있으니.

한 여사가 먼저 숟가락을 들기를 기다렸다가 조용히 따라 숟가락을 들었다. 재벌들은 늘 한 상 거나하게 먹을 거라는 저의 생각은 틀렸는가 보다. 식탁 위엔 뒤늦은 생일을 축하하는 미역국과 잡곡밥, 잡채, 그리고 모듬전과 도미찜 외에 이름을 알 수 없는 두어 개의 요리와 밑반찬이 차려져 있었다. 물론 소박하거나 조촐하다고는 절대 표현할 수 없는 밥상이지만 워낙 방대한 기대를 가졌던 탓일까. 아니, 뭐, 그렇다고 상 위에 아침부터 뷔페가 차려질 거란 생각을 가졌던 건 아니고. 그러고 보면 나도 은근 속물 맞나 봐. 선물은 없을까. 봉투일까, 상자일까 힐끗 눈치를 살피는 걸 보면.

“무얼 좋아할지 몰라서 너 편한 대로 하라고 준비했다.”

식탁 위로 작은 상자 하나가 쓱 밀어졌다. 오케이. 봉투 아니고 상자. 근데 크기로 봐선…….

“열어보려무나.”

할머닌 역시 센스쟁이.

수줍은 미소를 살짝 지어 보인 준휘가 손을 뻗어 조심스레 상자를 열었다.

아, 그녀에게는 전혀, 아무짝에 쓸모없는 카드 지갑이 들어 있

었다. 그래도 실망한 기색을 보이면 안 돼. 자, 해보라고. 개구리
뒷다리~

"감사합니다. 참 예쁘네요."

"한도는 알아서 조정해 놨으니 이따 권 비서 데리고 나가 필요
한 걸 사든지 해라."

"네?"

"카드 말이다, 그 안에 들어 있는."

"카드요?"

조심스레 카드 지갑을 열었다. 얌전히 꽂혀 있는 신용카드. 생
일 선물은 카드 지갑이 아닌 바로 이 카드였던 것이다. 이걸 나보
고 어떻게 하라고. 카드를 들고 나가 사고 싶은 걸 사라니. 이건
봉투에 든 돈을 세며 무얼 살까 하는 고민과는 또 다른 문제다.

"아…… 저 이런 거 필요 없어요."

"필요한 게 왜 없니. 당장에 그 옷이랑 머리."

잔뜩 못마땅하다는 듯한 한 여사의 시선이 준휘를 향해 쏟아졌
다.

아, 12시가 지났으니 펑 하고 사라진 내 부분 가발.

"어제 그 옷이랑 머린 어디서 한 게냐. 스타일이 썩 괜찮던데."

"아, Min&Beauty라고 아는 분 숍에 갔었어요."

"Min&Beauty?"

"네."

"네가 거길 어떻게 알고?"

"와, 할머니도 아시는구나?"

“숍 매니저를 알고 있는 게야?”

“아뇨, 민 어패럴 사장님요.”

“민 사장을?”

“네, 아주 근사한 분인 것 같아요. 어제 그 옷이랑 구두, 제 생일 선물이라고 주신 거예요. 아우, 좀 부담스럽긴 한데 너무 예뻐서 염치없이 덜컥 받아 들고 왔지 뭐예요.”

“네가 혼자 민 사장을 찾아가?”

“아뇨, 아저씨랑 같이.”

“아저씨라니?”

“민 사장님 둘째 아들이오. 저희 앞집 살거든요.”

“민 사장 둘째?”

“네.”

한 여사의 머리가 빠르게 돌아갔다. 민 사장의 둘째 아들이라면 서른셋이나 먹도록 제자리 하나 찾지 못하고 방황하고 있는 덜떨어진 녀석이 아닌가. 한때 모델을 한답시고 겉멋만 잔뜩 든 채 껄렁대다 소리 없이 군대를 갔던 것 같고, 지금껏 뭐 하나 해놓은 것 없이 놀고먹는 민 사장의 골칫덩이. 그런 아이와 그리 가깝게 어울리고 있었던 게야?

준휘가 눈치채지 못하도록 얼른 표정을 숨긴 한 여사가 준휘를 향해 조용히 입을 열었다.

“참, 전화기는 어쨌느냐?”

“핸드폰이요? 여기 주머니에 있는데.”

혹시 필요해서 그러신가 싶어 주머니에서 꺼낸 휴대전화를 한 여사 앞에 막 내미는 찰나 준휘의 손에 있던 전화기를 냉큼 받아 쥔 한 여사가 미역국을 입에 떠 넣으며 차분히 말을 이었다.

"나는 네가 다울에 어울리는 사람이 되었으면 한다. 사소하게 흐트러진 모습으로 괜한 구설수에 오르내리는 짓은 하지 말거라."

"네?"

이건 또 무슨 말씀이실까. 한 여사의 손에 들린 자신의 전화기를 황망하게 바라보고 있던 준휘를 향해 갑자기 날벼락 같은 한마디가 준휘의 귓전을 울리고 지나갔다.

"이 집에 있는 동안은 당분간 바깥 연락을 끊도록 해라."

"예?"

"꼭 필요한 경우 권 비서를 통해 알리면 다 알아서 들어줄 테니."

"갑자기 그게 무슨……."

"전화기는 내가 갖고 있으마. 얼른 먹자. 국이 식는구나."

"할머니."

"밥상머리에서 말이 너무 많구나."

"그래도."

"어허."

손에 쥔 전화기를 조용히 자신의 옆에 내려놓은 한 여사가 꾸역꾸역 음식을 입에 넣고 있었다. 뭔가 잘못 돌아가고 있는 게 분명하다. 단순히 휴대전화를 압수한다고 해서 그녀가 바깥과의 연락을 차단당할 것도 아니지만 갑자기 다울에 어울리는 사람이 되라던가 괜한 구설수 어쩌고 하는 할머니의 말씀엔 분명 무언가 다른 뜻이 숨어 있는 게 틀림없었다. 무엇보다 갑자기 싸한 이 느낌. 일단 할머니를 따라 음식을 입에 넣었다. 우선은 뇌에 영양분이 공급되어야 생각이란 게 돌 테니까. 그런데 음식이 다 맛있다. 고민 같은 건 일단 배를 채운 뒤에 하는 게 맞겠다는 생각이 머릿속을 지배하기 시작하면서 함께 젓가락질을 하는 준휘의 손길도 바쁘게 움직이기 시작했다.

✳

계속된 밤샘 작업에 이제 슬슬 체력적으로 무리가 오는 듯했다. 두 손을 벽에 짚고 선 채 샤워기에서 쏟아지는 뜨거운 물줄기를 온몸으로 받던 강현이 한 손을 목 뒤로 뻗어 뭉친 뒷목과 어깨를 주무르며 작은 한숨을 뱉어냈다.

조금만 신경을 썼더라면, 그랬다면 준휘의 생일에 맞춰 책을 선물할 수 있었을 텐데. 진즉에 이런저런 관심을 쏟지 못한 제 자신이 못마땅한 듯 고개를 털어낸 강현이 손을 뻗어 쏟아지던 샤워기의 물을 잠갔다.

몸을 돌려 수납장 안에 곱게 접혀 있는 수건 한 장을 꺼내 몸의 물기를 닦아내던 강현이 갑자기 피식 웃음을 지었다. 어젯밤 집으로 돌아오던 차 안에서 준휘가 한 질문이 떠올라서다.

"아저씨."

"응?"

"아, 아니에요."

"왜?"

"궁금한 게 있었는데 까먹었어요."

"이거 왜 이래, 알 거 다 아는 사이에."

"예?"

"그 궁금한 게 야한 거라고 얼굴에 다 쓰여 있어."

"뭐 꼭 그렇게 야한 건 아닌데."

"뭔데?"

"아저씨도 샤워하고 나올 때 허리에 수건 두르고 나와요?"

"뭐?"

"소설에서 보면 남자들 욕실에서 나올 때 허리에 꼭 수건 두르고 나오잖아요. 그러고 나오는 모습은 좀 근사하게 보일지 모르겠지만 그 안에서 자기 허리에 수건 두르고 묶고 있을 남주를 생각하면 좀 웃기던데."

"응, 웃겨. 실제로는 안 그러거든."

"그럼?"

"여자들의 로망을 깨긴 싫은데. 수건은 그냥 물기 닦으라고 있는 거잖아. 물기 닦고 그냥 문 열고 나오면 되는 거지."

"아무것도 안 입고?"

"볼 사람 없을 땐."

"볼 사람 있으면?"

"팬티."

"아."

"뭐, 또 궁금한 거 있어?"

잠시 입술을 달싹이던 준휘가 가만히 고개를 저었다.

"이번엔 더 야한 거구나?"

발그레.

"19금 삐리리 씬?"

끄덕.

"남자들은 정말 하루에 몇 번씩도 해요? 뭐 이런 거?"

절레절레.

"왜 대부분의 여주인공은 경험 많은 남자주인공과 달리 첫 경험일까?"

절레절레.

"첫 경험 후 왜 여주들은 꼭 또르르 눈물을 흘리며 남주들은 왜 그 눈물을 입술로 핥아 내릴까?"

절레절레.

"와, 너무 궁금해서 손에 땀을 쥐게 만드는데? 대체 질문이 뭐야?"

"안 물어볼래요. 되게 궁금하긴 한데 그거 물어보면 변녀라고 생각할 거야."

"로설 아니고 포르노를 본 거야?"

"아뇨!"

"대체 생각하는 수위가 어느 정도인데?"

"……."

"응?"

“그게요, ‘두 다리를 어깨에 걸고’라는 표현을 봤거든요? 근데……. 아우, 난 몰라. 암튼 머릿속으로 암만 상상을 해도 그 자세가 표현이 안 되는 거예요. 무슨 아크로바틱도 아니고.”

“음. 언제 한번 날을 잡자.”

“무슨 날이요?”

“머릿속에 궁금한 19금의 모든 것을 낱낱이 파헤쳐 줄게. 실전으로.”

“어이구, 진짜!”

“왜, 그렇게 좋아?”

“아저씨!”

발갛게 상기된 얼굴로 자신을 바라보던 준휘의 얼굴을 떠올리던 강현이 물기를 닦던 손길을 갑자기 멈추고 다시 샤워기 아래로 걸음을 옮겼다. 준휘와의 19금 실전을 떠올린 건 자신의 머릿속만이 아닌 것 같다. 흐음, 작게 한숨을 뱉어낸 강현이 덩달아 빳빳이 고개를 세우며 부풀어 오르는 분신을 잠재우기 위해 샤워기 냉수 밸브로 손을 뻗었다.

✳

“휘윤아, 조금만이라도 먹자. 응?”

준성의 간곡한 부탁에도 휘윤은 가만히 고개를 저을 뿐이다.

“아침도 안 먹었잖아.”

“먹고 싶지 않아요.”

“밥이 싫으면 뭐 다른 거 해줄까?”

“아니요.”

“휘윤아, 배 안 고파?”

“여기가…… 굉장히 허전하고 텅 빈 것 같은데, 그럼 배고픈 게 맞는 걸 텐데 밥이 들어가질 않아요. 여기가 허전한데, 그런데 많이 아파요.”

제 가슴에 작은 손을 얹은 휘윤이 준성을 향해 나직이 중얼댔다. 담당 의사의 말로는 휘윤이 현실을 제대로 인지하지 못한다고 했다. 그럼에도 휘윤은 어느 누구보다도 현실과 마주한 채 제 감정을 고스란히 드러내는 중이다. 준성의 뻥 뚫린 가슴만큼이나 휘윤의 심장도 함께 아팠나 보다. 꾸역꾸역 밥으로 채워 넣은 준성의 것과 달리 휘윤의 가슴은 그 밥마저 거부하며 고통을 토해내는 중이다.

“준휘가 보고 싶어서 그래?”

“보고 싶다고 말해도 돼요?”

“그럼. 오빠도 벌써 준휘가 많이 보고 싶은데.”

“준휘도 휘윤이 보고 싶을까요?”

“휘윤이가 준휘 보고 싶어하는 만큼.”

“휘윤이랑 준휘랑 마음이 같으면…… 준휘도 지금 여기가 많이 아파요?”

“준휘가 아플까 봐 겁나?”

“준휘 아픈 거 싫어요.”

“그래. 그러니까 준휘 기다리는 동안 밥도 많이 먹고, 그동안 못 했던 거 다 하고, 행복하게 기다리는 거야.”

“행복하게 기다리는 거?”

“응.”

“그럼 준휘도 행복해요?”

“아마도.”

“준휘도 지금 배고프겠네. 얼른 밥 먹어야겠다.”

눈가에 맺혀 있던 눈물을 쓱 닦아낸 휘윤이 앞에 놓인 젓가락을 집어 들었다. 그 모습을 바라보던 준성의 눈가도 붉게 젖어들고 있었다. 휘윤 말대로 그냥 셋이서 행복하면 더 바랄 게 없겠지만, 한창 예쁜 나이를 종일 커피숍에 쏟아붓고 있는 준휘를 떠올리니 한 실장을 따라나서던 딸을 도저히 잡을 수가 없었다. 스물일곱의 저였다면 절대 이렇게 준휘를 보내지 않았을 테지만 지금은 한 여사의 말대로 딸의 꿈을 방치한 그저 무능한 아빠일 뿐이었으니.

＊

연이어 계속된 밤샘 작업 때문이 아니었다. 11시가 조금 넘어 ‘강준휘 씨가 집에 안 계신다는데 어떻게 하죠?’ 라며 걸려온 퀵서비스 직원의 전화 때문도 아니었다. 반송된 채 테이블 위에 놓인 자신의 책을 바라보던 강현이 다시 한 번 전화기 단축 버튼을 눌렀다. 여전히 전화기가 꺼져 있단 달갑지 않은 음성이 흘러나왔다.

손톱이 살을 파고드는 것도 모른 채 힘주어 쥔 주먹엔 파랗게 핏줄이 도드라져 있었다. 발밑에서부터 자라기 시작한 불안이 슬금슬금 똬리를 틀며 강현의 몸을 옥죄기 시작했다. 보이지 않는 손이 목을 조이는 것처럼 일순 숨이 막히는 것만 같았다. 잠을 잘 수도, 밥을 먹을 수도, 무엇보다 더는 그렇게 앉아 있을 수가 없었다.

내내 유리문 밖으로 시선을 고정한 채 앉아 있던 강현은 대여점 문을 열고 밖으로 나섰다. 케냐 AA는 오늘도 여전히 굳게 문이 닫힌 채다. 문 앞에 걸린 'Closed'라는 팻말을 잠시 바라보던 강현이 걸음을 떼어 대문 앞으로 몸을 옮기던 그때 대문을 열고 나오던 준성과 맞닥뜨렸다.

"안녕하세요."

허리를 숙이며 꾸벅 인사를 하는 강현을 향해 잔뜩 굳은 얼굴의 준성이 '네'라며 끄덕 목례를 하자 잠시 머뭇대던 강현이 조심스레 입을 열었다.

"저기…… 준휘는 어디 갔습니까?"

"네."

조금의 여지도 주지 않고 준성이 그대로 몸을 돌려 대문 안으로 사라졌다. 얼어붙은 듯 대문 앞에서 멈춰 선 강현의 눈에 계단을 올라가는 준성의 모습이 들어왔다.

"준휘 어디 아픈 건 아니죠?"

담을 넘어 커다랗게 울리는 강현의 목소리에 준성이 걸음을 멈추고 몸을 돌렸다.

“차 사장이 왜 우리 준휘한테 신경을 쓰는지 모르겠습니다.”

“그게…….”

“사정이 있어 잠시 어딜 좀 보냈습니다. 집안사이니 더는 신경 안 쓰셨으면 좋겠네요. 그럼.”

뚜벅뚜벅 걸음을 옮긴 준성이 현관문을 열고 들어가 버렸다. 강현은 갑자기 쨍 하고 날카로운 얼음송곳 하나가 자신의 심장을 향해 박히는 듯한 통증을 느꼈다. 아닐 거야. 갑자기 사라지거나 하는 건 아닐 거야. 어제까지 내 앞에서 해사한 미소를 짓던 그 아이가 갑자기 사라져 버릴 리가 없어. 기다리면 되겠지. 사정이 있어 잠시 어딜 간 거라잖아. 나쁜 녀석. 아무리 급하게 갔더라도 전화 한 통 해주면 어디가 덧나. 전화기는 왜 꺼놓은 거니. 마음 이렇게 불안하게 말이야.

애써 위안을 삼은 강현이 도저히 떨어지지 않는 걸음을 옮기며 한숨을 내쉬었다.

✳

“아저씨가 많이 걱정할 텐데.”

아침을 먹고 난 뒤 방으로 올라와 몸에 맞지 않는 옷을 입은 듯 저와 어울리지 않는 방 안 침대에 걸터앉아 있던 준휘가 나직한 음성으로 중얼거렸다. 할머니께 전화기를 빼앗기긴 했지만 그렇다고 외부와 연락이 차단되거나 한 것은 아니었다. 지금 제가 있는 방 안에도 전화기가 있었고, 또 여차하면 집에 있는 다른 이에게 전화기를 빌려 쓸 수도 있으니.

하지만 문제는 그 안에 저장된 번호들이다.

무엇보다 가장 급한 건 아저씨의 번호. 단축번호 2번에 저장된 열한 자리 숫자를 미처 외우지 못했다는 난관에 봉착해 있었다. 아빠한테 전활 걸어 아저씨한테 말 좀 전해달라 그럴까?

꼼지락꼼지락 손가락을 뻗는데 똑똑 하고 노크 소리가 들려왔다.

"네."

"잠시 할 이야기가 있는데 들어가도 되겠니?"

"그럼요."

문을 열고 들어온 한 여사가 몸을 일으킨 준휘의 옆에 조용히 자리를 잡고 앉았다.

"조금 갑작스러웠겠구나, 아침 일 때문에."

"아, 아니요."

"요즘 내가 이런저런 일로 날이 좀 섰던 것 같다. 먼저 차분히 설명을 했어야 했는데 미안하구나."

아침보다 많이 누그러진 한 여사의 모습에 준휘는 혹시나 가졌던 의혹들을 금세 풀어내며 방긋 미소를 지어 보였다.

"아우, 아니에요, 할머니."

"재계 1, 2위를 다투는 대기업은 아니지만 그렇다고 사람들의 이목을 무시할 순 없는 곳이다. 작은 꼬투리 하나가 한 입, 두 입을 거치다 보면 금세 침소봉대針小棒大되어 별 추접한 가십을 만들어 이러니저러니 입방아를 찧게 되지. 준휘야."

"네."

"너를 구속하려고 그러는 게 아니었다. 다만 아무런 준비 없이 네가 세상에 나왔을 때 제멋대로 지어낸 구설수에 네가 오르내리는 게 싫어 그랬어. 제3자의 시선에서 봤을 때 얼마나 거리가 많겠니. 제정신 아닌 네 엄마 사연에 갑자기 나타난 너까지. 아마 꼭 삼류 너저분한 잡지가 아니더라도 너희들 사정을 캐고자 여기저기서 눈에 불을 밝힐 게 뻔하지."

역지사지易地思之란 말이 있다. 인터넷에 떠도는 '카더라' 소식이나 연예 정보 프로그램에서 본 연예인들의 스캔들 기사 같은 가십에도 쉽게 흥분하며 '어머, 쟤가 그랬대?', '둘이 완전 밥맛이다' 하던 이런저런 흉을 보고 트집을 잡던 대상이 거꾸로 내가 될 수 있다는 사실을 되짚어본 순간 어젯밤 마주했던 높다란 대문보다 더 큰 산 하나를 마주하고 있는 것 같은 막막함이 몰려오는 듯했다.

"혼란스러울 게다."

"제 삶에 변화가 올 거란 생각은 하지 못했어요. 그저 돌아가신 줄 알았던 엄마가 생겨 좋았고, 내게는 처음부터 없는 줄 알았던 외할머니랑 외할아버지가 생겨 행복했어요. 그냥 그렇게 살면 안 되는 걸까요?"

"나는 그렇다 치고 네 할아버지를 생각해 봐라. 다울은 그냥 단순한 회사가 아니야. 네 증조부께서 운영하시던 작은 식품 상회를 이어받아 지금의 다울로 만들기까지 네 할아버지는 그야말로 다울에 목숨을 거셨다. 그래도 전부는 아니었지. 그 양반한테 세상의 으뜸은 바로 네 엄마 휘윤이였으니. 그런데 그 아이가 지금 저 모양이야. 휘윤이만, 또 네 아버지만, 그리고 너만 상처받았다고는 생각하지 마라. 나도, 또 네 할아버지도 우리 가슴에 이렇게 씻지 못할 대못을 박은 네 아버지가 너무나 밉다. 후. 또 너를 붙잡고 이런 얘길 하게 되는구나. 지난 세월은 잊기로 해놓고."

"저 말고 이런 얘기 하실 곳도 없으시잖아요."

"네가 있어 그래도 다행이구나. 정말 다행이야. 그리고 또 미안하고."

"전 괜찮다니까 그러시네요."

"닳고 닳은 속물이라 생각하겠지."

"아니에요."

"네가 원하든 원치 않든 어쨌든 너는 다울 가家 사람이다. 그것은 세상에 너를 다울의 일원으로 드러내야 한다는 뜻이야. 내 말 무슨 뜻인지 알겠니?"

"네……."

"네가 다울에 어울리는 사람이 되란 뜻은 단지 학벌이나 배경을 뜻하는 것만은 아니었다. 너를 오래 겪어보진 않았다만 반듯하게 잘 자랐다는 건 한눈에 알 수 있었지. 하지만 세상은 그렇게 호락호락한 곳이 아니야. 고비는 넘기셨다 해도 할아버지, 언제 어떻게 되실지 아무도 모른다. 할아버지 곁에 누가 있니."

"……."

"나는 그 곁을 준휘 네가 지켰으면 한다."

"저는……."

“휴. 그래, 갑작스러운 일들에 머리가 복잡할 게다. 며칠 바람이나 쐬고 오련?”

“바람이요?”

“그래. 여권 만들어둔 거 있니?”

“아, 3학년 때 해외 인턴십 가느라 만들어둔 게 있긴 한데. 근데 여권은…….”

“며칠 홍콩이나 다녀오려무나. 그동안 여기 복잡한 문제를 좀 해결해야 할 것 같다.”

“홍콩이요?”

“여권은 집에 있겠지? 한 실장 편에 가져오라 해야겠구나. 가서 한 며칠 머리도 식히고 쇼핑도 좀 하고.”

“그냥 여기 있어도…….”

“말했잖니, 네가 이런저런 구설수에 휘말리는 거 보고 싶지 않다고. 어떻게든 상황을 단정히 정리해 둘 테니 그동안만 잠시 나가 있는 게 좋을 듯하구나. 할미 부탁이다.”

“아빠한테 전화를…….”

“네 아빠랑은 방금 통화했다.”

“아…….”

빠르기도 하셔라.

어쩐지 허탈한 기분에 고개를 기울이는데 불쑥 한 여사가 몸을 일으켰다.

“그럼 그렇게 알고 가마.”

문이 닫히는 소리와 함께 털썩 침대에 주저앉은 준휘가 미간을 좁히며 생각에 잠겼다.

아빠 집에서 외갓집으로 피신을 왔는데 다시 홍콩으로 가라니. 그런데 막연히 싫다고 도리질을 할 수도 없는 현실이다. 그냥 아빠가 운영하는 케냐 AA의 알바생으로 그냥 그렇게 평범하게 살고 싶은 생각이 간절하지만, 저 하나만을 간절히 바라보고 계시는 외할머니와 외할아버지를 또 모른 체 외면할 수도 없는 노릇이다. 어쨌든 엄마는 다울 노 회장님의 외동딸이고 그녀 또한 다울 노 회장님의 하나밖에 없는 외손녀이니 그냥 나 몰라라 도망을 친다고 해서 해결될 문제의 것은 아니었다. 할머니 말씀대로 며칠 머리를 식히다 보면 뭔가 명확한 해답이 떨어질까?

휴, 한숨을 내쉰 준휘가 천천히 손을 뻗어 협탁 위의 전화기를 집어 들었다.

"아빠?"

반갑게 아빠를 부른 준휘와 달리 전화기 너머에선 아무 소리도 들리지 않았다.

"여보세요?"

〈어. 말해.〉

"무슨 전화를 이렇게 받아? 잘못 건 줄 알았잖아."

〈원두 볶던 중이라서. 잘 지내고 있는 거지?〉

"겨우 하루 못 본 새 무슨. 참, 할머니가 전화하셨다며. 나 며칠 홍콩 다녀오래."

〈들었어. 재밌게 잘 놀다 와. 해외여행, 해외여행 노래를 불렀잖아.〉

"가는 건 좋은데…… 저기, 대여점 아저씨 아직 문 안 열었지?"

〈응.〉

"이따 문 열면 나 며칠 여행 갔다고 그렇게 좀 전해줘. 할머니가 핸드폰을 가져가셔서 아저씨 전화번호를 모르겠어. 아, 지금 대여점 간판 보이지? 그럼 번호 좀 불러줘 봐. 이따 전화하게."

〈차 사장이 뭐라고 일일이 보고를 하고 다녀. 알아서 전해줄 테니 재밌게 다녀오기나 해.〉

"그래도."

〈아빠 지금 바쁘니까 나중에 통화하자.〉

정말 많이 바쁜 듯 준휘가 뭐라 대꾸하기도 전에 전화가 끊어져 버렸다. 직접 통화를 하지 못해 조금 답답하긴 하지만 아빠가 잘 전해주실 테니까.

전화기를 내려놓은 준휘는 다시 한숨을 내쉬었다.

어떻게 하는 게 맞는 건지 사실 그녀 자신의 마음을 잘 모르겠다. 정확히 편을 갈라 '나는 우리 아빠 딸이니까 아빠를 반대하고 미워한 외할머니가 나는 정말 싫어요' 하며 휙 돌아 등을 돌리기엔 두 분의 지난 세월 또한 너무도 가혹했음을 알기에 할머니의 간절하지만 현실적인 부탁을 도저히 외면할 수 없었다. 서로가 서로에게 모두가 가해자인 동시에 피해자가 된 이 가혹한 운명의 실타래. 하지만 이렇게 계속 서로를 외면하다 보면 각각의 상처로 뒤엉킨 채 또 다른 얼개를 만들어낼 게 분명하다. 가위로 간단히 끊어낼 수 있는 성질의 것은 아니었다. 시간이 걸리고 조금 우글 쭈글한 모습을 감수하고서라도 어쨌든 누군가 나서 엉킨 실타래를 풀어야만 했다. 누가? 엄마가? 아님 아빠가? 고개를 저었다. 할머니도, 또 할아버지도 아니었다. 그래서 그게 준휘 자신이어야 한다면 그녀는 그 엉킨 실타래를 제대로 풀어낼 수 있을까. 여러 의문을 품은 채 준휘는 다음날 아침 홍콩행 비행기에 몸을 싣고 있었다.

＊

　벌써 닷새째 아무런 소식이 없는 준휘에 대한 불안감을 죄다 글로 풀어내는 듯 강현은 혈관이 확장되어 벌겋게 충혈된 눈을 모니터에 꽂은 채 미친 듯이 자판을 두드리는 중이었다. 준휘가 사라진 날로부터 잠은커녕 음식도 거의 먹지 못한 채 글에만 몰두했다. 잠시라도 눈을 떼면 금세 죽일 듯 달려드는 불안감에 아무것도 할 수 없었다. 미칠 것 같다는 게 이런 느낌일 것이다. 제 손으로 치고 있는 글자들이 머릿속이며 모니터 안에서 제멋대로 춤을 추고 있지만 이렇게라도 하지 않으면 정말로 죽을 것 같아 온 힘을 다해 글에만 집중하고 있는 중이었다.

　탁.

　마침표를 두드리고 떠난 그의 손끝이 잠시 허공에 머무는가 싶더니 곧바로 의자에서 몸을 일으켜 어딘가를 향해 정신없이 달려가기 시작했다. 현관을 열고 계단을 내려선 강현이 대문을 박차고 나와 불 꺼진 케냐 AA 앞에 섰다.

　커피숍과 대각선으로 마주한 자신의 대여점 역시 어둑하게 불이 꺼진 상태다.

"준휘야."

불 꺼진 유리문 앞에서 강현이 조용히 읊조렸다.

"준휘야."

그의 퀭한 시선 안에 어렴풋이 유리에 반사된 자신의 모습이 들어온다.

"준휘야! 강준휘! 준휘야!"

불뚝 목에 핏대를 세우며 강현이 죽을 듯이 준휘를 불러댔다. 아무도 없는 불 꺼진 커피숍이라는 걸 알면서도 지금 제 앞에 보이는 저 빈 공간이 부정하고 싶은 제 마음인 것 같아 꼭 죽을 것만 같았다. 말아 쥔 주먹으로 유리를 두드렸다. 죽은 듯 멈춰 선 제 심장을 두드리듯이.

"준휘야! 대답해! 대답해 줘, 제발!"

"차 사장."

뒤에서 들려온 준성의 목소리에 죽도록 유리문을 두드리던 강현의 손짓이 멈췄다.

"준휘가 보고 싶습니다. 보고 싶어 죽을 것 같습니다."

"차 사장 이러는 거 너무나 갑작스럽고 당황스럽네요."

"준휘를 좋아합니다."

"차 사장."

"언제부터인지는 모르겠지만 그렇게 되어버렸습니다. 저도 거짓말 같은데. 눈을 깜빡이고 숨을 쉬는 와중에도 문득문득 그 아이가 생각나요. 준휘 때문에 웃었던 것 같고 준휘 때문에 화도 나고 그랬던 것 같습니다. 그런데 지금 준휘 때문에 뛰던 심장이 더 이상 뛰질 않습니다. 아무 생각도 나지 않아요. 아무것도 할 수가 없어요. 죽을 것 같습니다. 미칠 것 같아요. 그러니 제발."

"안 보면 당장 죽을 것 같은 사랑……. 나는 잘 모르겠습니다. 내가 했던 사랑 역시 그런 불같은 사랑일 거라 자신했는데 시간이 지나고 보니 그건 그냥 이기적인 마음이었어요. 준휘를 사랑합니까?"

"……."

"그 마음이 준휘를 향한 것입니까, 아님 자신을 향한 것입니까."

"사장님."

"나는 아무것도 해줄 말이 없네요. 나는, 내 사랑은 내 자신을 향한 것이었으니까요."

조용히 말을 마친 준성이 몸을 돌려 사라졌다. 멍하니 넋을 잃은 채 서 있던 강현의 커다란 몸이 스르르 무너져 내렸다. 무릎을 꿇은 채 바닥에 주저앉은 강현이 고개를 숙이며 다시 한 번 중얼댔다.

"준휘야……."

✳

〈유하야, 요즘 강현이랑 통화한 적 있니? 대체 이 녀석, 뭘 하고 다니는지 통 연락이 안 된다. 이따 시간 되면 퇴근하면서 잠시 들

러줄래?〉

　강현의 대여점으로 들어서기 위해 우측 깜빡이를 넣으며 핸들을 꺾던 유하가 점심 즈음 걸려온 민 여사의 전화를 떠올리며 가만히 아랫입술을 깨물었다. 그날 그렇게 대여점을 나온 이후 저 역시도 여태 강현과 아무런 접촉을 하지 않은 상태였다. 자존심이랄까, 암튼 아직은 그 녀석의 얼굴을 보는 게 조금 껄끄럽긴 한데, 연락이 되지 않는다는 민 여사의 전화에 어느새 이쪽으로 달려오고 있는 제 자신이 조금은 우스운 듯 픽 헛웃음을 지으며 차를 세웠다.

　무심코 유리문을 밀던 유하가 잠긴 걸쇠에서 들리는 덜컥 하는 소리에 그대로 고개를 들어 대여점 안으로 시선을 밀어 넣었다. 뒤늦게 유하의 눈에 들어온 강현의 대여점은 불빛을 잃은 채 꽁꽁 닫혀 있었다.

　주머니에서 꺼낸 휴대전화로 전화를 걸었다. 전화기가 꺼져 있단 음성이 들려왔다. 이상한 기분에 고개를 갸웃한 유하가 몸을 돌려 대문 쪽으로 걸음을 옮겼다. 벨을 눌러봤지만 아무 기척이 없었다. 할 수 없이 낮은 담을 뛰어넘어 계단을 오른 유하가 현관 앞에서 다시 한 번 문을 두드려 봤다. 역시나 아무 대꾸가 없다. 잠시 시선을 들어 현관 비밀번호를 기억해 낸 유하가 재빨리 숫자를 누르고 현관문을 열었다.

　"강현아! 차강현!"

　현관을 들어서자마자 불을 밝힌 센서 등의 밝은 불빛 아래로 거실에 아무렇게나 널브러진 강현의 모습이 눈에 들어왔다. 신발도

벗지 못한 채 다급히 거실로 뛰어들어 간 유하가 큰 소리로 강현을 부르며 그의 젖은 몸을 흔들었다.

"강현아! 야, 인마! 정신 좀 차려봐!"

쓰러진 강현만큼이나 정신이 아득해진 유하가 재빨리 휴대전화를 꺼내 떨리는 손으로 119 숫자를 두드렸다.

"미주신경성 실신입니다."

차트에서 시선을 뗀 의사가 옆에 서 있던 민 여사 쪽으로 몸을 돌리며 차분한 어투로 입을 열었다.

"그게, 뭔가요?"

잔뜩 긴장한 얼굴로 목소리까지 살짝 떨려 나온 민 여사의 물음에 입가를 살짝 들어 올린 의사가 안심해도 좋다는 듯 편한 표정을 지어 보이며 조용히 설명을 이어나갔다.

"크게 걱정하실 만한 심각한 병은 아닙니다. 환자가 최근 극심한 스트레스를 받은 적이 있나요? 대부분 과로나 스트레스, 감정적 긴장이 원인이 되어 나타나는 증상인데 다른 질병에 의한 실신이 아니라면 대부분 특별한 치료 없이도 회복이 됩니다. 음. 심전도 검사나 심장 초음파, MRI 결과 별다른 이상이 발견되지 않은 걸로 봐서 하루 이틀 안정을 취하시면 퇴원 가능할 것 같습니다."

"하아, 감사합니다."

밭은 숨을 뱉어내며 파르르 눈을 감던 민 여사가 의사를 향해 애써 미소를 지어 보였다. 의사가 가볍게 목례를 하고 사라지자 긴장이 풀린 듯 휘청하며 의자 등받이를 짚자 옆에 있던 유하가 재빨리 민 여사의 팔을 부축하며 조심스레 물었다.

"괜찮으세요?"

"응. 아우, 나도 늙는가 보다. 이런 일에 심장이 벌렁대는 걸 보니."

"바닥에 쓰러진 거 발견하고 저도 얼마나 놀랐는데요."

"며칠 전까지 멀쩡하게 입을 귀에 걸고 나타났던 녀석이 대체……. 유하 넌 뭐 아는 거 있니?"

"아뇨."

"대체……. 어머, 강현아. 정신 좀 드니?"

죽은 듯 잠에 빠졌던 강현의 눈꺼풀이 힘겹게 들어 올려졌다. 제가 누워 있는 곳이 어디인지 아직 아무런 판단이 서지 않는 듯 두어 번 눈을 깜빡이던 강현이 천천히 고개를 돌려 민 여사를 바라봤다.

"어떻게……."

잔뜩 갈라진 강현의 목소리가 마른 입술을 타고 흘러나왔다.

"어떻게는 뭐가 어떻게! 그리고 혼자 쓰러져 있다가 무슨 일이라도 생기면 어떡하려고 그랬어. 어디가 아프면 아프다 전화라도 해야 할 거 아니니. 준휘랑은 전화도 안 해?"

"준휘……."

"강현아."

창백하던 강현의 얼굴이 무언가를 꾹꾹 눌러 삼키듯 금세 붉게 달아올랐다.

"강현아!"

아들의 볼을 타고 흐르는 그것은 분명 눈물이었다. 갑작스러운 강현의 반응에 화들짝 놀란 민 여사가 강현의 어깨를 흔들며 다급히 강현의 이름을 불러댔다.

"차강현! 너 대체 왜 이래? 응? 왜 이러는 거야!"

"윽! 흐윽! 우욱!"

소리 없이 타고 내리던 눈물이 흥건하게 베갯잇을 적시며 억눌렀던 울음을 입술 사이로 뱉어내기 시작했다.

"강현아!"

"흐윽!"

"강현아! 너 대체 왜 이래? 왜 이러는 거야!"

"어머니, 저 준휘가 너무나 보고 싶어요."

"뭐?"

민 여사의 시선이 유하를 향해 돌아섰다. 아무리 아프면 애가 된다지만 제 여자 친구가 보고 싶다 울부짖는 다 큰 아들의 어리광을 대체 어떻게 받아들여야 하는 걸까. 하지만 그녀의 눈에 보이는 것은 아들의 투정이 아니었다. 가슴을 찌르고 대신 흘러내리는 듯한 저것. 뭔가 있구나. 직감적으로 머리를 스치는 불길한 기운에 민 여사가 나직이 한숨을 내쉬었다.

"준휘가 다울 노 회장의 숨겨진 손녀였어?"

병실 문을 닫고 나와 간신히 몇 걸음을 걸어 나온 민 여사의 입에서 어이없는 헛웃음이 새어 나오고 있었다. 여우 같은 할망구. 어쩐지……

괜찮은 스타일리스트를 찾아달란 한 여사의 부탁에 중국에서
돌아오자마자 한 명을 수배해 한 여사에게 전화를 건 적이 있었
다. 이미 한 여배우의 스타일링을 맡기 시작한 터라 도저히 다른
일을 할 수 없다던 스타일리스트를 간신히 설득해 둔 채 반갑게
전화를 걸었는데, 손녀가 갑자기 외국에 나가게 되었다며 미안하
다는 간단한 사과와 함께 한 여사는 바쁘게 전화를 끊었다.

허! 분명 한 여사가 둘의 관계를 눈치챈 게 분명했다. 어떻게 이
런 우연이. 아무것도 모른 채 한 여사와 강현에 대해 이런저런 소
리를 주고받았던 통화가 떠올랐다.

〈그나저나 둘째 아직 그러고 있는 건가?〉

"흐유. 만날 그렇죠."

〈큰일이네. 얼른 정신 차리고 제자릴 잡아야 할 텐데.〉

"곧 좋아지겠죠."

〈벌써 서른넷인가?〉

"셋이요, 서른셋."

〈민 사장도 걱정이 많겠군. 저 양반이 빨리 일어나야 내가 어디
참한 규수 중신이라도 서볼 텐데.〉

"아유, 말씀만으로도 감사해요."

〈회사 일엔 영 관심이 없는 거야?〉

"그렇다네요."

〈제 짝 만나 철 좀 들면 그땐 좀 욕심을 부리려나.〉

욕심 많은 한 여사의 눈에 당연히 강현은 탐탁지 않은 존재였을 것이다. 무엇보다 자신의 딸이 겪은 아픔보다 실은 그로 인해 놓쳤던 많은 것을 안타까워하며 아픔보단 실수로 드러난 결과에 더욱 비중을 두었던 한 여사다.

같은 실수를 반복하기 싫었던 한 여사가 중간에서 강현을 끊어낸 것이 분명했다. 준휘에게 좀 더 나은 짝을 지어주면서도 자신의 딸과 같은 전철은 밟지 않게 하겠다는 단호한 의지. 한편으론 한 여사의 입장을 이해하면서도 또 병원에 누워 있는 아들을 생각하니 부아가 치밀었다. 저 녀석을 당장 끌어다 회사에 앉혀놔야 하는 건가. 복잡한 생각에 머리를 털던 민 여사가 지그시 입술을 깨물었다.

18. 그러나 결국 해피엔딩

열흘이면 엄마, 아빠한테 충분히 신혼을 즐길 시간을 준 거겠지? 보통 신혼여행도 5박 6일 이상은 잘 안 가잖아. 그리고 그녀 자신도 그동안 충분히 생각을 정리했고.

다만 미안한 마음이 드는 건 아저씨……. 걱정하고 있을 텐데 전화 한 통을 하지 못했다. 권 비서의 눈을 피해 호텔 방에서 몰래 아빠에게 전화를 한 적은 있지만 주문이 밀려 있단 소리에 다시 또 전화번호를 물어볼 엄두를 내지 못했다. 그래도 아빠가 전해줬을 테니. 하지만 전화기를 볼 때마다 느꼈던 난감함이란. 번호를 외우지 못한 죄는 어떤 변명으로도 용서받지 못할 것이다. 오늘 아저씨 만나면 뭐라고 해야 할까. 무슨 일이 있어도 아저씨 번호는 꼭 외워둬야지.

어깨를 으쓱한 채 입국 게이트를 빠져나오는 준휘의 활기찬 걸음 뒤로 고개를 숙인 채 그 뒤를 따르는 권 비서의 얼굴엔 잔뜩 걱정이 서려 있었다.

"성북동 말고 병원으로 가주세요. 할머니 지금 병원에 계신 거 맞죠?"

대기 중인 차에 오른 준휘의 한마디에 막 조수석에 오른 권 비서가 준휘를 향해 몸을 돌리며 말을 막았다.

"사모님께서 곧장 성북동으로 들어가라 하셨습니다."

"그럼 권 비서님 혼자 이 차 타고 들어가세요, 전 택시 타고 갈 테니까."

"아가씨."

"가서 오래간만에 할아버지 얼굴도 뵙고 싶고. 어쨌든 저, 할머니를 뵈어야 하잖아요. 그죠?"

당당하지만 무례하지 않은 준휘의 시선이 권 비서를 향해 날아들었다. 깔끔하게 한 여사의 지시를 처리하지 못해 벌어진 지금의 상황에 권 비서 자신도 상당히 당황한 눈치였다.

메일을 열고 잠시 전화를 받는 사이 언론사 배포용으로 회사 홍보실에서 작성한 프로필을 하필 준휘에게 들켜 버렸다. 한 여사의 지시대로 그럴듯하게 그녀의 어린 시절이 포장이 된.

한 여사로부터 쏟아질 질책 따위는 다음 문제였다. 자세한 보고도 하지 못한 채, 그저 준휘 아가씨가 모든 걸 알게 되어 지금 급하게 한국으로 들어간다는 통화만 간단히 끝내고 한국행 비행기에 오른 터라 일단 준휘를 성북동에 데려다 놓으라는 한 여사의 지시만 머릿속에서 뱅뱅 맴돌고 있는 중이다.

"저 내릴까요?"

무거운 눈으로 준휘를 바라보던 권 비서가 운전기사를 향해 조용히 입을 열었다.

"병원으로 가주세요."

한 실장이 말릴 틈도 없이 두어 번의 노크와 함께 병실로 들어선 준휘를 보며 한 여사는 대번에 권 비서를 향해 날카로운 시선을 돌렸다. 권 비서도, 한발 앞서 들어선 준휘도 이미 예상한 바이기에 아무렇지 않은 듯 한껏 목청을 높인 준휘가 노 회장을 향해 한 걸음 다가서며 방긋 미소를 지었다.

"할아버지, 저 왔어요."

"오냐. 여행을 갔었다고."

한 여사와의 냉전을 전혀 알 리 없는 노 회장은 상체를 반쯤 세운 채 기대앉아 준휘를 향해 반갑게 손을 뻗고 있었다. 거추장스럽게 노 회장의 옆을 장식하던 각종 선은 죄다 거두고 수액을 연결한 라인과 심전도 체크를 위한 모니터 등 최소한의 의료기기만 남아 있는 상태였다. 겨우 한 달 남짓한 시간에 노 회장이 보여준 기적은 많은 의료진의 관심을 불러일으키며 병원 안에서 대단한 화제로 남아 있는 터였다.

"네, 할머니 덕분에 좋은 경험 하고 왔어요. 우와, 근데 할아버지, 전에 뵀을 때보다 30년은 젊어지신 것 같아요."

"허허, 녀석. 농담이 과하다."

"에, 아닌데. 처음 뵀을 땐 완전 할아버지였다니까요."

"내가 할아버지가 아님 지금은 이팔청춘이라도 된단 말이냐?"

"에이, 그건 좀 오버구요. 한 50대 아저씨?"

노 회장을 향해 다시 한 번 방긋 미소를 지어 보인 준휘가 손을 내밀어 노 회장의 손 위에 제 손을 포개며 다정히 말했다.

"이제 조금만 있으면 우리 할아버지, 제가 만든 커피 대접해 드릴 수 있겠다. 그죠?"

"그래. 대체 얼마나 근사한 커피를 만들어주려고 그러는지."

"호호. 제가 할아버지 커피에 예쁜 하트 뿅뿅 그려드린다고 했잖아요."

잔뜩 미소를 머금었던 준휘의 얼굴이 그대로 한 여사를 향해 돌아섰다.

"아, 할머니는 계속 병원에만 계셔서 지루하셨죠? 저랑 같이 산책 나가실래요? 오늘 날씨가 정말 좋던데."

회사 일이 아니라면 대부분 직접 차를 몰고 다니는 민 여사였다. 오늘도 지극히 개인적인 용무로 차를 끌고 나온 민 여사는 내비게이션에 찍힌 도착 예정 시간을 확인하며 신경질적으로 아랫입술을 깨물었다. 내비게이션의 지도상 목적지가 어느새 코앞에 다다라 있는 통에 도착 예정 시간은 그녀의 손목에 채워진 시계 속 현재 시간과 별반 다를 것이 없었다. 빨간불로 대기 중인 저 신호등만 바뀌면 바로 노 회장이 입원해 있는 병원 입구로 들어서게 될 것이다. 바로 내비게이션의 최종 목적지인.

사람은 원래 이기적인 동물이다. 그래서 내가 이기적인 만큼 상대방 또한 이기적인 것은 지극히 당연한 이치다. 게다가 모든 팔은 안으로 굽게 되어 있다. 아니, 우리 강현이가 어디가 어때서. 훤칠한 키에 눈 돌아가게 잘생긴 얼굴 하며. 하지만 그녀도 알고 있었다. 그것은 어디까지나 굽어 든 팔과 같은 이기적인 모정母情이라는 것을. 준휘가 보통의 평범한 집 아이였다면 민 어패럴의 둘째 아들이란 점이 굉장한 장점으로 부각될 수 있었을 것이다. 하지만 상대는 다울식품 경영권을 승계받을 노 회장의 유일한 혈육이다. 한 여사 성격에 여태 등을 돌렸던 사위에게 다울의 경영을 맡길 리가 없다. 그렇다면 유일하게 욕심을 부릴 곳은 준휘밖에 없었다.

안다. 알고 있다. 한 여사의 팔 또한 안으로 굽을 게 분명하다. 준휘 짝으로 지금의 강현은 턱없이 부족한 게 맞을 것이다. 목줄을 달든, 아님 패서라도 회사에 앉혀놓는다고 말해볼까? 제발 사람 하나 살리는 셈치고 우리 아들 좀 예쁘게 봐달라고 그 앞에서 무릎이라도 꿇는다면 한 여사의 마음이 좀 돌아설 수 있을까.

아들의 퀭한 눈을 떠올렸다. 덜컥 솟아오른 겁에 핸들을 잡은 손이 바르르 떨려왔다. 또다시 그 눈을 마주할 자신이 없었다. 아무것도 담겨 있지 않은 아들의 공허한 눈동자. 막무가내로 군에 입대하고 삶의 의미를 잃은 채 방황하던 그 아이 못지않게 고통 속에 마음을 쥐었던 민 여사는 준휘의 손을 잡고 숍 안으로 들어서던 아들의 모습을 떠올리며 마음을 다잡았다.

주차장에 차를 세우고 차에서 내린 민 여사는 심호흡을 하고 걸음을 옮기기 시작했다. 병원에 이렇게도 아픈 사람이 많은 건지 건물에서 가까운 주차장 쪽은 이미 만차滿車인 탓에 할 수 없이 돌고 돌다가 건물에서 한참 떨어진 외관 주차장에 차를 세워둔 채 공원을 가로질러 가는 중이었다.

"권 비서님 잘못이 아니에요. 권 비서님 메일을 몰래 본 건 저니까."

귓가에 들려오는 낯익은 목소리에 병원으로 향하던 민 여사의 걸음이 우뚝 멈췄다.

이건……. 벤치에 나란히 앉아 있는 두 사람의 뒷모습이 눈에 들어왔다.

"주위 살피실 필요 없으세요. 아직은 그 자료, 언론에 들어간 거 아니니까 제 얼굴 알아보고 가십 기사 따위 쓸 기자는 없을 거잖아요."

"흐음."

"제가 부끄러우셨어요?"

"뭐?"

"부끄러우시냐구요."

"어떻게 그런 말을."

"아니면 뭐가 그렇게 두려우신 건데요."

"나에게 두려운 건 단 하나. 너를 휘윤이 때처럼 또 잃을까 하는 것뿐이다."

"아니요. 할머니가 두려워하시는 것은 단 하나, 다울이에요."

"그렇지 않아."

"할머니를 이해해 보려고 노력했어요. 안 됐지만 계속 생각하다 보면 언젠간 할머니를 이해할 수 있을 거라고. 할머니도 엄마였으니까 나에게 엄마 같은 딸이 있었다면 나는 어땠을까. 아빠가 미울 수도 있겠다고 생각했어요. 그러니까 아빠의 딸인 저도 미우셨겠죠."

"아니, 아니야."

"아뇨. 할머니는 저를 손녀 강준휘가 아니라 마음에서 잃어버린 할머니의 딸 노휘윤으로 보고 계셨던 거예요. 이제부터라도 그토록 할머니가 원하시던 노휘윤의 삶을 제가 살아가길 바라셨던 거죠."

준휘의 말을 부정하는 듯 한 여사는 여전히 고개를 가로젓고 있었다.

"재벌가 외동딸과 일개 사원의 불꽃같던 사랑. 하지만 열렬히 사랑하던 노휘윤과 강준성의 숨겨진 딸 강준휘는 아버지에게 버림받고 엄마가 있던 미국으로 보내졌던 게 아니에요. 그러니까 당연히 미국에서 새 아빠와 함께 유복한 어린 시절을 보냈을 리 만무하고요. 물론 그렇다고 해서 아빠랑 함께했던 이곳에서의 삶이 불행했다는 건 아니에요."

"자료를 다시 수정하라고 했다."

"이번엔 어떻게요?"

"네 마음에 들도록……."

"제발 저를 똑똑히 보세요. 전 엄마가 아니에요. 강준휘라고요."

"그래, 휘윤이가 아니기 때문에 네게 이러는 게다. 너에게 더 나은 세상을 안겨주고 싶어. 네가 조금만 욕심을 부리면 다울이 가진 모든 것이 네 것이 되는 거야."

"제발 할머니!"

"준휘야."

"아까도 말씀드렸죠. 전 엄마가 아니에요. 엄마처럼 착하지도, 또 약하지도 않아요. 그래서 엄마처럼 할머니가 시키시는 대로 이리저리 휘둘리거나 하는 일은 절대 없을 거고요. 저보고 다울에 어울리는 사람이 되라 하셨죠? 안 그래도 정말 그러고 싶었거든요. 다울 인이 되고 싶어서 4학년 겨울에 다울 입사 시험을 준비했던 적도 있어요."

"다울에?"

"네, 별다른 이유도 없이 아빠가 불같이 화를 내시는 바람에 결국 원서는 내지 못했지만 그땐 그랬어요. 나도 다울에서 일하고 싶다고."

"그러니까 다울을 가지란 말이다. 조금만 노력하면 네가 다울의 주인이 될 수 있어."

"아니요. 싫어요. 할머니가 말씀하신 다울은 제가 꿈꾸던 다울과는 다른 곳인걸요."

"네가 꿈꾸는 다울은 다를 줄 아는 게냐? 사업은 장난이 아니다. 먼저 누르지 않으면 흔적도 없이 사라지고 마는 전쟁터와 마찬가지야. 네 엄마처럼 착하지도 약하지도 않다고? 흥, 그렇게 막연히 꿈만 좇는 너와 네 엄마가 다를 게 무에야."

"달라요."

너무나도 단호한 준휘의 눈빛에 한 여사의 눈썹이 꿈틀 움직였다.

"그럼에도 전 다울 인이 되고 싶으니까요."

준휘의 입에서 나올 다음 답을 기다리던 한 여사의 침울하던 눈동자에 알 수 없는 기대감이 차오르고 있었다.

"하지만 할머니 방식대로는 아니에요."

"그럼 대체 어쩌겠다는 게냐?"

"다울의 밑바닥에서부터 시작할 거예요."

"뭐?"

"낙하산 같은 거 말고 남들처럼 똑같이 입사 시험 봐서 처음부터 차근차근요. 말씀하신 유학도 다녀올게요. 유학 자금도 대주신다면서요. 저야 가고 싶었던 유학인데 돈도 굳고 좋죠. 근데 지금 당장은 아니에요. 제가 일정 부분 뭔가를 이뤄냈을 때 그때 성과급이다 생각하고 보내주시면 돼요."

"밑바닥? 의욕은 가상하다만 곧 지칠 게다."

"알고 보면 저 의지의 한국인이거든요."

"쉬운 길을 두고 어째서."

"등신처럼 살지 말라 그래서요. 따지고 싶은 거, 불공평한 거, 하고 싶은 말 그런 거 참지 말고 당당히 말하라고 누가 저보고 그랬거든요. 그렇게 하지 못할 바엔 그냥 국으로 조용히 입 닫고 있으라고. 살짝 흔들리긴 했어요. 그냥 눈 딱 감고 보내주신 유학이나 넙죽 다녀오고 다울에 한자리 얻어 나도 이제부터 근사한 삶을 한번 살아볼까. 근데 권 비서님한테 보낸 메일을 보고 아, 이건 아니지 싶더라구요. 등신처럼 나 자신을 감추고 속이면서까지 그렇게 살고 싶진 않았어요.”

크게 호흡을 들이쉰 준휘가 한 여사의 손을 잡았다.

“할머니, 다울이 할아버지 회사여서가 아니라 저는 정말 다울이 좋아요. 지금처럼 그렇게 좋은 차랑 커피가 만들어내는 향기로운 삶이 말이에요. 저도 커피숍에 온 손님들이 제가 만든 커피를 마시면서 하나하나 추억을 쌓는 모습이 정말 좋았거든요. 근데 커피숍 손님보단 다울의 소비 계층이 훨씬 많으니까 사람들에게 그만큼 많은 추억을 만들어줄 수 있는 거잖아요. 나는 생각만으로도 막 가슴이 설레는데 할머닌 안 그러세요?”

미우면서도 고운 준휘의 해사한 미소가 한 여사를 향해 쏟아졌다.

“모자란 것. 그런 덜떨어진 녀석이랑 같이 다니니 네가 이 모양인 게다.”

“덜떨어진? 누구요? 아저씨?”

“그 아이와 가깝게 지내지 않았으면 좋겠다.”

“에이, 우리 아저씨가 얼마나 근사한데. 원빈보다 훨 나아요. 아, 그나저나 아저씨 화났겠다. 연락도 통 못했는데.”

“준휘야.”

“아저씨랑 저를 떨어뜨려 놓는 언해피한 설정은 로맨스 소설에서 주구장창 써먹은 신파거든요. 뭐, 여전히 무수히 많은 소설 속에서 이런저런 이유로 두 남녀 주인공의 사랑을 방해하긴 하지만 어쨌든 결과는 해피엔딩이니까."

"마음에 들지 않는다."

앉아 있던 벤치에서 몸을 일으킨 한 여사의 노기 어린 목소리가 허공을 타고 나직이 흘렀다. 한 여사를 따라 몸을 일으킨 준휘가 한 여사의 옆에 바짝 붙어 팔짱을 끼었다.

"할머니 마음엔 할아버지만 들어오면 되죠. 너무 욕심이 과하시다. 흐흐."

"얼렁뚱땅 넘어갈 생각 마라."

"어유, 그럴 생각 전혀 없어요. 아저씨가 얼마나 좋은 사람인지 저도 아직 다 파악하질 못했는걸요."

"흐음. 말로는 내가 널 이길 재간이 없구나."

"크크. 나보다 말발 더 센 아저씨랑 만나면 할머니 정신 하나도 없으시겠다."

"내가 그 녀석을 왜 만나!"

"아웅, 하나밖에 없는 손녀딸 남친인데 어떻게 안 보실 수 있어요."

"난 모른다."

"다음에 할아버지 뵈러 올 때 같이 올게요."

"쓸데없는 짓."

"에이, 할머니. 화내셔도 하나도 안 무서워요."

"답답하니 손 치우거라."

"전 할머니랑 팔짱 끼니까 정말 좋은데요."

"……."

“저 오늘은 성북동 말고 집으로 들어가요. 깨소금 얼마나 볶았나 점검해야지. 근데 엄마랑 아빠 저러다 내 동생 만드는 건 아닌지 모르겠어요. 날마다 두 분이 어찌나…….”

한 여사의 팔짱을 낀 채 쉴 새 없이 조잘대는 준휘의 모습을 물끄러미 지켜보던 민 여사의 입술이 보기 좋은 호선을 그리며 올라서고 있었다.

“예뻐 죽겠네, 강준휘. 이젠 내가 널 못 놓을 것 같다. 욕심이 나서 미칠 것 같아.”

그대로 몸을 돌린 민 여사가 가방 안의 선글라스를 꺼내 쓰며 홀가분한 듯 탁탁 손을 털었다. 처음 올 때와 달리 기분 좋은 미소를 지은 민 여사의 걸음이 하늘을 날 듯 가볍게 왔던 길을 되짚고 있었다. 저 너구리 같은 할망구 앞에서 무릎을 꿇거나 매달릴 일 따윈 절대 없을 것이다. 그리고 보니 한숨이 포옥 새어 나온다. 에이그, 못난 녀석. 너는 평생 준휘를 업고 다녀야 할 거다.

✻

“네가 여기 웬일이야?”

마치 귀신이라도 본 양 현관문을 열고 들어선 준휘를 준성이 휘둥그레 커진 눈으로 바라보며 간신히 입을 열었다.

“에이, 아무리 반갑지 않은 딸이 왔더라도…….”

준성을 향해 뱉어내던 말을 채 끝내지도 못한 준휘의 품으로 와락 휘윤이 달려들었다.

"흐윽. 준휘야."

"엄마?"

"준휘. 내 딸."

"엄마!"

"어디 가지 마. 다시는 어디 가지 마."

준휘는 자신의 품으로 더욱 파고드는 엄마가 한 마리 아기 새같
이 느껴졌다. 휘윤의 등에 손을 얹은 준휘의 손끝에 가냘픈 떨림
이 느껴졌다. 또다시 맞은 이별의 공포가 엄마를 힘들게 했던 걸
까. 가슴에서부터 울컥 올라오는 불덩이를 삼키며 준휘가 애써 밝
은 목소리로 휘윤의 귓가에 속삭였다.

"우리 엄마, 완전 아기네. 이렇게 안기는 건 나 말고 아빠한테
해야지. 왜, 나 없는 동안 아빠가 안 안아줬어?"

휘윤이 고개를 가로저었다.

"엄마, 준휘 이제 어른이야. 옛날처럼 어른들이 떼어놓는 대로
그냥 누워 울기만 하던 아기가 아니라고. 준휘 보기 싫다고 엄마
가 막 떠밀어도 나 절대로 엄마하고 안 떨어져. 아, 가끔 할머니랑
할아버진 뵈러 가는 건 괜찮지? 친구들도 한 번씩 만나야 하고 우
리 아저씨랑 데이트도 해야 하는데. 엄마, 그 정도는 봐줘야 한다.
응?"

천둥이 치던 밤, 품 안에 저를 꼭 안고서 쉴 새 없이 안겨주던
강현의 따스한 속삭임처럼 준휘도 제 품에 안긴 엄마의 귓가에 쉴
새 없이 따스한 온기를 불어넣어 주었다.

아, 갑자기 강현이 더더욱 그리워졌다. 있는 힘껏 엄마를 꼭 안

아준 준휘가 팔을 풀어내며 준성을 바라봤다.

"자, 남은 49금 마무리는 아빠가 알아서."

방으로 들어온 준휘는 아까 권 비서로부터 건네받은 휴대전화를 꺼내 다급히 충전기부터 연결했다. 충전이 시작되고 얼마 후 전원을 켠 준휘가 강현의 휴대전화 번호부터 살폈다. 늘 폰에 저장된 단축번호로 전화를 했기에 강현의 전화번호를 외울 생각을 하지 못했었다. 권 비서의 감시를 벗어날 수 없었던 것과는 별개로 홍콩에 가 있는 동안 그것이 제일 답답했다.

나는 정말 아저씨한테 관심이 없었나 봐. 어떻게 좋아하는 남자의 열한 자리 숫자도 기억하지 못할 수가 있을까. 걱정 많이 했겠지? 전화를 하면 버럭 소리부터 지를까? 이런저런 생각으로 망설이던 준휘의 둘째 손가락이 단축 버튼을 꾸욱 눌렀다. 산뜻한 신호음을 기대했던 준휘의 귓가에 전원이 꺼져 있단 단정한 여자의 목소리가 들려왔다. 다시 한 번 통화 버튼을 눌러봤다. 역시나 마찬가지였다.

뭐야. 치사하게 복수라도 하는 건가? 너도 한번 당해봐라? 아까 급하게 들어오느라 힐끗 돌아본 대여점이 어쩐지 깜깜한 것 같았다. 살짝 걱정이 됐지만 이내 고개를 털어냈다. 가자. 가서 짠 하고 얼굴을 보여주면 화가 풀리겠지?

"금방 들어와 놓고 또 어딜 가!"

"언젠 여기 왜 왔냐고 대뜸 구박부터 하더니. 잠깐 나갔다 올게!"

신발을 챙겨 신는 준휘의 등 뒤로 준성의 잔소리가 쏟아졌다.

이제야 집에 돌아온 기분이 들었다. 타다닥 계단을 내려가는 준휘의 발걸음이 무척이나 가벼웠다. 하지만 마지막 남은 세 개의 계단을 한 번에 뛰어내리고 대여점으로 달려간 준휘의 앞엔 예상치 못한 현실이 마주하고 있었다.

처음부터 그렇게 닫혀 있던 것처럼 견고하게 대여점을 막아선 문은 단 한 발짝의 걸음도 허용하지 않겠다는 듯 고집스럽게 잠긴 채 안에서 새어 나오는 막막한 어둠을 여과시키는 중이었다. 여기가 왜…… 왜 잠겨 있는 거지?

의아함을 잔뜩 담은 준휘의 고개가 옆으로 갸웃 기울어졌다.

"죄송해요, 바쁘신 분께 괜히."

그 길로 바로 집으로 뛰어올라 간 준휘는 곧바로 휴대전화에 저장된 유하의 번호로 전화를 걸었다. 그리고 준휘의 전화를 받은 유하는 통화를 끝낸 지 채 30분이 되지 않아 준휘와 마주하고 있는 중이다.

"대체 어딜 갔었던 거니? 아무런 연락도 없이."

"좀 그럴 일이 있었어요. 근데 아저씬 어떻게 된 거예요? 전화기는 꺼져 있고 2층 벨은 아무리 눌러도 답이 없고."

잠시 말을 멈춘 준휘가 유하의 얼굴을 살폈다. 몰려오는 긴장감에 손바닥에 축축하게 땀이 배어 나오기 시작했다.

"아, 좀 무섭네? 아저씨한테 무슨 일 있는 건 아니겠죠?"

"준휘야."

"네?"

　불안으로 흔들리는 준휘의 눈동자가 유하의 입술을 조심스레 훑었다. 저 입에서 무슨 안 좋은 소리가 흘러나오거나 하진 않을 거야. 두근두근 심장이 100미터 달리기를 한 것처럼 쿵쾅대기 시작했다.

　"나랑 어디 좀 같이 갈래?"

　"어디…… 요?"

　"중요한 책을 배달해야 하는데 네가 좀 해줬으면 해서."

　"책이요?"

　"응. 아주 중요한 책. 그걸 반드시 네가 배달했으면 좋겠어."

　가평으로 진입했다는 내비게이션의 친절한 안내 음성을 들으며 준휘는 지금 제 무릎 위에 놓인 책 한 권을 가만히 손으로 쓸어내렸다.

[사랑은 있다]

　오늘 출간되었다며 유하가 제 손에 건네준 책엔 놀랍게도 차강현이란 낯익은 이름 석 자가 찍혀 있었다.

　"이런 얘기 너한테 한 거 강현이가 알면 아마 날 죽이려고 들 거다. 게다가 이 책, 딴엔 짠 하고 네게 들이밀 선물이었을 텐데 내가 김을 팍 빼놨지. 후후."

　핸들을 꺾던 유하가 나직이 웃음을 흘렸다. 하지만 옆에서 웃음을 짓고 있는 유하와 달리 준휘의 얼굴은 이곳 가평까지 오는 동안 유하가 들려줬던 이야기가 아직도 믿기지 않는 듯 멍한 표정이다.

허애설 작가가 강현 아저씨였다니. 그럼 그동안 제가 받았던 허애설 작가 친필 사인 본은 모두 아저씨가 사인을 해서 보내줬던 걸까? 무엇보다 자신이 그렇게도 재미나게 읽었던 글이 실은 강현의 상처에서 비어져 나온 아픔이었단 사실이 너무도 안타까웠다. 바보 같은 아저씨. 그런 거 미리 나한테 얘길 해줬어도 됐잖아.

"그래도 내가 들고 가는 것보단 네가 들고 가는 게 백배는 더 반가울걸? 원고 파일 받자마자 얼마나 서둘러서 진행시켰던 건데. 그래도 임자 제대로 찾아준 것 같아 밤샌 보람은 느껴진다. …… 준휘야."

"네?"

"강현이 아프게 하지 마라."

운전대를 잡은 채 눈앞 도로에 시선을 고정한 유하가 단단히 턱을 굳히며 준휘를 향해 말했다.

"너 없어지고 그 녀석, 정말 많이 힘들어했다. 더 이상은 그런 모습 보고 싶지 않아."

"뭘 없어지기까지. 누가 들으면 진짜 연락도 없이 사라진 줄 알겠네."

장난처럼 건넨 준휘의 말에 유하가 대뜸 고개를 돌렸다.

"연락 없이 사라진 거 맞잖아."

"에이. 아빠 통해서 연락했잖아요."

"그런 거, 없었어."

낮게 들려오는 유하의 목소리에 준휘의 어깨가 크게 흔들렸다.

"아무것도 없었어. 그래서 강현이가 많이 힘들어했었고."

"분명 아빠한테……."

뒷말을 흐린 준휘가 질끈 입술을 깨물었다. 당연히 아빠가 전해 줬을 거라 생각했었다. 확인할 길이 없었기에, 그리고 며칠이면 제자리로 돌아올 것이었기에 별 의심 없이 열흘을 보내고 온 터였다.

"원망했겠네. 나 많이 미워했겠네."

"설마 그럴 리가. 얼마나 절절히 그리워했으면 기절해서 병원까지 실려 갔겠어."

"예에?"

화들짝 놀라는 준휘의 반응에 후후 웃음을 지은 유하가 핸들을 꺾으며 입을 열었다.

"걱정할 것 없어. 이젠 멀쩡하니까."

"하아. 정말 괜찮은 거예요?"

"응."

확인을 시켜주듯 크게 고개를 끄덕인 유하가 준휘를 돌아보며 미소 지었다.

"고맙다."

"뭐가요?"

"그냥 다."

"치. 그렇게 따지면 저도 다 고마운데."

수줍은 미소를 지어 보인 준휘의 시선에 '청림수목원'이란 이정표가 들어오기 시작했다. 어스름 어둠이 깔리기 시작한 수목원엔 한낮에 빛을 발했을 푸름 대신 숲 사이 하늘에서 피어오르는 노을이 조각처럼 남은 하늘을 붉게 휘감은 채 고요한 평화를 녹여 내고 있었다.

"저기 맨 위에 보이는 방갈로야."

유하가 손끝으로 가리킨 방향을 따라 고개를 돌린 준휘의 시선 끝에 나무로 지어진 작은 방갈로 하나가 자리하고 있었다. 예전부터 가끔 복잡한 일이 있을 때마다 강현이 찾던 곳이라며 준휘의 어깨를 토닥인 유하가 따뜻한 미소를 지어 보이고 몸을 돌렸다.

손에 쥔 책을 들어 가슴에 품은 준휘도 걸음을 옮기기 시작했다. 점점 걸음이 빨라짐과 동시에 준휘의 심장도 덩달아 빠르게 콩닥대기 시작했다.

문 앞에 멈춰 선 준휘가 짧게 심호흡을 하고 똑똑 문을 두드렸다. 잠시 인내심을 가지고 안에서 있을 기척을 기다려 봤지만 아무 반응이 없었다. 어딘가 벨이 붙어 있을까. 한 걸음 뒤로 물러난 준휘가 입구 주변을 살펴봤지만 그런 것은 없었다.

"아저씨. 아저씨!"

목마른 사람이 우물 판다고, 답답한 준휘가 버럭 강현을 불러댔다.

"아저씨! 아저……."

달칵.

끼이익.

문이 열리고 있었다. 그와 동시에 천천히 모습을 나타내는 방갈로 안의 주인은 검게 그늘진 얼굴을 드러낸 채 문 앞의 방문객을 잔뜩 굳은 시선으로 바라보았다.

"책 배달 왔어요, 사랑이 듬뿍 담긴."

하지만 아무런 대꾸가 들리지 않았다. 강현은 그저 얼어붙은 얼음성의 왕자님처럼 말없이 선 채 준휘를 내려다볼 뿐이었다.

"정말로 사랑이 듬뿍 담긴 책인데."

"……."

"그래서 빌려보고 싶지 않고 꼭 소장하고 싶은데. 여기 혹시…… 로맨스도 파나요?"

꾹 다물린 강현의 입술이 전혀 움직이지 않은 채 단단히 닫혀 있었다.

"아저씨."

"……."

"치. 아저씬 나 하나도 안 반가운 모양이네."

화가 많이 난 모양이었다. 보자마자 와락 끌어안기부터 할 줄 알았던 강현은 아무런 반응도 보이지 않은 채 묵묵히 서 있을 뿐이었다.

'앞으로 너 따위랑 다시 말 섞고 싶지 않으니 당장 꺼져!'

어쩌면 이런 말이 쏟아질지도 모르겠다. 나는 무얼 믿고 아저씨한테 그렇게 자만했던 걸까.

무서운데. 겁이 나는데. 정말로 아저씨가 나보고 가라 그러면 어떡하지?

바들거리는 입술에선 더 이상 아무 말도 나오지 않았다. 두려움에 젖은 눈이 강현을 향해 들려졌다. 무언가 이야기를 해야 하는데. 아저씨, 나……

입술을 달싹이던 준휘의 몸이 갑자기 쭉 뻗어온 강현의 팔에 의해 방갈로 안으로 옮겨졌다.

탁.

준휘의 등 뒤로 문이 닫혔다. 준휘의 손목을 단단히 움켜쥔 강현의 또 다른 팔이 벽을 짚었다. 꼼짝없이 강현의 품에 갇힌 준휘가 일렁이는 눈으로 강현을 바라봤다.

"강준휘."

"네."

"강준휘."

눈앞의 준휘를 보면서도 믿기지 않는 듯 준휘의 눈, 코, 입술을 따라 집요하게 움직이던 강현의 시선이 마침내 준휘의 눈동자를 삼키듯 고정됐다.

"널 만질 수가 없어. 손을 대면 비눗방울처럼 펑 하고 사라질까 무서워서."

"그럼 내가 대신 아저씨 만져 줄까요? 아저씨는 나보다 커서 사라지는 데 시간이 좀 더 걸릴 거 아냐."

"강준휘."

"보고 싶었어요."

"준휘야."

꾹꾹 참아왔던 말을 입술 밖으로 뱉어낸 준휘가 팔을 들어 강현의 목을 끌어안았다.

"보고 싶었어요, 아저씨."

"준휘 너 때문……."

하지만 강현의 다음 말은 갑작스레 달려든 준휘의 입술 안으로 삼켜져 사라져 버렸다. 입술 끝에 전해지는 보드랍고 따뜻한 준휘의 느낌. 갖고 있던 이성의 끈이 툭 하고 끊어짐과 동시에 강현의 가슴에도 훅 불꽃이 일기 시작했다.

메마른 사막에서 오아시스를 찾은 듯 바짝 마른 강현의 거친 입술이 정신없이 준휘의 입술을 핥고 빨았다. '하아' 하며 새어 나온 입술 사이로 불붙을 것 같은 뜨거운 혀를 밀어 넣자 말캉하게 느껴지는 준휘의 혀가 수줍은 듯 달아나고 있었다.

지난 며칠간 사라졌던 준휘를 떠올리게 했다. 더는 그대로 도망치게 놔둘 수 없다는 듯 다급하게 손을 올린 강현이 준휘의 머리카락 사이로 손가락을 찔러 넣은 채 숨어드는 혀를 낚아 제 입안으로 세차게 빨아 당겼다.

두 사람의 심장이 머리에서 뛰는 듯 정신없이 쿵쾅대었다. 정신은 아득해지고 이성 따윈 저 멀리 던져 버린 지 오래다. 서로의 숨결을 주고받는 낯부끄러운 소음이 방 안을 채웠지만 어느 누구도 아랑곳하지 않은 채 서로의 입술을 탐했다.

"하아! 하아!"

간신히 입술을 떼어낸 강현의 목덜미로 준휘의 가쁜 숨이 느껴지고 있었다. 방금 나눈 격정적인 키스로 인해 발갛게 부풀어 오른 준휘의 입술이 너무도 사랑스러웠다. 조금 전까지 그렇게 물고 빨았음에도 다시 또 그 입술을 맛보고 싶었다.

"반말에, 인마, 전마, 전화 끊고는 그대로 사라져? 너 진짜……"

"이거 봐, 은근 뒤끝 있으면서."

삐죽이 비튼 준휘의 입술을 엄지손가락으로 가만히 쓸어내리던 강현이 그녀의 눈에 시선을 맞추며 나직이 중얼댔다.

"다신 어디로 도망 못 가게 먹어버리고 싶어. 만지고 싶어. 널…… 갖고 싶어."

욕망으로 짙어진 강현의 눈을 바라보던 준휘는 그것이 무엇을 의미하는지 알 수 있었다.

"하지만 겁이 나. 내가 널 아프게 할까 봐. 그냥 만들어진 줄만 알았던 로설 속 대사가 이렇게 내 입에서 튀어나올 줄은 몰랐어."

강현의 목소리가 미세하게 떨려왔다.

"사랑해. 사랑해."

가만히 강현의 눈을 응시하던 준휘의 발끝이 들려졌다.

촉.

준휘의 입술이 닿았다 멀어진다.

"아저씨는 알고 보면 은근 겁쟁이야. 왜 그렇게 겁나는 게 많아요? 건들면 사라질까 겁나고, 안으면 아플까 봐 겁나고."

강현의 커다란 손이 준휘의 뺨을 다정히 쓸어내렸다.

"그렇다고 지금 날 만지라는 건 아니고."

뺨을 쓸어내렸던 강현의 손이 어느새 준휘의 어깨를 어루만지고 있었다.

"그게 그러니까, 내가……."

어깨를 어루만지던 강현의 손이 준휘의 곧게 뻗은 척추를 훑으며 점차 내려가기 시작했다.

"아니, 그게, 잠깐! 잠깐요!"

강현을 향해 다급히 외치는 준휘의 무릎 아래로 강현의 손이 들어와 준휘를 번쩍 들어 안았다.

"아, 그게, 나 가슴 키우는 운동도 조금 더 해야 되는데. 아직 2단계 과정을 제대로 안 끝냈단 말이에요. 아저씨! 아저씨?"

자신의 품에 안긴 채 겨드랑이에 바짝 붙인 두 팔을 새처럼 파닥파닥 움직이는 준휘를 침대 쪽으로 옮기던 강현이 그대로 걸음을 멈췄다. 그리고 무덤덤한 얼굴로 준휘를 내려다보며 지극히 사무적인 말투로 말을 이었다.

"여자 가슴은 근육이 아니라 지방으로 만들어져 있어서 운동으로 가슴이 커지진 않아. 그냥 라인을 예쁘게 만들거나 탄력을 주는 운동일 뿐이지."

"에이, 아저씨가 어떻게 알아요?"

"그래선 안 커진다니까."

"그거 하면 진짜로 커진다던데."

"그냥 내가 만져서 키워줄게. 그럼 됐지?"

"으악, 아저씨! 잠깐! 잠깐! 허억!"

침대 위로 두 사람이 무너지는 소리가 들려왔다. 잠시 버둥대던 준휘의 반항도 금세 잦아든 듯 조용해진 방 안은 오로지 두 사람이 빚어내는 열기로 서서히 달아오르기 시작했다. 몽글몽글 사랑이 차올랐다. 창문을 타고 넘어간 사랑이 어느새 어두워진 밤하늘에 별빛을 새겨놓고 있었다. 그녀가 만든 카푸치노의 달콤한 하트가 수목원의 풍경 속으로 숨어든 듯 나무에서 뿜어낸

다는 피톤치드 대신 달달한 향내를 흘리며 수목원의 밤은 그렇게 깊어갔다.

사랑해, 곱상한 총각.
아우, 진짜. 아저씨 정말 미워 죽겠어. 근데 나도 미치도록 사랑하네?

에필로그

"반항하지 마. 오늘 난 무슨 일이 있어도 널 안을 거니까."

버둥대는 준휘의 두 팔을 그녀의 머리 위로 잡아 누른 강현이 마치 먹잇감을 품에 가둔 맹수의 그것처럼 번뜩이는 눈빛을 고정한 채 건조한 음성으로 말을 뱉었다.

"이러지 말아요."

차오르는 두려움을 애써 감춘 준휘가 저를 향해 쏟아지는 강렬한 시선을 외면하며 고개를 돌렸다. 하지만 그녀의 턱을 단단히 잡은 강현의 손에 의해 금세 제자리를 찾고 만다.

"이러지 말라고? 훗, 우습군. 먼저 날 자극한 게 누구더라?"

"난 그런 적 없어요."

"그래? 그럼 네 몸이 보이는 이 반응은 과연 뭘까."

“읍!”

그대로 덥석 준휘의 입술을 삼킨 강현이 맹렬히 반항하는 그녀의 입안으로 거칠게 자신의 혀를 밀어 넣었다. 그녀의 모든 것을 삼켜 버릴 듯 달려든 강현의 혀가 입안의 여린 점막을 차례로 훑어 내린 뒤 어쩔 줄 모른 채 방치된 그녀의 혀를 옭아 힘껏 빨아대기 시작했다. 입안에서 느껴지는 통증에 준휘의 미간이 곱게 일그러졌다. 가쁘게 숨을 내쉬느라 가슴은 쉴 새 없이 오르내리고 있었다.

준휘의 턱을 쥐고 있던 강현의 손이 어느새 준휘가 입고 있던 니트 안으로 미끄러지듯 들어갔다. 맨살에 닿는 강현의 체온에 놀란 준휘가 ‘헉’ 하며 낮은 숨을 뱉어냈다. 급하게 밀어 올린 브래지어 아래로 소담스러운 준휘의 가슴이 눈에 들어왔다.

“훗, 귀여워.”

준휘의 가슴에 시선을 고정한 채 작은 웃음을 흘린 강현이 부끄러운 듯 몸을 비틀어대는 준휘의 얼굴을 물끄러미 바라보다 그대로 한입에 가슴을 베어 물었다.

“아!”

찌릿한 통증과 함께 끝을 알 수 없는 쾌감이 동시에 밀려왔다.

“하아, 이러지…… 아앗!”

더 이상의 반항을 허용하지 않겠다는 듯 가슴 위로 솟아오른 분홍빛 정점을 이로 깨물어 버린 강현 때문에 준휘는 다시 몸을 비틀며 신음을 흘려야만 했다. 준휘의 가슴에 얼굴을 묻은 강현의 손이 그녀의 잘록한 허리를 향해 내려갔다. 투박할 것만 같은 강현의 커다란 손은, 하지만 따스한 온기를 품은 채 섬세한 그림을 그리듯 준휘의 허리 부근을 배회하는 중이었다.

"부드러워. 넌 정말 견딜 수 없게 부드러워."

입술을 내려 배꼽 주위를 혀로 희롱하던 강현이 무엇엔가 취한 듯 낮게 중얼댔다. 더 이상 아무런 반항도 하지 못한 채 침대에 누워 강현이 안겨주는 생경한 느낌에 몸을 맡기고 있는 준휘 역시 몽롱하게 빠져드는 쾌감에 가물가물 정신을 잃어가는 중이었다.

"하아!"

잠시 눈을 감았던 것 같은데 어느새 반쯤 벗겨진 바지가 허벅지를 훤히 드러내고 있었다. 재빨리 팔을 뻗었지만 소용없었다. 이미 팬티 안으로 들어온 강현의 손이 은밀한 부위를 가리고 있던 작은 천 조각을 거침없이 끌어내리고 있었기 때문이다. 가슴 위에 걸쳐져 있던 니트 밑단을 손에 쥔 강현이 준휘의 허리를 안아 들어 단숨에 벗겨내고 브래지어의 후크마저 풀어버렸다.

실오라기 하나 걸치지 않은 완벽한 나신이 된 준휘가 강현의 시선 아래 무방비한 상태로 노출된 채 누워 있었다. 어쩌다가 이 지경까지 오게 된 건지 준휘 자신도 알 수 없었다. 하지만 처음 맞이한 두려운 상황임에도 저 아래에서 뻗어오고 있는 막연한 기대감이 느껴진 듯 민망한 얼굴이 점점 달아오르는 중이었다.

태초의 모습으로 제 앞에 누워 있는 준휘의 하얀 몸을 가만히 눈으로 훑어 내리던 강현이 제 몸에 걸쳐 있던 옷가지를 하나씩 벗어내기 시작했다. 코앞에 드러난 그의 단단한 상체를 멍한 눈으로 바라보던 준휘가 뒤늦게 고개를 돌리며 붉어진 얼굴을 감추려

했다.

사각, 툭.

침대 아래로 옷이 떨어지는 소리가 들렸다. 그리고 무릎으로 자신의 두 다리를 가르며 들어서는 강현의 단단한 몸이 느껴졌다.

따뜻이 전해지는 강현의 체온이 아니었다면 준휘는 그 자리에서 얼어붙었을지 모른다는 생각을 했다. 한 번도 이렇게 다른 사람의 체온이 맨살에 직접 맞닿은 적이 없는 준휘는 그렇지만 싫지 않은 그의 몸을 느끼며 가만히 눈을 감았다.

허벅지를 쓰다듬는 그의 손길이 느껴졌다. 입술을 갖다 대고 가만가만 무릎과 허벅지를 음미하듯 움직이는 촉촉한 혀도 느껴졌다. 따뜻한 숨결이 느껴진다.

"하아."

저도 모르게 입술을 타고 흐르는 신음이 끈적끈적하게 새어 나와 방 안을 채우고 있었다.

"아훗!"

은밀한 부분에 뜨겁게 와 닿는 생경한 느낌에 준휘의 몸이 활처럼 휘어지며 튕겨 올랐다.

"아, 그만……. 제발."

입으로는 그만이란 소릴 뱉었지만 허공에서 허우적대던 준휘의 손은 강하게 그의 어깨를 붙잡으며 매달리고 있었다.

"사랑해. 널 갖고 싶어. 네 안으로 들어가게 허락해 줘."

"하아, 강현 씨."

"사랑해."

“읏!”

단 한 번의 동작으로 그녀의 몸 안으로 들어선 강현이 통증으로 일그러진 준휘의 입술에 마치 제가 준 아픔에 대한 양해를 구하듯 섬세하게 입을 맞추기 시작했다.

“하아, 아파. 아…….”

“쉬이.”

어르고 달래듯 이어진 긴 입맞춤에 통증으로 움츠렸던 준휘의 몸이 서서히 긴장을 풀어가는 듯했다.

“널 아프게 해서 미안해. 미안해, 준휘야.”

고해성사를 하듯 준휘의 귓가에 속삭이던 강현의 밀어가 조용히 멈췄다. 강현의 눈에 시선을 맞춘 준휘의 팔이 강현의 목을 감싸 안았기 때문이다.

“나도…… 사랑해요.”

눈물이 그렁대던 준휘의 눈에서 또르르 눈물방울이 흘러내렸다. 고개를 기울여 준휘의 눈물을 입술로 닦아낸 강현이 천천히 몸을 움직이기 시작했다.

낯설게만 느껴졌던 통증이 몸 안쪽을 간질이며 그녀의 몸이 반응하기 시작했다. 조심스레 일렁이던 두 사람의 몸이 커다란 파도를 만들어내며 뜨겁게 타올랐다. 도무지 멈출 기색 없이 세차게 몸을 움직이던 강현의 몸에서 투둑 땀방울이 떨어졌다. 절정으로 치닫는 순간까지 서로를 향한 욕망을 숨김없이 뱉어내던 강현의 몸이 거친 숨소리와 함께 준휘의 몸 위로 무너져 내렸다.

두 사람의 가쁜 숨소리만이 고요한 밤의 적막을 깨뜨리고 있었다.

“사랑해.”

땀에 젖은 준휘의 머리카락을 조심스레 넘겨주던 강현의 목소리가 잔뜩 갈라진 채 귓가에 들려왔다. 희미하게 미소를 지어 보인 준휘가 그의 입술에 입을 맞추며 대답을 대신했다.

탁.

침대에 엎드려 누운 채 책장을 덮은 준휘가 몸을 일으켜 강현을 돌아봤다.

“에이, 아저씨. 이거 아니라니까.”

“왜, 재미없었어?”

허리에 커다란 수건을 두른 채 욕실 문을 나서던 강현이 수건으로 젖은 머리를 털어내며 준휘를 향해 물었다. 욕실에서 샤워하고 나올 때 남자들은 정말 허리에 수건을 두르고 나오냐던 자신의 질문에 ‘팬티’라며 짧은 답을 했던 강현이지만, 시간이 한참 지난 지금까지도 여전히 준휘의 로망을 지켜주고자 귀찮더라도 반드시 허리에 수건을 두르고 나오는 그는 오늘도 미리 세심한 준비를 마친 뒤 욕실을 나서는 중이었다. 자상한 남자. 언제나 그가 보여주는 세심한 배려에 슬쩍 미소를 지은 준휘가 말을 이었다.

“재미는 있는데, 근데 왜 만날 주인공 이름이 강준휘랑 차강현인데?”

“내 맘이지.”

“식상해요.”

“뭐가?”

“다.”

“그러니까 다 뭐?”

“남주가 하는 대사도 그렇고 여주 반응도 그렇고.”

“원래 다 그런 거야. 독자들은 카리스마 내뿜는 남주를 좋아한다니까.”

“그래도 너무 판에 박힌 듯 똑같잖아요. 왜, ‘오오, 넌 너무 좁고 뜨거워’ 이런 대사도 집어넣지?”

“그건 좀 민망한데?”

“남주의 몸은 죄다 모델 뺨치게 근사한데다 단단하고 보기 좋은 근육이 자리 잡고 있고, 게다가 여자랑 잘 때 존댓말 쓰는 남주는 하나도 못 봤어.”

“그럼 그 상황에서 ‘반항하지 마세요. 오늘 전 무슨 일이 있어도 당신을 안을 거니까요’ 이래? 그리고 근육 하나 없이 미끈한 살에 배까지 튀어나온 남주라면 넌 그 소설 읽고 싶겠니?”

쩝. 그건 절대적으로 노, 노.

“어쨌든, 아저씨도 가슴 큰 여자에 대한 로망이 은근 있는 거야. 저번 소설엔 내 가슴이 한 손에 쏙 들어온다더니 이번 소설엔 뭐? 귀여워?”

“엄청 귀엽지. 근데 왜 화를 내?”

“내가 언제? 그리고 이것도 말이 안 되는 게, 처음 할 때 얼마나 아픈데 소설 속 여주들은 죄다 처음에만 아프니 어쩌고 그러다가 금세 낯설게만 느껴졌던 통증이 어느새 쾌락으로 바뀐 채 남자랑 함께 반응하고 있냐고요. 난 그때 아무 생각 없이 그냥 아프기만 하더구만. 하여간 소설은 죄다 뻥이야."

"하! 이렇게 한입 가지고 두말을 하시나. 소설이지만 어쨌든 누구나 꿈꾸는 로망이니까 완전 허구는 아니라고 말했던 사람이 누구더라?"

"어쨌든 첫 경험에서 쾌락을 느끼는 건 타고난 옹녀뿐이라구요."

"그래서, 나빴어?"

"아니…… 뭐 꼭 나빴다기보다는 그냥 아팠다는 거지."

"지금은?"

젖은 머리를 털어내고 어느새 준휘가 엎드려 있는 침대에 털썩 걸터앉은 강현이 음흉한 시선을 보내며 준휘의 어깨를 어루만지고 있다.

"앗, 나 얼른 준비하고 나가봐야 해요. 어제도 지각했단 말이야."

"괜찮아. 이탈리아까지 와서 개근상 챙길 필요는 없잖아."

"아우, 정말!"

자신만만하게 공언했던 것처럼 그해 겨울, 다울에 당당히 공채로 입사한 준휘는 상품기획실 막내로 들어가 그토록 바라던 다울의 일원이 되었다. 그리고 그간 커피숍에서 쌓았던 오랜 경험을 바탕으로 기획한 '행복한 커피' 시리즈가 한국능률협회를 비롯 각종 경제지 선정 히트 상품으로 선정되며 대박을 터뜨리게 되었고, 그에 따른 보상으로 1년간 이탈리아에 머물 수 있는 기회를 얻은 것이다. 굳이 세계 3대 커피 브랜드로 알려진 라바짜Lavazza 사의 국제 바리스타 디플로마 자격증을 취득하기 위해서 뿐만이 아니더라도 생활 속에 녹아든 이탈리아의 커피를 몸으로 느끼고 싶은 욕구가 컸던 준휘는 매장의 브랜드 커피가 아닌 거리의 아무 카페에서나 흔히 즐길 수 있는 그들만의 caffe(이탈리아어로 커피를 뜻함)인 에스프레소를 즐기고 있었다.

이곳에서의 임무(?)를 완성하고 나면 이번엔 남아공으로 날아갈 생각이었다. 이탈리아로 가겠다던 준휘 앞에 벌렁 드러누운 채 차라리 나를 밟고 가라고 강짜를 부리던 강현 때문에 부랴부랴 약혼식을 치르고, 그것도 모자라 어느 날 짠 하고 이탈리아까지 날아온 강현은 현재 에우로페오에서 패션 전문인을 위한 마스터 과정을 이수 중이다. 그 이유가 특별히 어머니 민 여사의 회사에 관심이 있어서라기보다 일단 준휘 옆에 있을 구실을 찾았다는 게 아마도 정답에 가까울 것이다.

"아, 나 지금……. 하웃."

"거봐. 하웃이란 감탄사가 입에서 정말 나온다니까."

"아훗, 정말 안 된……."

"쉬이. 더 이상 반항하지 마. 오늘 난 무슨 일이 있어도 널 안을 거니까."

"아까도 안아놓고 뭘."

"넌 대체 뭐로 만들어졌길래 이렇게 맛있는 걸까. 꼭 달콤한 카페모카를 마시는 것 같아."

"아으, 그만 좀, 아, 거긴 안 된다니까!"

날도 이렇게 더운데.

강현의 밑에서 버둥대던 준휘는 목덜미에 선명히 새겨질 키스 마크를 떠올리며, 오늘도 목이 올라오는 폴라 티를 꺼내 입어야겠구나 체념하곤 그의 등에 팔을 둘렀다.

하나둘 흩날리던 눈발이 어느새 소복이 쌓여 마치 솜이불을 덮은 듯 하얗게 변한 도심의 풍경 속. 대로변 요지에 위치한 '다울' 사옥 앞에서 발이 시린 듯 동동거리며 서 있던 휘윤이 발갛게 언 코를 훌쩍이곤 삐죽이 고개를 내밀었다.

"아."

하필 또 눈이 마주쳤다.

안절부절못하고 회전문 안에 서 있던 경비가 결국엔 문을 열고 나와 휘윤을 향해 섰다.

"아가씨, 제발요. 회장님 아시면 날벼락 떨어집니다."

"그러니까 아저씨만 살짝 눈감아주시면 되는 거잖아요."

입술이 언 탓인지 완전하지 못한 발음을 내뱉으면서도 그녀의 입가엔 해사한 미소가 걸려 있었다. 벌써 40분이 넘게 건물 밖을 서성였으니 저리 꽁꽁 얼어붙은 건 당연한 일이다. 그 모습을 바라보는 경비의 마음은 타다 못해 졸아 붙을 지경이었다.

생면부지 낯선 이였다면 건물 앞에서 무얼 하느냐 내쫓기라도 할 테지만 감히 그러지 못한 이유는 바로 제가 몸담고 있는 이곳 다울의 사주社主 딸이기 때문이다. 그것도 금지옥엽, 노 회장이 눈에 넣어도 아프지 않다 아끼는 외동딸.

"제가 입 다문다고 되는 게 아니란 거 아시지 않습니까. 지금쯤 회장실에 보고 올라갔을 텐데."

"에이, 한 과장 아저씨께도 미리 부탁드렸죠."

샐쭉 눈웃음까지 지으며 여전히 발을 동동 구르던 휘윤이 로비를 향해 고정시켰던 눈을 키우며 얼른 옷매무새를 가다듬었다.

엘리베이터에서 내리자마자 성큼성큼 로비를 가로질러 오던 준성이 우뚝 걸음을 멈추고 휘윤을 바라보고 섰다. 유리문 밖에서 한껏 미소를 지으려던 휘윤은 그의 단단하게 굳어진 입매를 보며 머쓱한 듯 입술을 깨물었다.

"말씀드렸을 텐데요, 이러지 마시라고."

긴 다리로 금세 문을 나선 준성이 휘윤에게 말했다. 영하의 날씨보다 더 싸늘하게 들리는 냉한 말투에 옆에 서 있던 경비의 얼굴이 오히려 일그러졌다. 다른 이도 아니고 저를 기다리느라 이리 얼어붙었건만 어찌 따뜻한 말 한마디 건네지 않고.

낮게 혀를 찬 경비가 헛기침을 흘리고 이내 건물 안으로 사라졌다.

　난처한 듯 서 있던 휘윤이 다시 한 번 코를 훌쩍이곤 이제는 제대로 미소조차 지어지지 않는 얼굴로 준성의 소매를 부여잡았다.

　"나 너무 추워요. 손도 꽁꽁 얼었단 말이에요."

　시선을 내리니 머리부터 발끝까지 추위가 들러붙은 듯한 모습이 눈에 들어온다. 준성의 미간이 움찔 움직이더니 앙다문 입술 사이로 버럭 소리가 튀어나왔다.

　"그러니까 누가!"

　뒷말을 잇지 못한 채 숨을 내뱉은 준성이 고개를 숙이며 숨을 골랐다.

　"배고픈데 밥부터 먹으면 안 될까요?"

　휘윤이 슬쩍 팔짱을 껴오며 고개를 들었다. 발갛게 얼어붙은 뺨. 그 입술 사이로 하얀 입김이 새어 나왔다. 대체 얼마나 오래 있었기에 이 지경이······.

　"노휘윤 씨."

　"아, 배고프다. 저기 골목 안에 부대찌개 맛있게 하는 집 있다면서요. 우리 뜨끈하게 그거 먹어요. 네?"

　부대찌개 따위 구경도 못해봤을 거면서 일부러 저에 맞추느라 메뉴를 고심했을 그녀의 마음이 느껴졌다.

　그녀를 처음 본 건 약 한 달 전, 갓 입사하고 얼마 되지 않아 동료들과 함께 점심을 먹고 돌아오는 길이었다. 노 회장의 부름이 있었던지 그와 함께 임원용 엘리베이터에서 내리던 휘윤을 처음 본 순간 미친 듯 심장이 요동치기 시작했다. 마치 영화 속 한 장면

처럼 느린 모습으로 지나치는 그녀의 얼굴에 저는 회장님께 예를
갖춰야 한단 사실도 잊은 채 휘윤을 바라봤다.

"야, 강준성! 안 가고 뭐 해?"

누군가의 부름에 정신이 들고 보니 저만치 사라지던 휘윤이 살
짝 고개를 돌리는 모습이 눈에 들어왔다.

예뻤다, 감히 꿈꾸지 못할 정도로. 그런데 꿈에서도 보일 정도
로 자꾸만 생각이 났다.

정말 우연히도 서너 번 로비에서 마주치고 시선을 주고받았을
땐 붉어진 마음을 숨기느라 죽을힘을 다했던 것도 같다.

하지만,

'이번에 수석으로 들어왔다고?'

느닷없이 불려간 회장실에서 준성은 쓴웃음을 삼켜야만 했다.

서너 번 로비에서 마주쳤던 게 우연이 아니었던가 보다.

언감생심 제 딸을 넘보지 말란 말조차 하지 않았다. 그럴 가치
조차 없다는 듯 다만 눈빛으로 일갈할 뿐이었다.

때문에 벌써 3일째 이렇게 밖에서 떨고 있는 그녀가 마냥 반갑
기만 한 것은 아니다.

"그냥 밥 한 끼 같이 먹어주면 안 돼요? 내가 그렇게 싫어요?"

묵묵히 서 있는 준성이 화가 난 것이라 생각했는지 슬그머니 팔
을 푼 휘윤이 그를 올려다보며 물었다. 얼었던 뺨이 파르르 떨려
오는 것도 같다.

"나 싫어하는구나. 나는 그냥 자꾸 보고 싶어서, 같이 밥 먹고
싶어서 온 건데."

뜨끈해지는 눈가를 냉큼 손등으로 닦아낸 휘윤이 몸을 돌리려는 찰나,

"부대찌개가 먹고 싶었던 겁니까?"

무뚝뚝하게 내뱉은 준성의 목소리에 커다랗게 부풀었던 휘윤의 눈이 곱게 접히며 눈웃음을 만들어냈다. 쿵쾅거리기 시작하는 심장을 애써 다잡은 준성이 쓱 내민 손으로 휘윤의 언 손을 잡았다. 손을 잡았을 뿐인데 가슴 언저리가 싸하게 아파왔다.

준성이 긴 다리로 저벅저벅 걸음을 옮기자 손이 잡힌 채 휘윤이 종종걸음으로 그의 뒤를 쫓기 시작했다. 슬쩍 고개를 돌린 준성이 어느새 휘윤의 보폭에 맞춰 걸음을 늦추고 있었다.

"미끄럽습니다. 조심하세요."

"네, 오빠."

준성의 걸음이 우뚝 멈췄다.

"오빠라고 불러도 되죠?"

"……."

"안 되나요?"

"……마음대로 하십시오."

"와! 나도 이제 오빠가 생겼어요."

해맑게 웃는 휘윤의 얼굴을 물끄러미 바라보던 준성이 다시 무뚝뚝한 음성으로 물었다.

"그게 그렇게 좋습니까?"

"네."

대답과 함께 방싯 웃음을 매단 휘윤의 얼굴을 보며 불쑥 볼을

붉힌 준성이 멈췄던 걸음을 움직이기 시작했다.

부대찌개를 판다는 골목 안으로 두 사람의 모습이 사라졌다. 그리고 길 위엔 준성과 그 옆에서 나란히 걷던 휘윤의 발자국이 하얀 눈 위로 자박자박 새겨졌다. 유독 눈이 많은 겨울이었다.

The End

"여기 혹시…… 로맨스도 파나요?"

정말로 로맨스를 파는 곳이 있을까, 연재 내내 많은 분들께 들은 질문입니다.

그런 예쁜 가게가 있다면 당장 달려가 가슴에 한가득 로맨스를 사올 텐데, 아쉬움이 깊어서 더 간절해지는 모양입니다.

저는 가끔 중독처럼 빠져들었던 로맨스 소설들 속에서, 그것이 분명 가상의 인물들로 이뤄진 허구란 사실을 알면서도 그들의 사랑을 되새기기도 합니다.

긴 항적을 그리며 사라지는 전투기를 바라보며, 혹은 분초를 다투는 병원 안에서의 치열했던 로맨스를 떠올리며 소설의 소재나 배경이 되었던 모든 것들이 절대 현실과 떨어지지 않은, 그 안의 주인공들이 제 옆에 항상 있는 사람들 같은 행복한 상상에 빠지곤 합니다.

혹자는 로맨스를 판타지라 합니다. 어쩌면 그럴지도 모르겠습니다.

드라마나 영화, 소설, 그 밖의 수많은 매체에서 만나는 로맨스는 제가 살고 있는 팍팍한 현실과는 동떨어진 세계니까요.

그래도 가슴 가득 로망을 품은 채 근사한 남자주인공과의 로맨스를 꿈꾸는 준휘가 마냥 낯설지만은 않은 건, 아마도 준휘와 다르지 않은 여러분들의 로망 때문일 거라 생각됩니다.

이 봄, 꽃처럼 예쁜 로맨스가 가슴마다 가득 피어났으면 좋겠습니다.

2년 동안이나 컴퓨터 안에서 잠자고 있던 아이를 세상 밖으로 이끌어 주신 청어람 문혜영 부장님께 감사드립니다. 오래 고민하던 글에 정말 많은 용기를 주셨어요.
그리고 세세하게 신경 써주신, 장미연님을 비롯한 여러분께도 감사 인사드립니다.
표지도 정말 예쁘게 만들어 주셨어요.

무엇보다, 지치지 않고 달릴 수 있게 언제나 응원 주시는 우리 독자님들, 사랑합니다.
책장을 덮고 나서도 입가에 머문 미소가 떠나지 않는 글을 쓰는, 그런 작가가 되도록 노력하겠습니다.

감사합니다. 그리고 행복하세요.

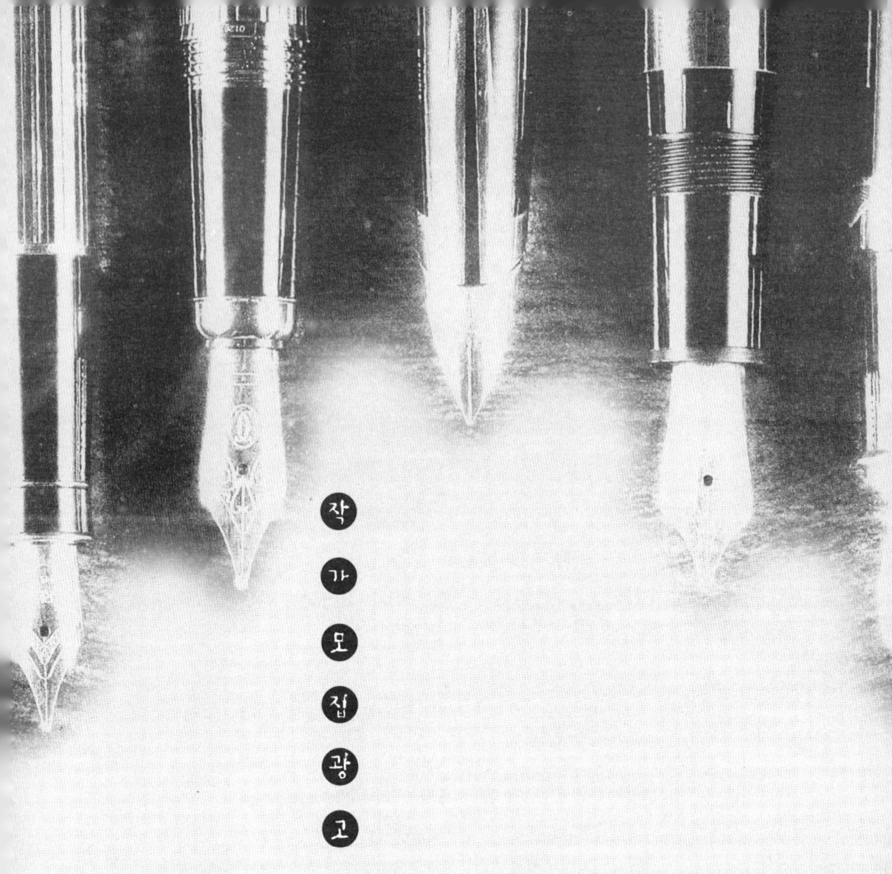
작
가
모
집
광
고